부탁해요

PLEASE MS.JEM

미스젬

fio
ret

부탁해요, 미스 젬! 1

초판 1쇄 인쇄 2017년 10월 23일
초판 1쇄 발행 2017년 10월 30일

지은이 주희서
발행인 오영배
기획 박성인
책임편집 김수현
디자인 권지연
일러스트 laphet
제작 조하늬

펴낸곳 (주)삼양출판사 · 피오렛
주소 서울시 강북구 도봉로 173
대표 전화 02-980-2112 **팩스** / 02-983-0660
편집부 전화 02-980-2116 **팩스** / 02-983-8201
블로그 blog.naver.com/dan_gul
출판등록 1999년 3월 11일 제9-00046호

ISBN 979-11-283-9307-5 (04810) / 979-11-283-9306-8 (세트)

fioret 은 (주)삼양출판사의 로맨스 판타지 문학 브랜드입니다.

주희서 장편소설___

★☆☆☆

부탁해요
PLEASE MS.JEM

미스젬

fio
ret

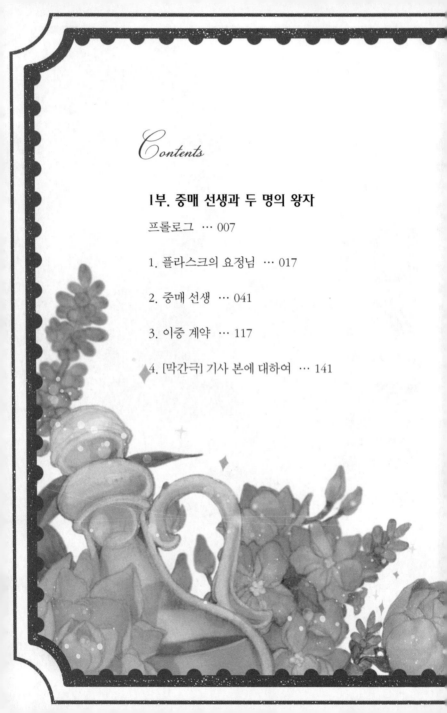

$\mathcal{C}$ontents

I부. 중매 선생과 두 명의 왕자

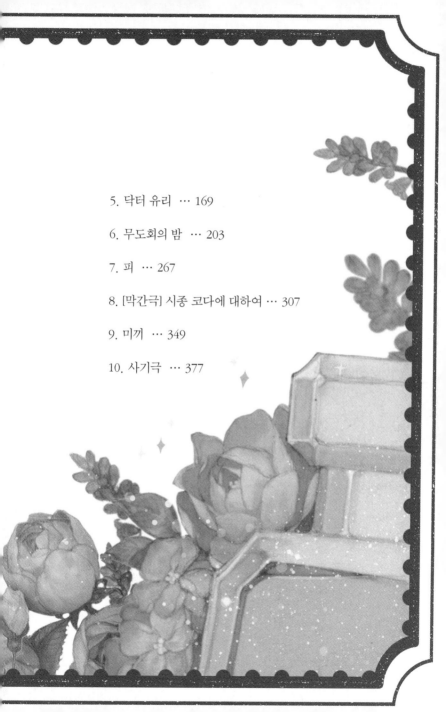

1부. 중매 선생과 두 명의 왕자

프롤로그

<u>호호호.</u>

젬이 숨죽여 웃으며 주머니 무게를 가늠했다. 한쪽 어깨가 기울 정도로 묵직한 주머니에 다시금 몸을 부르르 떨다가 입구를 열어 안을 확인했다. 꽉 찬 금화가 젬을 보고 반짝였다. 젬의 입꼬리가 귀까지 찢어질 듯 올라갔다.

어차피 남 줄 돈인데 뭐가 그렇게 좋아요?

"지금은 내 손에 있거든! 내 행복을 방해하지 마!"

젬은 주머니에 코를 가까이 댔다. 적어도 식비 걱정 없이 빚 갚을 형편으로까지 승격한 상황이었다. 이대로만 가면 황금알을 낳는 암탉이 없어도 첩 신세는 피할 수 있어 보였다. 아이가 자기 몫으로 받은 금화 하나를 품에 안고 턱을 괴었다.

이제 적당히 손님 가려 받아요. 제가 말했잖아요. 치정 싸움만큼 더러운 건 없으니까 몸 사려 가며 일하라구.

"운명의 상대라며? 치정에 휘말릴 일이 어딨겠어?"

적어도 이 1년간 치정 싸움이라 할 만큼 곤란할 일은 없었다.

몇 번이고 말하지만, 운명은 그렇게 간단한 시스템이 아니거든요.

아이가 볼을 부풀리며 심통을 부렸으나, 젬은 주머니 입구에 코를 대고 킁킁대느라 보지 못했다. 그녀의 머릿속엔 황금빛 청사진이 그려지고 있었다.

그때였다. 골목 안쪽으로 절컥절컥하는 쇳소리가 가까워졌다. 꼭 기사들이 행진할 때 나는 소리 같았다.

외진 마법 골목까지 기사가 올 리는 없을 텐데?

젬이 주머니를 쥐고 웅크린 자세 그대로 입구 쪽을 보았다. 점차 가까워지던 쇳소리가 천막 바로 앞에 멈췄다.

'뭐지?'

큼큼, 헛기침 소리와 함께 입구를 막은 천이 바람에 흔들렸다. 살짝 벌어진 천 사이로 은색 갑주가 보였다. 아이가 후다닥 젬의 후드 속으로 숨었다. 젬 역시 부리나케 돈주머니를 숨겼다. 우렁찬 목소리가 천막을 왕왕 진동시켰다.

"중매 선생은 들으시오!"

*   *   *

창밖으로 풍경이 빠르게 스쳐 갔다. 머리를 올백으로 넘긴 사자가 허리를 빳빳이 세운 자세 그대로 정면을 보고 있었다.

마주 앉은 젬은 무릎 꿇고 혼나는 기분이었다. 침이 말라 자꾸 헛기침이 나왔다. 후줄근한 연금술사 코트가 손자국을 따라 구겨졌다. 마주 앉은 사자의 정복에는 사람을 쪼그라들게 하는 힘이 있었다.

대체 자신이 무슨 일로 왕궁에 불려 가는가. 짐작 가는 구석이 너무 많았다. 불법 사랑의 묘약 유통, 가짜 마법약 사기죄, 금서 무단 절도와 신체의 일부가 들어가는 금지된 실험. 그럴 듯한 죄명이 줄줄이 머리를 스치고 지나갔다.

사자가 팔걸이 근처를 눌렀다. 직사각형 모양의 공간이 열리며 하얀 김을 뿜었다. 크리스털 잔과 함께 생수통이 등장했다. 곧이어 땡그랑 소리와 함께 둥근 얼음이 쏟아졌다. 사자가 익숙한 동작으로 앙증맞은 레몬 조각까지 곁들였다. 젬은 그 과정을 멍하니 바라보았다.

"그렇게 긴장하지 않으셔도 됩니다. 폐하께선 좋은 분이십니다."

"예에에."

젬은 두 손으로 얼음물을 받다가 저도 모르게 울먹였다. 생전 처음으로 냉장고 딸린 자동차를 탔는데 즐겁지 않았다. 저 멀리 돌아가신 부모님이 손을 흔들고 있는 것 같았다.

좋은 분? 선량한 시민한테나 그렇겠지! 나는 범죄자라구!

젬은 사약을 삼키듯 잔을 한입에 비웠다. 차가운 물방울이 손가락을 사이를 타고 흘렀다.

유라레 왕성은 왕도에서 가장 오래된 유적이기도 했다. 고대 마법의 힘으로 유지되는 우윳빛 성벽은 왕도의 자랑이었다. 성을 둘러싼 해자 위로 다리가 놓여 있었다. 자동차가 매끄럽게 성문을 지나쳤다.

무슨 정신으로 알현실에 도착했는지 기억이 없었다. 정신을 차렸을 때, 젬은 붉은 양탄자가 길게 깔린 커다란 방에 서 있었다. 젬이 빛을 향해 위를 바라보았다. 높디높은 천장 가득히 화려한 그림이 그려져 있었다.

신과 천사, 정령과 인간이 구름과 땅, 낮과 밤을 사는 모습을 묘사한 대작이었다.

"마음에 드는가?"

콘트라베이스처럼 울림이 풍부하고 낮은 목소리였다. 정신이 번쩍 든 젬이 주변을 둘러보았다. 허허허, 하는 웃음이 실내를 낮게 울렸다.

가장 안쪽, 유라레 왕국을 상징하는 문양 아래 한 남자가 황금 옥좌에 앉아 있었다. 머리가 희끗한 중년 남자가 젬을 보고 희미한 웃음을 지었다. 붉은 보석이 박힌 황금 지팡이가 그의 손에서 빛나고 있었다. 지성의 나라 유라레를 다스리는 왕, 레스페바리우스 2세였다.

'실제로 보니 더 잘생기셨네.'

젬이 엉거주춤 예를 차렸다. 뉴스며 행사 때마다 심심찮게 방송에서 보던 얼굴이었다. 막상 실제로 눈앞에 있으니 실감이 나질 않았다. 왕 곁에 선 늙은 시종이 젬을 보고 손짓했다. 젬이 찔끔하여 다가갔다. 양탄자가 어찌나 보드랍고 폭신한지 걸음마다 쿠션을 밟는 듯했다.

"내 자네 명성은 익히 들었네. 어떤 사람이든 딱 맞는 짝을 찾아 준다지?"

"예, 아니, 예에에."

젬이 우물우물 답하다 바닥을 보았다. 아이가 "정신 차려요!" 하며 후드 안쪽에서 꼼지락거렸다.

"내 자네에게 긴히 부탁할 일이 있다네."

국왕은 소문난 애처가에 로맨티스트였다. 국왕 부부는 왕도에서 가장 유명한 잉꼬부부였었다. 왕비가 이승을 떠난 지 한참이지만 왕은 흔한 애인 한 번 만든 적 없었다. 왕비가 아꼈던 정원은 지금도 유라레 왕성의 가장 화려한 볼거리로 남아 있었다.

젬의 머리가 빠르게 돌아갔다. 그런 왕이 부탁할 만한 일이라면 하나밖에 떠오르지 않았다. 국왕 부부의 첫째 아들 왕세자 보르누는 삼십 대 초반의 노총각이었다.

"콘 백작 부인의 재혼 소식을 듣고 자넬 믿어 봐도 되겠다 싶었지. 참으로 신통방통한 재주야."

"과, 찬이십니다."

젬이 "하하" 하고 어색한 웃음소리를 흘렸다. 콘 백작 부인은 젬에게도 인상적인 의뢰인이었다. 지난 1년, 중매 선생의 명성은 빠른 속도로 왕도를 뒤덮었다.

의뢰인을 한 번 본 것만으로 운명의 상대를 찾아 준다는 눈썰미, 거기에 부적처럼 딸려 오는 '사랑의 묘약'에 힘입어 90% 가 넘는 중매 성공률을 보장한다는 소문이었다.

처음에는 일부 마니아들 사이에서 오가던 이름이 마법 골목을 넘어 중앙 광장으로, 급기야 사교계에까지 퍼지기 시작한 것은 금방이었다. 애초 사랑의 묘약을 비롯한 마법약을 어린애 장난으로 치부하던 사교계였기에 초반, 중매 선생은 사기꾼의 다른 이름처럼 취급되었다.

그런 여론이 뒤바뀐 데는 콘 백작 부인의 재혼이 큰 역할을 했다.

콘 백작 부인은 30살을 막 넘긴 과부였다. 상속된 재산이 어마어마한 수준이라 구혼자를 개미 떼처럼 몰고 다니는 여인이기도 했다. 정작 부인은 무미건조했던 정략결혼 생활과 돈만 보고 접근한 놈팡이에게 호되게 데인 경험으로 남자 불신에 시달리고 있었다.

친구를 따라 마지못해 놀러온 부인의 새끼손가락에서 아이는 인연의 실을 발견했다.

"마음에 두신 분이 정녕 없으신지요?" 하는 질문에 정색하며 고개를 가로젓던 콘 부인이었다. 그게 불과 몇 달 전 얘기였다. 그리고 현재, 부인은 얼마 뒤 성대한 결혼식을 올릴 예정이었다.

상대는 나이 지긋하신 원로 기사단장님. 나이 차가 삼십에 가까운 커플이었다. 사교계 누구도 예상치 못한 조합이었다.

이후, 사교계에 이름난 중매쟁이 마담들도 중매 선생의 행보에 촉을 세우고 있다고 했다. 사교계에 어두운 젬은 미처 몰랐던 부분이었다. 젬의 침묵에 아랑곳 않고 왕이 말을 이었다.

"내 부탁하고 싶은 사람은, 다름 아니라 내 아들일세."

"……제가 할 수 있는 일은 그저 인연을 읽는 것뿐입니다. 그러니까, 제가 찾은 상대는 접시 닦이 하녀일수도, 길에서 구걸하는 거지일 수도 있단 뜻입니다."

젬은 한 나라의 중대사에 걸맞은 중매쟁이는 아니었다. 괜히 끼어들었다 불똥 맞으면 곤란했다. 사람은 모름지기 제 주제를 알아야 했다. 왕이 만족스러운 표정으로 고개를 끄덕였다.

"사람이기만 하면 상관없네."

"예?"

"이대로 가다간 놈은 평생 혼자 살다 죽을 게 뻔해."

젬은 귀를 의심했다. 왕세자의 약혼녀 자리를 놓고 펼쳐지는 사교계 기싸움은 모르는 사람이 없었다. 그 살벌함이 정글의 왕국을 방불케 한다는 소문이었다. 바깥 사정에 어두운 젬조차 아는 일이건만, 왕은 대체 무슨 이유로?

젬은 표정을 수습하지 못했다.

"너는 의뢰인을 직접 보고 판단한다지? 들라 해라."

왕이 옆에 선 시종장에게 눈짓했다. 무거운 소리와 함께 문이 열렸다. 바람만 들어왔다.

잼이 활짝 열린 문과 왕을 번갈아 보았다. 시종장의 속삭임에 왕이 한숨 쉬며 관자놀이를 꾹꾹 눌렀다. 그가 못마땅한 듯 잼에게 손짓했다.

"……잠시 자리를 비웠다는군. 대신 그걸 보게."

잼은 그제야 기둥 옆에 시종이 주르르 서 있는 것을 발견하고 소스라치게 놀랐다. 시종 하나가 다가와 책을 건넸다. 잼은 얼결에 받았다가 어깨가 빠지는 줄 알았다. 어찌나 무거운지 헉, 소리가 절로 터졌다. 그보다 더 놀라운 것은 표지를 장식한 모델이었다.

종이에 무슨 짓을 했는지 배경이 반짝반짝 빛났다. 두께가 200페이지는 넘길 듯한 하드커버 올 컬러 사진집.

주인공은 사람이 아니라 요정 왕자였다.

천정화에 그려진 천사보다 짙고 탐스러운 금발, 푸른 보석을 박은 듯 반짝이는 눈동자, 장미 꽃잎을 문 듯 사랑스러운 입술, 오뚝한 코, 도자기처럼 희고 매끄러운 피부. 성화에서 튀어나온 것 같은 미모의 남자가 아련한 미소를 짓고 있었다. 절세 미남이었다.

사진 위에 검고 굵은 글씨가 강조되어 있었다.

카피레 바리우스 사진집. 유라레력 421년 봄 한정판!

"이게……?"

"내 막내아들, 카피레일세."

왕이 황금 지팡이로 바닥을 두 번 두드렸다.

"이 아이의 짝을 찾아 주게."

1.
플라스크의 요정님

이야기는 1년 전으로 돌아간다.

사람들은 사랑의 묘약에 많은 것을 기대한다. 말 그대로 마법 같은 사랑을. 상대가 약을 한입 꼴깍 삼킨 것만으로 자신을 사랑하길 바라는 것이다.

자신을 보기만 해도 심장이 터질 듯 두근거리기를, 지상에 강림한 천사를 보듯 아름답다 찬양하기를, 그리고 그 사랑이 영원하기를 바란다. 말 그대로 사랑의 노예. 마법과 과학, 연금술이 삼박자를 이루어 지성의 도시라 불리는 이곳 유라레 왕도 사람들도 예외는 아니다.

마법 시대가 종막에 들어서고, 왕국 수도에 자동차와 티비가 깔리면서 마법과학 시대가 열렸다. 연애혼 바람이 불면서 사교계의 정략혼 시장도 주춤했다. 그사이 복고 바람을 타고 불처럼 번진 것이 바로 사랑의 묘약이었다. 법으로 금지된 마법약인만큼 구하기가 하늘의 별 따기 수준이었다.

'사랑의 묘약은 과연 진짜인가'는 왕도 역사와 함께한 뜨거운 감자였다. 요 몇 년은 특히 더 했다. 토론은 언제나 도돌이표를 찍었다. '카페인 과다 복용'이니, '페로몬 향수'니, '흔들 다리 효과'니 입에서 침을 튀겼다. 사실이야 어쨌든 무슨 상관이랴.

전문가들은 '진짜' 사랑의 묘약 레시피는 비밀리에 전수되며 아무나 만들 수도, 팔 수도 없는 물건이라 평했다. 현재 지하 시장에 돌고 있는 대다수 사랑의 묘약은 가짜. 누가 어떻게 만들었는지도 알 수 없는 위험한 물약이란 거였다.

그러거나 말거나 사람들은 사랑의 묘약을 포기하지 않았다. 먹이를 노리는 하이에나처럼 사랑을 위해 시간과 돈을 바치는 사람들이 있다면, 그들에게 환상을 심어 주는 사람 또한 존재했다.

젬 마키나. 세라피스 학원 마법약학부 5년생이자 빚쟁이 고학생. 이후 중매 선생으로 불리게 될 이 사람은 당시 마법 골목에 사랑의 묘약을 납품하고 있었다.

*　　　*　　　*

마지막 한 사람이 도서관 회전문을 나섰다. 젬이 책에서 시선을 들어 주변을 살폈다. 폐관 시간이 가까운 도서관, 남은 인기

척은 없었다.

천장 가까이 난 유리창으로 까만 밤이 비추었다. 멀리 종탑에 달린 초롱불이 이따금 흔들리며 깜박였다. 기말시험이 끝난 후 처음 맞는 휴일 전야. 학원에 가장 사람이 적은 때였다.

젬이 슬그머니 자리에서 일어났다. 기기긱, 하고 의자가 뒤로 밀리는 소리가 났다. 길게 땋은 머리채가 꼬리뼈 근처에서 달랑 거렸다.

목표는 AAA―13 금서 구역.

'오늘에야말로 새로운 레시피를 찾아야만 해.'

젬은 머리가 썩 좋은 편이었다. 산골에서 천재로 통할 정도는 되었다. 그러니까 부모님이 빚내서 학비를 대줄 정도로 기대받 았었단 뜻이었다. 과거형인 이유가 있다. 현재 젬은 어마어마한 빚더미에 올라 있었다.

부모님이 돌아가신지 1년 남짓, 빚은 줄어들기는커녕 기하급 수적으로 늘고 있었다. 애초 마법과 연금술 복수 전공이라 학비 가 비싼 것도 있지만, 이자가 자비 없었다.

옆집 상인, 실버 아저씨가 고리대금업자였던 것이 문제였을 까. 아니면 부모님이 그를 믿고 돈을 빌린 것이 문제였을까. 다 시 생각해도 배신감에 눈물이 앞을 가렸다. 이제 와서 손수건 물 어뜯어 봤자 소용없는 일이지만.

실버 아저씨는 부모님 사후 처음 보낸 편지에 이렇게 썼다.

졸업 후 1년까지 기다려 주마. 만약 빚을 다 갚지 못하면 내 첩으로 들어와라.

청천벽력 같은 소리였다. 고향을 떠난 지 어언 7년이었다. 당시에도 실버 아저씨는 본처 하나에 첩이 셋, 현지마다 애인을 두고 있다는 소문의 호색한이었다.

유라레는 일부일처제를 법으로 규정한 나라였다. 실버 아저씨는 일종의 범법자인 셈이었다. 그러나 그는 그냥 범법자가 아니라 부자 범법자였다. 젬은 그를 통해 돈만 있으면 뭐든 된다는 세상의 진리를 깨달았다.

실버 아저씨는 여성 편력에 비해 자식이 몇 없는 편이었다. 젬의 소꿉친구라고 할 수 있는 킨은 그의 셋째 아들이었다.

킨은 덩치가 크고 살집도 좋아 별명이 붉은 곰이었다. 귀여운 인형을 닮은 곰이 아니라 나무를 쓰러뜨리는 불곰이었다. 옆 동네까지 소문이 자자한 차기 깡패 두목감이었다.

그러나 젬은 킨이 겉으로만 센 척할 뿐 속은 퍽 다정한 녀석이란 걸 알고 있었다. 잊을 수 없는 그 사건만 아니었다면 지금도 좋은 추억으로 기억되었을 친구였다.

어린 시절부터 젬은 집에 굴러다니는 책을 보고 마법약을 따라 만드는 게 취미였다. 그 날도 마찬가지였다. 하필 그날 킨이 집에 놀러 온 게 1차, 하필 그날 젬이 도전한 약이 숙변제거제였던 게 2차 원인이 되었다. 더 말해 무엇하리.

젬은 그날 남들이 왜 그를 불곰이라 부르는지 단박에 이해했다. 축 늘어진 바지 뒷부분에 선명한 얼룩과 코를 찌르던 악취가 아직도 생생했다. 용암을 부은 듯 시뻘겋게 달아오른 얼굴도 선명했다. 젬은 차마 더 보지 못하고 제집에서 도망치고 말았다. 엉엉 찢어지는 곡소리가 등 뒤에서 메아리쳤더랬다.

당시 기억은 희미하기만 했다. 아마 뒤처리는 젬의 부모님이 했을 터였다. 원인이야 어쨌건, 젬은 친구에게 평생 잊을 수 없는 흑역사를 선물한 셈이었다. 젬은 그 후로 킨의 얼굴을 볼 수 없었다. 만남을 피한 탓도 있지만, 젬이 기연처럼 찾아온 유학 기회를 놓치지 않고 수도로 내려간 게 주효했다.

그런데 실버 아저씨와 결혼? 말도 안 되는 소리였다. 차라리 죽고 말겠다. 젬은 다짐하고 또 다짐했다.

천만다행으로 젬의 특기는 '숙변제거제'와 '밤샘약' 등 생활 밀착형 마법약이었다. 젬은 지푸라기라도 잡는 심정으로 약을 만들기 시작했다. 약의 질 자체는 흠 잡힐 데가 없었다. 문제는 다른데 있었다. 가게에선 '사랑의 묘약' 같은 돈이 되는 약을 원했다. 말할 것도 없이 불법이었다. 제대로 된 규제도 없어 만약의 경우 큰일이 날 수 있었다.

젬이라고 처음부터 사랑의 묘약에 손을 댄 건 아니었다. 주린 배를 움켜쥔 어느 밤이었다. 기숙사 천장에 기어가는 바퀴벌레를 보고 '저것도 먹을 수 있을까?' 라고 생각해 버린 그 날 밤, 젬은 처음으로 사랑의 묘약을 완성했다.

말 그대로 야매였다. 실험 쥐에 시험해 본 결과, 효과는 그럭 저럭 쓸 만했다. 젬은 그대로 마법 골목에 직행했다. 가게 주인도 만족했다.

그 뒤론 어떻게 입에 풀칠은 했다. 그러나 그것만으로는 부족했다. 아무리 애써 봤자 실험실에서 몰래 만들 수 있는 약의 개수는 한계가 있었다. 구멍 난 물독에 헛 바가지만 푸는 꼴이었다. 내년이면 벌써 졸업 학기였다. 젬은 죽기 아니면 까무러칠 각오로 모험을 걸어 볼 수밖에 없었다.

진짜 사랑의 묘약. 한 번 마시면 상대를 영원히 사랑하게 된다는 마법의 약. 젬은 법으로 금지된 진짜 레시피를 찾기로 결심했다. 온갖 금서가 모여 있다는 세라피스 도서관 금서 구역이 목표였다.

이날을 얼마나 기다렸던가. 진짜 사랑의 묘약을 완성하기만 하면 빚이 문제가 아니었다. 젬은 한탕 크게 번 뒤, 백수로 놀고 먹을 꿈을 꾸었다. 그렇게 복권 당첨을 기다리는 심정으로 오늘만 기다린 것이다.

*   *   *

뻥 뚫린 천장까지 닿은 책장이 도미노처럼 나란히 줄지었다. 도서관의 가장 왼쪽, 가장 안쪽에 있는 책장 사이에 섰다. 불도 들어오지 않는 구석에 빨간 줄로 울타리가 쳐져 있었다. 어둠에 먹힌 듯 껌껌한 책장 사이를 젬은 잠시 바라보았다.

꿀꺽, 침 삼키는 소리가 고막을 울렸다. 젬이 붉은 줄을 타 넘었다. 순간 쎄한 기운이 전신을 스치고 지나갔다. 목에 건 도서관 관리인 카드가 두 번 깜박였다. 근로 아르바이트로 도서관을 고른 보람이 있었다.

젬이 등불을 얼굴 가까이 들고 조심조심 책장을 살폈다. 목표했던 '세상의 모든 약'을 발견한 것은 금방이었다. 숨 쉬는 것도 잊고 책장을 훑던 젬이 자리에 멈췄다. 수직 상승하던 입꼬리가 동결했다.

책이 벽돌보다 두꺼운 것은 물론, 표면에 봉인이 칭칭 감겨 있었다. 책이 아니라 흉기에 가까웠다. 옮기려면 수레가 필요할 정도였다. 숨겨 가는 건 어불성설.

젬은 깨끗이 포기하고 다음 목표를 찾았다. '금지된 약물들' 그것만 있다면 진짜 사랑의 묘약에 관한 실마리를 얻을 수 있을지도 모른다……. 그러나 눈알에 핏줄이 서도록 책장을 노려보아도 그 비슷한 제목을 찾을 수 없었다.

'기록에는 분명 이 근처인데?'

쭈그려 앉아 맨 밑 쪽을 살피던 젬이 '응?' 하고 등을 내려놓았다. 중간에 한 권, 표식도 제목도 없는 책이 꽂혀 있었다. 검은 가죽 표지가 곧 떨어질 것처럼 너덜거렸다. 제목이 있어야 할 자리에 잿가루 같은 것이 붙어 있었다. 딱 봐도 범상치 않은 기운이 느껴졌다. 젬이 다시 한 번 위치를 확인했다.

젬은 조심스레 책을 꺼냈다. 앞뒤로 살펴보니 제목이 있던 자리에 딱 대여섯 글자가 들어갈 법했다. 아무런 표식도, 봉인도 붙어 있지 않았다. 젬은 그것을 의심하기보다 하늘이 내린 기회로 보았다. 말인즉슨 혹시 모를 추적에서 자유롭단 뜻이었다.

젬은 곰팡내 나는 책을 허리춤에 끼우고 상의로 덮었다. 차갑고 습한 가죽 표지와 맞닿은 부분부터 곰팡이가 번지는 느낌이 들었다.

밤샘약을 세 병 연달아 들이켠 만큼 심장이 빠르게 뛰었다. 손이 부들거려 등불이 탭 댄스를 추었다. 천장에 닿을 만치 기다란 그림자를 등에 지고, 젬은 조심조심 걸음을 옮겼다. 붉은 선을 넘어 데스크로 돌아오는 길이 전에 없이 길었다.

때마침 자정을 알리는 종이 울렸다. 기숙사 통금까지 앞으로 30분. 젬은 짐을 챙겨 걸음을 서둘렀다. 기다란 그림자가 향한 곳은 기숙사와 정반대 방향이었다.

*　　　*　　　*

시험 기간이 아닌 이상 밤늦게 공용 실험실을 찾는 학생은 없었다. 젬에겐 몹시 잘된 일이었다. 쇠뿔도 단김에 빼란 말이 있었다. 젬은 창에 커튼을 꼼꼼히 쳤다.

등불 하나에 의지해 책을 술술 넘겼다. 암호와 비유, 상징이 난무하는 고대 연금술 레시피를 각오했는데…….

젬이 두 눈을 깜빡였다. 다시 한 번 첫 장부터 술술 넘겨 보았다.

투명 인간이 되는 약, 마음의 소리가 들리는 약 등등 사기 냄새가 폴폴 나는 약 이름이 줄을 이었다. 마법 시대 전설에서나 읽은 약 이름이었다.

각 장마다 어딘가 섬뜩한 그림과 함께 친절한 설명이 덧붙여 있었다. 심지어 나무 국자로 3분은 왼쪽, 마지막 30초는 오른쪽으로 저어라, 따위의 조언까지 붙었다.

'……찝찝한데.'

찝찝하다고 그만둘 수도 없는 노릇이었다. 젬은 성의 없이 책장을 몇 장 넘기다 눈을 의심했다.

사랑의 묘약

젬은 저도 모르게 주변을 두리번거렸다. 사람 없는 학원, 한밤의 공용 실험실. 재료를 아낌없이 투자할 수 있는 몇 없는 기회였다.

"사랑의 묘약. 효능 효과는…… 복용 후 가장 처음 만난 사람에게 사랑을 느끼게 한다. 지속 시간, 반평생. 고급편?"

젬은 레시피를 차근차근 살폈다. 대형 솥단지가 있는 마법약 실험실 쪽이 나을 뻔했으나 이제 와서 자리를 옮기긴 너무 늦었다. 젬은 꿩 대신 닭으로 가장 큰 플라스크에 재료를 섞기 시작했다.

시간이 지날수록 내용물이 붉은빛을 내며 졸아붙었다. 푸른 불꽃이 플라스크 주위에 신기루처럼 일렁였다. 매캐한 냄새에 달콤하고 신맛이 섞였다. 젬의 심장 박동이 속도를 더했다. 냄새만으로 이 정도라니. 밤샘약을 뛰어넘는 각성제 수준이었다.

젬이 램프에 알콜을 보충했다. 눈은 말똥말똥해지는데 반해 정신은 안개 낀 듯 몽롱해져 갔다. 남은 재료들이 심상치 않았다.

금가루, 철, 수은, 사람의 피와 머리카락?

'역시 이거 찝찝한데…….'

젬은 그렇게 생각하면서도 손을 멈추지 않았다. 뭔가에 홀린 듯 재료를 계량하고 불을 조절했다. 시고 달짝지근한 냄새에 입에 침이 돌았다. 마약처럼 사람을 홀리는 냄새였다. 젬은 실험실 문과 커튼으로 가린 창문을 번갈아 보곤 금가루를 아낌없이 투하했다. 다음은, 머리카락.

'그만두는 편이 낫지 않을까? 아무리 그래도 신체의 일부가 들어가는 약은 좀…….'

머리 한쪽에서 이성이 속삭였다. 존경하는 유리 헤이트잉겔도 말하지 않았던가. 머리카락, 손톱, 발톱 등 자라나고 끊어지는 모든 부분은 영혼의 조각이 담겨 있다고.

교수님도 여러 차례 강조한 사안이었다. 금단의 술이니 뭐니를 떠나서 신체의 일부가 들어가는 약은 절대, 먹어서도 만들어서도 안 된다고 했다. 그렇지만…….

젬이 총총 많은 머리카락을 쥐고선 플라스크를 노려보았다. 겨우 얻은 레시피였다. 진짜든 아니든 이미 들어간 재료만 해도 일주일치 예산을 훌쩍 뛰어넘는 수준이었다.

그리고 혹시나, 만에 하나라도 이 레시피가 진짜라면? 진짜 사랑의 묘약이라면?

손이 머리와 별개의 생물처럼 움직였다. 젬은 꼬리뼈 근처에서 달랑대는 꽁지머리를 망설임 없이 싹둑 잘랐다. 걸쭉한 질감의 검붉은 액체에 머리카락이 순식간에 녹아들었다. 허연 연기가 치이익, 소릴 내며 플라스크 밖으로 흘러넘쳤다. 젬이 침을 꿀꺽 삼키고 초를 쟀다.

얼마나 지났을까. 실험대 위, 기름때 낀 플라스크에 눈에 띄는 변화가 일어났다. 피처럼 짙은 붉은색이 점차 옅어졌다. 그에 맞춰 액체가 걸쭉한 황금색으로 졸아붙기 시작했다. 기이한 냄새가 점차 짙어졌다. 시고 달고, 어딘가 쌉쓰름하면서 점막 깊숙한 곳을 자극하는…….

시계를 확인한 젬이 서둘러 불을 껐다. 플라스크에 검은 상자를 씌우고 다시 한 번 초를 쟀다. 잠시 후, 상자를 치웠을 때 젬은 저도 모르게 데스크에 턱을 대고 몸을 가까이 붙였다.

"오, 오오오오오오……!"

살짝 핑크빛이 도는 찬란한 황금색 액체가 찰랑이고 있었다. 모든 연금술사가 원한다는 현자의 돌을 떠올리게 하는 색이었다. 젬은 너덜너덜한 책과 플라스크를 번갈아 보았다. 이 액체는 진짜처럼 보였다.

진짜 황금, 진짜 현자의 돌, 진짜 사랑의 묘약!

설마 그럴 리는 없겠지만.

젬이 플라스크 가까이 코를 가져다 댔다가 코를 막고 물러섰다. 검은 상자를 씌우기 전과 전혀 다른 냄새였다. 백 년간 청소하지 않은 시궁창이 있다면 이렇지 않을까. 입에 침이 돌고 눈물이 날만치 시고 역겨웠다. 젬은 침을 꿀꺽 삼키고 등불을 가까이 당겨 레시피를 다시 한 번 확인했다. 마지막 단계.

"사람의 피."

여기까지 온 이상 이판사판이었다. 젬이 덜덜 떨리는 바늘 끝으로 손가락을 찔렀다. 더럽게 아팠으나 피가 한 방울도 나오지 않았다. 이거 왜 이래! 젬이 다른 손으로 손끝을 쥐어짰다. 퉁퉁 붓기만 할 뿐, 피가 나올 생각을 안 했다.

레시피에 주어진 시간은 짧았다. 젬이 급한 마음에 재료 칼로 손바닥을 그었다.

"으악!"

무른 복숭아가 썰리듯 칼날이 부드럽게 들어갔다. 검붉은 핏방울이 플라스크 입구에 후두둑 떨어졌다. 핏방울이 튀어 펼쳐진 페이지에 그림을 그렸다. 그것은 종이에 먹히듯 순식간에 사라졌다.

걸쭉한 황금빛 액체에 핏방울이 파문을 그린 순간, 액체가 플라스크 입구에 떨어진 핏방울까지 탐욕스레 핥아먹듯 움직였다. 마치 살아 있는 생물, 이지 없는 벌레 같은 움직임이었다.

'내, 내가 방금 뭘 본 거지?'

젬이 놀라 손을 거두었다. 그러나 이미 플라스크에 들어간 양은 레시피에 쓰인 것을 훨씬 초과한 지 오래였다. 찬물을 마신 양, 정신이 씻은 듯이 맑아졌다. 현실감이 파도처럼 닥쳤다. 덜컥 겁이 난 젬이 플라스크에 손을 대려던 순간이었다.

순간, 번개가 치듯 실험대에서 섬광이 터졌다. 치지지지지직, 위협적인 소리가 점점 커져 고막을 긁었다. 어느새 짙은 연기가 실험실을 가득 채웠다. 매캐하고 역한 냄새가 코를 마비시켰다.

젬이 서 있던 자리에 무릎을 꿇었다. 입에 쓴 물이 고이고 구역질이 솟았다. 말로만 듣던 시체 썩은 내가 이러할까. 천 년 묵은 똥 구정물 냄새가 이러할까.

젬은 본능적으로 문을 찾아 움직였다. 당장 기숙사로 도망쳐야 했다. 이대로 있다간 질식사는 시간문제였다. 젬은 비틀거리며 실험대 사이를 네발로 기었다. 겨우 문고리를 잡은 때였다. 젬은 문을 여는 대신 그대로 멈추었다.

'나가서, 그래서, 그 뒤는?'

이대로 도망가도 답이 없었다. 이대로 일이 잘못돼 실험실이 폭파되기라도 한다면 변상은? 폭파 후 학원의 온 마법사와 연금술사가 범인을 추적할 텐데, 그걸 피할 수 있을까?

젬은 눈앞이 하얘졌다.

'살아서 변상하느니 차라리 여기서 죽는 편이 낫다!'

젬이 발바닥에 힘을 주었다. 돌아가신 엄마, 아빠 얼굴이 망막에 어른거렸다. 나도 데려가지 그랬어요, 엄마. 빚내서까지 그럴 필요 없었단 말이에요. 나 그렇게까지 공부 좋아하는 편도 아니었는데⋯⋯.

눈앞에 헛것이 춤을 추었다. 멀리 석양이 지는 산 아래, 검은 강이 흐르고 있었다. 강 앞에 선 엄마, 아빠가 뭔가 전하려는 듯 두 손을 높이 흔들었다. 결국 젬은 바닥에 쏟 물을 뱉고 말았다. 눈앞이 까무러졌다.

정신을 차렸을 땐 사방이 캄캄한지라 결국 죽어 버렸나, 하고 착각할 뻔했다. 곧이어 코를 찌르는 토사물 냄새와 시큼한 약품 냄새에 정신이 번쩍 들었다. 칠판 위에 걸린 시계가 세 시 반을 가리키고 있었다. 희미한 빛이 실험실에 내리고 있었다.

달빛? 젬이 실험실 창문 쪽으로 시선을 돌렸다. 빈틈없이 가린 잿빛 커튼은 밤처럼 컴컴할 뿐이었다. 창틈으로 바람이 샌 탓일까, 커튼이 수의 자락처럼 흔들리고 있었다.

젬의 시선이 실험실을 한 바퀴 돌았다. 생명을 위협할 만치 끔찍한 냄새는 사라지고 없었다. 빛은 창문이 아니라 실험대 위에서 흔들리고 있었다. 내가 대체 무슨 짓을 한 거지⋯⋯? 젬이 팔을 더듬어 상체를 세웠다.

플라스크 안에 무언가 들어 있었다. 뭔가 살아 있는, 움직이는 것이⋯⋯. 순간 안에 들어 있던 것이 부르르 진동하듯 날갯짓했다.

날개?

젬이 무릎걸음으로 기어 실험대에 도착했다. 아직 뜨거운 열기가 남은 플라스크에 젬이 코를 가까이 댔다. 잠자리를 닮은 투명한 날개에서 핑크색 빛 가루가 떨어졌다. 곱게 빻은 설탕 가루처럼 달콤해 보이는 빛이었다. 입을 헤 벌린 젬과 그것의 눈동자가 마쳤다.

호수를 담은 보석처럼 영롱한 눈동자에 넋 나간 젬의 얼굴이 비추었다. 그것이 자그마한 손바닥을 플라스크에 대었다. 솜털처럼 작고 가느다란 다섯 손가락엔 그보다 더 작은 손톱이 붙어 있었다. 젬은 저도 모르게 중얼거렸다.

"요정님……?"

젬은 홀린 듯 그것이 손바닥이 닿은 곳에 검지를 마주 대었다. 플라스크에 남은 뜨끈한 열기가 그것의 체온처럼 느껴졌다. 그것이 젬을 보고 눈을 깜박였다. 젬이 그를 흉내내듯 눈을 빠르게 깜박였다.

그것이 젬과 요정의 첫 만남이었다.

*　　*　　*

당신이 이 몸을 빚었나요?

젬은 이게 꿈인지, 생신지 구분이 가지 않았다. 멍한 상태로 주변을 살폈다. 말라붙어 가는 토사물에서 시고 역한 냄새가 올라왔다. 실험대에 흩어진 핏방울은 분명 젬의 손에서 흐른 것이었다. 젬이 손가락을 입에 넣어 보았다. 짜고 비린 피 맛이 혀에 퍼졌다. 꿈이 아니었다.

젬은 플라스크 두드리는 소리를 배경 삼아 창을 열고 걸레질했다. 밤바람에 커튼이 춤추듯 나부꼈다. 죄다 열어 놓은 도구함이며 재료함을 정리하고, 실험대를 치웠다.

비록 연기에, 피에 한바탕 난리를 피우긴 했지만 깨진 실린더 하나 없었다. 이 정도면 양호한 실험이었다 하겠다.

차가운 새벽 공기에 정신이 점차 깨었다. 젬은 코트에 대충 손을 닦고 다시금 실험 결과물을 보았다. 유리에 파리처럼 달라붙은 요정과 눈이 마주쳤다. 핑크색 잠자리 날개가 파드득 떨었다.

어떡해. 진짜 요정인가 봐. 젬은 마법 시대의 한복판에 선 듯 심장이 빠르게 뛰었다. 꿀꺽, 침 삼키는 소리와 함께 목울대가 크게 오르내렸다. 차가운 새벽 공기가 정신을 맑게 했다. 젬은 코트를 쥐었다, 폈다하며 가까이 다가섰다. 아까 느꼈던 불길한 예감은 씻은 듯이 사라졌다.

꿀꺽, 침 넘어가는 소리가 들렸다. 어느새 플라스크에 코를 맞댄 젬을, 요정이 반가운 표정으로 맞이했다.

이 몸을 빚은 게 당신인가요?

고막이 아니라 뇌리에 바로 꽂히는 목소리였다. 젬은 저도 모르게 주위를 둘러보았다. 공중에 떠다니는 달콤 쌉싸래한 향기.

희미하게 남은 토사물 냄새. 춤추는 커튼 아래 언뜻 비치는 만월의 밤. 귀 시린 새벽의 온도. 젬이 다시 요정을 보았다.

이 몸을 빚었다면 계약의 자질이 충분하세요.

"무슨 계약?"

저, 사랑의 요정과의 계약이지요.

까르르, 웃음소리가 은구슬 구르듯 낭랑했다. 사랑의 요정이라. 동화책에나 나올 법한 달콤한 어감이었다. 요정은 인형처럼 고운 생김새에 눈동자가 유독 커서 흰자가 거의 보이지 않았다. 남부의 바다를 그대로 담은 듯 말갛고 푸른 눈동자가 젬을 담고 반짝였다.

"……계약하면 뭐가 좋은데?"

이런 사랑의 묘약 같은 하수와는 비교도 안 되는 능력이라든가?

요정이 플라스크 옆에 펼쳐진 금서를 힐끔 보았다. 젬은 입이 말라 목이 메었다.

"예를 들면?"

사랑의 묘약은 하수 중의 하수예요. 사람에겐 자기에게 맞는 짝이 있기 마련이라구요.

요정이 부드러운 날갯짓으로 플라스크에서 빠져나왔다. 그녀가 기지개를 켜듯 날개를 펄럭였다.

인간은 모두 운명의 실을 타고 난다고 했다. 삶과 생, 죽음을 상징하는 실타래. 그중에서 붉은 빛을 띤 것을 인연의 실이라 부른다고 했다. 그리고 사랑의 요정은 한 번 집중하는 것만으로 인연의 실이 누구와 연결되어 있는지 알 수 있단 애기였다.

사람이 나고 살고 죽는 것처럼, 인연의 실 또한 얽히고설키게 되어 있어요.

"그럼 난 어때?"

젬이 반사적으로 두 손을 쫙 펴 보였다. 제 눈에는 아무것도 보이지 않지만, 여기 어디에 인연의 실이 매여 있을 거라 생각하니 심장이 쿵쿵 뛰었다. 요정이 고개를 흔들었다.

의사가 제 병 못 고친단 소리 못 들어 보셨어요? 계약자는 볼 수 없어요.

"그런 법이 어딨어!"

뭐어, 그 밖에도 여러 가지 도움을 줄 수 있겠죠. 예를 들면 이 금서에 쓰여 있는 고급 레시피라던가.

"이 금서를 알아?"

그럼요.

내가 잭팟을 터트렸구나. 젬이 허공에 승리의 주먹질을 했다.

이 책엔 없는 게 없는 걸요. 불로불사의 약, 시간을 되돌리는 약, 무에서 유를 창조하는 약……

"뭐? 그런 건 전설에나 나오는 거잖아."

사랑의 요정을 불러내 놓고도 그런 말이 나와요?

젬은 요정의 투명한 날개와 그녀의 감싼 핑크색 빛 가루를 보았다. 할 말이 없었다. 지금 당장 종탑에 올라가 요정을 봤다 소리쳐 봤자 믿어 줄 사람은 하나도 없을 것이다. 정신 병원에나 끌려가지 않으면 다행이었다. 때는 마법과학 시대. 마법사는 역사 속으로 사라진 지 오래였다. 그 자리를 대신해 마법석과 마법과학을 이용한 각종 기기가 사회를 이끌고 있었다.

만약 요정의 말이 진짜라면.

젬이 침을 꼴깍 삼키곤 혼잣말처럼 중얼거렸다.

"그것도 만들 수 있어? 황금알을 낳는 암탉?"

뭐라고요?

요정이 잘못 들었다는 듯이 귀를 가까이 대기에 젬은 또박또박 다시 말해 주었다. 황금알을 낳는 암탉. 젬이 어린 시절 가장 감명 깊게 읽은 동화책이었다.

요정이 떨떠름한 표정으로 고개를 끄덕였다. 그것으로 젬은 마음을 정했다. 젬은 어리석은 농부의 전철을 밟을 생각은 없었다. 고이고이 아끼고 사랑해 줄 것이다. 놀고먹는 백수의 꿈이 저 멀리서 손을 흔들고 있었다.

젬이 서둘러 책을 휘리릭 넘겨 보았다. 요정을 한 번 보고는 다시 한 번 처음부터 끝까지 빠르게 페이지를 넘겼다.

"없는데?"

이 책은 계약자의 실력에 따라 보여 주는 약이 달라요. 참고로 본인이 개발한 게 아닌 이상, 한 번 만든 약은 두 번 만들 수 없어요.

"그런 법이 어딨어!"

제가 책을 만든 것도 아닌 걸요.

젬이 책을 다시 폈을 때 사랑의 묘약 편은 사라지고 없었다.

들도 보도 못한 약이 그 페이지를 차지하고 있었다.

"그럼 황금닭 레시피는 어떻게 해야 볼 수 있는데?"

무에서 유를 창조하는 급이니 실력부터 쌓아야겠죠. 현재 당신 실력이 이 정도라고 치면……

요정이 상체를 내려 제 발목 부근을 가리켰다. 젬의 표정이 바닥에 떨어진 토마토처럼 일그러졌다.

젬이 원하는 약은 이 정도예요.

요정이 정수리 위를 가리켰다. 공부깨나 했다는 젬의 자부심이 돌탑처럼 와르르 무너졌다. 젬이 입술을 파르르 떨었다.

"뭔가 착오가 있는 건 아니고?"

후후, 현실을 직시하세요.

젬은 한참 동안 자신을 설득해야 했다. 마침내 인정했다. 답은 하나뿐이었다. 요정이 말한 약은 수백 년 전 고서에서나 볼 수 있는 마법약이었다. 불로불사니, 시간을 되돌리는 약이니, 모두 전설에서도 최고로 치던 고급 마법이 아닌가. 애초 존재조차 불투명했던 것을 이렇게 꿈꿀 수 있게 된 것만 해도 감지덕지였다.

젬은 요정을 고이 품에 안고 복도를 달렸다. 배와 바지 사이에 욱여넣은 금서가 자꾸 미끄러지는 바람에 걸음이 꼬였다. 목적지는 세라피스 학원에서 가장 저렴한 골방 기숙사, 젬의 보금자리였다.

*　　　*　　　*

동이 틀 시간이었다. 잿빛 커튼에 희끄무레한 빛이 비추었다. 살풍경한 기숙사 내부가 점차 모습을 드러냈다. 젬은 요정을 어깨에서 내려놓았다. 요정이 가볍게 창가로 날아갔다.

바닥에는 헌책방에서 업어 온 곰팡이 핀 교과서가 쌓여 있고, 샌드위치 포장지가 쓰레기통에 산을 만들고 있었다. 책상 위에 노트가 어지럽게 펼쳐져 있었고, 파랗고 빨간 볼펜이 굴러다녔다. 겹겹이 쌓인 종이컵에서 달달한 인스턴트커피 묵은내가 엷게 풍겼다.

젬은 스치듯 떠오른 생각에 요정에게 물었다.

"그럼 너는 뭐가 좋아? 나랑 계약해서 네게 득 되는 일이 있어?"

그게 중요한가요?

젬이 요정을 빤히 보았다. 요정은 잠시 모른 척하다 마지못해 대답했다.

······실은 이쪽에 찾는 게 있어요.

"이쪽에? 뭔데?"

제 반쪽이요. 인간 세상에 있다는 것만 알 뿐, 어디에 있는지, 어떤 모습을 하고 있는지 하나도 몰라요.

요정은 사랑의 요정은 둘이서 하나라고, 자신은 반쪽에 불과하다고 했다. 어떤 이유인지는 모르지만, 요정의 목소리가 시든 꽃잎처럼 풀이 죽어 묻기 어려웠다. 젬이 코끝을 긁으며 물었다.

"그럼 어떻게 찾아?"

우리는 반쪽이니까 서로가 서로를 끌어당기게 되어 있어요. 제가 말한 인연의 실 같은 원리죠.

"그럼 실을 따라가면 되잖아."

아까 말했죠? 자신의 운명은 엿볼 수 없어요.

생각보다 동화 같은 사연이었다. 젬의 표정을 본 요정이 후후, 소리 내어 웃었다.

제가 인간계에 몸을 빌린 이상, 반은 해결된 거나 마찬가지예요. 둘이 곧 하나인 우리는 이끌리게 되어 있으니까.

"진짜 요정 같다……."

요정이니까요. 어때요, 이 정도면 납득할 만한 이윤가요?

"상부상조네!"

뭐라고요?

"네가 날 돕고, 내가 널 돕는단 뜻이야."

납득하고 말 것도 없는 문제였다. 젬은 부자가 되고, 요정은 반쪽을 찾고.

"아까 뭐라고 했지?"

……이름, 이름을 주면 계약은 성립돼요.

요정의 날개가 햇빛을 받아 투명하게 보였다. 핑크색 빛 가루가 요정 주위에 후광처럼 빛을 뿌렸다.

"모이라이."

젬이 속삭이듯 중얼거리며 요정에게 한 발짝 다가섰다.

"모이라이. 이제부터 널 아이라고 부를게."

생각하기도 전에 머릿속에 떠오른 이름이었다. 마법과학의 시대를 사는 로맨티스트들은 마법 시대에서부터 전해 내려오는 말의 힘을 믿곤 했다. 아이. 사랑을 뜻하는 고대어이자 아이처럼 사랑스러우라는 의미였다. 아이가 피어나는 꽃망울처럼 웃었다.

나쁘지 않네요!

*   *   *

젬은 납품을 그만두고 밑천을 털어 천막 상점을 열었다. 아무리 수업이 적다곤 하나 본분은 학생. 개점 시간은 부정기적이었다. 그래도 어찌저찌 손님이 모이기 시작하자, 가게 평판이 급물살을 탔다. 한두 번 연애 상담에 성공한 것이 입소문을 탔는지, 문을 열기만 하면 손님이 끊이지 않았다.

젬은 양심 없는 상담 가격을 책정했다. 밤샘약에 핑크색 라벨을 붙여 사랑의 묘약으로 둔갑시킨 뒤, 상담에 묶어 팔았다. 애초 이어질 인연을 소개해 주는 작업이었기에 가짜 마법약을 들킬 일은 없었다.

아이의 반쪽은 찾을 기미가 보이지 않았고, 젬의 실력도 지지부진했다. 오로지 차곡차곡 모여 가는 돈만이 젬을 위로했다. 그렇게 1년이 지났다.

2.
중매 선생

　높은 건물이 숲처럼 늘어선 유라레 수도. 마법 골목은 도로에서 멀리 떨어진 낙후 지역이었다. 그곳에 최근 사람이 몰리고 있었다. 어느 날 갑자기 마법 골목 한구석에 나타난 천막 상점때문이었다.

　검고 낡은 후드 코트에, 검은 마스크로 입을 가린 주인은 '상담해 드립니다'란 나무 푯말 하나만 걸고 장사를 시작했다. 장사를 시작한지 3개월도 안 돼서 주인은 푯말을 뗐다. 천막이 닳아 너덜너덜해질 정도로 사람이 드나드는 바람에 푯말이 자꾸 떨어져 깨졌기 때문이었다. 그 짓을 몇 번 반복한 뒤, 주인은 결국 푯말을 떼 버렸다.

　주변 상점에서 불평하는 바람에 몇 번 자리를 옮겨도, 어디서 입소문이 돌고 있는지 손님은 알아서 찾아왔다.

사랑의 묘약을 팔지만, 마법사로 보이진 않고, 걸치고 있는 후드는 연금술사의 것과 흡사했으나 연금술과는 먼 분야의 사람인 데다, 점술사라 불리기엔 신비감이 부족한 주인을, 언제부턴가 사람들은 '중매 선생'이라고 부르기 시작했다.

*　　*　　*

젬은 빠르게 눈을 깜박였다. 순간 머리가 하얗게 빌 만큼 압도적인 아름다움이었다. 저도 모르게 사진집을 쥔 손이 파르르 떨렸다. 놀란 탓도 있지만, 워낙 책이 무겁기도 했다. 그 모습을 지켜보던 왕이 흐뭇하게 미소 지었다.

"아름답지?"

"예. 정말로……."

카피레 바리우스. 세기의 미인이라 불렸던 왕비와 쏙 빼닮았단 소문은 들었다. 과연 명성대로였다. 웬만한 배우도 명함 못 내밀 미모였다. 젬은 저도 모르게 표지에 코가 닿을 듯 얼굴을 가까이 댔다. 왕이 만족한 기색으로 수염을 쓰다듬었다.

"어미의 피를 그대로 이어받았지. 오냐오냐 키워서 그런지 제멋대로에 무서운 게 없다네."

왕의 목소리에 꿀이 뚝뚝 떨어졌다. 백번 이해할 수 있었다. 젬이라도 이렇게 생긴 사람이 가족이라면 물고 빨고 핥아서 밖에 내놓지 못할 터였다.

"그 애의 상대가 보이는가?"

"송구하오나 폐하, 직접 보지 않은 이상, 인연의 실을 확인할 수 없습니다."

젬이 망설이다 덧붙였다.

"또 저는 본인이 원하지 않는 상담은 권하지 않습니다."

"내 자네가 어떤 사람인지 궁금해 좀 알아본 것이 있네. 신용 등급이 마이너스더군. 어린 나이에 빚도 제법 있고……."

젬이 벼락 맞은 새처럼 어깨를 푸드득 떨었다. 왕이 자애로운 음성으로 덧붙였다.

"우리 막내에게 짝을 찾아 주기만 한다면, 자네 빚은 왕가에서 모두 처리해 주겠네."

빚은 이대로라면 몇 년 내로 청산이 가능했다. 하나도 안 고 마웠다. 그러나 왕이 덧붙인 말에 젬은 잠시 망설여야 했다.

"우리 막내가 어려서부터 사람 사귀는 걸 꺼렸다네. 몸이 약해 서 어디 뛰어놀지도 못했고. 온실 속 화초라 나이는 찼는데, 아 직 애 같기만 하지."

"……"

"주치의가 그러더구만. 되도록 빨리 짝을 찾아 주라고 말일 세."

많은 것을 상상하게 하는 말이었다. 젬은 왕의 밀고 당기기 공격에 속절없이 무너졌다. 부모 잃은 고아의 마음에 태풍이 몰아쳤다.

가만히 앉아서 천막 장사만 해도 빚 갚는 데는 문제없는 상황이었다. 괜히 왕가의 일에 끼어 봤자 긁어 부스럼일 게 뻔했다. 그런데 왕의 얼굴을 보자니 말이 잘 안 나왔다.

"저는……."

"자네 마법 학도라면 유리 헤이트잉겔도 알고 있겠군?"

"예?"

젬의 눈이 번뜩 뜨였다. 유리 헤이트잉겔. 세기의 천재, 일명 닥터 유리. 유라레 최고 학자의 이름이었다.

"닥터 유리는 왕실 마법과학부 책임자로서 인재 양성에 열심이지. 자네가 힘써 준다면 내 그쪽에 자리를 마련해 줄 수도 있네."

"하겠습니다!"

귀 얇고 뒷일 생각 못 하는 젬의 못된 버릇이 또 고개를 들었다. 팔랑귀가 펄럭이는 게 눈에 보이는 듯했다. 아이가 '젬, 진심이에요?!' 하는 소리가 머릿속에 메아리쳤다.

"하하, 내 왕자궁에 거처를 마련하라 일러두겠네. 그 외에도 필요한 건 모두 제공하지. 왕자의 짝만 찾아 준다면 아까 말한 모든 걸 이뤄 주겠네."

망설일 틈도 없이 계약서가 완성되었다.

*   *   *

시간이 지나자 이성이 돌아왔다. 당사자를 직접 보지 못했다는 것도 문제였지만, 1년여를 왕성에 묶인 것도 큰일이었다. 물론 왕이 약속한 금액은 젬이 지난 1년간 벌어들인 금액보다 높은 액수였지만…….

"……잘한 거겠지?"

난 몰라요.

젬은 왕자궁으로 안내받았다. 왕자의 개인 공간에 속하는 2층 객실을 얻은 것도 모자라 왕실 중앙도서관 출입증과 왕실 내 실험실을 이용할 수 있는 권리, 왕성 출입증까지 얻었다.

그러나 한 가지, 닥터 유리에 관한 것은 의뢰가 끝난 뒤 얘기하자고 했다. 뭔가 속은 기분이었다.

"시간은 넉넉히 주겠네. 단 한 가지 당부함세. 자네는 최선을 다해야 할 거야."

왕의 목소리가 아직도 고막에 화상처럼 남아 있었다. 젬이 객실을 한 바퀴 둘러보았다.

유리창에 찌그러진 해가 비추고 있었다. 지대가 높은 성이라 멀리 산과 함께 왕도 시내 풍경이 한눈에 보였다. 반짝이는 석양이 물감을 뿌려 놓은 듯 화사했다. 침대는 몸이 꺼질 듯 푹신했고, 단순한 가구 일체 역시 나뭇결이 살아 있어 몹시 아름다웠다.

가만히 앉아 할 일도 없었다. 혹시 오다가다 왕자라도 만나지 않을까 싶어 괜히 2층 복도를 기웃거려 봤으나, 젬을 안내해 준 무표정 시종에게 눈총만 샀다.

"2층은 왕자님의 개인 공간입니다. 왕명으로 객실을 내어 드리긴 했으나, 주어진 공간 외에 함부로 들어가는 일이 없도록 해 주십시오."

젬은 뜨끔해서 알겠다고만 답했다. 어두워져 가는 복도에 하나둘 벽등이 켜졌다. 하나하나가 값비싼 마법석이었다. 과연, 유리 헤이트잉겔이 일하는 왕성다웠다.

"하나만 떼다가 팔고 싶다."

그런 말은 조용히 해야죠. 다 끝내고 집에 갈 때 챙깁시다.

"호호호."

부드럽고 온화한 조명 탓에 차갑게만 보이던 복도에 조금은 온기가 돌았다.

젬은 2층 중앙에 있는 하얀 문 근처에서 서성이며 창밖을 보았다. 성을 잇는 다리가 천천히 올라오는 것이 보였다. 요란한 소음이 멀게만 들렸다. 다리가 걷히자 성을 둘러싼 해자가 확연히 드러났다.

늦은 시간, 뱀처럼 꼬리가 긴 해자가 달빛을 반사하고 있었다. 젬은 멍하니 그것을 보았다. 초승달이 아름다운 밤이었다.

*　　　*　　　*

멀리 흐르는 해자가 보였다. 낮에도 밤처럼 시꺼먼 물줄기였다. 검은 뱀이 하얀 성을 둘러싼 격이었다. 실제로 구정물 수준이라고 들은 기억이 났다.

젬은 창턱에 팔을 기댔다. 성 외곽을 향해 난 창문이었다. 저 멀리 높이 솟은 빌딩과 검게 피어오르는 기차 연기가 보였다. 시내 쪽으로 쭉 뻗은 도로 위에 바삐 오가는 차들이 보였다.

고즈넉한 왕성 주변과 한눈에 대비되었다. 다른 시간축이 교차하고 있는 듯 묘한 감상을 불러일으켰다. 마침 왕성을 향해 오던 검은 차가 다리 위에 멈췄다.

"저거 저래도 되나?"

젬이 심드렁히 중얼거리며 길게 내려온 앞머리에 입으로 바람을 불었다. 알현을 신청한 지 벌써 두 시간째, 무표정 시종의 "기다려 달라"는 말만 세 번째였다. 반은 체념으로, 반은 오기로 시간과 싸우는 중이었다.

이 짓도 삼 일째였다. 왕국에서 가장 예쁘다는 막내 왕자는 미모만큼이나 콧대가 높은 모양이었다. 인연의 실을 확인하기는커녕 그림자도 못 봤다. 왕자의 속내가 눈에 보였다. 자기는 중매 생각 없으니 꺼지라, 그거였다.

'역시 급하게 계약하는 게 아니었는데…….'

후회해 봤자 이미 지난 일이었다. 왕과 계약한 이상, 카피레 왕자에게 얼른 짝을 찾아 주는 수밖에 없었다.

'후후, 알현은커녕 복도에 세 시간을 세워 두는 싸가지에게 짝을 찾아 줘야 하다니…….'

폐부 깊숙한 곳에서부터 한숨이 끓어올랐다. 한숨에도 색이 있다면, 아마 왕자궁에 일대 대피령이 내렸을지도 몰랐다. 젬의 마음처럼 시꺼멓게 탄 연기 때문에 앞이 보이지 않을 테니까.

"여기서 보는 풍경이 꽤 아름답지요."

"예?"

젬이 자세를 삐끗해 창턱에 팔꿈치를 찧었다. 워낙에 사람이 자주 오가는 복도였다. 스쳐 지나갈 줄 알았던 기척이 뜬금없이 옆에 멈춘 것이었다.

억, 소리를 참으며 젬이 시선을 돌렸다. 이상하리만치 낯이 익은 미남이 당황해선 손을 내밀었다. 젬은 저도 모르게 '우리 어디서 본 적 있죠?' 하며 손을 마주 잡을 뻔했다. 그 전에 남자의 정복에 시선이 간 게 천만다행이었다.

"괜찮으십니까?"

"어어어……."

짙은 남색 정복에 어깨에 댄 금장, 왼쪽 가슴에 달린 왕가의 문양과 붉은 배지가 눈에 들어왔다. 젬이 튕기듯 몸을 바로 세웠다.

"괘, 괜찮습니다!"

"실례. 놀래킬 마음은 없었습니다."

젬은 차마 남자를 바로 보지 못하고 정복에 달린 배지에 시선을 고정했다. 그린 듯한 미소가 잘 어울리는 남자였다. 살짝 넓은 이마와 부드러운 목소리. 보르누 왕세자였다.

"사색을 방해한 모양입니다."

"예, 예에, 아, 아뇨, 아뇨!"

낮은 웃음소리가 들렸다. 젬이 무심결에 고개를 들었다. 왕세자의 부드러운 눈웃음과 정면으로 마주쳤다. 젬은 저도 모르게 헤, 하고 따라 웃었다.

"카피레를 보러 왔는데, 보아하니 오늘도 게으름을 피우는 모양이군요."

"바, 바쁘시다네요. 하하."

"흠."

보르누가 굳게 잠긴 문 쪽을 흘깃 보았다. 젬은 저도 모르게 복도를 둘러보았다. 기사도 시종도 보이지 않았다. '설마 혼자 왔을 리는 없고, 뭐지?' 하고 젬이 안절부절못할 때였다. 보르누가 말을 걸었다.

"얘기는 들었습니다. 카피레를 위해 오셨다고요."

"저, 저를 아십니까?"

"콘 백작 부인과 레임 단장은 모두가 축복하는 커플이지요. 신이 내린 중매 솜씨라 소문이 자자합니다."

"하. 하. 과찬이십니다."

중매 선생. 황금알을 낳는 닭처럼 소중한 이름이었다. 그러나 막내 왕자를 제대로 만나지도 못한 지금은 불편하기만 했다. 젬이 화제를 바꾸고 싶어 안달복달하던 때였다.

맞은편 응접실 문이 양쪽으로 갈렸다. 미간에 잔뜩 힘을 주고 나오던 무표정 시종이 보르누를 보곤 눈썹을 꿈틀거렸다. 보르누가 활짝 웃었다.

"코다. 카피레는?"

"……전하. 기별도 없이."

무표정 시종이 젬 쪽을 흘깃 보더니 말을 삼켰다.

"……몸이 불편하신 모양입니다."

"이런, 그렇담 쉬어야지. 그냥 두게. 급한 일은 아니니까."

시종이 꾸벅하고는 쏙 들어가 버렸다. 말할 필요도 없이 무례한 행동이었다. 젬이 당황하여 문과 보르누를 번갈아 보았다. 보르누는 눈 하나 깜작 않는 눈치였다.

젬은 눈만 깜박이다 뒤늦게 억울함이 솟았다. 젬이 기다릴 때는 왕자가 자는지 일어났는지조차 일언반구 없던 양반이었다.

"애가 몸이 약해서 종종 이럴 때가 있답니다. 또 뭐에 심통이 났는지……."

"몸이 많이 안 좋으신가요?"

"신경 쓸 일이 있으면 종종 앓아눕는 정도지요. 많이 좋아졌답니다. 후후, 그러니 아버님께서 이렇게 중매 선생을 부르신 것 아니겠습니까."

보르누가 한쪽 눈을 찡긋했다.

"날 때부터 조마조마했던 아이였는데 언제 이렇게 커선…….
어리광이 많아 지금도 가끔 투정을 부리곤 합니다만."

보르누의 표정이 아기 고양이를 보듯 달콤해졌다. 젬은 "아,
예" 하고 맞장구치는 수밖에 없었다. 투정이라니, 귀여운 포장이
었다. 나이 차이가 크게 나는 동생을 퍽 아끼는 티가 났다.

"그런 의미에서, 동생을 잘 부탁드립니다."

보르누가 살짝 고개를 끄덕이며 말했다. 젬은 새삼 보르누의
눈을 정면으로 마주 보았다. 눈이 마주치자 습관적으로 지어 보
이는 미소가 화면에서 보던 것처럼 상큼했다.

삐삐삐, 하는 알림음이 울렸다. 왕세자가 바지 주머니에서 휴
대폰을 꺼내 확인하곤 아쉬운 표정을 지었다.

"아쉽지만 여기서 실례해야겠군요. 그럼 동생을 잘 부탁드립
니다. 응원하겠습니다."

왕자가 장난스레 두 주먹을 쥐고 파이팅 포즈를 취해 보였다.
부담스럽기 짝이 없었다. 어서 가 주기를 바라는 바람으로 젬은
목이 부서져라 고개를 끄덕였다.

허리까지 오는 짧은 망토가 그의 몸짓에 나부끼며 복도 저편
으로 사라졌다. 영화의 한 장면 같은 퇴장이었다. 젬은 성수 맞
은 악마처럼 창가에 기대어 축 늘어졌다. 어깨에 실린 짐이 백배
로 무거워진 기분이 들었다.

"이거 대충할 수도 없고 이거 진짜……."

소문대로 인상 좋은 사람이었다. 온화한 왕이 될 재목으로 보

였다. 그에 비하면 문전박대 싸가지는 인간이 덜됐다고 하겠다. 그 주인에 그 종이라. 젬이 손목시계를 확인했다. 아까 시종이 말하길 몸이 불편하다 했겠다.

'계속 기다릴 것인가, 오늘도 포기할 것인가.'

젬이 끙, 하고 몸을 일으킬 찰나였다. 창에서 산뜻한 바람이 불었다. 해자 위에 놓인 다리에 정물처럼 놓여 있던 검은 차에 변화가 생겼다. 흰 모자를 쓴 남자가 문을 열고 나온 것이다.

'아니, 아직까지 저기 서 있었단 말이야?'

젬이 몸을 낮추고 다리 쪽을 빤히 내려다보았다. 흰색 모자를 쓴 사람은 키가 크고 자세가 곧아 보였다. 기분 탓일까? 모자 쓴 남자가 자리에 서서 젬 쪽을 향하고 있었다. 눈이 마주친 느낌이 들었다. 젬은 저도 모르게 벽 쪽에 붙어 섰다.

성 쪽에서 키 큰 기사 사내가 흰 모자에게 달려갔다. 가까이 붙어선 뭐라 얘길 나누더니 흰 모자와 함께 뒷좌석에 올라탔다. 기다렸다는 듯이 차가 출발했다. 다리를 뒤돌아 가는 것이 아니라 성 안쪽 방향이었다.

'뭐 하는 사람이지?'

젬이 몸을 길게 빼서 작아지는 차 꽁무니를 눈으로 좇았다. 뒤에서 문 열리는 소리가 났다.

"중매 선생님."

"예!"

젬이 몸을 돌렸다. 무표정한 시종이 복도 양쪽을 확인하고는 고개를 까딱했다.

"왕자님께서 몸이 좋지 않아 도저히 안 되겠다고 하십니다. 내일 또 찾아 주시지요."

"잠깐만요, 제게 끝내주는 피로회복약이 있습니다!"

"죄송하지만, 선생님."

시종이 전혀 죄송하지 않은 얼굴로 말했다.

"내일 또 찾아 주시지요."

사흘째 맞는 퇴짜 선언이었다. 달칵 소리와 함께 문이 닫혔다. 때마침 지나가던 시종 두엇이 킥킥 소리를 냈다. 젬은 주섬주섬 망토 아래 상비하던 피로회복약을 꺼내 원샷 했다. 크으으, 하고 술 마신 아저씨 소리가 터졌다.

굳게 닫힌 백색 문은 미동 하나 없었다. 젬 마키나. 가진 건 빚과 오기뿐. 젬이 입가를 소매로 훔치며 문을 노려보았다. 예민하고 변덕스러운 데다 제멋대로인 왕자님이라…… . 생각보다 긴 싸움이 될 것 같은 예감이 들었다.

*　　*　　*

젬은 왕자궁에서 조금 떨어진 별관 한복판에 서 있었다. 새하얀 복도에 마법석이 은은한 빛을 뿌렸다. 아직 밖이 환한 시간. 누가 봐도 사치에 지나지 않은 낭비였다.

별궁에 위치한 왕실 사무처 중에서도 한 층을 다 차지하는 부서. 왕실 부처 중에서도 가장 유명하고 가장 돈 잘 번다는 곳이 바로 이곳, '왕실 마법과학부'였다. 참으로 부담스럽게도, 젬이 실험실을 빌릴 곳이기도 했다.

통칭 마과부는 천재 학자 유리 헤이트잉겔의 근무처로도 유명했다. 왕국에서 가장 저명한 학자이자 젬의 롤모델인 사람이었다. 마법학을 배우는 사람 중 그를 흠모하지 않는 사람은 없었다.

어린 나이에 왕실 마법학자로 들어가 마법석을 이용한 이동 수단 및 통신 장비 개발. 허풍처럼 내려오던 마법 시대 이야기를 현실로 바꾼 천재. 오늘날 유라레의 번영은 이 사람이 없었다면 불가능했다고 해도 과언이 아니었다. 살아서 교과서에 등재된 최초의 인물. 그가 바로 유리 헤이트잉겔. 닥터 유리였다.

'진짜 만나면 어쩌지? 내가 그를 알아볼 수 있을까?'

왕이 소개시켜 주겠다곤 했으나 아직 왕자의 얼굴도 보지 못한 상황에선 꿈도 못 꿀 일이었다. 젬은 쿵쾅대는 심장을 애써 다스렸다. 신변 노출을 꺼리는 성정 탓에 유명세에 비해 공개된 정보가 극히 적은 유리였다. 교과서에 실린 흑백 사진이 그가 남긴 공식 기록의 전부였는데, 그마저도 20년도 더 전에 찍은 것이라 했다.

"사인받고 싶은데……."

받아서 팔려고요?

"내 장기를 파는 한이 있어도 닥터 유리의 사인은 가보로 물려 줄 테다."

돈 귀신이 웬일이래.

때마침 문이 양쪽으로 갈라졌다. 안에서 흰 가운을 걸친 사람들이 소 떼처럼 우르르 몰려나왔다. 젬이 반사적으로 한걸음 물러섰다. 이쪽을 알아본 눈길에 호기심과 비웃음이 섞였다. 따끔따끔한 시선을 젬은 일부러 모른 척했다.

"……쟤가 개야?"

"이름이 중매래. 중매 선생."

"그래 봐야 마법약 사기꾼 아냐? 사랑의 마법약 전문이라며? 그거 죄 사이비아냐?"

키득키득 멀어지는 수군거림에 뒷목까지 따끔따끔했다. 같은 '마법' 자가 들어가도 마법과학부와 여타 마법학부는 대접이 하늘과 땅 차이였다. 닥터 유리가 창시한 마법과학은 현재 유라레에서 가장 인기가 많은 학부였다. 마법약학은 그에 비하면 지는 해 정도가 아니라 그믐달 수준이라 하겠다. 사랑의 묘약이 복고 열풍으로 인기를 얻었다곤 하나 퇴물 취급이 완전히 가신 것도 아니었다.

'……배운 놈들이 더하다더니.'

젬은 입술 안쪽을 잘게 물며 참을 인 자를 새겼다. 이래서 중매 선생이란 별명이 좋지만 싫은 거였다. 젬은 부러 당당한 걸음으로 마법과학부에 들어섰다.

첫눈처럼 하얀 실험복을 입은 마법과학자들 사이에 검은 연금술 코트가 홀로 섰다. 젬은 망설임 없이 데스크 직원에게 직행했다. 가시 같은 시선이 온몸에 꽂혔다. 젬은 후드를 깊게 눌러썼다. 몇 번을 와도 익숙해지지 않을 분위기였다.

직원이 넘겨준 키를 받아 복도 구석으로 재게 걸었다. 작은 문에 서둘러 열쇠를 꽂고 서둘러 문을 닫았다. 왕이 빌려준 개인 실험실이었다. 마과부 내에 있는 조각 방 하나를 떼 준 거였지만 그게 어딘가. 하고 싶은 실험에 눈치 볼 것 없었고 재료도 모두 공짜였다.

"흐흐, 신청만 하면 금가루가 무한 제공……."

머리가 꽃밭이라 좋으시겠어요.

"눈곱이나 떼렴. 아이."

아이가 하품하며 젬의 후드에서 몸을 빼냈다. 핑크색 빛 가루가 날갯짓을 따라 허공에 뿌려졌다. 탐스러운 벌꿀색 머리카락이 어스름한 실험실 빛을 반사했다.

결국 오늘도 못 만났잖아요. 그냥 국왕에게 부탁해서 자리를 만드는 건 어때요?

"신신당부한 게 그 모양일 텐데 뭐."

그건 그렇지만요.

"일단 경계심을 무너뜨릴 필요가 있어."

경계심 많은 들고양이를 길들이는 기분이었다. 젬이 팔짱을 꼈다. 지금까지 일을 종합하면, 카피레는 몸이 약하고 신경질적이며 변덕스러운 싸가지일 확률이 높았다. 반복되는 문전박대도 고의일 가능성이 컸다. 99.9999%라 보았다.

젬이 상의를 걷어 금서를 꺼내 탁탁 털었다. 여전히 퀴퀴한 곰팡내가 풍겼다. 아이가 옆에서 금서를 뒤적이다 한 페이지에서 멈췄다.

그렇담 이 약은 어때요?

젬이 눈을 가늘게 떴다.

"사람의 기분이 보이게 되는 약? 이런 게 있었나?"

젬이 안경을 고쳐 썼다. 깨알 같은 글씨로 설명이 달려 있었다.

"사람의 감정을 색으로 볼 수 있게 되는 약. 초급편. 약효는 12시간…… 살살 감정 봐 가며 기분이나 맞춰 줘라, 이거지?"

재료도 만만한 편이지요?

"더 좋은 약은 없어? 사람의 이상형을 알게 되는 약이라거나, 마음의 소리를 듣게 되는 약이라거나."

젬. 대머리 되고 싶지 않거든 주제 파악부터 해요. 여기 젬 수준이라고 친절하게 적혀 있잖아요. 초보자를 위한 초급편.

아이의 무시 발언도 이제 귀에 박혔다. 언젠가 저 코를 납작하게 만들어 주고야 말리라. 젬은 페이지를 찬찬히 확인했다.

아이 말대로 재료도 만만하니 만드는 것도 뚝딱이었다. 젬은 긴가민가하며 약을 완성했다. 오묘한 보라색 액체에서 걸레 빤 물과 초콜릿이 섞인 것 같은 냄새가 났다.

"별로 먹고 싶은 냄새는 아니네."

먹고 안 죽으면 됐죠, 뭐.

젬과 아이가 실험실을 나가고 한참이 지났을 때였다. 불 꺼진 실험실에 열쇠 돌아가는 소리가 났다. 검은 그림자가 실험실 공기를 들이마시듯 냄새를 맡더니, 쓰레기통과 데스크 서랍을 살피기 시작했다.

*   *   *

"실험용 금가루 말이야. 조금씩 모아서 녹이면 금덩이로 만들 수 있지 않을까?"

하도 심심해서 잠시 정신을 놓으셨나 봐요. 공무원이 아니라 죄수가 되고 싶은가 보죠?

주변을 휘 둘러본 젬이 등받이에 몸을 축 늘어트렸다.

"역시 취소, 취소. 그래도 어제보단 나은 상황 아냐? 일단 실내에 앉아 있잖아."

그럼 뭐해요. 코빼기도 안 보이는 건 똑같은데.

무슨 바람이 불었는지 알현 신청을 받아들인 왕자였다. 젬은 옳다구나, 하고 미끼를 덥석 물었다. 약도 빈틈없이 챙겼다. 머릿속으로 시뮬레이션도 마쳤다. 부드러운 분위기로 싸가지의 경계심을 흐린 다음, 만능 해결사인 아이로 인연의 실을 더듬을 생각이었다.

젬은 굳게 닫힌 하얀 문에 잠시 시선을 던졌다. 양각으로 새겨진 장식적 무늬는 앞뒤가 같은 모양이었다. 사흘간 지겹도록 봐온 무늬임에도 어제보다 백배는 사랑스러웠다. 며칠간 밖에서 보던 문 안쪽을 겨우 눈에 담는 순간이었다.

왕실 가족의 초상화와 절제된 가구로 꾸며진 응접실이었다. 무거운 색채의 커튼과 양탄자가 중심을 잡았고, 크림색 가구가 화사함을 더했다. 퍽 아름다운 방이었다. 잠시간이지만 눈이 즐거웠다.

무표정한 시종은 어딜 갔는지 보이지 않았다. 투명한 크리스털 잔에 맹물이 한가득 담겨 있었다. 그의 태도는 오늘도 한결같았다. 방심한 순간 물먹을 가능성도 다분해 보였다. 젬이 물 잔을 들었다 놨다 하며 달그락 소리를 냈다. 품 안에 숨겨 온 약병이 이상하리만치 무겁게 느껴졌다.

'약효는 12시간. 알현 가능한 시간은 짧게는 10분, 길어 봐야 1시간이 될까 말까.'

왕자를 만나야 먹든지 말든지 할 텐데. 문 두드리는 소리가 난 것은 그때였다. 젬이 팅기듯이 허리를 바로 세웠다. 대답을 기다리지 않고 문이 벌컥 열렸다.

"중매 선생님?"

"예, 젬 마키나입니다."

예의 무표정한 시종이었다. 그가 무감한 목소리로 고했다.

"왕실 회선으로 전화가 왔습니다."

"제게요?"

"그렇습니다."

뜬금없는 소식이었다. 젬이 어색한 미소를 지었다.

"올 사람 없는데요. 전 개인 번호도 없어서……."

부모님이 돌아가신 뒤, 젬이 가장 먼저 한 일이 휴대폰을 없앤 것이었다. 마법과학의 정점이라 불리는 휴대폰은 유지비만 해도 젬의 한 달 식비에 맞먹는 사치품이었다.

"없다면 만드셔야 할 겁니다. 왕실 회선은 손님 개인용으로 쓸 수 없으니까요."

"누구죠?"

"엘리지라고 하면 아실 거라더군요."

젬은 얼떨떨한 상태로 시종을 따라갔다. 금과 보석이 유물처럼 박힌 전화기에 귀를 가져다 댔다. 긴가민가하던 젬의 표정이 곧 허탈하게 풀렸다. 엘리지 영애. 지금은 옌 백작 부인이라고 불러야 할 그녀는 한때 젬의 고객이었다.

* * *

"어떻게 내가 궁에 묵고 있는 걸 알았지?"

소문이 쫙 퍼진 모양이죠. 중매 선생이 천막 가게 접고 궁으로 출장 갔다고.

"오늘에야말로 왕자를 만날 기회였는데……."

젬이 버스 기둥에 기대어 몸을 웅크렸다. 텅 빈 버스가 잘 닦인 도로를 죽죽 달려가고 있었다. 창밖에 스치던 나무와 산이 어느 순간 사라지고 높이 솟은 빌딩 숲이 모습을 드러냈다.

"아아, 돈만 받고 나르고 싶다. 나중 일 따위 외면하고 싶다아아아."

어휴, 한심해, 한심해.

젬은 시종이 빌려 준 왕실 공용 휴대폰을 들고 오랜만에 시내로 향하는 길이었다. 공용이라고 해도 젬이 전에 쓰던 기종과 별 차이가 없었다.

시내와 왕성을 오가는 왕실 통근 버스가 뻥 뚫린 길을 막힘없이 달렸다. 속세와 동떨어진 이미지와 달리 왕성과 시내는 채 30분이 걸리지 않는 거리였다. 버스가 시계탑 근처 정류장에 섰다.

차를 기다리는 사람들이 줄지어 서 있었다. 왕실 문양이 박힌 버스에서 홀로 내리는 젬에게 잠시 시선이 쏠렸다. 젬은 서둘러 정류장을 벗어났다.

매캐한 매연 냄새, 높이 솟은 건물들이 반가웠다. 이게 얼마 만에 밟아보는 거리란 말인가. 멀리 건물 숲 사이로 세라피스 학원 종탑이 보였다. 후드 안쪽에서 코웃음 치는 소리가 들렸다.

누가 보면 십 년 만에 귀향한 사람인 줄 알겠네요.

"기분만 따지자면 그 정도로 기쁜 거 맞아."

약속 장소는 정류장에서 가까운 곳에 있었다. 젬은 빌딩 사이를 지나 높은 미로처럼 얽힌 골목으로 들어섰다. 어디선가 커피 냄새가 풍겨 오고 있었다. 왕도에서 가장 번화한 카페 골목이었다.

막 티타임이 끝날 시간이었다. 둘, 셋씩 짝지어 돌아다니는 사람들로 골목이 복작거렸다. 코너를 몇 번 돌자 각양각색의 카페 간판이 줄을 이었다. 젬은 아기자기한 카페 외관들을 눈여겨보다가 한 가게 앞에 멈췄다.

투명한 유리창 안쪽에 마카롱 케이크가 크리스마스트리처럼 장식되어 있었다. 파스텔 톤 무지개색으로 꾸며진 케이크 주위에 앙증맞은 봉제 인형이 포즈를 잡고 있었다. 바닥에는 복잡하고 화려한 레이스 패턴이 깔려 있었다.

젬이 힐끔 유리창 안쪽을 보았다. 테이블에 마주앉아 담소하는 객들, 그들 뒤로 길게 늘어선 케이크 진열장이 보였다.

카페 마카롱. 왕도에서 가장 유명한 찻집 중 하나였다. 무엇보다 디저트가 맛있기로 소문이 자자했다. 교수님이 수고비로 한두 개 건네줄 때 외에는 맛볼 기회도 없을 만큼 비싼 가게이기도 했다. 젬은 침을 꼴깍 삼키며 문 앞에 섰다. 심호흡하고 발을 옮기려는 순간, 안쪽에서 문이 열렸다. 젬은 발을 들이는 대신 뒷걸음질 칠 뻔했다. 문고리를 잡은 문지기가 그린 듯한 미소로 활짝 웃었다.

"어서 오십시오. 예약 손님이십니까?"

"에, 엘리지 도어……."

"잠시만 기다려 주십시오."

검고 긴 앞치마를 두른 웨이터가 젬을 안쪽으로 안내했다. 적당한 음량의 실내악이 가게 분위기를 부드럽게 만들어 주었다. 젬의 눈동자에 빛 가루가 부서졌다.

널찍하게 배치된 부드러운 색감의 원목 가구, 의자에 놓인 배가 통통하고 날개가 달린 파스텔 톤 쿠션들. 구석구석을 장식한 봉제 인형들. 무엇보다 코에 스미는 달콤하고 고소한 향기가 젬의 이성을 흔들었다.

"먼저 주문하시겠습니까?"

"아, 아뇨. 일행이 오면요."

혹시 바람맞을 경우를 대비해야 했다. 조금만 참자. 착하게 기다리면 마음껏 먹을 수 있는 기회가 올 거야. 조금, 조금만 더……. 젬의 의지와 상관없이 콧구멍이 벌름거렸다. 입 안에 침이 잔뜩 고였다. 코만 행복할 뿐 눈, 입, 정신 모두 괴로웠다. 생고문이 따로 없었다.

마침 젬이 앉은 자리에서 대각선 방향에 유난히 눈에 띄는 테이블이 있었다. 다름이 아니라 테이블에 놓인 디저트 개수가 어마어마했다. 옆 테이블을 하나 더 붙여 놓았는지 자리에 비해 너비가 길었다.

멀리서 보아도 유혹적인 자태였다. 손바닥만 한 조각 케이크와 타르트가 종류별로 놓였다. 케이크 진열장을 그대로 옮겨 놓은 것처럼 보였다. 알록달록한 색색의 디저트가 부드러운 조명을 받아 반짝반짝 빛나고 있었다.

'빚만 다 갚으면 나도 저런 돈지랄 좀 해 봐야지.'

……진짜 할 수 있을까? 젬은 힐끔힐끔 곁눈질했다. 테이블 세팅만 보면 카페에서 반창회라도 열 태세였다. 아직 사람이 다 안 온 거라든가……. 젬은 힐끔힐끔 그쪽을 쳐다보았다.

두 사람이 테이블을 보고 마주 앉아 있었다. 크림색 흰 모자를 푹 눌러쓰고 금발을 느슨하게 묶은 사람이 스푼을 든 채 턱을 괴고 있었다. 뭘 먹을지 고민하는 것처럼 보였다. 얼굴은 잘 보이지 않았지만, 모자 아래로 드러난 턱선이 옥을 깎은 듯 매끄러웠다.

잘 익은 딸기색 입술이 흰 생크림을 핥았다. 젬이 지레 놀라 물을 벌컥벌컥 마셨다. 요망한 입술이었다.

모자 맞은편에 앉은 사람은 키가 매우 컸다. 자기 머리만 한 카메라를 들고 시종일관 찰칵대느라 얼굴을 확인할 수 없었다. 살짝 귀를 덮는 숏컷에 늘씬한 체형으로, 남잔지 여잔지 성별을 가늠하기 힘든 인상이었다. 숏컷이 뭐라 주문하자 모자가 몇 번 포즈를 바꿨다. 그때 모자 앞에 놓인 파르페에 시선이 꽂혔다.

'저, 저건!'

젬의 동공에 지진이 일어났다. 저렇게 생긴 파르페는 생전 처음 봤다. 쇼윈도에 있던 마카롱 케이크만 한 크기였다. 생크림과 아이스크림, 초콜릿과 과자가 켜켜이 쌓인 데다 딸기가 듬뿍 장식되어 있었다.

가게 벽에 붙은 광고지가 보였다. 계절 한정 메뉴. 스페셜 파르페. 하루 10개 한정 판매 어쩌고저쩌고. 아래 붙은 가격에 젬은 자기 눈을 의심했다. 뭔 놈의 파르페 하나 가격이 4인 가족 한 끼 외식값이었다. 저런 걸 혼자 깨작깨작 먹고 있다니.

젬, 그쪽 좀 그만 봐요.

"나만 보는 거 아냐. 다들 보잖아."

현재 가게에서 스페셜 파르페를 먹는 테이블은 저곳 하나뿐이었다. 주변 소리를 다 잡아먹는 셔터 음도 시선을 모으는데 한몫했다. 어휴, 하는 아이의 한숨에 뒷목이 간질간질했다.

그때였다. 모자가 스푼을 탁, 소리 나게 내려놓았다. 찰칵찰칵, 깔리던 셔터 소리가 죽은 듯이 잠잠해졌다.

모자가 주변을 휘 둘러보았다. 시선이 마주친 것 같은 느낌이 들었다. 젬이 얼른 물을 마시는 척했다. 아까 죄 마셔 버린 통에 덜 녹은 얼음만 입에 와르르 쏟아졌다. 지금껏 눈치채지 못했던 피아노 선율이 실내에 잔잔히 깔렸다. 모자가 입을 열었다.

"계산해."

생각보다 낮은 목소리였다. 숏컷이 엉거주춤 카메라를 내려놓았다. 두꺼운 뿔테에 약간 긴 앞머리가 눈을 살짝 가리고 있었다.

"아직 남았는데······."

"안 먹어."

"맛있어 보이는데요."

"먼저 간다."

모자는 아랑곳 않고 자리에서 일어났다. 젬이 헉, 하고 자세를 바로잡았다. 모자가 젬 쪽으로 걸어오고 있었다. 출입구로 가려면 젬의 테이블을 지나야 했던 것이다. 젬은 부러 메뉴판을 보는 척했다.

모자가 곁을 스치고 지나갈 때 젬은 저도 모르게 코를 킁킁거렸다. 향긋하고 독특한 냄새가 코를 간질였다.

'뭐지?'

젬은 출입구 쪽으로 멀어지는 모자의 뒷모습을 잠시 보았다. 그러다 퍼뜩 고개를 돌렸다. 숏컷이 엉거주춤 일어나 쇼핑백과 카메라를 챙겨 자리에서 일어나고 있었다. 서, 설마, 아니겠지? 한두 스푼이나 떴을까 싶은 파르페가 빈자리에 덩그러니 놓여 있었다.

세상에, 젬은 누구에게랄 것 없는 원통함에 속이 꽉 막혔다. 보아하니 숏컷은 포장해 갈 생각도 없는 듯했다. 아무렴. 이미 양손에 짐이 한가득이었다. 이로써 젬의 머릿속에 진정한 돈지랄의 개념이 바뀌었다. 먹고 싶은 디저트를 잔뜩 시키는 것만으로는 부족했던 것이다.

젬은 속으로 피눈물을 흘렸다. 자신은 죽을 때까지 돈지랄을 할 수 없으리란 강한 예감이 들었다.

그때 커다란 모자를 쓴 어린 부인이 가게 문을 열고 들어왔다. 레이스 손수건을 손가락에 감아쥔 부인이 젬과 눈이 마주치곤 눈가를 훔쳤다. 멀리서 봐도 눈가가 퉁퉁 부어 있었다. 젬이 자리에서 엉거주춤 일어섰다. 젬의 약속 상대인 옌 백작 부인, 엘리지 도어였다.

*　　　*　　　*

세 시간가량 쉼 없이 남의 가정사를 들었더니 심신이 피로했
다. 입에서 단내가 올라왔다. 그토록 기대했던 가게였는데 무슨
맛으로 먹었는지 기억에 없었다. 아니, 진짜 먹기는 했는지 의심
스러웠다. 먹어도 먹은 게 아닌데 배만 불렀다. 젬은 억울하고
서러워서 코가 시큰했다.

"억울하다. 맛은 기억도 안 나는데 이게 다 살로 가다니……."

일하러 왔지, 놀러 온 게 아니잖아요.

"일 반, 휴식 반이었어!"

참 자랑이십니다.

젬은 끙끙대며 미간을 찌푸렸다. 어둑해진 거리엔 인적이 드
물었다. 가로등에 희미한 빛이 감돌기 시작했다. 미로처럼 얽힌
카페 골목엔 벽등과 가로등이 촘촘히 깔린 편이었다. 골목 저편,
높이 솟은 건물 숲에 하나둘 불이 들어왔다. 알록달록한 간판이
띄엄띄엄 빛을 냈다.

결과만 말하자면 부인은 행복한 얼굴로 집으로 돌아갔다. 발
간 토끼 눈을 해 가지고 헤실헤실 웃으며 춤추듯 가게 문을 나섰
다. 잠시 시간을 가져 볼까 한다며 하소연을 늘어놓던 엘리지는
남편의 전화에 점차 표정을 허물더니, 마지못한 척 돌아가기로

했다.

나가기 전, 엘리지는 젬에게 감사하다는 말을 여러 번 덧붙였다. 젬이 한 일은 고개를 끄덕이며 "음, 음" 반응한 것이 다였으나 충분히 감사받을 만한 일이었다. 호된 감정 노동 값으로 계산은 물론 엘리지가 했다.

해피엔딩일까? 해피엔딩이었다. 다만 본의 아닌 게 물 건너간 알현 문제가 마음에 걸렸다. 어떻게 얼굴이라도 보면 좋으련만. 젬이 목 근육을 풀며 기지개를 켤 찰나였다.

젬이 목에 건 휴대폰에서 빨간 불이 깜박이더니 사이렌 소리가 터졌다. 웨에에에엥, 하는 소리가 좁은 골목을 왕왕 울렸다. "뭐, 뭐야!" 하며 젬이 허둥지둥 폴더를 열었다. 딱딱한 목소리가 다짜고짜 본론을 꺼냈다.

"아직 시내에 계신 모양이군요."

"예? 아니, 어떻게……."

"위치 추적 마법이 걸려 있으니까요. 왕실 통근 버스 막차는 7시. 성문은 9시면 폐쇄됩니다."

짙게 물든 석양빛이 골목까지 내리고 있었다. 가로등이 골목에 긴 그림자를 드리웠다. 젬이 주변을 둘러보며 혼잣말처럼 물었다.

"하, 하룻밤 자고 가도 될까요?"

"통금을 어기실 경우 국왕께 바로 보고가 올라갑니다. 아마 일이 복잡해지겠지요, 중매 선생님."

"잼, 마키나입니다…….."

힘도, 백도 없는 잼이 거기서 뭘 더 말하랴. 반사적으로 제 이름을 덧붙인 잼은 오늘 안에 들어가겠노라 약속하고 전화를 끊었다. 귀신도 도망갈 시종 같으니……. 휴대폰 액정에 표시된 시간은 6시 반에 가까웠다. 정류장이 가까우니 망정이었다.

좁은 골목이 이리저리 얽힌 카페 거리는 밤이면 미로나 마찬가지였다. 해가 지기 전에 서둘러 움직여야 했다. 잼의 걸음이 살짝 급해졌다. 막 모퉁이를 지나 지름길로 들어설 찰나였다.

억, 소리와 함께 잼이 엉덩방아를 찧었다. 옆 골목에서 뛰쳐나오던 누군가와 제대로 부딪친 것이었다.

충격이 엉덩이뼈를 타고 올라와 골까지 찌르르했다. 상대가 벽을 짚고 비틀거리는 것이 보였다. 몸이 단단하고 키가 장대처럼 큰 사람이었다. 가장 먼저 떠오르는 생각은 '시비 걸리거나 치료비 뜯기면 어떡하지?' 였다. 잼은 급한 마음에 큰소리부터 쳤다.

"이, 이봐요! 갑자기 튀어나오면 어떡해요?!"

"죄송합니다."

허스키한 목소리였다. 상대가 자세를 바로잡고 잼의 손을 덥석 잡아 일으켰다. 못이 박혀 울퉁불퉁한 손바닥, 거친 감촉이었다. 고운 일을 하는 사람의 손은 아니었다.

'어어, 이게 아닌데…….'

상대가 너무 순순히 나오자 되레 멋쩍어진 잼이 괜히 엉덩이를 털었다. 허스키한 목소리가 안절부절못하는 기색으로 발을 굴렀다.

"실례하겠습니다. 제가 급한 일이 있어서……."

"예?"

"그럼!"

젬이 고개를 들었을 때, 허스키한 목소리는 이미 골목 저편으로 사라진 뒤였다. 스치듯 본 상대의 얼굴이 어딘가 낯이 익었다. 젬은 그가 튀어나온 골목을 힐끔 봤다가 아, 하고 자리에 멈췄다.

크림색 모자가 좁은 골목 벽에 기대어 가쁜 숨을 몰아쉬고 있었다. 낮에 카페에서 상상 이상의 돈 낭비를 보여 준 바로 그 사람이었다.

'뭐, 뭐지? 치정 싸움? 살인 미수? 아니면 둘 다?'

젬의 머릿속에 한 편의 드라마가 펼쳐졌다. 가느다란 신음이 귀에 박혔다. 흰 모자는 대단히 고통스러운 기색이었다. 젬이 뒷걸음질 치려는 발을 억지로 바닥에 붙였다.

저 인간 뭔가 이상한데요.

"나 장님 아니거든?"

첫걸음만 망설였을 뿐 다음은 가벼웠다. 모자는 희미한 벽등 아래에 주저앉아 가슴팍을 움켜쥐고 있었다. 붉은 석양과 골목 그림자가 흰 코트를 물들였다. 턱을 목 가까이 붙이고 헉헉대는 모습이 심상치 않았다. 금발이 달라붙은 관자놀이를 타고 이슬

같은 땀방울이 또르르 떨어졌다.

"이, 이봐요. 괜찮아요?"

또다. 기이하리만치 달콤한 향기가 콧속으로 스몄다. 젬의 눈이 살짝 흐려지려는 찰나, 모자가 젬의 손을 쳐 냈다. 짝, 하는 소리가 골목에 퍼졌다. 찌릿찌릿한 아픔보다 기막힘이 더 컸다. 모자가 나지막이 상소리를 뱉었다. 젬은 기가 막혀 입만 뻐끔거렸다.

"……꺼져!"

'뭐 이런 개 싸가지가…….'

물에 빠진 사람 구해 줬더니 보따리 내놓으라는 말이 떠올랐다. 모자는 제가 쳐 놓고는 진이 빠져선 욕만 중얼거렸다. 그냥 두고 갈까? 아니, 보통 부자가 아닌 것 같던데, 사례금을 받을 수도 있지 않을까? 젬이 갈등하는 사이 모자가 신음하며 상체를 바닥에 구부렸다. 젬이 반사적으로 부축했다.

"아, 어디가 아프냐고요!"

"제기랄, 빌어 처먹을 사랑의 묘약……."

젬은 저도 모르게 헉, 소리를 냈다. 한때 사랑의 묘약으로 돈 좀 만진 자로서 뜨끔하지 않을 수 없었다. 사랑의 묘약이 어쨌단 거지? 과다 복용? 부작용?

"이, 이봐요. 사랑의 묘약 때문에 그래요? 어디서 산 거예요? 언제? 얼마나? 증상이 어때요!"

"……시끄럽고 꺼져!"

"아, 말을 해 줘야 뭐든 해 줄 거 아녜요!"

모자의 관자놀이에 식은땀이 뚝뚝 흘렀다. 검붉은 석양에도 낯이 창백했다. 반 죽어 가는 모양샌데도 분위기가 제법 살벌했다. 아까 도망치듯 달아난 인간이 범인인가?

'하여튼 불량품 파는 놈들은 천벌을 받아야 해!'

젬이 급한 손길로 겉옷 안쪽을 뒤졌다. 빽빽이 꽂힌 약병들의 모든 위치는 머릿속에 저장되어 있었다. 응급처치용 약병은 손에 닿기 쉬운 곳에 두는 법. 젬은 손가락으로 품번을 가늠해 사랑의 묘약 중화제를 땄다.

"일단 이것부터 마셔요. 얼른!"

"저리 가라고!"

"이게 얼마짜린 줄 알아! 환자는 가만히 있어!"

싸가지의 상태가 시시각각 악화되는 게 눈에 보였다. 입만 살았지, 사지에 힘이 안 들어가는 모양이었다. 놈이 줄 끊어진 꼭두각시처럼 몸을 축 늘어트렸다. 젬이 약병을 입에 가까이 대자 놈이 도리질을 했다. 맥없는 고갯짓에 약이 쏟아질 뻔했다. 젬의 눈에 빨간불이 들어왔다. 손길이 억세진 것은 당연한 수순이었다.

"너 죽고 싶냐……."

"누가 봐도 먼저 가는 건 너거든? 뒷맛 찝찝하게 하지 말고 얌전히 있지 못해!"

"미친, 읍, 컥!"

젬이 모자의 코를 잡아 위로 들어 올렸다. 미려한 턱선이 젖혀지고 모양 좋은 입술이 반사적으로 벌어졌다.

젬이 약병을 기울였다. 모자의 목울대가 꼴딱꼴딱 넘어가는 게 보였다. 남자? 젬은 그제야 제 품에 안긴 사람의 성별을 자각했다. 깊게 생각할 여유가 없었다. 젬은 마지막 한 방울까지 남기지 않을 기세로 병을 들이밀었다. 병 입구가 이에 부딪쳤는지 딱딱거리는 소리가 났다.

모자가 뒤로 벗겨지면서 오만상을 찌푸린 남자의 얼굴이 드러났다. 미인은 찡그려도 꽃, 울어도 꽃이라더니, 미간에 잡힌 주름마저 그림으로 그린 듯한 미인이었다.

툭, 하고 뭔가 떨어지는 소리가 났다. 응? 젬이 시선을 내렸다. 남자가 꽁꽁 감추고 있던 금발 머리채가 바닥에 수북이 쌓여 있었다. 젬이 헉, 하고 놀라 미인의 코에서 손을 뗐다. 놈이 쓰러지듯 바닥을 짚고 기침했다.

'중화제 부작용에 탈모가 있단 소린 못 들었는데!'

젬은 금발의 정수리가 언제 벗겨질까 두려워 오들오들 떨었다. 그러나 놈이 호흡을 정돈하고 성난 얼굴을 바로 세울 때까지 귀를 살짝 가린 금발은 멀쩡히 붙어 있었다. 바닥에 떨어진 것은 다름 아닌 가발이었다. 금발의 얼굴을 본 젬의 심장도 똑 떨어졌다.

"감히……."

젬은 대답은커녕 빳빳하게 굳은 채 입만 뻐끔거렸다. 젬이 살아생전 본 사람 중 단연 1위에 꼽힐 만큼 아름다운 인물이었다. 붉어진 콧등마저 사랑스러울 정도로……. 그런데 뭔가 이상했다. 젬은 이런 극상의 미를 어디서 본 기억이 있었다.

남자는 가발을 바닥에 버려둔 채 모자를 주웠다. 그는 눈이 부신 듯 얼굴을 찡그리면서도 젬을 경계하듯 눈을 떼지 않았다. 어스름이 내리는 시각이었다. 벽에 붙은 마법석은 아직 제 빛을 내지 못하고 있었다. 눈이 부실 이유가 없었다.

"……내게 뭘 먹인 거지?"

"……주, 중화제."

젬은 저도 모르게 답했다. 심해에 끌려 들어갈 것 같은 미성이었다. 남자가 미간을 찡그리며 되물었다.

"뭐라고?"

"중화젭니다. 사랑의 묘약 중화제말입니다."

"이게 어디서 거짓말을 씨부리고……."

"진짭니다!"

젬이 정신을 차리곤 제자리에서 펄쩍 뛰었다. 남자가 손바닥으로 눈을 가렸다.

"제 마법약을 걸고 맹세합니다! 도와 드리려고 한 거예요!"

"그런데 내 눈이 왜 이래! 이 빌어먹을 자식아!"

"누, 눈이 어떠신데요."

"야, 말해 봐. 지금 불꽃 축제라도 열린 거야? 사방이 난리라고!"

설마, 젬이 코트를 확 젖혔다. 안쪽에 줄줄이 달린 약병이 나타났다. 동시에 젬의 눈 밑이 파르르 경련했다. 비상용으로 들고 다니는 짙은 회색병, 사랑의 묘약 중화제 세 병이 멀쩡히 꽂혀 있었다.

그 옆에 가장 잡기 쉬운 자리가 텅 비어 있었다. 약병이 한 칸씩 옮겨져 있던 것이다. 이 자리에 꽂혔던 약은 바로……. 젬은 눈앞이 까마득해졌다. 아침에 아이와 나눴던 대화가 눈앞을 스쳤다.

"왕자를 언제 보더라도 당장 꺼낼 수 있게 자리 옮겨 놔야지."
나중에 헷갈리지 않게 조심해요.

젬이 심혈을 기울여 만든 감정약! 감정약이 있어야 할 자리가 텅 비어 있었다! 단 한 번밖에 만들 수 없는 금단의 약이, 젬이 먹고 왕자의 속내를 캐내려 했던 바로 그 약이……!

"안 돼!"

젬이 바닥에 주저앉아 양 볼을 감쌌다. 눈앞이 깜깜했다. 단 한 번의 기회였는데!

"……야. 다시 한 번 묻는다."

차가운 목소리가 정수리 위로 떨어졌다. 젬이 천천히 고개를 들었다. 비틀비틀 자리를 털고 일어선 싸가지가 벽을 짚었다. 내려다보는 눈빛에 뭐라 형용할 수 없는 감정이 들끓었다. 그가 들으란 듯이 후우우우우우, 하고 한숨을 쉬곤 젬에게 물었다.

"나한테 뭘 먹였다고?"

남자의 목소리가 지옥문을 긁는 손톱 소리처럼 들렸다. 젬은 차마 답하지 못하고 달각달각 이 부딪치는 소리만 냈다. 남자가 젬의 바로 옆에 발을 날렸다. 쾅, 하고 뒤에서 벽 흔들리는 소리가 났다. 젬이 어깨를 푸드득 떨었다. 궁지에 몰린 쥐 꼴이었다. 아까까지 죽어 가던 양반이 박력이 남달랐다.

"이 빌어먹을 새끼가 내 눈깔을 등신 천치로 만들어? 내 시력을 없애서 뭘 어떻게 할 작정이었지? 누구야! 누구 사주로 여기까지 쫓아왔어!"

"아니, 아닙니다! 절대 아닙니다! 오해십니다!"

젬이 급한 마음에 싸가지의 바짓가랑이를 붙들고 늘어졌다. 남자가 "이거 안 놔!" 하며 발을 흔드는 통에 몸이 태풍에 이는 나뭇잎처럼 이리저리 춤을 추었다. 젬은 속으로 피눈물을 흘렸다.

'아이고, 억울해! 아이고, 내 약! 멀쩡한 약 날린 것도 억울한데 이러다 감옥살이까지 하게 생겼구나!'

남자가 기어코 젬을 떼어 내곤 다시 한 번 눈을 가렸다. 곧 죽을 사람처럼 헉헉대며 식은땀을 뻘뻘 흘렸다. 약 때문이 아니라 체력이 부족한 듯싶었다. 그 와중에도 목소리는 어찌나 날카로운지 고막이 푹푹 찔리는 듯했다.

"제기랄! 뻘겋고 퍼렇고 눈 시려 죽겠다구! 이게 독약이 아니면 뭐냔 말이야! 누가 시켰는지 솔직히 말해!"

"아이고, 아이고오오⋯⋯."

젬이 목이 끊어져라 통곡했다. 그때 둔탁한 발소리가 빠르게 가까워졌다.

"카피레 님!"

"늦었잖아, 본! 이 거북이 새끼야!"

"죄송합니다!"

카피레? 젬이 고개를 들었다. 키 큰 사람이 어깨숨을 쉬며 골목 어귀에 서 있었다. 품에 약병이 한가득이었다. 급한 김에 아무 마법 상점에 가서 약을 쓸어 온 모양이었다. 한 걸음 옮길 때마다 약병끼리 부딪쳐 달그락거리는 소리가 났다.

"괜찮으십니까?"

"수상한 놈이다. 포박해."

"아이고, 아닙니다. 아니라니까요! 억울합니다! 억!"

본이 약병을 내려놓곤 바로 젬을 포박했다. 싸가지 밑에 콩벌레처럼 쪼그리고 있던 젬은 간단히 바닥과 분리되어 팔이 뒤로 꺾였다.

"아구구구, 나 죽는다!"

"귀청 떨어지겠군. 하기사, 사기꾼은 목소리가 크다지?"

젬의 후드가 벗겨지며 속에 숨었던 아이가 밖으로 굴러 떨어졌다. 한쪽 입꼬리를 올린 싸가지의 비웃음이 순간 굳었다. "꺅!" 하는 비명 소리는 분명 젬의 귀에만 들릴 터였다. 그러나 요정의 반짝이는 잠자리 날개는 시선을 모으기엔 충분했다.

등 뒤에 선 기사가 흠칫 놀라는 기색이 느껴졌다. 젬은 온몸의 피가 차게 식었다.

"이건……."

싸가지가 아이의 날개를 잠자리 잡듯 집게손가락으로 집어올렸다.

이거 놓지 못해! 이 부자! 싸가지! 냉혈한! 절세 미남!

"요정?"

싸가지가 눈을 가늘게 떴다.

"재밌네. 요정과 계약한 하수인이라. 마법사? 어느 시대 유물이야 이거……."

그가 벌레를 갖고 놀 듯 손장난을 쳤다. 젬의 눈이 돌아갔다. 기회를 잡은 건 하늘이 도운 탓이었다. 팔을 꺾은 본의 손에 힘이 느슨해진 틈을 이용해 젬이 몸을 비틀었다. 젬은 앞뒤 생각 않고 싸가지의 손을 쳐 내고 아이를 품에 숨겼다.

순식간에 벌어진 일이었다. 싸가지가 '이것 봐라?' 하는 눈으로 젬을 보며 제 손목을 털었다. 상앗빛 섬섬옥수에 발간 자국이 남았다.

"무례하다!"

뒤늦게 정신 차린 본이 젬의 후드를 잡아당겼다. 목이 죄어 켁, 소리가 났지만 젬은 아이를 놓지 않았다. 싸가지 눈매가 살짝 경련했다. 젬은 가까스로 침을 삼켰다.

"뭐, 뭔가 착각하신 모양인데, 저는 그냥 길을 지나던 중이었습니다. 진짜 도움을 드리려던 것뿐이라고요."

"말은 잘하는군. 내가 모르는 새 중화제가 상비약이라도 된 모양이지?"

"저는 마법약을 만드는 사람이에요! 도와 드리려던 거란 말이에요!"

"그 요정은 뭐지? 넌 마법산가?"

"아닙니다. 이, 이 아이는 우연히 만난 아이에요. 위험한 짓은 할 줄 몰라요. 그냥……."

"그냥?"

"무해한 사, 사랑의 요정……."

싸가지가 눈썹을 사납게 치켜떴다. 젬이 서둘러 덧붙였다.

"진짜예요! 아이고, 억울해!"

"사랑의 요정이라……."

싸가지가 몸을 일으키며 뒷머리를 긁었다. 젬이 부러 울먹이는 시늉을 하며 눈가를 훔쳤다. 싸가지가 젬을 머리부터 발끝까지 슥 훑으며 던지듯 물었다.

"그럼 내 눈은 뭐야?"

"시, 실수로 다른 약을…… 그치만 곧 원래대로 돌아오실 겁니다!"

"그걸 어떻게 믿지? 지금 내 눈이 어떻게 보이는지 알아? 얼마나 시리고 부신지 아냔 말이야!"

싸가지가 주먹을 쥐었다. 푸른 핏줄이 꿈틀거리는 손등을 보니 절로 어깨가 움츠러들었다. 물론 젬은 알 수 없었다. 난생처음 보는 종류의 마법약인데다 먹어 본 적도 없는 것이다. 젬의 눈썹이 팔자로 시들었다. 감정약, 사람의 감정을 시각으로 볼 수 있게 되는 약. 사랑의 묘약을 중화시켰으니 망정이지 까딱 잘못했다면 뭔 일이 일어났을지 몰랐다.

"……몸에 해로운 약은 아닙니다. 효과도 일시적이에요. 12시간이 지나면 분명 원래대로 돌아오실 겁니다."

싸가지의 표정이 빙하처럼 차가웠다. 젬이 슬그머니 고개를 숙였다.

"힘들어 보이니까 도와 드리려고 한 거예요. 막 숨 헐떡거리시고, 땀도 뚝뚝 떨어지고…… 어쨌든 지금은 멀쩡하시잖아요. 눈은, 그건……."

"그래. 눈은 병신이 됐고."

"진짜예요, 진짜 위험한 약 아네요……."

아마도요, 하는 뒷말은 안으로 삼켰다. 잠시 젬이 코를 훌쩍이는 소리만 골목에 흘렀다. 벽등에 불이 밝아짐에 따라 사위가 점차 밤에 물들고 있었다. 잠시 뜸 들이던 싸가지가 한숨 섞인 목소리로 젬에게 물었다.

"그래서? 내가 먹은 약 이름이 뭐라고?"

"……사람의 감정을 눈으로 확인할 수 있는 약이에요."

"감정? 이게?"

싸가지가 성큼 다가와 젬 주변에 대고 손을 휘휘 저었다. 노르스름한 등불에 잘 다듬어진 복숭아색 손톱이 잉어 비늘처럼 반짝였다. 젬은 저도 모르게 싸가지의 손톱에 넋을 빼앗겼다.

'신도 참 불공평하시지. 이 얼마나 이기적인 생물이냔 말이야. 손톱까지 이렇게 예쁠 필요가 있나?'

그때 젬 가까이 섰던 싸가지가 피식 웃으며 손을 거두었다. 젬이 화들짝 놀라 정신을 차렸다.

"뭐, 재밌긴 하네. 거기 숨긴 요정과 관계있는 건가?"

젬은 죽은 듯이 침묵했다. 감정약을 먹은 상대였다. 거짓말이 소용없다는 뜻이었다. 저 눈에 자신은 어떻게 비치고 있을까? 감정이 어떤 형태로 구체화하는지 알 수 없어 더 혼란했다.

싸가지의 미소가 아까보다 더 짙어졌다. 젬은 어느새 후드를 잡았던 손이 떨어진 것도 모르고 어깨만 움츠렸다. 그때였다. 젬의 품에서 사이렌 소리가 터졌다. "에에에엥!" 하는 소리가 고막을 쾅쾅 울렸다. 젬이 허둥지둥 품을 뒤졌다. 휴대폰에 빨간 불이 반짝이고 있었다.

맞다. 통금이 있었다! 달아날 핑곗거리를 찾은 젬의 얼굴에 희색이 돌았다. 젬이 차마 웃음을 감추지 못하는 얼굴로 싸가지를 보았다.

"죄, 죄송하지만 제가 지금 왕성에 신세를 지고 있어서요. 얼른 들어가 봐야 할 시간인데……."

"그래서?"

"도망가려는 거 아녜요. 신원 확인도 해 드릴 수 있어요! 12시간이 지나도 상태가 이상하면 그때 연락 주시면 되잖아요. 예?"

"시끄럽고, 일단 받지그래?"

싸가지의 심드렁한 반응에 쨈이 울며 겨자 먹기로 폰을 귀에 댔다.

"중매 선생님? 막차를 놓친 모양이라 연락드렸⋯⋯."

딱딱한 목소리가 귀에서 멀어졌다. 싸가지가 휴대폰을 자연스레 잡아채서 제 귀에 가져다 댔다.

"아니, 지금 뭐하는!"

"저기⋯⋯."

"뭐예요!"

쨈이 성나서 뒤를 보았다. 아까까지 쨈을 압박하던 사람이라곤 생각할 수 없을 정도로 순한 표정을 한 본이었다. 그가 검지로 쨈의 품을 가리켰다.

"질식사할 것 같은데요."

쨈이 놀라서 손에 힘을 풀었다. 아이가 구겨진 휴지처럼 손바닥에 늘어졌다. 잠자리 날개가 힘없이 쪼그라들어 있었다. 주변에 늘 반짝이던 핑크빛 가루가 백분처럼 희미해졌다.

"미안해, 아이!"

아이는 말없이 쨈을 째려보았다. 죽다 살아난 탓인지 평소보다 서슬이 퍼렜다. 본이 홀린 듯한 목소리로 물었다.

"진짜 요정님인가요? 사랑의 요정?"

"진짜라니까요……."

아이를 타인에게 보인 것은 처음이었다. 때는 마법과학 시대. 자연계의 다른 생명체와 교류가 거의 끊긴 시대였다. 정령이나 요정은 교과서에서나 볼 수 있는 존재였다.

자신도 처음에는 마법 전성시대의 전설을 떠올리며 두근두근했더랬다. 실제로는 잔소리 많은 게으름뱅이일 뿐이라 해도.

작은 목소리가 젬을 불렀다. 아이가 젬의 소매를 잡아당기고 있었다. 눈이 마주치자 아이가 싸가지 쪽을 손가락질했다.

……젬, 저 인간 이상해요.

"누가 봐도 이상해."

그게 아니라. 운명의 실이 없어요.

"……뭐?"

"야!"

싸가지가 던진 휴대폰이 허공을 날았다. 젬이 반사적으로 고개를 돌리다가 억, 소리를 냈다. 얼굴로 받을 뻔한 것을 겨우 낚아챘다.

"망가지면 어떡하려고 그래요! 이거 제 거 아니란 말이에요!"

"아예 바닥에 던져 줄 걸 그랬지?"

'싸가지……'

"방금 나쁜 생각했지?"

'귀신 같은 놈!'

틀렸다. 약을 먹은 이상 무슨 생각을 하든 놈의 손바닥 위 원숭이였다. 젬이 휴대폰을 꼭 쥐었다.

"확인하셨죠? 저 왕성에 머무는 거 진짜라니까요."

"응."

"하하, 저어, 그럼 돌아가도?"

"좋아."

살았다! 젬이 만세삼창 하고픈 마음을 눌러 참고 후드를 뒤집어썼다.

"그, 그럼 먼저 실례……."

"아니. 같이 가야지. 약효가 사라질 때까지 같이 있기로 했잖아?"

"제가 언제요!"

젬이 목소리가 뒤집어졌다. 싸가지가 소리 죽여 웃었다.

"언제까지 시치미 뗄 작정이야? 너 연기 지지리도 못하는 거 알고 있어?"

싸가지가 모자를 벗어 앞머리를 쓸었다. 찬란한 금발이 등불을 반사해 어두컴컴해진 골목을 환히 비추는 듯했다. 살짝 눌린 머리카락마저 일부러 세팅한 것처럼 보이는 얼굴의 힘. 젬이 아는 한 세상에서 가장 아름다운 사람이 눈을 길게 접어 눈웃음쳤다.

"내 얼굴 알 텐데, 중매 선생."

싸가지 둘째 왕자, 카피레의 눈웃음엔 한 나라도 멸망시킬 힘이 있었다. 그에 비하면 젬은 시각적 효과에 약한 소시민에 불과

했다. 젬이 입을 헤 벌리고 고개를 끄덕인 것은 결코 모자란 탓은 아니었다.

"왕자님."

"차나 불러와. 또 늦으면 죽는다."

본이 등을 돌리고 휴대폰을 들었다. 정신이 돌아온 젬이 오한으로 몸을 벌벌 떨었다. 후드 안쪽에 숨은 아이가 몸을 잔뜩 긴장한 채 카피레를 주시하는 것을 느낄 수 있었다.

방금 내가 무슨 말을 들었더라? 젬이 필사적으로 머리를 굴렸다. 싸가지가 왕자고, 왕자는 싸가지다. 그리고 이상하다. 젬이 속으로 물었다.

'운명의 실이 없다는 게 무슨 말이야? 그럴 수가 있어?'

말 그대로예요. 사람이라면 당연히 타고나야 할 과거, 현재, 미래의 실이 이 인간에겐 보이지 않아요. 마치 하늘에서 뚝 떨어진 것처럼……

'그, 그럼 인연의 실은? 운명의 짝은……?'

침묵이 곧 답이었다. 본이 통화를 끝냈는지 바닥에 흩어진 병과 옷가지를 정리했다. 탐스러운 가발이 쇼핑백에 처박혔다. 카피레가 팔짱을 낀 채 벽에 기댔다.

"참 다행이지 뭐야. 돌아갈 곳도 똑같고, 그치?"

"……하하하."

"하하하. 많이 웃어 두라고. 중매 선생. 만약 12시간이 지나도 내 눈이 계속 이 꼬라지라면 너는……."

카피레가 벽에서 몸을 떼며 들고 있던 모자를 던졌다. 어쿱! 젬이 넋 놓고 얼굴로 모자를 받았다. 꽃향기를 닮은 달콤한 냄새가 코에 확 끼쳤다. 카피레가 낮은 목소리로 덧붙였다.

"……각오해 두는 게 좋을 거야."

* * *

카운트다운이 얼마 남지 않았다. 초침이 다시 스타트 라인에 섰다. 쉬지 않고 흘러가는 시곗바늘을, 젬은 멍하니 지켜보았다.

드디어 들어온 왕자의 개인실이었다. 점잖은 응접실과 달리 화사한 공간이었다. 거울과 초상화, 레이스가 곳곳을 장식했다. 모락모락 향긋한 김이 피어오르는 홍차, 풀 세팅된 티 세트, 맞은편에 앉아 찻잔을 기울이는 절세 미남 왕자님. 오늘 아침까지만 해도 젬이 꿈꾸던 광경이 눈앞에 펼쳐져 있었다.

그럼 뭐하나. 배고프고, 졸리고, 피곤했다. 가만히 있어도 고개가 절로 까무러졌다. 해가 빠른 시기라 창밖은 벌써 대낮처럼 환했다. 젬은 지옥 같던 새벽을 떠올렸다.

기울어지는 눈꺼풀에 힘을 보태기 위해 젬이 홍차를 벌컥벌컥 들이켰다. 젬 특제 밤샘약만 있으면 만사 해결이건만, 사랑의 묘약 때문에 이 사달이 난 걸 뻔히 아는 자리에서 핑크색 병뚜껑을 열 수는 없었다.

바로 옆에 놓인 전신 거울에 한 사람이 비쳤다. 눈 밑이 시커먼 폐인이었다. 사흘은 밤샌 양 눈알에 실핏줄이 거미줄처럼 엉켰고 입술이 허옇게 갈라져 있었다. 우산 손잡이처럼 구부러진 등 때문에 더 초라해 보였다. 피하고 싶을 정도로 적나라한 모습이었다.

젬은 등받이에 몸을 기댔다. 사방 천지가 거울이었다. 거울이 없는 곳에는 왕자의 초상화와 컨셉 사진이 벽지처럼 붙어 있었다. 주인공은 왕자, 카피레가 대부분이었다. 국왕과 함께 찍은 사진이 딱 하나 벽에 걸려 있긴 했다. 벽난로 위엔 자그마한 왕비의 개인 초상화도 있었다. 젬은 영혼 없는 목소리로 중얼거렸다.

"취미가 참 고상하시네요."

"흥, 보는 눈은 있어 가지고."

칭찬 아닌데…… 젬의 배에서 꼬르륵 소리가 났다. 이제 눈물 지을 힘도 없었다. 전날 저녁 먹은 디저트를 제외하면 12시간 가까이 쫄쫄 굶은 셈이었다. 긴 시간 동안 젬은 뭐 하나 마음대로 입에 넣을 수 없었다. 물론 모두가 싸가지 왕자 때문이었다.

카피레는 밤에 뭘 먹으면 몸매 관리에 안 좋다며 질색 팔색을 했다. 젬이 그럼 혼자 먹겠다고 하자 자리에서 펄쩍 뛰며 반대했다. 이유인즉슨 '네가 먹으면 나도 먹고 싶어지잖아!' 였다. 카피레는 젬이 눈앞에서 벗어나는 걸 용서치 않았다. 말 그대로의 의미였다.

"문 앞에서 얼른 먹고 올게요. 냄새 안 풍기게 아주 양치도 하고 올게!"

"약속한 시간까지 눈앞에서 떨어지지 말라고 했지!"

싸가지 히스테리에 젬은 두 손, 두 발 다 들었다. 결국 젬이 졌다. 카피레도 딴엔 미안했는지 새벽 동이 틀 즈음에 아침을 차려 주긴 했으나, 왕자의 식단에 따라 메뉴는 기본 샐러드와 흰 빵, 묽은 수프가 전부였다.

"많이 먹어라. 마지막 식사가 될지도 모르니까."

카피레가 말했다. 많이 먹고 자시고 할 것도 없었다. 접시부터 새 모이통이었다. 한술 더 떠 간까지 밍밍했다. 먹어도 먹은 것 같지 않으니 배가 다시 우는 것도 당연했다. 티 세트에 포함된 과자는 이미 동난 지 오래였다.

젬이 다시 한 번 시계를 보았다. 하나, 둘 초침이 바쁘게 뛰어갔다. 분침도 부지런히 그 뒤를 따랐다.

"시계만 보네. 불안해?"

"……사람 말 진짜 못 믿으시네."

"거짓말할 생각은 없는 것 같군."

카피레는 자잘한 데 신경질을 부리긴 했으나 젬을 더 압박하지는 않았다. 생각보다 초조해 보이지도, 화를 내지도 않았다. 지금 그는 젬처럼 등받이에 몸을 기대고 허공 먼지를 쫓고 있었다. 잠을 못 잔 탓인지 안색이 파리했으나 그것이 청순가련한 매력을 더했다. 젬이 불쑥 입을 열었다.

"어떻게 보여요?"

"뭐가?"

"사람의 감정 말이에요."

"이거?"

왕자가 피식 웃으며 검지를 들어 젬을 향해 흔들었다.

"안개라고 해야 하나, 구름이라고 해야 하나. 솜사탕 비슷한 게 네 주위에 퍼져 있어."

젬이 품에서 만년필을 꺼내 냅킨에 적을 준비를 했다.

"눈이 부시다면서요."

"그땐 그랬지. 시시각각 총천연색으로 변하는데 어찌나 요란하던지. 예고 없이 불꽃놀이라도 벌이는 줄 알았다고."

'······내가 먹었어야 했는데.'

"아, 또 색깔 변했다."

"뭔 생각을 못 하겠네요."

"뭐, 색깔 있는 솜사탕이 부풀었다 꺼졌다하는 정도라 구체적인 내용까진 알지 못해. 여러모로 쓸 만해 보이긴 하지만······ 혹시 상품화할 생각 있어?"

"설마요."

젬이 카피레의 말을 받아 적다가 고개를 저었다. 하고 싶어도 무리였다. 쩨쩨한 금서, 빌어먹을 금제. 왕자가 어깨를 으쓱하며 물었다.

"그런데 이거 왜 묻는 거야? 네가 만든 약이잖아."

"실은 저도 처음 만들어 본 거라서요. 한 번도 안 먹어 봤거든요."

"날 실험 쥐로 쓰셨다?"

"아, 진짜 아니라니까요!"

젬이 만년필을 불끈 쥐고 일어서려다 '응?' 하고 자리에 앉았다.

"또 뭐야?"

"아, 아뇨. 어떻게 생각하면 좋은 기회인데 밖에 나가 보는 건 어떠세요? 평소에 무슨 생각을 하고 사나 궁금했던 사람 없어요?"

카피레가 찻잔을 내려놓았다. 일부러 그런 것처럼 달그락 소리가 났다.

"그거랑 이게 무슨 상관인데?"

"예? 아니, 소중한 샘플, 이 아니라 기왕 눈에 보이는 거 여러 사람을 보고 관찰하면 좋잖아요."

"무슨 소리야? 이 솜사탕 같은 건 네 주위밖에 없는데?"

"예?"

"계속 봤더니 눈 아파 죽겠다. 본! 지금 몇 시지?"

"10분 남았습니다."

딱딱한 답이 날아왔다. 왕자 뒤에 기둥처럼 서 있는 본 경이었다. 허스키한 목소리엔 지친 기색 하나 없었다. 젬이나 왕자는 앉아 있었다고 하지만 밤새 서 있던 거나 마찬가지인데, 체력 한번 대단한 사람이었다.

왕자가 "들었지?" 하는 표정으로 젬을 보았다. 시계 초침이 부지런히 달려가고 있었다. 앞으로 10분. 10분만 참으면 잘 수 있다. 아침도 먹을 수 있어. 젬이 눈에 힘을 주었다.

"밤새고 신경 쓰느라 피부가 푸석푸석해. 본, 에스테틱 예약 넣어 놔."

기사가 잘 훈련된 강아지처럼 휴대폰을 들고 뒤돌았다. 젬은 10분, 10분 되뇌며 아이에게 물었다.

'……감정약 이거 원래 1인용이야? 사랑의 묘약처럼 한 사람에게만 고정이야?'

그럴 리가요. 당연히 아니죠. 이건 젬의 실력이 미천해서든가…….

'뭐?'

사랑의 묘약과 섞인 탓일 수도 있고, 아니면 왕자의 체질 탓일 수도 있죠. 예민하단 말도 있었고, 또…… 아까 말했잖아요. 그거.

그거. 굳이 말로 하지 않아도 짐작했다. 하늘에서 뚝 떨어진 것처럼 운명의 실이 없다는 왕자 카피레……. '진짜 한 올도 없어? 어떻게 그럴 수 있어? 산 사람인데'란 질문에 아이는 곰곰이 생각하다 말했다.

과거도 현재도 미래도 없는데, 딱 하나. 한 가닥 실이 있긴 있어요. 근데 이걸 있다고 해야 하나, 없다고 해야 하나 모르겠어요. 실은 본래 사람과 사람을 잇는 건데 이 사람 거는 자기 자신에게 칭칭 매여 있거든요.

'무슨 뜻이야?'

새끼손가락에 붉은 실이 칭칭 감겨 있어요. 어디에도 이어지지 않는 실이에요.

'그걸 풀어서 다른 데 묶을 순 없어?'

아이는 대답할 가치도 없다는 듯 한숨을 쉬었다. 젬이 천장을 보았다. 손톱만 한 크리스털이 안개꽃처럼 달린 샹들리에가 중앙을 밝히고 있었다.

'나 이제 어떡하지⋯⋯? 진짜 방법 없어?'

약 잘못 먹은 게 내 쪽인 줄 알아요? 눈 씻는다고 없던 게 생기진 않아요, 젬. 없는 건 없는 거예요.

머리가 잘 돌아가지 않았다. 한숨만 나왔다. 감정약이니, 계약이니, 인연의 실이니 모두 일단 한숨 잔 뒤에 생각할 일이었다.

젬은 저도 모르게 품에 손을 넣었다. 피로회복제에 자꾸만 손이 갔다. 어찌나 만지작거렸는지 병이 미지근했다. 방에 돌아가자마자 원샷 할 생각이었다. 마시고 늘어지게 자 버릴 거다. 젬이 입맛을 쩝 다셨다. 문득 의문이 생겼다.

'그래서 왕자에게 사랑의 묘약을 먹인 게 대체 누구지?'

"야."

"네!"

젬이 화들짝 놀라 엉덩이를 들썩였다. 카피레가 이죽이죽 웃었다.

"12시간, 다 됐는데?"

젬은 시계와 카피레를 번갈아 보았다. 카피레는 입술만 보면 웃는 듯 보였으나 눈이 미동 없이 냉랭했다. 이 와중에 미간에 패인 주름마저 화가가 그린 듯 곱기만 했다. 젬이 떠듬떠듬 말을 뱉었다.

"그럴 리가 없는데⋯⋯."

"그리고 자시고 안 돌아오잖아 지금."

젬은 속으로 아이를 불렀다. 대답 없는 메아리였다. 젬이 하하, 어색한 웃음을 흘렸다. 일이 이렇게 꼬일 줄이야.

"하하, 마법약이 뭐 교회 종 울리듯이 시간을 어떻게 딱딱 맞추겠어요. 좀만 더 기다려 보세요."

"언제까지?"

"그, 글쎄요? 오늘 오후까지⋯⋯?"

"그때까지 감옥에 들어가 있는 건 어때?"

"하, 한 시간만 더 기다려 주세요!"

시계가 째깍째깍 돌아갔다. 만년처럼 길고, 일 분처럼 짧은 순간이었다. 젬은 시간의 이중성을 몸소 체험했다. 식은땀으로 등이 푹 젖었다. 카피레의 표정이 갈수록 미묘해졌다.

"변명해 봐."

카피레가 다리를 꼬았다. 창밖에 새 지저귀는 소리가 들렸다. 오전 9시가 가까운 시간이었다. 곧 성문이 열리고 본격적인 하루가 시작되리라. 젬 인생에 마지막 하루가 될지도 모를 날이었다.

젬은 높은 정원수와 푸른 하늘이 펼쳐진 창을 한 번 보고는 다시 한 번 시계를 보았다. 그리고 카피레의 발을 보았다. 얼굴을 볼 자신이 없어서였다.

"변명해 보라고. 아까처럼 1시간 더 기다리라고 해 보라고."

입이 열 개여도 할 말이 없었다. 젬은 속으로 울었다. 이런 경우가 어딨느냐며 아이를 불렀다. 아이는 젬의 코트 깊숙한 곳에 숨어 미동도 없었다.

억울하고 억울했다. 눈에 헛것 좀 보이면 어떻단 말인가. 죽어가던 것을 살려 줬으면 고맙다 돈이나 줄 것이지, 누가 시켰냐며 사람을 의심하질 않나, 억지로 밤새우고 밥 굶기는 고문까지 자행했다.

카피레가 이것 좀 보라며, 눈에 실핏줄이 서지 않았냐며 대답을 강요했다. 젬은 고개만 숙였다. 애꾸여도 절세미인일 양반이 실핏줄 좀 서면 어떠냐고 소리치고 싶었다. 그때였다. 발랄한 벨 소리가 소란을 갈랐다.

"아, 죄송합니다."

본 경이 뒤돌아 폰을 받았다. 분침이 앞으로 한걸음 내디뎠다. 멀리서 9시를 알리는 종이 울렸다. 왕자의 구두코가 눈앞에 섰다. 정수리로 차가운 시선이 내리꽂혔다. 이대로 끝날 순 없었다.

젬이 두 손을 모아 파리처럼 비비기 직전, 다급한 노크가 소리가 문을 두드렸다. 카피레가 칫, 하며 몸을 돌렸다.

"뭐야."

"와, 왕자님."

본 경이 귀에 폰을 댄 채로 뒤돌아 왕자를 보았다. 잠깐 새 온몸에 피가 빠진 듯 낯이 창백했다. 답을 기다리지 않고 문이 벌컥 열렸다. 시종 코다가 숨을 헐떡이며 들어왔다. 만년설처럼 표정 변화 하나 없던 양반 얼굴에 땀방울이 송송 맺혀 있었다.

"실례합니다, 전하."

"지금 뭐하자는 거야?"

"왕자님, 잠시만……."

본 경이 무엇을 짐작했는지 카피레를 만류했다. 코다가 무언갈 조작하자 대형 액자가 걸려 있던 벽이 반으로 갈라지며 네모반듯한 화면이 나타났다. 젬이 본 것 중 가장 크고 깨끗한 화면이었다. 채널이 빠르게 돌아가다 어느 순간 멈췄다. 화면 밑에 굵은 글씨로 자막이 흐르고 있었다.

"이게 뭐야……."

카피레가 화면에 한 발짝 다가섰다. 젬은 눈을 깜박이며 안경을 고쳐 썼다. 화면 속 인물에게 쏟아지는 카메라 셔터 세례에 눈앞이 번쩍번쩍했다. 젬은 다시 처음부터 흐르기 시작한 굵직한 제목을 한 자, 한 자 또박또박 새겨 읽었다.

데자르 백작 부인, 카피레 왕자와 열애 전격 공개!

화면 왼쪽 상단에서 빙글빙글 돌아가는 행성 심벌은 분명 생방송을 알리는 표시였다. 북적이는 기자 회견장. 검은 드레스 차림으로 홀로 앉아 있는 여인이 눈가를 훔치고 있었다.

"야……."

지옥물이 펄펄 끓는 듯 열 오른 소리가 들렸다.

"왜 저기 내 이름이 박혀 있어."

"죄송합니다. 이쪽도 방금 안 터라……."

"일이 이렇게 될 때까지 언론부는 대체 뭘 하고 있었어! 당장 중지시켜!"

"지금 백방으로 알아보고 있답니다. 고정하세요."

"제기랄! 이놈이고 저놈이고!"

카피레가 바닥을 쿵쿵 밟았다. 두꺼운 양탄자 덕분에 소리 하나 안 났다. 그래 봐야 제 발만 상하지, 하고 젬이 혀를 찼다. 그런 여유는 다음 순간 사라졌다. 화면에 여인의 상체가 클로즈업되었다.

가슴골이 뽀얗게 드러날 만큼 글래머러스한 몸매에 검은 머리카락을 단정히 올린 미인이었다. 모자에서 내려온 망사 사이로 비치는 또렷한 이목구비. 피를 머금은 듯 붉은 입술과 화룡점정으로 찍힌 입가의 매력 점. 말할 때마다 집중하게 하는 쉿소리 섞인 목소리.

엄마야, 젬이 저도 모르게 천장을 보았다. 그리고 다시 한 번 여인의 얼굴을 확인했다. 틀림없었다. 그녀는 젬의 단골손님이었다.

그녀는 자신을 '마담 D'라고 불러 달라고 했다. 검은색을 좋아하는 손님이었다. 항상 진한 향수 냄새를 입고 천막을 찾곤 했다. 뒷골목 천막 가게에 어울리는 손님은 아니었지만, 그녀는 가게 초창기부터 줄곧 젬의 약을 찾아온 단골이었다.

젬이 파는 사랑의 묘약은 이름만 그럴 뿐, 사실 밤샘용 피로회복제에 가까웠다. 아이도 있겠다, 굳이 재료비 많이 드는 사랑의 묘약을 만들 필요가 없어 던 것이다. 애초에 상담에 끼워 파는 약이라 질에 크게 신경 쓸 필요도 없었다.

마담 D는 그런 엉터리에 가격도 싸다고 할 수 없는 사랑의 묘약을 정기적으로 한 박스씩 가져가는 손님이었다.

모른 척 약만 팔기엔 양심에 찔리다 보니 몇 번 상담처럼 대화를 나눈 기억도 있었다. 운명의 상대는 필요 없다며 신변잡기만 늘어놓던 장면이 뇌리를 스치고 지나갔다. 야릇한 분위기가 매력적인 손님이라고만 생각했는데, 그랬는데…….

"연인 관계셨어요? 저분이랑?"

"닥쳐."

젬은 얌전히 닥치고 화면을 보았다. 다시 봐도 요염한 인상의 미인이었다. 사소한 몸짓 하나에도 사람 시선을 잡는 아우라가 있었다.

잘 어울리는데? 나이 차이는 좀 있겠지만……. 젬이 마담 D와 카피레를 번갈아 보았다. 장르로 치면 아동용 동화책에 나오는 요정 왕자님과 성인용 동화에 나오는 본디지 여왕님만큼의 차이가 있었지만, 타칭 사랑의 중매 선생 젬 마키나는 그런 사소한 것에 구애받는 사람이 아니었다.

"그 눈 치워."

"예."

젬이 얌전히 눈을 깔았다. 카피레가 의자에 털썩 주저앉아 팔짱을 꼈다. 그가 젬을 흘깃 보곤 말했다.

"어제 나한테 약을 먹인 게 저 여자야."

본 경이 폰을 잡고 씨름하다 문을 박차고 나갔다. 시종 코다는 무표정을 회복하곤 차를 준비했다. 찻잎을 푹푹 뜨는 손놀림이 퍽 감정에 차 있었다. 카피레가 후욱, 후욱 숨을 몰아쉬었다.

젬은 급한 대로 미지근한 주전자를 들어 왕자의 잔에 따라 주었다. 왕자가 홍차를 한입에 들이켰다. 홍차가 아니라 물 마시듯 했다. 젬 역시 얼음물이 몹시 고팠다. 주전자째 홍차를 들이켜는 대신, 젬은 주전자를 얼른 내려놓았다. 풍 맞은 것처럼 떨리는 손을 들키지 않기 위해서였다.

마담 D와 사랑의 묘약, 그리고 싸가지 왕자. 아주 불길한 예감이 들었다. 신이시여⋯⋯. 젬은 대답 없는 신을 불렀다.

눈 가리고 아웅이라곤 하나, 사랑의 묘약은 어디까지나 불법이었다. 상대방 동의 없이 먹여선 안 되는 약물이었다. 그런 것을 왕자에게 먹이다니. 게다가 당당히 기자 회견까지 열어? 눈앞이 깜깜했다. 까딱하다간 약물을 판 자신에게까지 불똥이 튈 우려가 있었다. 카메라 셔터 소리가 소나기처럼 울렸다. 마담 D가 기자의 질문에 답하고 있었다.

"아, 아주 예쁜 분이시네요."

"나도 봐 줄 만한 편이라고 생각했지. 어제까진."

저게 봐 줄 만한 정도면 젬은 평생 얼굴을 가리고 다녀야 할 판이었다. 카피레가 팔걸이에 몸을 한쪽으로 기대어 중얼거렸다.

"……이 일은 절대 그냥 넘어갈 수 없어."

젬의 정신이 아득히 멀어졌다. 온 우주가 나서서 자신의 빠른 죽음을 기원하는 듯했다. 그때, 거짓말처럼 화면이 전환되었다. 클로즈업으로 비추던 인터뷰가 잘리고 '방송 사정으로 잠시 광고를 보내드립니다' 하는 문구가 밑에 깔렸다.

문을 열고 들어오던 본 경이 화면을 보고 눈썹에 힘을 풀었다. 카피레의 눈길에 본이 고개를 끄덕여 답했다. 일단 생방송은 중지시킨 모양이었다. 코다가 트레이를 끌고 왔다. 향긋한 홍차 향이 코를 간질였다. 쪼르르, 차 따르는 소리가 티비 소음을 덮었다. 카피레가 찻잔을 들었다.

"알아서 약속 잡아 놔."

"예."

본 경이 다시 폰을 붙잡고 말씨름에 들어갔다. 카피레는 코다에게 따로 몇 가지를 주문하고는 젬을 보았다.

"그리고 너."

"예, 예? 저요?"

젬이 자신을 손가락으로 가리켰다. 카피레가 고개를 끄덕이며 자신의 눈을 가리켰다.

눈이 부시다면서 꼭 데리고 다녀야겠니? 차마 대놓고 물어볼 수 없는 질문이었다. 젬은 바람 빠진 풍선처럼 쪼그라들었다. 카피레가 자리에서 일어섰다.

"따라와."

* * *

창문 하나 없는 복도에 푸르스름한 형광등 빛이 이따금 반짝거렸다. 어디서 들어왔는지 손바닥만 한 나방이 빛 근처를 배회하고 있었다. 나방 날개가 벽과 부딪쳐 탁한 소리를 냈다.

창백한 회색 쇠문 윗부분에 직사각형 철창이 달려 있었다. 젬은 키가 모자라 안을 볼 수 없었으나 카피레는 달랐다. 창살 너머를 확인한 카피레가 한쪽 입꼬리를 올렸다. 문 앞에 대기하고 있던 기사가 경례했다. 본이 카피레 뒤에서 귀엣말을 건넸다.

"무고한 시민을 감금하고도 언론이 가만있을 것 같냐며 노발대발 으름장을 놓았다고 합니다. 왕자님께서 직접 지시하셨다 했더니 거짓말처럼 얌전해졌다더군요. 혹시……."

"혹시고 나발이고 넌 그냥 생각을 하지 마. 말도 하지 마."

카피레가 젬을 흘깃 보았다. 젬은 이를 닥닥 부딪치며 손가락거스러미를 뜯고 있었다.

"저, 저는 뒤에서 기다리면 안 될까요? 잠이 모자라서 그런지 지금 막 어지럽고……."

"영원히 잠만 자게 만들어 줄까?"

왕자의 코웃음 소리가 텅빈 복도를 울렸다. 본이 고갯짓하자 기사가 잠금쇠를 풀었다. 끼끼긱, 쇠 긁히는 소리와 함께 문이 열렸다. 좁지도 넓지도 않은 방 중앙에 책상과 의자만 덩그러니 놓여 있었다. 마담 D는 화면에서 본 차림 그대로 다소곳이 앉아 있었다.

왕자의 구둣발 소리가 바닥을 울렸다. 왕자를 본 마담 D가 장미가 피어나듯 활짝 웃었다.

"내 아도니스, 마이 달링. 이렇게 달려와 주다니! 날 위해서!"

"아직 상태가 별로군. 상담은 받아 보셨습니까? 여기도 담당 의가 있을 텐데요."

젬은 최대한 후드를 꾹꾹 눌러썼다. 혹여 마담이 사랑의 묘약과 관련된 얘기를 꺼낼까 봐 숨도 쉴 수 없었다. 철제 의자가 드르륵 소릴 내며 바닥에 밀렸다. 마담 D가 자리에서 일어섰다.

창백하리만치 흰 피부에 붉은 입술, 시선을 빼앗는 입가의 매력 점과 윤기 흐르는 검은 머릿결. 분명 아름다운 여인이었다. 또각또각 힐 소리가 고막을 찔렀다. 그야말로 공포 영화의 한 장면이었다.

"알아먹을 수 없는 말만 늘어놓는 돌팔이던데요."

"마담도 마찬가지십니다. 무슨 말을 하는지 스스로 알고 계십니까?"

생각보다 정중한 카피레의 태도에 젬은 내심 놀랐다. 여인의 끈적한 목소리가 마치 꿈속을 헤매듯 몽롱했다.

"과정이야 어쨌든 달링이 날 찾은 걸 보니 영 헛된 짓을 한 건 아니었네요."

"글쎄. 내 생각은 다른데요."

"어마, 다시 생각해 봐요. 내 얼굴을 봐서라도."

"마담이야말로 제 얼굴을 봐서 다시 생각해 보시는 건 어떻습니까?"

두 사람이 맞닿을 것처럼 가까이 서기 직전, 토템처럼 서 있던 기사가 둘 사이를 가로막았다.

"물러서."

"상대가 누구든 가까이 둬선 안 된다는 소견이 있었습니다."

"됐다니까?"

"닥터 유리의 지시십니다."

카피레가 칫, 하고 한발 물러섰다. 젬은 요동치는 심장을 달래듯 가슴을 꾹 눌렀다. 저절로 한숨이 터졌다. 눈 둘 곳을 모르던 젬이 무심결에 마담 D와 눈이 마주쳤다.

"……중매 선생?"

마담이 혼잣말처럼 중얼거렸다. 젬이 화살 맞은 짐승처럼 몸을 떨었다. 왕자의 눈썹이 꿈틀거렸다.

"아는 사입니까?"

"……아주 신통방통한 친구지요. 사랑의……."

"마, 마담! 혹시 제 가게를 찾은 적이 있으셨던가요. 워낙 손님이 많아 제가 다 기억하질 못해서, 하하하하!"

젬이 뒷머리를 긁으려다 후드만 펄렁거렸다. 따끔따끔한 시선이 전신에 꽂혔다. 후드 그림자에 가려진 얼굴에 뜨끈뜨끈 열이 올랐다. 눈에서 땀이 흐르는 듯했다.

제정신인 사람이라면 이 상황에, 왕자 앞에서 사랑의 묘약을 입에 담진 않을 것이다. 그러나 마담은 제정신이 아니었다. 사랑의 묘약을 일주일에 열 병씩 사재기할 때부터 알아봤어야 했다.

마담의 눈이 가늘어졌다. 그녀가 한 걸음, 한 걸음 젬에게 가까워졌다. 왕자가 기사를 뒤로 물렸다. 뭐라 반발하는 기사를 본이 가로막았다.

"……그래요. 아주 솜씨 좋은 친구였죠. 이런 곳에서 만나다니 이런 우연이 있나. 후후."

"하하하하. 마담 D. 왜, 왜 그러시죠? 아, 잠시만요. 제가 당장 왕자님과 마담의 궁합을 점쳐 드릴게요! 잠깐만 저기 앉아 주시겠어요?"

"나와 달링은 하늘이 내린 인연이에요. 당신 도움은 필요 없답니다. 속궁합만 알아 가면 되거든요."

"아뇨, 아뇨. 그건 안 됩니다. 마담, 모든 일에는 시기와 절차라는 게 있으니까요? 그러니까 진정하시고……."

"이 암고양이! 달링을 뺏으려고 수작 부리는 거지!"

"엄마야!"

갑자기 눈을 희뜩 치켜뜬 마담이 들고 있던 레이스 손수건을 던졌다. 젬이 어푸푸, 하며 얼굴에 떨어진 손수건을 쳐 냈다. 독한 향수 냄새에 머리가 어질어질했다. 저도 모르게 기침이 터지며 눈에 물이 고였다. 무의식중에 마담과 눈이 마주쳤다.

'어?'

마담이 젬을 덮쳤다. 젬은 엉덩방아를 찧으며 뒤로 넘어갔다. 충격이 꼬리뼈를 타고 정수리까지 올라갔다. 고통도 고통이려니와 놀란 마음이 컸다. 마담이 괴성을 지르며 젬의 멱살을 잡았다. 후드가 뒤로 벗겨지며 젬의 검은 더벅머리가 확 드러났다.

마담의 손톱에 긁혔는지 목이 따끔거렸다. 젬은 반쯤 정신을 놓은 채 마담과 얼굴을 마주했다. 그런데 이상했다. 마담의 눈이 미친 사람 같지가 않았다.

"막아! 사람 불러!" 하는 주변 소음이 멀게만 느껴졌다. 뭔가가 코트 속으로 들어왔다.

마담의 붉은 손톱이 젬의 목에 날을 세웠다. 동시에 아름다운 얼굴이 가까워졌다. 질식할 것 같은 향기가 젬의 정신을 혼미하게 했다. 마담이 속삭였다.

"……왕자에게 전해요. 그가 알아차렸다고."

젬은 자신이 어떤 표정을 지었는지 알 수 없었다. 억센 힘이 젬을 뒤로 잡아당겼다. 기사가 본을 뿌리치고 마담을 제압했다.

마담이 비명을 지르며 미친 사람처럼 날뛰었다. 도자기처럼 곱던 얼굴이 악마 씌인 인형처럼 콱 찌그러지면서 공기 찢는 소리를 냈다.

작위적인 비명, 일부러 꾸민 살벌한 표정. 도대체 왜?

얼굴이 시뻘게진 기사가 씩씩대며 큰소리를 냈다.

"안정이 필요한 환자입니다. 더는 안 되겠군요. 물러가 주십시오."

"흥. 어쩔 수 없지."

카피레가 미련 없이 등을 돌렸다. 크고 거친 손이 어깨를 부축했다. 본 경이었다. 젬은 바람에 흔들리는 종이 인형처럼 흔들흔들 자리를 빠져나왔다. 뒤에서 철문 닫히는 소리가 들렸다. 째지는 비명이 갑자기 작아졌다. 젬이 홀린 듯 중얼거렸다.

"······왕자님."

"뭐."

앞서가던 카피레가 뒤를 돌았다. 실이 끊어지듯이 무릎이 꺾였다. 야, 하고 부르는 소리를 마지막으로 젬은 정신을 잃었다.

*　　*　　*

마담 D는 왕실에서 후원하는 정신 병원으로 인도되었으며, 곧 왕실 명예 훼손죄로 재판장에 설 거라고 했다. 왕께서 직접 내린 결정이라고 했다. 간호사가 링거 줄에 주삿바늘을 꽂으며 전해 준 말이었다. 머릿속이 온통 뿌연 것이 생각이 잘 이어지지 않았다. 젬은 눈만 깜박였다.

"아까 왕자님께서 들르셨답니다. 후후."

"제가 많이 아픈 건가요?"

"아뇨. 아주 건강하세요. 이건 그냥 서비스예요."

간호사가 후후 웃으며 링거를 고정했다. 잠은 제시간에 꼬박꼬박 자야 한다는 잔소리도 잊지 않았다. 젬이 주위를 휘휘 둘러보았다. 어느새 익숙해진 왕자궁 객실, 자신의 방이었다. 웨건을 끌고 나가려는 간호사에게 "저기!" 하고 젬이 말을 붙였다.

"왕자님을 뵐 수 있을까요?"

"글쎄요. 계속 바빠 보이셨는데…… 지금쯤이면 아마 알현실에 계실 거예요."

탁. 소리와 함께 문이 닫혔다. 베이지색 커튼 사이로 신선한 바람이 새어 들어왔다. 젬이 멍하니 천장을 보다가 헉, 하고 품을 뒤졌다.

분명 마담이 옷 속에 무언갈 집어넣었는데? 손에 잡히는 게 아무것도 없었다. 정신을 잃은 사이 누가 실내복으로 갈아입힌 모양이었다.

왕자가 가져갔어요.

"아이?"

하여튼 보기보다 심약하다니까.

아이가 젬의 베개 옆에 턱을 괴고 엎드렸다. 그러고 보니 아이도 난리통을 함께 겪은 셈이었다. 젬이 옷을 여몄다.

"대체 그게 뭐였어?"

향수 냄새 지독한 레이스 손수건요. 뭔가 있었겠죠. 난 몰라요.

"그래……."

마담의 비명 소리가 아직도 고막을 왕왕 울리는 듯했다. 가슴이 무거웠다. 며칠 못 씻은 것처럼 몸이 무겁고 찝찝했다. 아이가 한숨을 쉬었다. 빛 가루 섞인 요정의 한숨이 공기에 꽃향기를 뿌렸다.

왕자는 바쁘대요. 좀 자요.

"……응."

젬이 눈을 감았다. 잠시 침묵이 흘렀다. 커튼이 베개 맡을 간질이며 바람을 전했다. 숨소리가 점차 느려지나 싶을 찰나였다. 젬이 두 눈을 번쩍 떴다.

"일단 왕자부터 찾으러 가자! 그 거머리 같은 감정약 약발이 떨어졌나, 안 떨어졌나 확인부터 해야겠어."

약효가 다할 때까지 옆에서 떨어지지 말라고 신신당부를 하던 사람이 자리를 비운 걸 보면 괜찮을 것 같긴 했다. 문제는 다른 데 있었다. 머리가 무겁고 피곤한 반면, 도저히 잠이 올 것 같지 않았다. 마음이 소란했다.

난 반대.

"응?"

젬은 한숨 더 자는 편이 낫겠어요.

아이가 장난스러운 미소로 젬의 귓가에 후, 하고 숨결을 불어 넣었다. 달콤한 향기가 콧속에 스미며 사지에 힘이 빠졌다. 혈관을 타고 간지러운 것이 전신으로 퍼지는 듯했다. 젬은 뭐라 말도 못 하고 곧장 침대 위로 쓰러졌다. 근 24시간 만의 꿀잠이었다.

젬은 꿈을 꾸고 있었다. 사랑의 묘약을 찾아 천막을 젖히는 마담 D가 보였다.

"사랑을 찾아 드릴까요?" 젬이 묻는 말에 마담은 고개를 가로 저었다. 약만 있으면 된다며 딱 선을 그었더랬다. 마담 D는 남편을 잃고 몇 년째 홀로 살고 있다고 했다. 수도 외곽, 숲으로 둘러싸인 대저택에서 몇 마리 고양이를 벗 삼아 하인들과 살고 있는 듯했다.

자세한 내막은 모르나 마담은 타인의 시선에 대단히 민감한 기색이었다. 어두운 천막에서도 검은 망사를 드리운 모자를 고집하는 이유도 그 탓으로 보였다. 우울을 향수처럼 몸에 두르고 다니던 여인이었다. 늪처럼 고요한 매력이 있었다.

'……왕자에게 전해요. 그가 알아차렸다고' 하던 마담의 마지막 말이 아직도 귀에 생생했다. 무언가를 각오한 사람의 눈빛이었다.

사랑의 묘약.

골목에서 힘겨워하던 왕자의 모습.

부러 미친 모습을 꾸미던 마담의 기행.

대체 일이 어떻게 돌아가는지 감이 잡히지 않았다. 꿈속에서도 머리가 뿌옇기만 했다. 젬이 눈을 감았다 떴다. 시야가 뿌옇게 흐렸다. 사방이 컴컴했다. 어디선가 불어온 바람에 치맛자락이 다리를 간질였다.

……**이쪽이야. 이쪽이야.**

누군가가 자신을 부르고 있었다. 목소리가 들려오는 방향에서 찬 기운이 퍼져 왔다. 검고 좁은 길 끝에 푸르스름한 빛이 아른거렸다.

젬의 고향, 북쪽 산골 마을에 불던 겨울바람처럼 시리고 날선 공기였다. 발바닥에서부터 한기가 타고 올라왔다. 정수리 털이 쭈뼛 섰다. 꼭 진짜처럼 생생한 감각이었다.

……**여기, 여기 있어.**

……**기다렸어.**

계속, 계속 기다렸어.

그것은 요정의 목소리처럼 고막이 아니라 머릿속에 직접 울림을 전하고 있었다. 담담한 어조였으나 젬은 그 안에 넘칠 듯 일렁이는 어떤 감정을 느낄 수 있었다. 마치 제 것처럼 생생한 감정의 파도에 젬은 코가 시큰거리기까지 했다.

씻은 듯이 시야가 밝아졌다. 사방에 푸른 색채가 가득했다. 깊은 바다 한가운데 서 있는 듯했다. 마침 기포가 올라와 눈앞을 스쳤다. 뽀그르르 물방울 소리가 들렸다.

푸르스름한 액체 너머로 해초처럼 흔들리는 머리카락이 보였다. 잠자듯 두 눈을 감은 남자가 푸른 용액 속에 갇혀 있었다. 젬이 눈을 거칠게 문질렀다. 잘못 본 것이 아니었다. 왕자였다.

사람을 밤새 괴롭히던 싸가지가, 푸른 용액에 갇혀 시체처럼 둥둥 떠 있었다. 하하, 젬이 저도 모르게 마른 웃음을 흘렸다. 내가 꿈을 꾸는구나. 아무리 꿈이라도 그렇지, 사람을 이런 데다 가두다니. 무의식이라도 찝찝하기 짝이 없었다.

아까까지 자신을 부르던 목소리가 씻은 듯이 사라졌다. 천장 가까이에 붙은 팬이 덜덜덜 돌아가는 소리를 냈다. 천장과 바닥에 깔린 파이프에서 나는 바람 소리에 바닥이 웅웅 울렸다. 거기에 헉, 헉 숨 몰아쉬는 소리가 섞였다.

젬이 저도 모르게 유리관에 손을 가까이 댔다. 차가운 감촉이 손바닥에 닿았다. 살얼음이 피부와 닿자마자 물이 되어 흘렀다. 젬이 정전기를 맞은 듯 손을 뗐다.

'꿈이 아니야?'

젬이 시린 손을 감아쥐며 유리관을 보았다. 시험관을 닮은 커다란 유리관에 왕자가 갇혀 있었다. 허리 아래로는 침전물이 가라앉은 듯 불투명해 어떤 상태인지 확인할 수 없었지만, 상체 쪽은 투명해 얼굴이 훤히 보였다. 가끔 솟아오르는 기포로 살아 있으리라 짐작할 뿐, 언뜻 보면 시체로 알 만치 미동이 없었다. 바닥에 시린 증기가 안개처럼 깔려있었다.

젬은 저도 모르게 주먹을 쥐었다. 갑자기 무서운 생각이 들었다. 시험관을 내리친 것도 무의식중에 벌인 일이었다. 젬은 정신

없이 유리벽을 두드렸다.

"왕자님! 눈 좀 떠 봐요! 왕자님! 야!"

둔탁한 소리가 연신 터졌다. 주먹이 얼얼했다. 목이 말라 단내가 났다. 욕이 절로 나왔다. 여기서 왕자가 죽으면 곤란했다. 빚도 문제고, 국왕과의 약속도 문제고, 내 신용도 문제고, 망할! 무엇보다 찝찝하단 말이다!

벽 두드리는 소리보다 악쓰는 소리가 더 컸다. 아무리 두드려도 툭툭툭, 소리밖에 안 났다. 젬이 소리를 빽 질렀다.

"야! 눈 떠 보라고!"

그때였다. 왕자의 풍성한 속눈썹이 파르르 떨리며 반쯤 열렸다. 뿌연 눈동자에 머리를 산발한 제 모습이 비추었다. 젬이 "왕자님!" 하며 유리벽에 얼굴을 바짝 붙일 찰나였다.

누군가 뒤에서 머리카락을 잡아당긴 것처럼 몸이 뒤로 넘어갔다. 젬은 억, 소리도 못 내고 끌렸다. 시야가 거꾸로 돌며 회색 파이프가 구불구불 이어진 천장이 보였다. 현실감이 파도처럼 젬을 덮쳤다.

*　　*　　*

젬이 눈을 번쩍 떴다. 어둠은 간데없이 사방이 환한 대낮이었다. 씨익, 씨익 하고 숨넘어가는 소리가 났다. 제 목에서 나는 소리였다. 젬이 옆을 더듬어 잔을 찾았다. 손끝에 차가운 감촉이 닿았다. 겨우 몸을 일으켜 한입에 잔을 비웠다. 아직도 머리가 어질어질했다. 시큼한 약품 냄새가 코에 남은 듯했다.

거지 같은 꿈이다. 젬이 눈을 끔벅끔벅 감았다 떴다. 살면서 꾼 꿈 중에 손가락에 꼽을 악몽이었다. 익숙해진 크림색 천장과 머리맡에 하늘거리는 베이지색 커튼이 보였다. 등을 감싼 푹신한 감촉 역시 왕자궁 객실 침대의 그것이 맞았다.

젬은 허허, 헛웃음 치며 옆으로 돌아누웠다. 몸이 무거웠다. 개 같은 꿈은 잊고 한숨 더 잘 참이었다.

"……잠꼬대 한번 요란하네."

응? 내가 아직 꿈을 꾸나? 젬이 눈을 감았다 떴다. 침대 옆에 앉아서 이쪽을 보는 누군가가 있었다. 하늘에서 똑 떨어진 것처럼 아름다운 천사가 젬을 내려다보고 있었다.

아까 무슨 소리가 들렸던 것도 같은데, 젬이 눈을 가늘게 떴다. 천사의 이목구비가 너무나 완벽해서 입술을 움직이는 모습을 상상할 수도 없을 정도였다. 헛것이 말을 할 리 없었다.

그새 내가 또 잠에 든 모양이지.

젬이 스르르 눈을 감으며 바로 누웠다. 두 손을 가슴 위에 모아 쥐고 습관처럼 소원을 빌었다.

"……천사님, 제 빚을 모두 사라지게 하옵시고 싸가지 왕자에게 꼭 맞는 짝을 눈앞에 내려 주세요. 너무 착한 아가씨면 불쌍하니까 적당히 싸가지면 좋겠습니다."

"야."

어쩜, 목소리까지 고운 것이 꼭 싸가지 왕자를 닮았네…… 까지 생각하다 젬이 눈을 번쩍 떴다. 카피레가 한없이 고까운 표정으로 팔짱을 꼈다. 그제야 머리맡에서 자신을 목 놓아 부르는 아이가 보였다. 눈을 마주친 아이가 메뚜기처럼 튕겨 와 젬의 머리맡에 섰다.

"너 방금 뭐라 옹알거렸냐? 기분 더러운데."

"왜 자는 사람을 빤히 쳐다보고 그러세요? 깜짝 놀랐잖아요!"

"안경 벗어도 별로 눈이 커지거나 하진 않네."

왕자가 히죽히죽 웃으며 젬을 관찰했다. 젬이 협탁을 손으로 더듬어 뿔테 안경을 쥐었다.

"그럼 안경 아래 미소녀가 숨어 있을 줄 알았어요? 왜 그렇게 징그럽게 쳐다보세요?"

"돼지 눈에는 돼지가, 성인 눈에는 성인이 보이는 법. 징그러운 건 너겠지. 침부터 닦지그래?"

"이씨……."

"이씨이?"

젬은 소매로 입가를 대충 훑었다. 침 따위 흔적도 없었다. 심각한 건 눈 쪽이었다. 밤새 시달린 악몽으로 눈두덩이 퉁퉁 부은 데다 커다란 눈곱이 버섯 군락처럼 단단히 자리 잡았다. 억지로 떼어 내려 하니 생살을 뜯는 듯 아프기까지 했다. 끙끙대는 젬을 보며 왕자가 무심히 말을 흘렸다.

"나 약발 떨어졌다."

젬은 잠시 이해하지 못한 채 굳었다. 곧 눈곱을 그대로 붙인 채 "와!" 하고 두 손을 높이 들어 올렸다.

"거봐요! 제가 금방 낫는다고 했잖아요!"

"금방의 정의가 보통 사람하고 다른 건 알고 있지? 뭐 이걸로 왕족 상해죄는 면하게 됐네. 축하해."

젬이 시선을 비스듬히 내려 바닥을 보았다.

'싸가지…….'

"약발이 떨어졌어도 지금 네가 무슨 생각하는진 알겠다."

"제가 뭘요?"

카피레가 다리를 바꿔 꼬았다. 젬은 이유 없이 불안해졌다. 간밤에 꾼 시커먼 방이 자꾸 떠오르려는 것을 억지로 눌렀다. 갑자기 벼락처럼 깨달음이 왔다. 왕자에게 전할 말이 있었다.

"……왕실 명예 훼손죄는 보통 형이 어떻게 되죠?"

"왜? 한번 해 보게?"

"아까 들었어요. 마담 D가……."

"마담이 뭐?"

카피레가 의자를 당겨 침대 가까이 붙였다. 젬이 무의식중에 침을 꿀꺽 삼켰다.

"전해 달라고 했어요. 그가 알아차렸다고……."

하, 하고 카피레가 천장을 보았다. 긴 한숨 소리가 뒤따랐다. 젬은 아이를 품에 안고 무릎을 세웠다. 잠시 침묵이 흘렀다. 너 말이야, 하고 카피레가 운을 뗐다.

"아버지랑 뭐로 계약했어?"

"예?"

"나 교배시키기로 합의한 거 아냐?"

난감한 단어 선택이었다. 젬이 우물쭈물하는 사이 카피레가 말을 이었다.

"계약서 새로 쓰자. 나랑."

3.
이중 계약

젬이 말한 조건을 듣고 카피레는 "그 정도야" 하며 어깨를 으쓱했다.

"어쨌든 넌 내가 결혼만 하면 만사형통이네. 그렇지?"

"아니죠. 저는 운명의 상대를 찾게 도와 드릴 뿐이죠. 결혼은 왕자님 자유고요."

"결론은 똑같잖아."

왕자가 어깨를 으쓱했다. 젬은 꿀 먹은 벙어리가 되어 눈만 깜박였다. 틀린 말은 아니었다. 젬의 의뢰인, 왕이 바라는 결말은 그런 것이리라.

"반대로 말하면, 네가 운명을 찾아 주더라도 내가 아니라고 하면 그걸로 끝, 디 엔드인거지."

"예?"

"애초에 난 네 일에 관심 없어. 운명의 상대니, 결혼이니. 다 아버지 혼자 생각이지. 이렇게 네 얼굴 마주 보고 있는 것도 예정에 없던 일이야. 일찌감치 단념시켜서 내쫓을 작정이었는데 말이지……."

카피레의 아름다운 미소가 꼭 젬을 잡아먹을 듯 무서웠다. 100% 진심이리라 짐작했다. 처음부터 비협조적이었던 시종의 태도만 봐도 알 만했다.

"갑자기 왜 마음이 바뀌셨는데요?"

"지금도 시답잖은 짓이라고 생각해. 단지 교환할 거리가 필요했을 뿐이야."

"저를 어디다 쓰시려고요?"

젬이 눈썹을 모았다. 아이도 품에서 똑같은 표정을 지었다. 카피레가 머리카락을 빙빙 꼬았다.

"일단 네가 누구 사주를 받고 온 게 아니라는 건 알았어."

"당연하죠."

"그리고 넌 거짓말을 못 해."

"……그게 다예요?"

"감정약이라는 것도 꽤 신선했어. 요즘 같은 때에 마법약이라니. 촌스럽긴 하지만. 쓸 만한 능력이야. 그런 걸 만들어 냈단 건 마법약에 꽤 솜씨가 있단 증거겠지?"

젬은 베개 밑에 숨겨 둔 금서에 생각이 미쳤다. 왕자가 젬을 흘깃 보았다.

"날 위해 마법약을 만들어 줘."

젬이 고개를 흔들었다.

"마법약은 만능이 아니에요."

"싫으면 당장 성에서 나가든가."

'골목에서 죽게 내버려 둬야 했는데…….'

"또 나쁜 생각했지?"

'귀신 같은 놈!'

"난 네가 거짓말을 못 해서 좋더라."

카피레가 씩 웃었다. 그 웃음에 꿈에서 본 시체 같은 얼굴이
겹쳐졌다. 젬이 생각을 털 듯 고개를 흔들었다.

"마담 D는……."

"왜 그렇게까지 신경 써? 너와 무슨 상관이라고? 아는 사이
야?"

젬은 입을 꾹 다물었다. 오랜 단골, 거기다 불법 사랑의 묘약
을 박스째 구입하던 소중한 돈줄이라고는 말할 수 없었다.

"오지랖도 정도껏 해. 목숨은 하나니까. 여기저기 들쑤시다
이 꼴 난 거 아냐. 안 그래?"

약이 올라도 뭐라 대꾸할 말이 없었다. 젬 덕분에 죽었다 살아
난 주제에 조잘조잘 말도 많은 놈이었다. 배은망덕한 자식. 도
둑보다 못한 놈. 젬이 속으로 욕을 퍼부었다. 왕자가 무릎을 털
고 일어섰다. 젬이 그를 올려다보았다.

"기간은 1년으로 하자. 더 빠를 수도 있고. 늦어지진 않을 거야."

"1년이요?"

"그 후엔 적당한 여자 골라서 결혼해 줄게. 너 최고라고 아버지한테 칭찬도 해 주고. 그럼 됐지?"

젬은 물끄러미 카피레를 보다가 몸을 일으켰다. 아이가 날아올라 젬의 어깨에 앉았다. 풀 냄새 섞인 바람이 커튼을 갈랐다. 젬의 더벅머리가 갈래갈래 붕 떴다. 그와 대조적으로 카피레의 금발이 비단처럼 빛을 뿌렸다. 머리카락뿐일까. 사는 세계부터 다른 사람이었다. 지금 이 순간, 젬의 미래는 이 사람에게 달려 있었다.

카피레가 웃으며 한발 물러섰다. 젬이 자리에 서서 손을 내밀었다.

"계약서 씁시다."

*　　　*　　　*

젬은 그 길로 별관으로 향했다. 식사 시간과 겹쳤는지 인적이 드물었다. 반쯤 졸던 데스크 직원이 깜짝 놀라 입가를 닦았다. 젬은 아랑곳 않고 당당히 마과부 복도를 걸었다. 또각또각 발소리가 창백한 복도를 울렸다. 주사위는 던져졌다. 이렇게 된 이상 갈 때까지 가는 수밖에 없었다.

문단속을 철저히 한 뒤 실험실에 불을 켰다. 나갈 때와 별반 다를 바 없이 어수선한 풍경이 펼쳐졌다. 검은 실험대에 책과 종이가 흩어졌고, 대충 씻어 놓은 실험 기구가 아무렇게나 놓여 있었다. 구석에 놓인 검은 솥단지에 눌어붙은 약 찌꺼기가 붙어 있었다.

왕자가 내린 첫 번째 주문은 '상대의 마음을 읽는 약'이었다. 세상에 그런 약이 어딨냐 묻자 그럼 내가 먹은 약은 뭐였냐며 심통을 부렸다. 젬은 찾아보겠노라 얼버무리곤 자리를 피했다. 똥이 무서워서 피하는 사람은 없었다. 황당한 나머지 어디다 쓸 건지 묻지도 못했다.

"마법약을 만능 지팡이로 착각하는 게 분명해."

왕자가 말한 약이 있긴 있을 거예요. 젬이 능력이 안 돼서 그렇지.

무시하듯 금서를 여러 번 넘겼으나 그런 약은 코빼기도 보이지 않았다. 젬이 실험대를 붙잡고 머리를 박았다. 아이가 흥흥 웃으며 손짓했다.

대신 이런 게 있어요.

금서가 보란 듯이 펼쳐졌다. 젬이 안경을 고쳐 쓰며 미간을 찡그렸다.

진실만 말하게 하는 약. 지속 시간 60분, 초급편.

꿩 대신 닭이라 했던가. 나쁘지 않았다.

＊　　　＊　　　＊

출입증을 확인한 문지기가 한발 물러섰다. 젬은 회전문을 돌아 내부로 들어섰다. 익숙한 책 냄새가 폐부에 스몄다. 유난히 높은 돔식 천장에 성현들의 얼굴이 그려져 있었다. 둥근 창문으로 부드러운 햇빛이 굴절했다. 기둥 곳곳에 색이 벗겨진 흔적이 남아 있었다. 적당한 높이의 책장이 둥근 실내를 따라 도미노처럼 배열되어 있었다.

중앙에 있는 기다란 책상에 사람들이 띄엄띄엄 앉아 있었다. 한결같이 두꺼운 안경에 미간을 찌푸린 사람들이었다. 책장 넘기는 소리만 간간이 울렸다. 고향에 온 듯 마음이 편해졌다.

젬은 배치도를 슥 훑고는 의학 코너로 향했다. 아이와 계약한 지 1년째. 젬이 볼 수 있는 금서 레시피는 아직도 '초급'이 붙은 것뿐이었다. 그마저도 쉬운 게 아니었다. 가끔 알지 못하는 용어가 섞이기도 했다. 그럴 때면 아이가 어찌나 비웃는지 말도 못했다. 젬은 울며 겨자 먹기로 공부하는 수밖에 없었다. 사랑의 요정이 아니라 공부 못해 죽은 원혼이 따로 없었다.

마법약학은 약초학과 마법, 연금술, 의학 모두를 아우르는 학문이었다. 달리 말하자면 수박 겉핥기식 잡학 다식이 되기 쉬운 분야기도 했다. 아이는 그것을 용서하지 않았다. 젬이 가장 부족한 부분이 바로 의학이었다.

의학은 마법과학 시대가 열리며 비약적인 발전을 이룬 학문이었다. 정리된 양보다 한 해 쏟아져 나오는 양이 더 많았다. 다른 분야는 척척 책을 추천해 주는 아이었지만 이 분야만큼은 손을 놓고 잔소리만 하기 일쑤였다.

이것저것 살피던 젬이 두 책을 나란히 놓고 고민에 빠져 있을 때였다.

"왼쪽이 나을 겁니다. 오른쪽은 오류가 많아서요. 개정판이 나온 걸로 아는데 지금은 다 나간 모양이군요."

"아, 감사합니다."

젬이 놀라 고개를 들었다. 뒤에 선 남자와 눈이 마주쳤다. 짧게 깎은 머리에 키가 크고 어깨가 떡 벌어진 남자였다. 자세가 유난히 곧았다. 학자라기보다 무인에 가까워 보이는 사람이었다. 남자가 젬을 빤히 바라보았다. 젬은 그제야 남자가 흰색 마과부 가운을 입고 있음을 깨달았다.

"죄송합니다" 하고 물러섰으나 남자의 시선은 젬을 따라 움직일 뿐이었다. 혹여 전 같은 시비가 걸릴까, 젬은 책을 품에 안고 책장 사이로 빠져나갔다. 허리 근처에 땋은 머리가 꼬리처럼 흔들거렸다. 남자는 그 뒷모습을 빤히 쳐다보다 젬이 놓고 간 책을 살펴보았다.

* * *

"뭐에 쓰시려고요?"

카피레는 젬이 내민 약을 받아 이리저리 돌려보며 무심히 답했다. 간식을 준비하던 코다가 마뜩잖은 눈으로 둘을 흘겨보았다.

"자백제 대신 쓰려고."

"예?"

"좀 알아내야 할 게 있는데, 물리적인 수단을 쓰긴 좀 그래서 말이야. 신사적으로."

"자백제가 신사적인 수단인 줄은 처음 알았는데요."

"진실을 말하게 하는 약이라고 했지? 전처럼 효과가 지나치면 곤란해."

그런 특수한 상황은 젬도 두 번 다시 겪고 싶지 않았다. 생각해 보니 그랬다. '속내를 읽을 수 있는 약'이니 '진실만 말하게 하는 약'이니. 만들라고 해서 만든 자신도 자신이지만, 멀쩡한 약을 자백제로 쓰겠다는 놈도 놈이었다. 카피레가 젬의 표정을 보더니 킥킥 웃었다.

"그럼 내가 너한테 피로회복약이나 감기약 같은 걸 부탁할 줄 알았어? 성에서 후원하는 의사만 해도 몇인데?"

"그건 피로회복약이에요. 진짜는 이거."

젬이 갈색 병을 탁 소리 나게 내려놓았다. 코다가 왕자가 들고 있던 오렌지색 병을 빼앗듯 가져갔다.

"라벨 좀 붙여 봐."

"범죄에 쓰는 건 아니죠?"

"신사적으로 할 거라니까."

카피레가 손사레를 쳤다.

그게 오늘 아침 일이었다. 젬은 한숨 쉬며 턱을 괴었다. 유리창에 비치는 가로수 잔상 위로 뚱한 왕자의 얼굴이 비추고 있었다.

귀족 저택이 몰려 있는 도시 외곽에 들어선 참이었다. 넓고 곧게 정돈된 붉은 도로에 길쭉한 자동차들이 쌩쌩 오갔다. 높은 담이 성벽처럼 줄을 이었다. 벽에 그림처럼 붙은 장미 덩굴에서 진한 여름 향기가 풍기고 있었다. 바람이 부는지 가로수가 이따금 가지를 흔들었다.

차가 모퉁이를 돌았다. 담벼락 너머로 키 큰 가로수가 끝없이 이어졌다. 저 멀리 유난히 검고 높은 저택 지붕이 보였다. 차가 검은 정문 앞에 부드럽게 멈췄다. 검은 창살 너머로 쭉 뻗은 가로수길이 보였다.

"마담이 네게 전한 손수건, 기억해?"

속삭이듯 조용한 목소리였다. 젬은 멱살을 욱죄던 그 힘을 떠올렸다. 마담의 흔들리던 눈동자 역시 기억에 선명했다.

"주인에게 돌려주러 가는 거야."

"그가 바로 마담이 말한 사람인가요?"

카피레가 글쎄, 하며 창턱에 팔을 기댔다. 앞머리가 살짝 흘러

내려 눈꺼풀에 그림자를 드리웠다. 역시 아름다웠다. 그렇게 생각할 찰나였다. 맞은편에 앉아있던 본이 부리나케 카메라를 들었다.

좁은 차 내부에 찰칵거리는 셔터 음이 연달아 메아리쳤다. 아이가 중얼거렸다.

나도 방금 진짜 잘생겼다고 생각했어요. 셔터 찬스.

하긴 사진으로 길이길이 전해야 할 미모긴 했다. 내가 저 얼굴로 태어났다면 인생이 얼마나 편했을까. 젬은 구석으로 몸을 구기며 혀를 찼다.

기둥에 붙은 기계에서 빨간불이 깜박이더니 정문이 양옆으로 갈라졌다. 차가 안쪽으로 들어서자 뒤에서 검은 문이 소리 없이 닫혔다. 젬은 기하학적인 무늬를 그리는 창살을 보며 제 발로 감옥에 들어온 기분이 되었다. 멀리 거대한 저택이 보였다.

"재무부 장관 댁이라도 돼요?"

"연줄은 그에 못지않지. 왕년에 이름깨나 날리던 중매쟁이, 안나 부인이야. 동종업자니까 이름 정도는 알려나?"

사교계 사정을 고학생 젬이 알 리가 없었다. 카피레는 심심했는지 묻지도 않은 정보를 이것저것 읊었다.

젊어서 제 친구 결혼을 혼자 다 시켰다든지, 자식 부탁하는 부인들로 경첩이 떨어질 지경이었다든지, 일찍 은퇴해서 망정이지 아니었으면 너랑 라이벌이 됐을 거라는 등 시시덕댔다.

차가 부드럽게 멈췄다. 젬은 창을 힐끔 보고 놀랐다. 저택이 어쩌나 크고 높은지 지붕이 보이지 않을 정도였다. 같은 중매쟁이라도 체급이 다른 상대였다.

젬이 침을 꿀꺽 삼켰다. 처음 보는 귀족 부인에게 내 손으로 만든 자백제를 먹여야 한다니……. 함부로 약 썼다가 덤터기 쓰면 어쩌나, 하는 걱정도 뒤따랐다.

카피레는 제집처럼 여유롭게 집사의 안내를 받았다. 젬은 도살장 끌려가는 소처럼 숨죽여 왕자의 뒤를 따랐다.

크고 높은 기둥과 사람보다 큰 액자가 벽을 장식했다. 높고 넓은 로비 정면에 2층 양쪽으로 이어진 계단이 서 있었다. 계단 뒤로 거대한 전면 유리창이 후원을 비추었다.

초로의 집사가 안내한 곳은 1층 복도 끝에 있는 방이었다. 젬은 의외로운 광경에 눈을 크게 떴다.

문이 열리자마자 가장 먼저 눈에 들어온 것은 자그마한 유리창에 비친 꽃밭 풍경이었다. 왕자를 기다리고 있던 사람은 다름 아닌 작은 부인이었다.

패브릭 소재로 아기자기하게 꾸민 방은 소박해 보이기까지 했다. 폐쇄적인 저택 외관과 어울리지 않는 방이었다. 검은 실내복 차림의 부인이 살짝 무릎 굽혀 인사했다. 긴 소매 밑으로 작은 리본 같은 것이 보였다.

"무례를 용서하세요. 이곳이 가장 마음이 편해서……."

"무리하게 부탁한 건 이쪽이니 마음 쓰지 않아도 됩니다. 마담."

안나 부인은 마담 D와 놀랍도록 어울리지 않는 인상이었다. 마담 D가 붉은 장미 같은 여자라면 이 부인은 안개꽃과 닮아 있었다. 여염집 거실처럼 꾸며진 이 방과 비슷했다. 소박하고, 투박한, 어딘가 꾸밈없는 분위기가 풍겼다.

하고 많은 범죄자를 놔두고 이런 사람에게 자백제를?

젬은 표정 관리에 힘써야 했다. 카피레가 1인용 소파에 제집처럼 몸을 기댔다. 본이 자연스레 그 뒤에 섰고, 젬은 없는 듯 구석에 섰다. 집사가 물러나고 잠시 방에 침묵이 앉았다. 먼저 운을 뗀 것은 부인이었다.

"……제게 묻고 싶은 것이 있으시다고요."

"먼저 이것을 돌려드려야겠습니다."

카피레가 들고 있던 상자를 건넸다. 부인이 망설이다 뚜껑을 열었다. 네모반듯하게 접힌 손수건이 나왔다. 마담 D가 젬에게 부탁한, 레이스 달린 검은 손수건이었다. 부인이 누가 볼세라 뚜껑을 덮었다.

"……데자르가 보낸 건가요?"

"용건을 말씀드리겠습니다. 무례할 수 있는 있겠습니다만, 꼭 들어줬으면 좋겠군요. 친구를 위해서라도 말입니다."

"……데자르가 왕자님께 큰 잘못을 저지른 것은 알고 있어요. 그날 아침 일은 저도 봤답니다."

데자르 백작 부인. 마담 D의 이름이었다. 카피레가 품에서 약병을 꺼냈다. 라벨이 붙지 않은 갈색 병이 어둑한 조명을 받았다. 병이 딸깍 소릴 내며 테이블에 놓였다. 부인이 눈썹을 찡그렸다.

"데자르 부인과 절친한 사이라고 들었습니다. 결혼을 주선하셨을 정도로요."

"이게 뭐지요?"

"대화를 좀 더 원활하게 해 줄 보조제랄까요."

카피레가 온화한 미소를 지어 보였다. "피로회복제 비슷한 겁니다" 하며 입에 침도 안 바르고 말했다. 속내야 어쨌든 외양은 동화 속 요정 왕자 같은 인물이었다. 다 아는 젬조차 순간 혹할 정도로 예뻤다. 그가 젬 쪽을 눈짓하며 덧붙였다.

"믿을 만한 제약사가 만든 물건이니 걱정하지 않으셔도 될 겁니다. 듣자 하니 사교계에서도 아시는 분이 꽤 있다고요. 중매……."

"중매 선생. 맞아요. 저도 물론 알고 있답니다."

부인이 쓴웃음 지으며 시선을 내렸다. 마담 D와 친한 사이였다면, 그녀가 사랑의 묘약을 박스째 사던 일도 알고 있을까? 부인이 테이블 위에 놓인 약병에 손을 대려다 움찔하곤 팔을 거두었다. 카피레가 후후, 웃으며 약병을 들었다.

"나눠 마셔도 좋습니다."

부인은 무안해 보였지만 거절하지 않았다. 찻잔에 물약이 조금씩 담겼다. 왕자가 먼저 컵을 들었다. 결코 좋은 맛은 아닐 터였다. 왕자는 평소처럼 오만상을 찌푸리는 대신 부인을 보고 웃었다. 부인이 왕자와 눈을 마주한 채 약을 마셨다. 그녀의 미간에 살짝 주름이 잡혔다가 금세 사라졌다.

"……조금 마음이 놓이는 것 같기도 하네요."

"그럼 단도직입적으로 여쭤 보죠."

카피레가 상체를 앞으로 내밀었다.

"최근 데자르 부인에게 이상한 기색은 없었습니까?"

"이상한 기색이라. 데자르는 본래 기질이 독특한 친구여서요. 언제나 비밀스러운 구석이 있었죠. 요사이 특이점이라면, 저와의 약속을 취소한 것 정도일까요?"

"그때가 언제죠? 중요한 약속이었습니까?"

부인이 말한 날짜는 왕자가 마담 D에게 변을 당하기 바로 이틀 전이었다.

"평생을 본 사이에요. 그날이라고 특별한 일 따윈 없었죠. 다만 데자르는 한 번도 저와 한 약속을 어긴 적이 없었어요."

"데자르 부인이 최근 들어 따로 언급한 사람은 없습니까?"

"글쎄요. 아시다시피 데자르는 친구가 별로 없어요. 당신과 나를 제외하면 만나는 사람도 손에 꼽죠. 그래, 남편의 친구였던 그 의사도 있군요. 분명……."

카피레가 허공에 손을 저었다.

"누군지 알겠군요."

"의사가 권한 수면제가 어찌나 독한지 낮에도 깜박깜박 졸아 버린다고 들었어요. 아, 제 불면증 때문에 나온 얘기였거든요.

한 알만 먹어도 푹 잘 수 있을 거라며 약을 나눠 줬지요."

"효과는 어땠습니까?"

부인이 겸연쩍게 웃었다.

"사실 먹지 않았어요. 제 가방 속에 그대로 있답니다. 본래 약을 별로 좋아하지 않아서……."

카피레가 자세를 바로 하며 곧은 눈으로 부인을 보았다.

"아시겠지만, 저와 데자르 백작 부인은 깨끗한 친구 사입니다. 나이 차와 성별에 관계없이 순결한 우정을 나눴다 자신할 수 있습니다."

"알고 있어요."

부인이 보일 듯 말 듯 고개를 끄덕였다.

"……제가 알던 마담은 충동적으로 이런 일을 벌일 사람이 아닙니다. 부인께선 제 말을 이해해 주시겠지요?"

부인이 자잘한 꽃무늬의 테이블보를 구기며 생각에 잠긴 눈빛을 했다. 카피레가 잠시간 침묵을 지켰다. 부인이 잠시 자리를 비웠다 돌아왔다. 짙은 갈색 병에 알약끼리 부딪치는 소리가 들렸다.

"지금 이게, 데자르를 위한 거지요?"

"물론입니다. 부인."

카피레 왕자가 병을 햇빛에 비춰 보았다. 3분의 1쯤 남은 타원형 알약이 그림자를 보였다.

"마담 D도 진실한 친구를 둔 것에 행복해하실 겁니다."

왕자가 약병을 품에 넣고 정중히 예를 취했다. 부인이 아까 받은 상자를 꼭 쥐는 것을 젬은 놓치지 않았다.

본이 응접실 문을 열었다. 짧은 만남이었다. 신사적으로 할 거라고 했던가. 뭐, 생각보다 온건한 쓰임새였다. 젬은 영문 모르는 사람에게 진실약을 먹였단 죄책감을 하늘에 날려 버리기로 했다.

"감사합니다. 왕자님."

부인은 곧 쓰러질 것 같은 안색이었다. 카피레의 뒤를 따라 문을 나서려 할 때였다. 떨리는 목소리가 발목을 잡았다.

"잠시, 이분과 말씀 좀 나눌 수 있을까요?"

부인의 시선은 젬을 향했으나 질문을 받은 사람은 카피레였다. 카피레는 자리에 우뚝 서서 눈썹을 한 번 꿈틀하더니 짧게 고개 숙여 예를 차렸다. 가벼운 구두 소리가 문밖으로 멀어졌다. 문이 닫혔다. 부인이 한숨을 쉬었다.

"······떨려라. 갑자기 죄송해요. 평소라면 이렇지 않은데, 당신에게 물어보고 싶어 견딜 수가 없었어요."

"신경 쓰지 마세요. 부인."

진실약의 효과이리라 짐작했다. 부인이 바람 맞은 잔가지처럼 떨리는 두 손을 단단히 얽고 후우, 후우 숨을 골랐다.

"당신이 만든 약이 아주 효과가 좋다고 들었어요."

*　　　*　　　*

문을 닫고 나오자 차원의 벽을 넘은 것처럼 전혀 다른 풍경이 펼쳐졌다. 검고 반질반질한 복도, 깎아지른 천장과 키 큰 창문들. 젬의 얼굴에 세로로 긴 그림자가 새겨졌다. 젬은 잠시 눈을 깜박이다 꿈에서 깬 듯 발걸음을 옮겼다.

받아들일 거예요?

"할 수 있는 일이라면. 보수도 나쁘지 않잖아?"

한 가지는 확실했다. 진실약은 그 자체론 나쁘지 않았다. 특히 먼저 말 꺼낼 용기가 없던 사람에겐 생각지도 못한 선물이 될 수도 있었다.

젬은 주머니 속에 든 휴대폰을 다시 한 번 꼭 쥐었다. 미지근하고 축축한 감촉이 부인이 전한 감정과 닮아 있었다.

젬이 차에 올라탔다. 달콤한 카피레의 냄새가 코에 훅 스몄다. 젬은 저도 모르게 코를 킁킁거렸다. 머리부터 발끝까지 완벽한 남자 같으니. 무슨 남자 냄새가 이리 꽃처럼 향긋하담?

"표정이 나쁘지 않은데? 무슨 얘기했어?"

젬이 대답 대신 "글쎄요" 하며 후후 웃었다. 카피레가 눈가를 찡그렸다.

"지금 복수하는 거야?"

"제 별명 아시잖아요. 중매 선생. 그냥 상담이었어요."

"데자르가 먹은 약이 의심스럽다는 거죠? 그럼, 데자르는, 그

애 몸은 지금 괜찮은 거예요?"

친구를 걱정하던 부인의 목소리가 환청처럼 고막에서 멀어졌다.

저 회색 건물 안에 그토록 좁고 연약한 공간이 있으리라 누가 짐작했을까. 젬은 멀어지는 저택을 바라보았다. 어쩌면, 마담 D라면 알고 있었을지도 모른단 생각이 들었다.

데자르 백작 부인. 마담 D.

젬은 입에 익어 버린 이름을 중얼거리며 창에서 눈을 돌렸다.

＊　　　＊　　　＊

차가 큰길로 들어섰다. 긴장이 풀린 탓일까, 어깨가 무거웠다. 젬이 품에서 피로회복제를 꺼내 벌컥벌컥 들이켰다. 빤히 보던 카피레가 손을 내밀었다.

"뭐예요?"

"한 병 줘 봐."

젬이 예의상 권할 때마다 침묵으로 일관하던 그였다. 그의 곁에 금붕어 똥처럼 붙어서 눈을 부라리는 시종 코다는 "왕자님께선 주치의의 허가를 받지 않은 약물은 일절 입에 대선 안 되십니다"란 대사를 앵무새처럼 읊곤 했다. 코다의 무감정한 목소리가 지금도 귀에 들리는 듯했다. 젬이 가만히 있자 카피레가 허공에서 주먹을 쥐었다 폈다.

"먹어 보라고 권할 땐 언제고 발뺌이야? 먹어 준다니까?"

"주치의 허락 없인 안 된다면서요."

"너까지 깝깝한 소리 할래. 코다 흉내 내지 마."

새가 먹이를 낚아채듯 병을 뺏었다. 오렌지색 병뚜껑이 톡 소리 내며 열렸다. 카피레가 병 입구에 코를 대고 킁킁 냄새 맡았다.

"맛으로 먹는 거 아녜요."

"네 약이 다 그렇지 뭐. 아까 자백제도 먹고 토하는 줄 알았어."

"자백제가 아니라 진실약. 그러게 그걸 왜 드셨어요?"

"그러게 말이다."

카피레가 한입에 약병을 비웠다. 옆에 코다가 없는 것이 천만다행이었다. 이 사실을 들켰다간 죄 없는 젬만 잔소리 폭격을 맞을 게 뻔했다. 젬이 완전 범죄를 위해 본을 흘깃 보았다.

본의 반응이 예상과 달랐다. 입을 달싹이며 손가락을 꼼질꼼질하는 것이 꼭 뭔가를 바라는 듯 보였다.

"맛은 없지만, 나쁘진 않네."

"흠흠. 그런데 말이에요, 왕자님."

그럼, 그럼. 누가 만든 약인데. 젬은 어깨가 으쓱했지만 애써 티내지 않았다. 대신 아무렇지 않게 말했다.

"그래서 마담 D가 말한 그 사람이 누구예요?"

"……너 내가 자백제 먹었다고 지금 틈 노린 거야?"

들켰다. 젬이 모른 척 피로회복제를 한 병 더 꺼내 본에게 건넸다. 본이 반가운 낯으로 병을 받았다.

호기심은 고양이를 죽인다고 했던가. 그래도 어떡하랴. 눈만 감으면 마담 D의 물기 어린 눈동자가 망막에 아른거렸다.

사랑의 묘약, 마담 데자르, 그리고 카피레 왕자. 아예 멀어진 일이라면 모를까, 젬이 카피레와 계약한 이상 아예 모른 척할 수도 없는 일이었다. 또, 젬과 아주 상관없는 일도 아니었다.

바람 빠지는 듯한 웃음소리가 났다. 카피레였다.

"유리 헤이트잉겔."

젬이 천천히 고개를 들었다. 본이 당황한 표정으로 젬과 카피레를 번갈아 보았다.

"네 자백제 효과 좋은걸. 뭐든 말하고 싶어지게 만드는데?"

"음, 약에 저도 몰랐던 부작용이 있는 모양이에요."

"아냐, 나 아주 멀쩡해."

마담 D는 말했다. 그가 알아차렸다고. 뭔가 필사적으로 숨기려는 듯 미친 척 연기를 했다. 그에 젬은 여러 가지 상상을 했다. 왕자와 마담이 내연 관계였는데 그것을 숨기려 연기한다거나, 둘은 사실 왕실 비밀 요원이어서 극비리에 범죄자를 쫓아 상황극을 벌인 것이다, 따위의 삼류 드라마 각본이었다. 젬의 각본에서 닥터 유리는 '그 사람'에 어울리는 인물이 아니었다.

젬의 표정을 보고 카피레가 어깨를 으쓱했다.

"믿든가 말든가 그건 네 자유야. 어쨌든 닥터 유리한테 내 얘기 금지야."

"제가 그분 볼 일이 어딨겠어요?"

"곧 볼 일이 생길지도 모르지."

의뭉스러운 웃음을 보자 불길한 예감이 등줄기를 달렸다. 젬은 그의 시선을 피해 고개를 돌렸다. 본이 약병을 열고 있었다. 병 입구에 코를 대는 꼴이 왕자와 꼭 닮아 있었다. 카피레가 아, 하고 품을 뒤졌다.

"그리고 이거."

갈색 병이 날아왔다. 어김없이 코로 받을 뻔했다. 건네도 되는 거리에서 굳이 병을 던지는 이유가 뭐냐고, 젬은 목구멍까지 솟은 의문을 애써 눌렀다. 젬이 병을 들어 흔들어 보았다. 알약끼리 부딪쳐 작은 소음을 냈다.

"무슨 성분인지 조사 좀 해 봐."

"언제까지요?"

"빠를수록 좋아."

이런 알약은 젬의 특기 분야가 아니었다. 그래도 하라면 해야겠지. 약병이 한없이 무겁게 느껴졌다.

"첫 번째 일을 성공적으로 끝낸 소감이 어때?"

"약에 제가 몰랐던 부작용이 있던 것 같아서요. 잘 모르겠네요."

"그건 이제 됐고, 이거나 받아."

병을 살피던 젬이 고개를 들었다. 붉은 주머니가 코앞에 날아왔다. 이 인간이 진짜! 젬이 아슬아슬하게 두 손으로 받았다. 묵직한 무게감에 잘그락 소리가 나는 주머니였다. 범상치 않은 예감에 젬이 두 눈을 부릅떴다. 혹시……?

"열어 봐."

젬이 급한 손길로 끈을 풀었다. 아이가 후드 밖으로 고개를 내밀었다.

와! 금화다!

주머니를 연 젬은 저도 모르게 입을 떡 벌리고 말았다. 묵직한 무게의 정체가 드러났다. 주머니를 반쯤 채운 그것은 틀림없는 금화였다. 젬의 눈꺼풀이 빠르게 운동했다. 영롱한 황금빛에 머릿속이 하얗게 지워졌다. 비릿한 돈 냄새가 코를 통해 들어와 혈관을 타고 온몸을 순환했다. 전율까지 일었다. 왕자와 계약한 1년. 일을 끝마치기 전까진 다시 볼 일 없으리라 생각했던 이 광채! 이 향긋한 냄새!

"좋지?"

"네!"

"한 건 끝낼 때마다 보너스가 나갈 거야. 물론 계약 조건은 그대로니까 걱정 말고. 어때. 이 정도면 일할 맛나지?"

"열심히 하겠습니다!"

카피레가 "좋아" 하며 편하게 자세를 틀었다. 부드럽게 올라간 입꼬리에 미모가 한층 돋보였다. 살아 있는 미의 화신이 따로 없었다. 젬은 눈이 부신 듯 왕자를 보았다. 이제 그가 뭘 던지든 화가 나지 않을 것 같았다.

어느새 시내를 지나 왕성을 향하는 언덕길을 오르고 있었다. 그러거나 말거나, 젬은 주머니를 여몄다, 풀었다 하며 금화에서 눈을 떼지 못했다.

본은 아까 마신 피로회복제의 떫은맛이 아직 남은 듯 찌푸린 미간을 펴지 못했다. 그러면서 이상한 것을 보듯 왕자를 연신 힐끔댔다. 카피레 왕자가 꼭 재롱부리는 강아지를 보는 듯한 눈으로 젬을 보고 있었기 때문이었다. 이상한 일이었다. 본이 아는 카피레는 생전 저 아닌 생물이라곤 예뻐해 본 적도 없는 사람이었다.

4.
[막간극] 기사 본에 대하여

푸른 잎이 우거진 숲길에 빨간 머리 소녀가 바닥을 툭툭 차고 있었다. 선명한 색채감에 눈이 아플 지경이었다. 젬과 소녀의 눈이 마주쳤다.

"주, 중매 선생님 본인이세요?"

"누구세요?"

"선생님!"

홍당무 색 머리를 양 갈래로 땋은 소녀가 두 손으로 입을 가리며 '어머, 어머'를 연발했다. 주근깨 가득한 뺨이 발그레하게 달아올랐다. 갈색 눈동자에 눈물까지 아롱졌다. 젬이 당황해 소녀의 어깨를 쥐었다.

"지, 진정해요! 무슨 일이죠? 우리 어디서 본 적 있어요?"

"초면이에요. 선생님!"

누가 보면 잃어버린 자맨 줄 알겠네…….

아이의 중얼거림에 백번 동감하며 젬은 가까스로 소녀를 진정시켰다. 누가 보진 않을까 두려워 저도 모르게 주변을 살피게 되었다.

왕자궁 후원과 중앙 별관을 잇는 뒷길. 젬이 겨우 찾아낸 지름길이었다. 키 작은 관목과 높이 솟은 침엽수가 어우러진 미로 같은 곳이었는데, 관복을 차려입은 귀족들이 수시로 오가는 큰길보다 훨씬 마음 편했다.

길 초입에 표지판처럼 서 있던 이 소녀만 아니었다면, 젬은 지금쯤 무사히 실험실에 도착했을 터였다.

*　　　*　　　*

소녀의 이름은 푸파. 성에 들어온 지 몇 개월이 채 안 된 신입이라고 했다. 왕자궁에 그 유명한 중매 선생이 왔다는 소식을 듣고, 이제나저제나 기회를 노렸다는 것이다.

"전 잠시 휴업 중인데요."

"왕자궁 선배들이 중매 선생님 약이 이거라 그러던데요? 왕성 부속 병원에서 파는 것보다 약발이 끝내준다구."

푸파가 엄지를 척 들어 보였다. 젬의 미소가 살짝 경직했다.

"가끔 만들고 남은 약을 조금…… 그럴 뿐입니다."

"돈이라면 준비했어요!"

"아무리 그러셔도……"

소녀가 앞치마에서 묵직한 주머니를 꺼내 보였다. 동전 부딪치는 소리가 종소리처럼 귀를 때렸다.

젬!

젬은 잠시 혼미해지려던 정신줄을 간신히 붙잡았다. 할 수 있다면 젬도 하고 싶었다. 아무렴 돈이 걸린 일이었다. 안 하는 게 아니라 못 하는 거였다.

왕자의 실을 읽지 못한 그날 이후, 아이는 무기한 폐업을 선언했다.

"그게 무슨 뜻이야, 아이. 더는 아무것도 안 보이게 된 거야?"

잘못 본 건 아녜요. 왕자가 이상한 건 틀림없어요. 문제는 그게 아니야.

"말을 해야 알지!"

아이는 잠시 뜸을 들이다 입을 열었다.

힘이 내 뜻대로 조절이 안 돼요. 어느 날은 정원 위를 스치기만 해도 꽃망울이 돋아나는데, 어떤 날은 꽃잎 한 장 허공에 띄울 수 없어요. 이상하다고요.

그리고 보니 계절에 맞지 않은 꽃을 자주 본 기억이 났다. 젬은 덜컥 겁이 나 물었다.

"그거 괜찮은 거야?"

이런 적은 처음이에요. 안정될 때까지 아무 일도 안 할 거니까 그렇게 알아요.

거기다 대고 싫다고 떼쓸 수도 없는 노릇이었다. 덕분에 젬은 왕자궁 시종, 시녀를 상대로 작게 약장사나 하고 있었다. 종류는 피로회복제와 밤샘약, 발모제, 숙변제거제 등, 젬의 특기를 십분 살린 생활 밀착형 상품이었다. 그마저도 무표정 코다 몰래 파느라 진이 다 빠졌다.

돈 버는 게 아무리 좋아도, 이런 때 상담 손님은 곤란했다.

'……거짓으로 봐 줄 수도 없는 노릇이고.'

젬은 입술을 꾹 문 채 고개를 가로저었다. 푸파가 두 손 모아 부탁했다.

"그, 그럼 사랑의 묘약이라도!"

젬은 턱에 추를 단 듯 무겁게 고개 저었다. 왕성 한가운데서 잡혀갈 일 있나. 소녀의 눈에 삽시간에 물이 고이더니 낙숫물처럼 뚝뚝 떨어졌다. 젬이 "아이고!" 하며 소녀 달래기에 나섰다. 인적 드문 숲길에 서러운 울음소리가 메아리쳤다.

푸파는 지방 귀족의 딸이라고 했다. 이름만 귀족이지 집에 재산이 없어 평민과 별다를 바 없이 컸다고도 했다. 성에 오게 된 것도 갖은 연줄을 동원한 결과라고 덧붙였다. 수도에 살면서 돈도 벌고 예쁘게 꾸미고 연애란 것도 해 보고 싶었다며 푸파는 대성통곡을 했다.

젬은 자기보다 열 살은 어려 보이는 푸파에게 차마 매몰차게 굴 수 없었다. 어쩌겠는가. 열심히 등만 두드려 줄 수밖에.

"그분을 만난 건 성에 온지 얼마 되지 않아서였어요. 선배 언니들이 신입들 골린다고 속옷을 성 곳곳에 숨겨 놓았는데, 아까 말씀드렸지요? 저희 집 형편이요. 계절마다 옷 지어 입기도 힘든 처지였거든요. 속옷이야 한두 개로 구멍 뚫릴 때까지 빨아 입는 거고요. 전 리본 달린 속옷이 있는지도 수도 와서 처음 알았어요. 수도 사람 눈에 제 속옷은 걸레로밖에 안 보였을 거예요."

'할머니도 안 입을 속옷'이니, '이걸 입느니 속옷을 안 입고 말겠다'느니. 젬도 들은 적 있는 말이었다. 남 얘기가 아니었다. 젬은 어느새 푸파의 심정에 완전히 동화되어 눈물을 글썽이고 있었다.

"그런 전통이 있는 줄 알았다면 빚을 내서라도 비싼 속옷을 사 뒀을 거예요. 막 레이스에 리본도 잔뜩 달리고 막 그런 거요. 어쩌겠어요. 이미 속옷은 누가 어디다 숨겼다는데. 그때 저를 보는 선배들의 눈빛이란…… 선배들은 통금 시간까지 속옷을 찾아 입고 오지 않으면 호된 꼴을 당할 거라고 으름장을 놨어요. 옆 사람 얘길 들어 보니 못 찾은 신입은 모두가 보는 앞에서 치마를 들춰 버릴 거란 거예요. 속옷이 없는 사람 치마를 홀랑 뒤집으면 뭐가 나오겠어요. 미치고 팔딱 뛸 노릇이죠. 빌어먹을 전통! 아니, 이게 말이 돼요? 왕궁 시녀가 이래도 되는 거냐고요!"

"어딜 가나 그런 거지 같은 전통이 있더라구요."

"울며 겨자 먹기로 온 성을 뛰어다녔어요. 힌트랍시고 준 게 '속옷의 색, 장식, 이미지와 어울리는 장소'였어요. 생각나는 게 쓰레기장이랑 빨래터밖에 없어서 종일 그쪽만 뒤졌어요. 해가 지고, 달이 뜨고 제 속옷을 찾은 동기들이 하나둘 숙소로 돌아가는데 저는 오도 가도 못했어요. 속옷은 못 찾았고, 돌아가서 창피당하기는 싫고, 도망칠 곳도 없었죠. 너덜너덜해진 지도를 보는데 한군데 못 들린 곳이 있더라고요. 기사님들이 쓰는 연무장과 욕장이요. 밤이니 기사님들도 없겠다, 진짜 마지막이다, 생각하고 무작정 걸었어요."

주먹을 불끈 쥐고 얘기하던 푸파의 얼굴에 다시금 홍조가 돌기 시작했다. 핏줄이 솟던 두 손도 얌전히 모아 쥐고 몽롱한 눈빛을 했다.

"입구에 들어섰는데 웬걸, 연무장에 한 기사님이 수련을 하고 계시지 않겠어요? 키가 크고 호리호리한 체격이었는데 자기 키의 반만 한 칼을 사탕 막대 휘두르듯 가볍게 움직이시더라고요. 어찌나 신기한지 제 처지도 잊고 푹 빠져서 구경하고 말았답니다. 신비로운 만월의 빛이 기사님의 실루엣을 비추었죠. 땀에 젖은 머리카락이 사슴 같은 목덜미에 착 달라붙은 것이 보였어요."

시 쓴다. 진짜 잘 쓴다.

'귀엽구만 뭘······.'

"솔직히 말하면요. 저는 세상 모든 기사님이 산적처럼 수염이 덥수룩하고 풍선처럼 부풀린 근육을 자랑스러워하는 인종인 줄 알았어요. 수도에 와서 그런 사람만 있는 게 아니란 걸 알긴 했지만, 만월의 기사님은 차원이 달랐어요. 두상이 작고 팔다리도 늘씬한 것이 검을 휘두르는 게 아니라 춤을 추는 것처럼 보였거든요. 얼굴도 어찌나 예쁘장한지 요정으로 착각할 뻔했다니까요?"

젬이 말없이 푸파를 보았다. 푸파가 볼을 감싸며 혼자 고개를 흔들었다.

"그래요. 맞아요. 그분 때문이에요. 그렇게 보지 마세요! 얼굴만 보고 반한 게 아니라고요! 들어 보세요. 제가 정신을 차리고 막 도망치려 할 때 뭔가가 쎅! 하는 소릴 내면서 발 옆에 꽂혔어요. 믿어지세요? 돌바닥에 칼이 손잡이만 남기도록 죄 박혔다구요. 뒤늦게 소름이 올라오면서 온몸에 솜털이 바짝 섰죠. 허스키한 목소리가 '누구냐' 하고 물었어요. 숨이 가빠선지 헐떡임이 약간 섞였는데 그게 또 어찌나 야시시하던지. 아, 이게 아니고요. 제가 덜덜 떨면서 '아니, 저는⋯⋯' 막 이러니까 기사님이 당황했는지 한달음에 달려오셨어요. 동료 놈들이 장난치는 줄 알았다며 막 사과하시고, 저는 막 손사래 치고⋯⋯. 기사님이 주머니에서 누런 행주 같은 걸 꺼내서 이마를 닦는데, 전 기절하는 줄 알았어요. 짐작하시겠어요? 맞아요! 그게 제 속옷이었어요! 제가 뒤로 넘어가려 하니까 기사님도 깜짝 놀라서 속옷을 막 숨기려고 하셨죠. 막 그런 게 아니라고 당황하시는데⋯⋯. 당연히 저는 울기 직전이었고요. 달밤의 쇼가 따로 없었죠."

아주 볼 만한 장면이었겠다 싶었다. 요정의 키득거림이 귓가를 간질였다. 젬은 웃을 수도, 울 수도 없었다. '나는 잘 듣고 있어요' 하는 공감의 표정을 유지하는데 애를 써야 했다.

"얘길 들어 보니 여성 속옷이 기사단 욕장에 아무렇게나 걸려 있었대요. 누가 볼까 겁나서 아, 동료분들이 대단한 철부지에 장난꾸러기라 무슨 장난을 칠지 뻔했다고요. 그래서 얼른 숨겼고 하시더라고요. 누가 아주 못된 장난을 친 게 틀림없다고 확신하셨대요. 그렇게 주머니에 넣고선 깜박하는 바람에, 손수건이랑 착각하셨다고요. 세상에! 뭔가 느껴지지 않으세요, 선생님? 그죠? 세상에 운명의 상대라는 게 있다면, 제게 그런 행운이 주어진다면 상대는 그분밖에 없을 거예요."

"그럼 신고식은 어떻게 됐어요?"

일인다역을 하며 극을 찍던 푸파가 정색하고 뱉었다.

"물론 무사히 통과했죠. 기사님 덕분에요! 들어 보세요. 며칠 뒤 기사님이 사람을 시켜 선물도 보냈어요. 속옷을 함부로 써서 미안하다는 메모와 함께요! 시내에 유명한 속옷 가게 로고가 박힌 상자에, 속옷 삼 종 세트가 들어 있었죠. 레이스, 리본, 땡땡이 무늬 속옷이요! 그걸 받고 제가 어떤 기분이었게요?"

아무리 속옷을 손수건 대용으로 써서 미안했다고 해도 초면인 여자한테 속옷 선물은 좀……

'내 말이 그 말이야…….'

젬은 하하, 어색한 웃음만 흘렸다. 이미 핑크색 꿈에 푹 빠진 소녀에게 찬물을 끼얹을 자신이 없었다.

"선생님, 제발 알려 주세요. 제가 그분과 잘될 수 있을까요?"

"죄송하지만……."

"그럼 사랑의 묘약을 파세요! 제 세 달치 월급이에요!"

"푸파……."

젬은 영혼 없이 입에 발린 말을 늘어놓았다. 사랑의 묘약은 어디까지나 약물에 불과하며, 보다 중요한 것은 서로의 진실된 마음이라고 말이다.

푸파는 바람 빠진 풍선처럼 쭈글쭈글해졌다. 자신은 외모에도 자신이 없고, 배경도 변변찮으니 기사님께 들이댈 자신이 없다고 했다. 수소문해 본 결과, 선배 언니들은 모두 포기하라 충고했다는 것이다. 젬은 예의상 물었다.

"기사님 성함이 어떻게 되죠?"

"……본, 본 잉겔 경이라고 했어요."

누구라고?

젬이 다시 확인하기도 전에 푸파가 고개를 번쩍 들었다.

"아, 자주 보시겠어요! 왕자궁에 게시니까요. 그렇죠?"

"혹시 카피레 왕자님 호위이신……."

"바로 그분요! 맞아요! 진짜 잘생기셨죠? 그쵸?"

얘가 아직 왕자를 본 적이 없나 봐.

'그러게…….'

카피레가 워낙 출중한 인물이라 젬은 한 번도 왕자와 붙어 다니는 본을 잘생겼다 생각한 적이 없었다. 아니, 카피레 곁에는 누굴 붙여 놔도 마찬가지일 터였다. 그러나 굳이 푸파에게 이런 얘기까지 할 필욘 없어 보였다.

푸파는 묵직한 제 주머니를 다시금 확인하더니 젬을 빤히 보았다.

"그렇게 봐도 곤란합니다. 이만 돌아가세요. 사랑은 응원할게요."

"그럼 이건 어떠세요? 이 주머니를 드릴 테니까……."

＊　　＊　　＊

아이가 본인 작사, 작곡의 노래를 젬의 귓가에 흥얼거렸다. '젬 마키나는 왕국 제일 욕심쟁이, 돈에 눈이 먼 인간, 세계 제일 욕심쟁이, 우주 제일 팔랑귀'라는 노래였다. 젬은 허허 웃으며 선금으로 받은 은화를 만지작거렸다.

"이정도 가지고 뭘 그래."

새파랗게 어린애 코 묻은 돈이 그렇게 갖고 싶어요?

"쉿, 조용히 해."

하늘이 도운 것처럼 왕자는 자리를 비운 상태였다. 며칠간의 일로 젬이 퍽 눈에 익은 코다였으나, 그의 태도는 변함이 없었다. 젬이 오든 말든 물 한 잔 먼저 내주는 법이 없었다. 윗전의 명령이 없으면 젬은 못생긴 장식물보다 못한 존재였다.

오늘만큼은 그 매정함이 고마웠다. 응접실은 문 하나를 사이에 두고 왕자의 개인실과 접하고 있었다. 개인실에 딸린 쪽문이 바로 기사 본의 방 입구였다.

본은 기사 중에서도 드물게 하루 시간의 대부분을 왕자 곁에서 보냈다. 왕족을 담당하는 호위 기사는 몇 명씩 짝을 이루는 게 보통이건만, 본은 누구와 교대하는 법이 없었다. 집에 돌아가 긴커녕 검 휘두를 시간은 있는지 묻고 싶을 정도로 왕자 코딱지였다.

푸파의 제안은 이러했다.

"만월의 기사님 사진을 원해요. 선생님은 왕자님 곁에서 일하시니까 기사님도 자주 보시지요? 제발 크고, 선명하고, 아름답게 찍힌 사진을 부탁드려요."

"다짜고짜 이러셔도 고객님……."

젬, 지금 고객님이라고 했어요?

"……한 장당, 은화, 한 개! 열 장이면 이거 다 드릴게요!"

아무리 젬이 양심 없는 약장수라해도 기가 막힐 만치 높은 금액이었다. 젬은 푸파의 시녀복과 거칠고 못 박힌 손, 하도 만져서 반질반질 윤이 나는 주머니를 보곤 고개를 끄덕여 버리고 말았다.

"사진기는 본 경에게도 있으니까. 잠시 빌려서 찍으면 되겠지."

어휴, 우주 제일 수전노.

"완전 머리 좋구만 뭐가 불만이야, 진짜."

젬은 혹시 몰라 쪽방 문을 똑똑 두드려 보았다. 10초간 아무 반응이 없었다. 젬은 승리의 미소를 지으며 조심스레 문을 열었다.

생각보다 큰 방이었다. 젬이 묵고 있는 객실과 큰 차이가 없는 구조였다. 하늘색 커튼이 바람에 흔들리며 그림자를 드리웠다. 일어난 흔적이 그대로 남은 침대에 이불이 고치 모양으로 구겨져 있었다. 의자, 책상, 바닥 곳곳에 뱀 허물처럼 구겨진 옷가지가 널려 있었다.

생각보다 지나치게 프라이빗한 공간이었다. 젬은 문고리를 쥔 채 잠시 얼었다.

"생각해 보니까, 나 지금 외간 남자 방에 몰래 침입하는 거랑 비슷하네."

그걸 이제 알았어요?

젬이 소리 없이 문을 닫았다.

포기하지 않는구나……

"여기까지 와서 포기라니. 선금도 받았는데 그럴 순 없지."

자랑스러워 할 일이에요, 이게?

젬은 바닥에 널린 옷가지를 밟지 않도록 조심하며 걸음을 옮겼다. 문 바로 왼쪽 구석에 위치한 책상은 다른 곳에 비하면 깨끗한 편이었다. 책상이 마주한 벽에 사진이 줄줄이 걸려 있었다.

카메라를 목에 매고 사는 사람다웠다.

의외로 왕자의 미모 자랑은 몇 보이지 않았다. 맛있어 보이는 디저트, 푸른 하늘, 길 고양이 따위가 대다수였다. 높은 곳에서 내려다보는 풍경도 꽤 많았다. 젬은 저도 모르게 중얼거렸다.

"자기 사진은 하나도 없네."

찍어 줄 사람이 없었나 보죠.

"설마."

아이의 심드렁한 발언에 젬은 헛웃음을 터트렸다. 책상에 놓인 옷가지가 이상하게 도톰하다 싶었는데 밑에 지렁이처럼 삐져나온 카메라 목줄이 보였다. 젬이 반색하며 카메라를 들어 올렸다.

"사진 귀신이 웬일로 이걸 놓고 갔지?"

그러게요. 어? 뭔가 떨어졌는데요?

"안 되지, 안 돼."

소리 없이 떨어진 사진이 젬의 발등을 덮었다. 하얀 뒷면에 현상액 얼룩이 조금 남아 있었다. 옷가지 밑에 깔려 있던 사진인 모양이었다. 젬이 허리 굽혀 그것을 주웠다.

"……이게 뭐지?"

심령사진인가?

벽에 걸린 것과 다르게 초점이 맞지 않아 흐릿한 사진이었다. 어두운 하늘 같기도, 깊은 바다 같기도 한 배경에 사람 형상을 한 것이 찍혀 있었다. 금발에 창백한 남자처럼 보였다.

젬은 이상한 기시감에 눈을 가늘게 뜨고 사진에 코를 가까이 댔다. 덜컥 겹치는 장면이 있었다. 꿈에서 봤던, 푸르고 시린 실험관 남자였다.

소리 없이 문이 열린 것은 바로 그때였다.

"쉬고 계세요, 금방……."

젬은 소리도 못 지르고 빳빳하게 굳었다. 문을 열고 들어오던 본이 잠시 멈칫하더니 빠르게 주변을 훑어보았다. 문 너머로 카피레의 목소리가 들렸다.

"금방 뭐!"

"아뇨. 역시 그냥 주무세요. 저도 좀 쉬렵니다."

"지 멋대로야 아주!"

본은 대답도 돌려주지 않고 문을 닫았다. 달칵, 하는 소리에 젬이 어깨를 푸드득 떨었다. 그 움직임에 사진이 팔랑팔랑 호를 그리며 떨어졌다. 본이 다가와 사진을 주울 때까지 젬은 꼼짝도 못 하고 얼어 있었다. 그가 눈살을 찌푸리며 젬을 내려다보았다.

"저, 저는 그러니까…… 도둑질 같은 걸 하려던 건 절대 아니구요."

사과부터 해야죠!

"죄송합니다!"

"쉿."

본이 입에 검지를 가져다 대며 문 쪽을 눈짓했다. 왕자에게 바로 보고할 생각은 없는 듯했다. 젬은 얌전히 입을 다물었다.

"……제 방까지 무슨 일이시죠? 주인 없는 방에 발 들일 정도로 급한 용무입니까?"

본이 사진을 확인하며 물었다. 표정이며 목소리가 평소와 다름없이 온화해서 젬은 되레 겁이 났다. 아까 본 푸르스름한 이미지는 머릿속에서 날아간 지 오래였다.

파란 벽지 같은 것을 잘못 찍은 사진이겠지. 초점도 안 맞는 이미지 따위 추상화에 꿈에 헛것이 겹친 것뿐일 테다.

"사, 사진을 얻으려고……."

"사진이요?"

사진을 품에 갈무리하는 본의 눈빛에 살짝 날선 기운이 느껴졌다. 젬은 얼른 고했다.

"아뇨, 그런 게 아니라 기사님, 기사님의 사진을요!"

본이 눈을 몇 번 깜박이더니 아하, 하는 표정으로 웃었다.

"전 또 뭐라고. 그런 문제라면 이해합니다."

영문 모를 반응에 젬이 어버버 하는 사이, 본은 망설임 없이 책상 맨 밑 서랍을 열었다. 빽빽하게 들어찬 사진 가운데 검은 포스트잇이 붙은 것을 몇 장 골랐다. 젬은 얼결에 그것을 받았다.

"워낙 태연해 보이셔서 이런 쪽엔 관심 없는 줄 알았지 뭐예요. 역시 중매 선생님도 사람이셨군요."

본이 건넨 것은 선명히 찍힌 클로즈업 사진이었다. 그것도 카피레 왕자의.

"이번만입니다. 또 이러시면 곤란하니까요. 앞으로 잘 부탁드린다는 의미예요. 항상 공짜로 약 얻어먹고 있으니까. 대신 비밀 엄수 잊지 마십쇼."

왕자님 사진을 노리는 팬들이 많아서 관리가 어렵다며, 본은 고개를 설레설레 저었다. 젬이 억지로 입술을 뗐다.

"기사님, 저어, 제가 바란 사진은 이게 아닙니다요……."

"예?"

젬은 성직자 앞에선 죄인의 심정으로 자초지종을 고했다. 이렇게 된 거 두 사람 사이 사랑의 징검다리가 되어 보자는 생각도 있었다. 아니, 세상에 어느 기사님이 꽃 던지는 아가씨를 싫다 하겠는가.

"매우 곤란합니다."

여기 있었다. 본은 미간에 주름을 불룩 세운 채 턱을 문질렀다. 수염 자국 하나 없이 매끈한 턱선에 짧게 깎은 손톱과 유난히 마디 굵고 남자다운 손이 눈에 들어왔다.

"가져가 봐야 소용도 없을 겁니다. 애초에 독사진도 없고요."

"사진이야 찍으면 그만 아녀요? 왜 그러세요?"

이렇게 오래 얘기를 나눈 것도 처음이었으나, 젬은 본이 퍽 괜찮은 사람이라고 생각하고 있었다. 이거 해 달라, 저거 해 달라, 까다로운 카피레를 24시간 돌보는 본을 보며 살아 있는 성인이 아닐까 의심한 적도 있었다. 푸파의 외적인 조건 때문은 아니리라 보았다.

그런 내심이 표정에 드러났는지 본이 쓴웃음을 지으며 살짝 고개 저었다.

"선생님이 잘 말씀해 주세요. 전 평생 혼자 살 예정이거든요."

"새파랗게 어린 분이 그걸 어떻게 장담해요? 그리고 그쪽은 아직 결혼 생각도 없어요."

"어쨌든요."

"왕자님 땡깡 때문에 그래요?"

잠시 머뭇거리던 본이 젬의 눈치를 슬쩍 살폈다.

"음, 선생님 눈엔 제가 어떻게 보이세요?"

"성실하고 순한 기사님이죠, 뭐."

"그리고요?"

"이제 보니 인기도 많으실 것 같고요."

젬이 짐짓 두 눈을 부라리자 본이 하하, 헛웃음 치며 뒷머리를 긁었다.

"많이들 착각하시는데, 저 남자 아니거든요……."

허리를 단단히 짚던 손에 천천히 힘이 빠졌다. 하늘 높이 치솟던 눈썹도 슬그머니 제자리를 찾았다. 젬이 의식하지 못한 새 자연스레 일어난 현상이었다. 젬이 귀를 의심하며 "예?" 하고 되묻자 본이 "놀라셨죠, 하하" 하며 맥없는 웃음을 흘렸다.

"여, 여자셨어요?"

"일단 생물학적으로, 여성이긴 합니다."

젬의 머릿속이 빠르게 회전했다. 본은 하루 24시간을 왕자 곁에서 보내는 인물. 즉, 카피레와 가장 가깝고 친근한 여성이었다. 본인도 의식하지 못한 새 젬의 눈동자가 은하수 흩뿌린 호수마냥 빛나기 시작했다.

본이 마른 손으로 제 얼굴을 한번 쓱 쓸고는 한숨 쉬었다.

"이러실까 봐 말씀 안 드린 거거든요."

"제가 뭘요?"

"엄한 생각하셨잖아요. 그렇죠?"

본은 "확실히 말씀드릴게요" 하며 바닥에 떨어진 옷가지를 하나하나 치우기 시작했다.

"염색체가 어찌 됐든 전 여자도, 남자도 아녜요. 선생님이 상상하는 일은 절대 일어나지 않을 겁니다."

"제가 무슨 생각을 했는지 기사님이 어찌 알아요? 그리고, 남자도 여자도 아니면 대체 정체가 뭔데요? 요정이라도 되셔요?"

본이 품에 옷가지를 한가득 들고선 활짝 웃었다.

"요정 좋네요!"

*   *   *

"하하, 기억하고말고요! 십 년 쓴 행주 같은 속옷! 하하, 처음엔 진짜 못 알아봤어요. 연무장 청소하시는 분이 널고 간 줄 알았다니까요."

"그 말 들으면 울겠네요. 불쌍한 푸파."

"절대 말하지 마십쇼. 비웃을 생각은 아니었으니까."

그의 비밀을 듣고 나니, 속옷 선물도 이해가 갔다. 아니, 이 기사님이라면 남자였어도 같은 선물을 보낼 것 같긴 하지만.

"제 아버지 생각이 나서요. 꼭 그런 속옷을 입었거든요. 다 해져서 살 없는 엉덩이가 그대로 비칠 정도였는데 죽어도 안 버리겠다는 거예요. 돌아가신 엄마가 사 준 거라고 꼭꼭 손빨래하고. 진짜 궁상이라고 생각했는데 말이에요."

본이 씁쓸한 미소를 지었다. 아무리 애틋한 척 말해도 홀아비속옷과 비교당한 소녀의 속옷이 가슴 아플 뿐이었다. 젬은 어깨를 으쓱했다.

"기사님 선물에 무척이나 감동받은 눈치라고요. 눈에서 하트가 뿅뿅 터지더라니까요?"

"하하, 편하게 본이라고 부르십쇼. 선물은 사과의 표시일 뿐, 그런 의도는 아니었는데……."

젬이 손가락을 거미 다리처럼 움직이다 손깍지를 꼈다. 천막 장사 중매 선생 생활 1년. 낯선 사람과 깊은 이야기를 나누는 데는 이미 이골이 나 있었다. 사랑 이야기는 처음 보는 사람도 십 년 묵은 친구처럼 마음을 열게 하는 힘이 있었다.

손님 중에는 여자는 물론, 남자도, 노인도, 어린 친구도 있었다. 그들의 깊은 이야기를 듣는 데는 많은 조건이 필요하지 않았다. 작은 천막 상점엔 그런 분위기가 있었다.

그들은 아무도 모르는 동굴에 대고 혼잣말을 하는 기분이라고 했다. 젬은 동굴 속 메아리가 되어 그들의 고민을 들어주기면 하면 되었다. 많은 이야기가 있었다. 젬이 동감할 수 있는 얘기도, 없는 얘기도 있었다. 그러나 이런 종류는 처음이었다.

"아까 남자도 여자도 아니란 건 뭔가 추상적인 뜻인가요?"

"아뇨. 말 그대로 의밉니다."

본이 음, 하고 잠시 말을 골랐다.

"생물학적으로 저는 생식 기능이 없거든요."

젬은 본의 턱이나 손, 몸의 윤곽 따위를 샅샅이 살펴보았다. 조금 마르고 딱딱한 느낌이긴 했으나 딱히 이상은 없어 보였다. 본은 기분 나쁜 기색 없이 뒷머리만 긁었다.

"이런 얘길 하는 것도 오랜만이라, 좀 쑥스럽군요……."

"말하기 곤란한 일이면 안 해도 돼요."

"딱히 숨기고 있던 건 아닙니다. 말할 일이 별로 없었을 뿐이고. 뭣보다 선생님은 뭔가 말하고 싶게 만드는 분위기가 있어요."

"그런 말 자주 듣긴 하는데 전 잘 모르겠어요."

"좋은 거 아닙니까?"

"덕분에 장사는 잘됐죠."

젬이 구겨진 이불을 잠시 쥐었다 놨다. 한결 깨끗해진 방에 선선한 바람이 들어와 머리카락을 간질였다. 한데 뭉친 옷가지가 작은 의자와 테이블 사이에 끼어 있었다.

이불을 대충 편 침대 위에 두 사람이 나란히 앉아 있었다. 테

이블 위에 놓인 잡동사니가 너무 많아서 어쩔 수 없는 선택이었
다. 살짝 긴장된 공기를 아이의 과자 갉아먹는 소리가 완화시켜
주고 있었다. 과자의 출처는 물론, 본의 주머니였다.

"저는 왕자님 놀이 상대로 왔다가 성에 말뚝 박은 케이습니
다. 본래라면 성에 시녀로도 발 못 들일 형편이었는데, 양자 입
적을 조건으로 후원해 준 사람이 있었거든요."

"양자요?"

"어렸을 땐 남장을 했거든요. 제가 살던 곳이 어린 여자아이
가 살긴 힘든 동네라서요. 그땐 이상한 것도 몰랐어요. 다들 그
랬거든요."

곱상한 외모만 보면 부잣집에서 곱게 자란 도련님이 따로 없
는데. 젬은 본이 건네준 과자를 우물우물 씹으며 얘기에 집중했
다.

"친구가 되든 안 되든 집에 돈도 주고, 이것저것 가르쳐 준다
고 하니까 가족들은 얼씨구나, 좋아서 날 보냈죠. 특히 아버지가
춤을 췄습니다. 왕년에 왕성 말단 기사였거든요."

"안 들키셨어요?"

"들켰죠! 그날 바로요. 사실 숨겨야 된다는 인식도 없었어요.
양자의 뜻이 뭔지도 모르던 때니까. 그런데 그 사람은 화내긴커
녕 외려 잘됐다고 만족스러워 하더라구요. 하여간 옛날부터 속
을 알 수 없는 인간이었어요."

본이 하하 웃으며 코끝을 긁었다. 젬은 양부가 누구냐고 물어

보고 싶었으나 쿠키 씹는 타이밍에 겹쳐 때를 놓쳤다.

"운 좋게 친구로 뽑혀서 쭉 후원받게 됐어요. 양자 입적도 하고요. 기왕 재능도 있겠다, 아버지 일도 있고 해서 기사를 목표로 훈련을 시작했죠. 양부가 의학에 해박한 사람이라 모자란 근육을 보충한다, 강하게 해 준다, 뭐다 말이 많았는데, 그 덕에 지금은 어딜 가도 힘으론 지지 않을 자신이 있습니다."

본이 한 팔을 걷어 알통을 보여 주었다. 단단해 보이긴 해도 크게 위협적인 생김새는 아니었다. 북쪽 산자락 아저씨들의 알통을 보고 자란 젬의 눈에는 귀엽기만 했다. 젬의 억지웃음에 본이 슬그머니 팔을 내렸다.

"뭐, 그렇게 살다 보니 몸이 좀 변하더라고요. 처음 보는 사람들은 당연히 남잔 줄 알고요."

"중성적인 기사님이라고만 생각했어요."

"그렇게 착각해서 고백하는 분이 종종 계시는데, 하하. 이럴 때 빼고는 불편한 건 없습니다. 전 강한 게 좋거든요."

약간 쑥스러운 기색만 빼고 평소와 한 치도 다를 바 없는 모습이었다. 젬은 입술을 오물거리다가 그냥 고개만 끄덕이고 말았다.

"어쨌든 꼭 좀, 잘 좀 전해 주십쇼. 마음은 감사하다고요. 몰래 방에 들어온 건 그걸로 용서해 드릴게요."

무단 침입 죄를 이리 허술하게 용서하다니. 젬은 굴러들어 온 호박을 걷어차는 사람이 아니었다. 얼씨구나, 하고 받았다. 그러나 확실히 해야 할 것이 있었다.

"그런데, 사진은요?"

"예?"

본이 눈을 동그랗게 떴다. 젬이 어깨를 으쓱하며 말했다.

"어쨌든 전 사진을 부탁받은 입장이라서요. 한 장이라도 좋으니까 사진 찍읍시다."

"예? 방금 말씀드렸잖습니까?"

"음, 그건 그거고요."

젬이 책상 위에 놓인 카메라에 손을 얹었다. 차가운 감촉이 손가락에 닿았다.

"이건 다른 문제 아녀요?"

* * *

푸파와 재회한 것은 하루가 꼬박 지난 뒤였다. 뭘 하다 왔는지 앞치마가 푹 젖어 있었다. 발갛게 상기된 얼굴이 기대로 반짝이고 있었다. 젬은 비장한 표정으로 품에서 봉투를 꺼냈다. 푸파가 발을 동동 굴렀다.

"얼른, 얼른 주세요!"

"그 전에 드릴 말씀이 있습니다."

"여기 주머니요!"

"이 아가씨 정말 큰일 낼 사람이네! 물건 확인도 안 하고 덜컥

돈부터 꺼내면 어떡해요!"

젬은 푸파가 억지로 안겨 주려는 주머니를 피해 뒷걸음질 쳤다. 젬 평생 돈을 피해 움직인 첫 경험이라 하겠다. 푸파는 아랑곳 않고 젬을 덮치듯 점프했다. 당황한 젬이 억, 하고 눈 감은 순간 푸파가 잽싸게 봉투를 낚아챘다.

졸지에 두 손 들고 벌선 포즈가 된 젬이 슬그머니 눈을 떴을 때, 푸파는 사진에 대고 입 맞추기 직전이었다.

"대박, 감사합니다……."

감격에 차 중얼거리는 소리가 들렸다. 고작 사진에 입 맞추는 것에 불과한데 무슨 신께 경배드리는 종마냥 경건한 표정이었다. 소리 없이 몇 번 입 도장을 찍은 후에야 푸파가 젬을 보았다. 밤색 눈동자가 몽롱하게 풀려 있었다.

"왜 한 장뿐이에요? 나머지는?"

"일단 제 얘기부터 들어 보시라니까요."

어쩜 이렇게 맹목적일 수 있을까. 젬은 유난히 반짝이는 푸파의 눈동자를 정면으로 응시했다. 자신도 언젠가 이런 눈빛을 했던 적이 있을까? 십 년 전, 아니, 20년 전에라도? 알 수 없는 일이었다.

젬은 최대한 간결히 본의 말을 전했다.

반응은 싱거웠다. 푸파가 고개를 갸우뚱했다.

"그래서 사진은요?"

"제 말 못 들으셨어요?"

"저기, 그거 이미 알고 있었던 거예요. 전에 말씀드렸잖아요. 선배 언니들한테 수소문했다고. 다들 포기하라 했다고요."

그게 그 뜻이었냐!

젬은 입을 뻐끔거리다 마른침을 삼켰다.

"사진은 그거 한 장이에요."

"예? 약속이랑 다르잖아요!"

"도저히 안 되겠대요. 찍는 건 자주했어도 찍히는 건 익숙지 않아서 부끄럽다고요. 그것도 겨우 찍은 거예요."

"그런 게 어딨어요. 몰래 찍으면 될걸! 핑계 대는 거죠, 지금?"

이 아가씨 똑똑한걸? 젬, 카메라가 기사님 거여서 못 한 거 맞죠?

젬은 아이의 말을 못 들은 척했다.

"흠흠. 고객님. 초상권 침해라고 알아요? 본 경에게 미움받긴 싫을 거 아녜요?"

"그래도……."

푸파가 아쉬운 듯 사진을 만지작거렸다. 젬은 서너 번 헛기침 끝에 본래 목소리를 찾았다. 장사 생활로 얻은 '이해심 많은 표정'을 가면처럼 쓰고 후후, 웃었다.

"제 중매 선생 이름을 걸고 말하는데요. 푸파 씨가 같이 사진 찍고 싶다고 부탁한다면, 본 경은 흔쾌히 승낙할 거예요."

"예?"

"사랑의 묘약이니, 몰래 사진 부탁하는 것보다 정공법이 먹힐 거라구요. 안 그래도 외로운 타향 생활, 친구 사귄다고 생각하고."

젬이 푸파에게 턱짓하며 덧붙였다.

"돈은 선금으로 퉁칠테니까요."

"예? 그걸로요?"

"누구랑 큰 거래 할 일 생기면 서명하기 전에 나한테 먼저 연락하고요. 수도 온 지 몇 개월이나 됐다면서 어쩜 이렇게 장사꾼 무서운 걸 몰라요?"

물정 모르는 아가씨 등 처먹을 생각은 처음부터 없었다. 푸파가 사진을 꼭 안은 채 고개를 끄덕였다. 그러다 작게 중얼거렸다.

"쿠키나 케이크 좋아하세요, 선생님?"

다시 한 번 말하건대 젬은 주는 떡을 마다하는 사람이 아니었다. 그 수줍은 얼굴에 젬은 저도 모르지 활짝 미소 지었다.

"없어서 못 먹습니다!"

젬은 선뜻 푸파와 함께 지름길을 걸었다. 푸파의 숙소는 본성과 별관 사이에 있다고 했다. 푸파가 길 주변을 힐끔거리며 속삭였다. 젬이 알아낸 지름길은 본래 시종, 시녀들이 애용하던 길이었다는 것이다.

"그렇게 보이진 않던데. 사람 별로 없던데요?"

"한참 전 얘기래요. 요즘은 거의 다른 길을 이용한다고요. 별관 사무처에 마과부가 들어서고 나서 싹 바꼈대요."

"왜요?"

"저기, 저 검은 커튼으로 가린 창문 보이죠? 저기가 닥터 유리의 사무실이거든요."

"와! 진짜요?"

젬이 걸음을 멈추고 푸파의 손가락이 가리키는 곳을 보았다. 군데군데 창이 열린 흰 건물 2층이었다. 푸파가 대수롭지 않은 목소리로 답했다.

"이 길이 나무도 우거지고 하다 보니까 닥터 유리가 산책로로 애용한다는 모양이에요."

"아하, 그래서…… 만나면 불편하긴 하겠다."

"그죠? 대단한 분인 건 알지만, 솔직히 편한 분은 아니잖아요."

유리 헤이트잉겔. 대면한 적은 없으나 그 기분을 충분히 이해하고도 남았다. 젬이 다시 걸음을 옮기자 푸파가 재잘대며 가까이 붙었다.

"기사님도 대단해요. 저런 분의 아들이라니."

"네?"

젬이 자리에 우뚝 섰다. 푸파가 눈을 동그랗게 뜨고 젬을 마주 보았다.

"선생님, 모르셨어요? 기사님 양부가 닥터 유리시잖아요."

5.
닥터 유리

인간은 적응하는 동물이다. 젬도 마파부 인간들도 인간인 이상 환경에 적응하기 마련이었다. 그러니까 언젠간 말이다.

백로 사이에 낀 까마귀의 기분이 되어 오늘도 젬은 유리문 앞에 섰다. 언젠가 익숙해질 때가 오리라 스스로를 다독이면서.

유리문이 양옆으로 갈라졌다. 젬은 이때만 되면 어깨에 빳빳하게 힘이 들어가고 발가락이 곱아들었다. 거침없이 정면으로 걸음을 옮겼다.

꽤 안면을 익힌 데스크 직원이 젬을 알아보았다.

흰 가운에 무테안경을 쓴 단발 여자가 젬의 얼굴을 보자마자 키를 건넸다. 젬이 고개를 가로저으며 품에서 메모지를 꺼냈다.

"이걸 좀 빌리고 싶은데요."

"……실례지만 음, 말로 해 주시겠어요?"

직원이 안경을 고쳐 쓰며 미간을 찡그렸다. 메모지는 구깃구깃 구겨진 데다 홍차를 떨어트리는 바람에 잉크가 얼룩져 있었다. 다시 보니 못 알아볼 만도 했다. 쓴 사람부터 이게 글잔지 그림인지 헷갈렸다.

젬이 입을 열려다 뻐끔뻐끔했다. 기구 이름이 기억나지 않았다. 생전 처음 보는 실험 기구들의 나열에 영혼 없이 받아 적기만 했던 것이다.

직원이 "……미스?" 하며 젬을 보았다. 힐끔힐끔 따끔한 시선이 등을 찔렀다. 안 그래도 사람 많은 로비였다. 공개적으로 무식을 들키기는 죽기보다 싫었다. 이미 늦은 것 같기도 하지만. 젬이 메모지를 뺏듯이 낚아챘다.

"다, 다음에 다시 올게요."

"잠시만요."

커다란 손이 뒤에서 불쑥 튀어나왔다. 검고 거친 손이 젬이 쥐었던 메모지를 부드럽게 채 갔다. 젬은 눈뜨고 코 베인 심정으로 눈만 깜박였다. 한눈에 알아보았다. 도서관에서 책을 골라 주었던 남자였다. 데스크 직원 얼굴이 한결 밝아졌다.

"랑쿼니에 씨."

"34번을 말하는 겁니다. 성분 분석하는데 쓰려는 거 맞지요?"

젬은 얼결에 고개를 끄덕였다. 남자가 꾸깃꾸깃한 종이를 돌려주었다. 데스크 직원이 신청서를 건네며 중얼거렸다.

"용케 알아보시네요."

얼굴에 불이 붙은 듯 뜨거웠다. 악필이란 자각은 있었다. 글씨를 알아보기만 하면 됐지, 예쁠 필요까지 어딨냐 신조였으나 오늘부로 마음을 달리 먹기로 했다. 글을 쓴 사람조차 못 알아보면 그건 글씨가 아니라 낙서였다. 알아본 남자가 매의 눈이었다.

잼은 개미 울음만 한 목소리로 감사하다 중얼거렸다. 듣든지 말든지 알 바 아니었다.

직원이 시간을 통보했다. 잼은 키를 받자마자 도망치듯 복도로 향했다. 걸음이 점차 빨라졌다. "잠깐만!", "저기!" 하면서 쫓아오는 남자 때문이었다. 보폭이 얼마나 큰지 잼의 다섯 걸음이 남자의 한 걸음에 맞먹었다. 흡사 불곰에게 쫓기듯 했다.

외진 복도라 인적이 드물었다. 복도의 끝, 실험실에 거의 다다른 때쯤 남자가 잼을 따라잡았다. 잼이 벽을 짚고 숨을 몰아쉬었다. 책상 의자에서 인생 대부분을 보낸 잼에게 이 정도는 일 년 치 운동감이었다.

"왜, 헉, 왜 도망칩니까?"

"쪼, 쫓아오니까요."

남자가 천장을 보며 몇 번 심호흡했다. 말썽 부리는 조카를 보는 표정이었다. 그 태도가 첫인상과 판이했다.

아는 사이예요?

아이가 물었다. 잼은 작게 고개를 흔들었다. 그 움직임을 비웃듯 남자가 한 걸음 비켜서서 젬과 거리를 벌렸다. 둘의 시선이 마주 보았다. 남자의 눈초리가 느슨하게 이완되어 있었다.

"긴가민가했는데 이제 알겠어요. 젬 마키나. 북부 시모 산맥 출신 맞죠?"

"……누구시죠?"

남자가 처음으로 웃었다. 입가 근육이 부드럽게 풀리며 눈썹이 살짝 아래로 처졌다. 그것만으로 인상이 달라졌다. 딱딱한 불곰 조각이 소녀들의 친구 곰 인형처럼 변했다. 순식간에 일어난 변화였다.

"글씨가 어릴 때 그대로야."

"네?"

"진짜 못 알아보는 거야, 아니면 잊어버린 거야?"

남자가 뒷머리를 벅벅 긁었다. 안경이 콧등을 타고 살짝 미끄러졌다.

시모 산맥은 유라레 북쪽 국경 가까이 있는 작은 산골 마을의 별명이었다. 수도에 그곳을 아는 사람은 지금껏 한 명도 보지 못했다.

랑퀴니에라고 했던가. 그러나 처음 듣는 이름이었다. 이 자식, 동향 사람이라고 속여서 접근하려는 사기꾼인가? 젬이 한 발짝 물러섰다. 남자가 머리 긁던 손을 내렸다.

"지금도 마법약 만드는 게 제일 좋아?"

"……"

"야, 너…… 진짜 못 알아보는 거 아니지?"

유난히 숱 많고 두꺼운 눈썹이 팔자를 그리며 처졌다. 그 얼굴에 겹치는 얼굴이 있었다. 젬이 앗, 하고 눈을 크게 떴다. 어린 시절 삼나무 숲에서 함께 숨바꼭질하던 코흘리개가 거기 있었다.

"……킨?"

"뭐야. 역시 기억하고 있었잖아."

킨이 부끄러운 듯 코 밑을 문질렀다. 젬은 얼떨떨하여 자리에 못 박혔다. 형광등이 깜박이며 지지직 소리를 냈다.

*   *   *

무슨 정신으로 실험실에 들어섰는지 기억에 없었다. 정신을 차렸을 때, 젬은 킨과 함께 실험실 창가에 서 있었다.

개명했냐는 질문에 킨이 기가 막힌 듯 웃음을 흘렸다. 킨의 본명은 랑퀴니에가 맞다고 했다. 어린 시절 '퀴니'라고 불리는 게 싫어 젬에겐 한사코 '킨'을 고집했다는 것이다. 하기사, 어린 남자아이에게 여왕을 연상시키는 '퀴니'는 악질적인 별명의 씨앗밖에 안 됐다.

"하나도 기억 안 나."

"진짜 넌 어떻게 하나도 안 변했냐."

'킨' 하면 가장 먼저 떠오르는 건 실버 아저씨. 그리고 묵직한 바지 얼룩과 코를 찌르던 냄새였다.

숙변제거제 사건이 너무 강렬했던 탓일까. 킨은 젬의 표정을 보고 무언갈 짐작한 모양이었다. "굳이 기억하려 할 것 없어" 하며 마른손으로 얼굴을 쓸었다.

젬의 입가가 가늘게 경련했다. 웃지 않으려 해도 자꾸 입에 바람이 찼다.

"흠흠, 야. 넌 환기도 안 하냐. 홀아비 냄새 진짜 지독하다."

킨이 괜히 창문을 열었다. 젬이 결국 웃음을 터트렸다. 실험실의 퀴퀴한 냄새가 정겨운 고향집 부엌 냄새처럼 느껴졌다.

킨은 젬이 마을을 떠나고 얼마 지나지 않아 유학을 갔다고 했다. 지금은 닥터 유리의 수많은 제자 중 한 명으로 마과부 말단 연구원 신세라고 했다.

젬이 손뼉을 짝짝 쳤다.

"엘리트!"

"과장하는 버릇도 그대로네 진짜. 말단 연구원이라니까."

"잘되면 나 잊지 마라."

"잊고 있던 게 누군데."

킨이 주먹을 쥐어 보였다. 딱딱한 얼굴에 제법 넉살이 흘렀다. 십 년도 훨씬 지난 세월이었다. 성격이 세 번 바뀌고도 남았을 시간이었다. 둘 사이에 흐르는 시간이 그랬다.

그럼에도 킨에겐 기억과 변함없는 구석이 남아 있었다. 웃는 얼굴이 특히 그랬다. 젬은 그 얼굴에 가슴이 쭉 죄이는 듯했다.

이제 다시 볼 수 없는 엄마, 아빠의 얼굴이 겹쳐 보였기 때문이었다.

"너에 대해서 이래저래 말이 많긴 한데 신경 쓸 것 없어. 닥터유리는 오히려 네게 관심 있는 눈치셨거든. 아마 그래서 더 말이나오는 걸 거야."

"닥터 유리가? 진짜?"

"응. 원래 사랑의 묘약에 관심이 많으셨대."

하늘로 날아갈 것 같던 기분이 순식간에 추락했다. '사랑의 묘약'이란 단어를 듣자마자 카피레의 충고가 되살아났기 때문이었다.

킨이 "왜 그래?" 하며 고개를 기울였다. 젬은 손사래를 쳤다. 킨은 젬의 빚을 모르는 눈치였다. 젬과 비슷한 시기 집을 떠나지금까지 홀로 살았다고 하니, 아비와 젬의 사정을 모를 만도 했다.

친구라면서요. 친구 찬스 좀 써 봐요.

아이가 옆에서 부추겼으나 젬은 부러 캐묻지 않았다. "하여튼 똑똑한 척은 혼자 다 하면서 미련해 빠졌어" 하며 아이가 투덜투덜했다.

킨은 약간 쑥스러운 기색으로 젬의 공용 폰에 번호를 남겼다. 카피레와 본 외에 텅 비어 있던 젬의 주소록에 이름 하나가 추가되었다.

성분 분석엔 생각보다 오랜 시간이 걸리지 않았다. 무엇보다 킨의 도움이 컸다. 그는 마법과학은 물론 의학에도 제법 일가견이 있는 모양이었다. 어릴 때와 비교하면 전세 역전이라 할 만했다.

덕분에 공부할 의욕이 났다. 본래 공부란 혼자 하는 것보다 라이벌이 있을 때 불타는 법. 또 아는가. 일이 잘 풀려 1년 뒤 계약이 완료되면 젬 역시 마과부에 한자리 얻을 수 있을지. 모든게 미래를 위한 투자였다.

"이거 저거 다 빼고 결론만 말하자면 이상한 게 들어갔단 거지?"

"지나치게 축약됐지만, 예. 맞습니다."

첫눈처럼 하얀 린넨 커튼이 바람에 흔들려 부드러운 물결을 그렸다. 카피레는 의자에 비스듬히 기대어 한쪽 턱을 괴었다. 햇빛이 부서져 카피레의 금발에 빛 가루를 뿌렸다. 뽀얀 얼굴에 살짝 그림자가 져 뚜렷한 음영을 만들고 있었다. 명화의 한 장면이 따로 없었다.

방심한 사이 기습처럼 다가온 풍경이었다. 그가 입술을 살짝 깨물었다. 꽃물이 배어 나올 듯 모양 좋은 입술 사이로 혀가 살짝 보였다 사라졌다. 젬이 화들짝 놀라 시선을 돌렸다. 미모도 저 정도면 범죄 수준이었다.

카피레가 검지로 관자놀이를 톡톡 쳤다. 그의 손엔 한 자 한 자 또박또박 쓴 보고서가 들려 있었다. 마담 D, 데자르 백작 부인이 복용하던 수면제에 관한 내용이었다.

평범한 불면증 환자에게 투여할 만한 약이 아니었다. 복용 시이명, 환각 등의 부작용과 강한 중독 증상이 나타났을 가능성이 컸다.

한 알로 따지면 극소량이었으나 마담 D가 이 약을 장기 복용했다면 얘기가 달라졌다. 멀쩡한 사람도 정신병자로 만들 만한 약이었다.

젬의 설명이 끝나자 카피레가 웃으며 종이를 흔들었다.

"좋은 소식이군. 수고했어."

"데자르 백작 부인이 정신 병동에 평생 갇힐지도 모르는데요?"

"이거 영구적인 거야?"

"마약 중독과 비슷해요. 불가능한 건 아니지만, 본래대로 돌아가려면, 보통 힘든 게 아닐 걸요."

"어쨌거나 살았잖아. 거기다……."

카피레가 어깨를 으쓱했다.

"일부러 날 엿 먹인 게 아니라는 게 명확해졌지."

"거 참 좋으시겠어요."

"부인에게도 좋은 일이지. 날 배신한 게 아닌 이상, 내가 그녀를 버릴 이유가 없거든."

젬이 눈을 깜박였다. 무슨 뜻이냐 물어볼 찰나였다. 정중한 노크 소리가 문을 두 번 두드렸다. 코다였다.

"왕자님. 선생님께서 오셨습니다."

"제기랄. 이제는 약속 시간마저 무시해?"

카피레가 자리에서 벌떡 일어났다. 코다는 못마땅한 기색이었으나 두말없이 그에게 외투를 걸쳐 주었다. 젬이 엉거주춤 자리에서 일어섰다. 아이와 티타임을 즐기던 본이 순식간에 미니어처 세트를 정리해 젬에게 건네주었다.

"선생님? 수업 시간이세요?"

"나 이래 봬도 아카데미 졸업한 사람이거든!"

"수업이 아니라 상담입니다. 월례 행사 같은 건강 검진이에요."

"건강 검진이요?"

"상담은 개뿔, 염병할. 실험 쥐 관찰이라고 해."

카피레가 흥, 하고 코웃음쳤다. 말하는 와중에도 쉼 없이 움직였다. 카피레가 찰랑이는 금갈색 가발을 대충 눌러쓰고 흰 모자를 집었다. 본 역시 바닥에 두었던 카메라 가방을 어깨에 멨다.

"야, 나 분명히 말했다. 놈한테 내 얘기하지 말라고."

"네?"

"그럼, 잘 부탁드립니다."

본이 코다에게 고개를 꾸벅 숙였다. 코다가 가족사진이 걸린 액자 모서리를 만지자 벽이 소리 없이 돌아갔다. 검은 통로가 아가리를 벌렸다. 젬은 일이 어떻게 돌아가는지 몰라 어, 하고 바보 같은 소리만 냈다. 카피레가 통로에 서서 장난처럼 덧붙였다.

"보너스는 갔다 와서 줄게."

아무 일도 없던 것처럼 벽이 두 사람을 삼켰다. 코다가 재빨리 테이블 위에 놓여 있던 왕자 몫의 다기를 치웠다. 젬이 코다의 손길에 떨어질 뻔한 보고서를 낚아챘다. 코다가 턱짓했다.

"얼른 짐 챙기세요."

짐 취급을 받은 아이가 뽀르르 날아와 젬의 후드 속으로 들어갔다.

"왜 도망치시는 거죠? 건강 검진이라면 받는 편이……."

"저는 아무 말도 할 수 없습니다."

"왕자님 건강이 별로 안 좋다고 들었는데……."

"당신이 상관할 바 아닙니다."

젬이 입을 꾹 다물었다. 코다가 젬 가까이 얼굴을 붙였다. 낮고 분명한 목소리가 귀에 꽂혔다.

"주제넘게 나서지 마세요. 당신은 왕자님이 시키는 일만 제대로 하면 됩니다. 제 말이 틀렸습니까?"

"……."

"뒷문으로 가시죠."

코다의 재촉에 밀려 개인실 뒷문으로 쫓겨났다. 시종들이 이용하는 좁은 복도였다. 벽에는 아무런 장식이 없어 미로에 갇힌 듯 답답했다.

몇 발자국이나 뗐을까. 맞은편 검은 문이 소리 없이 열렸다. 앞서 걷던 코다가 뻣뻣하게 굳었다.

"코다! 아, 이런. 들켰군요."

"······닥터. 기다리시지 않고요."

"장난꾸러기 왕자님이 또 도망가실 게 뻔하니 몰래 쫓을까 했지요. 하하. 그런데······."

키 크고 마른 남자였다. 겉보기엔 젊은데 머리가 노인처럼 하얗게 샌 것이 독특했다. 일부러 염색한 걸까, 생각하며 젬은 남자를 곁눈질했다. 동그란 안경알 너머로 길게 처진 눈이 꼭 여우의 눈웃음 같았다. 그가 젬에게 시선을 옮겼다.

"선약이 있던 모양이군요."

"천만의 말씀입니다. 이쪽은 그저······."

"중매 선생. 젬 마키나라고 했던가요? 맞지요?"

젬이 머뭇머뭇 남자와 시선을 맞추었다. 남자는 가늘고 부스스한 머리카락을 하나로 정리해 느슨하게 묶은 상태였다. 둥글고 두꺼운 안경이 코에 걸쳐 있었다. 그 모습이 젬이 아는 어떤 인물과 놀랍도록 닮아 있었다. 하얗게 샌 머리만 빼면 말이다.

젬은 설마, 하며 인사를 올렸다. 상대가 부드러운 미소로 응대했다. 서른도 안 돼 보이는 얼굴이 꼭 할아버지 같은 분위기를 풍겼다.

"제 이름을 아세요?"

"폐하께 익히 들었답니다. 중책을 맡으셨다고요. 그래, 왕자님께선 어떠신가요?"

젬은 저도 모르게 코다의 등을 보았다. 경직된 시종의 등은 뒤돌아볼 생각이 없어 보였다. 젬이 머뭇거리자 남자가 "아, 이런" 하며 안경을 고쳐 썼다.

"제 소개를 잊었군요. 왕자님의 주치의랍니다. 유리라 하지요."

"……젬 마키나입니다."

설마 그 유리 헤이트잉겔은 아니겠지. 설마……. 눈앞의 남자는 많이 쳐 봐야 삼십 대 초반으로밖에 안 보였다. 물론 머리카락은 할아버지가 부럽지 않을 설산이었지만, 그뿐이었다. 목소리며 피부며 하나같이 팽팽했다.

젬은 코다의 눈치를 살폈다. 말을 섞으면 안 될 것 같은데, 코다는 이렇다 저렇다 할 행동을 취하지 않았다. 분위기로 보아 당황한 건 확실했다.

젬은 어색하게 입꼬리를 끌어 올려 보았다. 그에 화답하듯 남자의 가면 같은 웃음이 짙어졌다.

"국왕께서 당신 일을 얼마나 궁금해하시는지 몰라요. 소식이 뜸하다며 한탄하시던데, 꼭 왕자님께서 일부러 연락을 막은 것 같다고요."

'어쩐지 조용하더라니…….'

남자가 대답을 기다리는 것처럼 젬의 눈을 빤히 보았다. 여기

선 뭐라 답해야 하나.

국왕님을 따로 찾아뵙겠다고? 운명의 상대를 찾을 길이 없어서 그냥 이중 계약을 맺어 버렸다고? 어떤 말을 해도 에러였다. 왕자가 그간 막아 준 게 천만다행이었다. 젬이 입을 삐금거리다 겨우 답했다.

"최선을 다하겠습니다……."

만약 남자가 진짜 유리라면……. 젬이 남자를 힐끔 올려다보았다. 묻고 싶은 것은 산더미 같으나 자리가 자리였다. 코다의 말 없는 등이 태산같이 높아 보였다.

아이가 '쳐다보지 말아요, 기분 나쁜 인간이야' 하고 속삭였다. 안 그래도 어색한 분위기였다. 젬은 별 수 없이 바닥만 보았다. 남자가 젬의 동그란 후드를 보며 후후 눈웃음쳤다.

"왕자님께선 장난을 좋아하시지요. 맡은 일 포기하지 마시기 바랍니다."

"예에……."

코다가 큼, 하고 헛기침 소리를 냈다.

"……저도 그날이 얼른 왔으면 좋겠군요, 중매 선생님. 아쉽게도 오늘은 아닌 것 같지만요."

"예?"

"왕자님께선 오늘도 내내 바쁘실 테니 또 오실 필요 없습니다."

남자의 뒤편에 종종걸음으로 다가오는 시종이 하나 보였다.

코다가 그에게 손짓했다. 젬을 대신 맡기려는 듯했다.

그 잠깐 사이, 젬은 꺼림칙한 시선을 느꼈다. 발끝부터 정수리까지 쭉 훑는 듯한 시선이었다. 젬이 남자를 보았다. 청회색 눈동자와 시선이 마주쳤다. 남자가 온화한 미소를 지었다.

코다가 남자를 이끌고 카페레의 개인실로 들어가는 것이 보였다. 젬은 시종의 뒤를 따라 좁은 복도를 걸었다. 한 걸음, 걸음마다 보폭이 점차 커졌다. 아직도 남자의 시선이 피부에 남은 듯했다.

어차피 같은 층, 코앞인 거리였다. 젬은 문을 닫기 전, 처음 보는 시종에게 물었다. 저 사람이 누군지 아느냐고. 시종이 믿을 수 없단 표정으로 젬을 보았다.

"농담이시죠? 닥터 유리시잖아요. 천재 마법 학자 유리 헤이트잉겔."

젬 역시 믿을 수 없단 얼굴로 시종을 배웅했다. 아니, 그도 그럴 만한 것이, 닥터 유리의 추정 연령은 최소 60대였던 것이다!

* * *

"진짜야? 엄청 젊잖아! 이십 대로밖에 안 보인다구."

"호들갑도 정도껏 해야지. 이십 댄 진짜 아니다."

"진짜 몇 살이신 거지."

킨이 음, 하고는 새 과자를 집었다. 서늘한 실험실 내부에 과자 부서지는 소리가 귀를 간질였다.

"모르긴 몰라도 우리 아버지보다 나이 많은 건 확실해."

"……불로불사의 약을 마신 게 틀림없어."

"푸하하! 누가 마법 학도 아니랄까 봐. 그런데 너 사랑의 묘약을 팔았다는 거 진짜야?"

"대체 그런 소문은 어디서 도는 거야?"

불로불사의 약, 시간을 되돌리는 약, 무에서 유를 창조하는 약. 연금술에 내려오는 현자의 돌처럼, 마법약 학도들에겐 전설과 같은 이름이었다.

사랑의 묘약은 거기에 비하면 어린애 장난이라고 할 수 있었다. 금지된 약물이란 점에선 동일했지만.

"대답 안 하는 걸 보니 수상한데."

"네 친구들이 물어보래? 검은 코트가 불법 약장수냐고?"

"나 친구 없어."

킨이 답하며 과자를 집어 젬의 입에 물려 주었다. 고향에서도 또래 친구들과 잘 어울리지 못하던 킨이었다. 그곳에서는 아비 탓이었다지만, 먼 타향에서까지 무슨 이유로? 학벌 좋겠다, 집에 돈도 있겠다. 성격까지 퍽 넉살 좋게 바뀐 것 같은데 말이다.

젬이 입에 들어온 과자를 오물오물 씹어 넘겼다. 그래도 왜 친구가 없냐고 캐물을 만큼 눈치가 없진 않았다.

"니가 친구가 왜 없냐? 여기 있잖아."

젬이 뻐기듯 가슴을 폈다. 킨은 대답 대신 피식 웃으며 젬의 입에 과자를 하나 더 물려 주었다.

젬은 코트 속에 숨은 아이가 계속 신경 쓰였다. 바삭바삭 과자 부서지는 소릴 들으며 침만 꼴깍꼴깍 넘기고 있을 아이 꼴이 눈에 선했다.

킨은 개인 실험실의 유일무이한 손님이었다. 이틀에 한 번꼴로 이렇게 간식거릴 들고 찾아오곤 했다. 간식은 대부분 값싸고 양 많은 과자 종류였다. 어린 시절에나 눈에 불을 켜고 먹던.

뭐, 덕분에 골방에 숨어 몰래 먹던 추억이 새록새록 솟긴 했다. 눈이 마주치자 킨이 실없이 웃었다. 수줍은 듯 숨기 없는 미소가 전과 똑같았다.

"전에 말한 책은 다 읽었어?"

"날 뭐로 보고."

교육 방식은 귀신에 가까웠지만 말이다. 킨이 손을 탁탁 털고 바닥에서 짐을 풀었다. 실험대 위에 두꺼운 하드커버 교재가 쿵, 하고 올라왔다. 둔탁한 소리와 함께 먼지가 허공에 날았다.

"다음 권도 가져왔어. 잘했지?"

"……와, 와아."

킨이 뿌듯한 얼굴로 책을 밀었다. 그 표정이 칭찬받고 싶은 어린아이와 똑같아서 젬은 영혼 없는 감탄사를 몇 자 더 뱉어야 했다. 어쩔 수 없었다. 킨은 소중하고 소중한 공짜 과외 선생이었다.

책을 추천하고 모르는 부분을 알려 주는 정도였지만 젬에겐 그 정도도 감지덕지였다. 덕분에 아이의 잔소리가 반으로 줄었다. 공부 시간은 물론, 배로 늘었다. 모든 게 황금 암탉을 위한 투자라 생각하면 못 버틸 것도 없었다.

킨이 책을 덮었다. 어찌저찌 오늘도 넘어간 셈이었다. 젬이 한숨 쉬며 기지개를 켤 때였다. 킨이 지나가는 말처럼 물었다.

"무도회 누구랑 갈 거야?"

"무슨 무도회?"

"보르누 왕세자 생일연 말이야. 얼마 안 남았잖아."

보르누 왕세자의 서른두 번째 생일이 코앞으로 다가오자 성에는 전에 없이 분주한 공기가 감돌았다. 삼 일 밤낮으로 성에 불이 꺼지지 않을 예정이라고들 했다.

생일 축하는 부차적인 문제였다. 실상 보르누 왕세자의 신부 찾기 대회나 다름없는 자리였다. 잔뼈 굵은 사교계 마담들이 영애들을 단련시키느라 눈코 뜰 새 없이 바쁘다는 소식이었다. 더불어 드레스며 악세사리 샵 쪽은 물건이 동날 지경이라 여기저기서 행복한 비명이 쏟아진다고 했다. 나라 경제발전에 참으로 도움되는 이벤트라 하겠다. 젬은 아, 하고 고개를 끄덕였다.

"지금 내 의뢰인은 카피레 왕자뿐이잖아. 안 가."

더불어 왕세자의 운명의 상대도 별로 알고 싶지 않았다. 카피레 일로 난리를 겪은 탓일까. 젬은 아이에게 운명의 실에 대해 묻는 것을 자제하고 있었다.

카피레가 계약한 상대는 마법약 제조자이지 중매쟁이가 아니었다. 중매할 대상이 없는 이상 무도회는 관심 밖 영역이었다.

"아니, 그게 아니라 너 말이야."

"응. 그러니까 나 안 간다니까?"

어휴! 답답해! 어휴, 한심해!

있는 듯 없는 듯 죽은 체하던 아이가 갑자기 화를 내며 허공에 주먹질을 했다. 아, 혹시 파트너 신청이었나? 했을 때였다. 킨이 한숨처럼 말했다.

"……둘째 왕자 신붓감이 거기 있을지도 모르잖아."

"하하. 그래도 형수님 찾는 자린데 그건 아니지."

그럴 일 절대 없다고, 그 인간에게 인연의 실 따윈 없다고 당당히 밝힐 순 없는 노릇이었다.

"네가 중매 선생이라 불리는 게 정말 믿기지 않는다. 연애의 연 자도 모르는 애가."

"너 보단 잘 알 거거든!"

"뭐? 왜, 왜!"

"내 손을 거쳐 간 커플만 몇인 줄 알아?"

후후, 하며 두 손 열 손가락을 활짝 펴 웃음 짓는 젬을 보고 킨은 천장으로 시선을 돌렸다. "어이구, 어이구" 하는 아이의 한숨만 깊어졌다.

"나 간다."

킨이 일어섰다. 벌써 해가 질 시간이었다. 젬이 남은 과자를 입에 털어 넣고 "잘 먹었다!" 하며 손을 흔들었다. 문밖을 나서는 킨의 걸음걸이가 올 때와 다르게 힘이 빠져 있었다. 아이가 젬의 목깃에서 빼꼼 고개를 내밀었다.

저 인간 말에 동감. 진짜 중매 선생이란 이름 안 어울려요.

"이것들이 쌍으로 나를 무시하네."

젬이 과자 봉지를 마구잡이로 구겨 쓰레기통에 던졌다. 품에서 빠져나온 요정이 기지개를 켜듯 실험실 내부를 한 바퀴 날았다.

"그러게 왜 굳이 숨는 거야? 킨은 입도 무거운데."

절대 안 돼요. 왕자에게 들킨 건 어쩔 수 없는 사고였어요. 이 이상 아는 사람이 늘어 봤자 좋을 거 하나 없다고요.

젬은 도돌이표 대화를 그만두기로 했다. 아이가 염려하는 바를 모르진 않았다. 요정이란 존재는 학자의 욕심을 자극하게 마련이었다. 인간이 아닌 존재를 책으로밖에 접하지 못하는 시대였다.

아이가 젬의 어깨에 사뿐히 발을 디뎠다.

무도회 정말 안 갈 거예요?

"당연하지. 반짝이는 아가씨들이 한가득일 텐데 거기에 내가 끼어 봐. 백로 속 까마귀, 꽃밭에 선 허수아비. 뭐 그런 거잖아."

나중에 왕자한테 추천해 줄 좋은 아가씨를 만날지도 모르잖아요.

"기회가 이번뿐인 줄 아니? 안 가."

아이가 팔짱을 끼고 젬을 보았다. 젬은 다시 한 번 "안 가!" 하고 소리를 빽 지르고는, 킨이 가져온 책을 펼쳤다.

닥터 유리의 신작이었다. 인공 생명체와 인공 장기에 관한 내용이라고 했다. 거칠게 몇 장을 넘기던 젬은 어느 순간부터 책에 코를 박고 집중했다.

*   *   *

젬이 무도회 얘기를 다시 듣게 된 것은 바로 이튿날이었다. 카피레는 피곤한 낯으로 코다 몰래 피로회복약을 요구했다. 젬은 약속했던 보너스 주머니를 받은 뒤에야 피로회복약 두 병을 건네주었다.

주종이 나란히 서서 오렌지색 물약을 원샷 했다. 그렇게 나가서 무슨 짓을 하고 돌아다녔는지 둘 다 눈 밑이 시커멨다. 일곱 살 어린애처럼 의사가 무서워서 도망간 건 아닐 테고.

"그렇게 급하게 어딜 다녀온 거예요?"

"사진 촬영. 내 다음 화보집."

"그렇게 급하게 가야 하는 거였어요?"

"주치의 상담 시간에 촬영하기로 마음먹었거든."

카피레가 텅 빈 약병을 탁 소리 나게 내려놓았다. 눈 밑에 먹구름을 단 주제에 태도가 퍽 자신만만했다.

"상담은 왜 받기 싫은 건데요?"

"……너. 마법 학도지."

"그런데요?"

젬은 새삼 자신이 마법약 학도이며 연금술을 부전공으로 공부했던 사실을 말해야 했다. 카피레는 말 대신 표정으로 '그따위 돈 안 되는 학문을 복수 전공하다니' 하고 혀를 찼다. 익숙한 반응이었다.

"마법 학도에겐 말 안 해 줘."

"왜요?"

"너 말이야. 유리 헤이트잉겔이 제자로 들어오라고 하면 들어갈 거지?"

"당연한 말씀을! 무조건 들어가야죠."

"눈앞에 희귀한 실험 샘플이 있어. 그럼 그게 뭐든지 간에 갖고 가서 연구할 거지?"

"생각할 필요도 없는 문제 아닌가요?"

젬이 고개를 끄덕이며 답했다.

"세상에서 가장 귀여운 아기 생쥐라도?"

"전 생쥐 별로 안 좋아해요."

"마법 학도는 이래서 안 돼. 역시 말 안 해."

"아니, 생쥐 좀 싫어할 수도 있지. 그걸 가지고 차별을 해요?"

"그런 문제가 아냐, 바보야."

카피레가 어깨를 으쓱했다.

"말해 봤자 믿지도 않을 거면서."

"사람 반응을 왜 멋대로 미리 단정 짓고 그래요?"

"너 그때 내 한 말 안 믿잖아."

무엇을 말하는 건지 감이 왔다. 마담 D의 일이었다. 무슨 일인지도 자세히 모르는데 믿고 자시고 할 게 어뎄나. 제대로 말해 준 적도 없으면서 사람 섭섭한 표정을 하는 건 무슨 심보냐고 묻고 싶었다.

뭐, 그간 고민한 결과, 유리 헤이트잉겔과 카피레, 마담 D간 말로 다할 수 없는 러브 스토리가 있을 수도 있지 않을까, 하는 생각은 했다. 예를 들면 이런 이야기였다.

유리와 마담은 본래 연인 사이였다. 그러나 유리는 천재 마법 학자. 그가 바쁜 사이 외로웠던 마담은 카피레와 비밀스러운 불장난을 벌였고 그걸 유리가 알아챈 거다. '난 내 환자를 믿었기에 애인도 소개시켜 줬는데, 환자가 내 애인을 뺏어 갔네' 같은 상황이었다.

사실을 알게 된 유리가 복수를 마음먹고 몰래 함정을 판 것이 분명했다. 차원이 다른 천재인 만큼, 치정 싸움의 스케일도 남달랐다. 생방송 스캔들 기자 회견에 왕실 모욕죄, 정신 병원까지 골고루 했다. 마담 D는 유리의 수에 휘말려 정신 병원행이 된 거고 카피레는 다음 차례가 자신임을 알고 닥터 유리를 피하는 것이다.

손수건을 건넨 부인은, 속고 속이는 세 사람의 덫에 걸려든 게 분명했다. 그래서 왕자와 친구 사이를 의심하지 못한 거고, 수면 제는 마담이 남긴 단서인 것이다.

비극적인 스토리가 아닐 수 없었다. 그러게 불장난은 왜 했느냐. 젬은 자신의 가설이 90% 사실에 근접할 거라 확신하고 있었다. 그렇기에 당당히 되물었다.

"제가 믿는지, 안 믿는지 왕자님이 어떻게 알아요?"

"너 거짓말 못 한다고 했잖아. 보면 다 알아."

알긴 뭘 알아. 젬은 속으로 비죽였다.

"닥터 유리에게도 왕자님 일은 입도 뻥긋 안 했거든요?"

"뭐, 그것도 알아. 잘했어."

카피레가 살짝 미소 지었다. 새벽이슬에서 태어난 요정처럼 가련미가 넘쳐흘렀다. 젬의 시선이 자연스레 아이에게 옮겨 갔다. 양 볼이 터져라 머핀을 씹는 꼴을 보니 한숨부터 나왔다. 사랑의 요정이 아니라 식욕의 화신이 따로 없었다.

그 꼴을 흐뭇한 눈으로 지켜보는 본을 보니 할 말이 없었다. 본은 아이를 위해 미니어처 티 세트니, 유기농 간식이니 하는 것에 열을 쏟았다. 무뚝뚝한 외양과 달리 요정에 대한 환상이 지대한 듯했다.

"……그런데 그 화보집 수요는 있는 거예요?"

"말도 마십시오."

턱받침을 하고 아이를 바라보던 본이 벌떡 일어섰다. 그가 펼친 메모지에 개미만 한 글씨가 고대 주문처럼 빽빽이 적혀 있었다.

"신작 예약자 명단만 해도 이 정돕니다."

"내 사랑스러운 돈줄들이지."

"애독자 모임과 팬 사인회도 정기적으로 열리고요. 매번 만석입니다."

"……거짓말이죠."

"이거 나름 국가사업이야. 예산도 나와."

"왕자님 용돈 아니고요?"

"국왕 폐하와 왕세자 전하께서 언제나 응원하고 계시거든요."

그냥 가족사진에서 만족하면 안 됐던 걸까. 그런 젬의 마음을 알아챘는지 아이가 입을 가리고 웃었다. 통통한 뺨에 빵가루가 잔뜩 묻어 있었다.

저런 얼굴이 인류로 태어난 것만 해도 커다란 축복이죠. 사진 많이 찍으라고 해요. 길이길이 남겨 문화유산으로 삼아야죠. 예쁘잖아요.

흰자위가 거의 보이지 않는 요정의 눈동자에 웃음기가 넘쳤다. 틀린 말은 아니었다.

젬은 새삼 카피레의 얼굴을 찬찬히 뜯어 보았다. 미려한 얼굴 곡선하며 반짝이는 녹빛 눈동자며 피곤으로 약간 갈라진 장밋빛 입술은 과연, 세기의 미인이라 불렸던 전 왕비의 핏줄이라 할 만했다.

시선을 눈치챈 카피레가 후훗, 하며 코를 세웠다. 본이 주머니에서 펜을 꺼냈다.

"예약 기간은 끝났지만, 특별히 명단에 넣어 드리겠습니다. 발매 예정일은 가을 초입입니다."

젬은 잠시 침묵했으나 거절하지 않았다. 대신 물어보았다.

"……가격이 어떻게 되죠?"

새카만 메모지 끝자락에 젬의 이름이 깨알같이 새겨졌다. 과연 잘한 짓인가, 젬이 주머니를 계산할 때였다. 카피레가 검지로 테이블을 두드렸다.

"너 일주일 뒤에 열리는 무도회, 약속 없지?"

없는 걸 상정한 어투였다. 사실이기에 더 할 말도 없었다. 젬이 고개를 끄덕이자 카피레가 만족한 얼굴로 덧붙였다.

"약속 잡지 마. 시킬 일이 있으니까."

"뭔데요?"

"나 대신 무도회 참석 좀 해 줘."

젬이 빈 병을 갈무리하다가 멈칫했다.

"일개 중매쟁이가 어떻게 왕자님 대리 참석을 해요?"

"그러니까 나로 변장해야지."

"말이 되는 소릴 하세요. 저랑 왕자님은 인종이 다르잖아요."

왕자는 9등신에 가까운 모델 체형이었고 젬은 6등신에 가까운 포대 자루였다. 키는 물론이요, 얼굴은 말할 것도 없었다. 아니, 무엇보다 둘은 성별부터 달랐다.

젬이 하하 헛웃음 쳤다.

"그래. 변장이 아니라 변신."

"말도 안 되는 소리 마시라니까요."

"너 변신약 못 만들어?"

젬이 기가 막혀 왕자를 보았다. 내가 뭐 틀린 말했냐는 듯 뻔뻔한 얼굴이었다.

젬은 카피레의 볼을 꼬집어 주고 싶은 충동을 가까스로 억눌렀다. 그 옆에서 소처럼 눈을 끔벅이는 본이 있었다. 주종이 아주 똑같았다. 젬은 할 말을 잃었다.

변신약은 사랑의 묘약과 함께 마법약계의 뜨거운 감자였다. 전설이나 동화책에선 밥 먹듯이 나오는 소재라지만, 그것은 오늘날엔 쉽게 만들 수도, 복용할 수도 없는 종류였다.

사랑의 묘약이야 유행을 타 사람들이 많이 찾는다지만, 변신약은 또 어디서 들었는지. 아이가 젬의 속내를 대변하듯 고개를 가로저었다.

"뭐야. 못 만들어?"

"동화책을 너무 많이 읽으셨나 봐요."

"가기 싫어서 수작 부리는 건 아니고?"

젬은 뜨끔했다. 레시피를 찾으려면 어렵지 않게 찾을 수 있었다. 젬에겐 금서가 있는 것이다. 카피레가 "그것 봐. 그럴 줄 알았어" 하며 기지개를 켰다.

"이러면 안 되지. 응? 우리 서로 약속한 게 있는데."

"싫어요. 제가 왜 그런 일까지 해야 해요?"

왕자로 변신해서 무도회에 참석한다니. 농담이라도 끔찍했다. 젬은 약 만드는 중매쟁이지, 연기에는 소질이 없었다.

"다들 일손이 바쁘단 말이야. 네가 제일 한가하잖아."

"저도 바쁘거든요?"

절로 목에 핏대가 솟았다. 한량 취급도 유분수지, 자기 일 땡땡이치는데 사람을 써먹다니. 젬이 팔짱을 단단히 꼈다.

"전 마법약을 만들어 드린다고 했지, 그림자 노릇할 생각은 없어요."

"보너스 줄게."

솔깃한 발언에 젬의 귀가 쫑긋거렸다. 카피레가 세 손가락을 폈다. 젬이 슬금슬금 팔짱을 풀었다. 카피레가 선심 쓰듯 손가락 하나를 더 폈다.

"거기에 오늘 피로회복약도 좋았으니까 하나 더 추가해 줄 수도 있고……."

"……뭐어. 그렇게 절박하시다면야. 딱 한 번뿐이니까요. 진짜로."

누가 봐도 절박한 쪽은 돈에 눈이 먼 젬이었다. 츠츠, 혀 차는 아이의 목소리가 멀게만 들렸다. 젬은 아무 일도 없었던 것처럼 표정을 정리했다.

"말 바꾸기 없기다?"

"왕자님이야말로 제대로 준비해 놓으세요."

"그럼 교육은 코다에게 맡길게."

"네?"

젬은 잠시 귀를 의심했다. 카피레가 작은 종을 흔들었다. 멀리서 나지막한 발소리가 가까워졌다. 카피레가 어깨를 으쓱했다.

"얼굴 도장만 찍고 오면 되지만, 기본 예법도 몰라서야 의심사기 십상이잖아. 넌 자세부터 글러 먹었거든."

젬이 구부정한 허리를 곧추세웠다. 뒤늦은 발버둥이었다. 똑똑. 메트로놈처럼 딱딱한 노크 소리가 두 번 울린 뒤, 문이 열렸다. 무표정 시종 코다가 얼굴을 내밀었다.

"왕실 기본 예법을 공짜로 배울 수 있는 기회라고 생각해."

카피레가 소리 없이 웃었다. 그 미소가 어찌나 달콤한지, 젬은 외려 화가 치솟았다. 왕세자의 생일까지 일주일도 채 남지 않은 시점이었다.

*　　*　　*

공짜로 배우는 왕실 기본 예법? 웃기지 말라고 쏴 주고 싶었다. 젬은 이를 뽀득뽀득 갈았다.

무표정 코다의 코웃음, 비아냥, 혀 차기 삼 종 공격에 정신이 너덜너덜했다. 몸도 마음도 백 년 쓴 걸레처럼 누더기가 되었다. 돈 대신 몸을 바친 기분이었다.

게다가 수업은 남성 예법을 중심으로 했다. 왕자 흉내를 내야 하니 당연한 일이었다. 최근 만난 킨은 '뭔가 분위기가 달라진 것 같네. 뭐랄까, 늠름하다고 해야 할까……' 하며 말을 얼버무렸다.

그러나 이 짓도 오늘로 끝이었다. 왕자가 부탁한 것은 무도회 첫날. 바로 오늘뿐이었다. 오늘만 끝나면 코다와 1대1 과외는 끝이었다.

다시는 놈과 둘만 있지 않으리. 젬은 눈물을 삼키며 아직 따끈따끈한 약병을 꾹 쥐었다.

카피레 왕자로 변할 수 있는 약이었다. 왕자의 머리색을 닮은 금색 액체가 찰랑이며 빛을 발했다. 금서 레시피 초급편. 지속시간은 반나절 정도였다.

그날, 노총각 형님이 형수님 찾는데 한 손 보태지는 못할망정 어딜 가냐는 젬의 질문에, 카피레가 한쪽 눈을 찡긋했다.

"그래서 널 보내는 거잖아. 사랑의 전도사 중매 선생님."

"장난치지 말고요."

"아, 진짜 끈질기네. 아까 말했잖아. 말 안 해 줄 거라구."

"……원래 계약엔 신뢰가 가장 중요하거든요? 누구는 왕자님 때문에 팔자에도 없는 생고생을 하고 있는데, 만날 입만 꾹 다물고. 변신약도 뭐, 지팡이 한 번 휘두르는 나오는 건 줄 알아요?"

"야."

"전 왕자님이 어떤 더러운 사건의 주인공이라고 해도 뒷말 옮기지 않을 자신 있다고요."

욱해서 쏟아 낸 젬이 아차, 하고 입을 다물었다. 젬의 가설이 맞다면, 카피레는 자신의 복잡한 연애담이 세상에 나돌지 않도록 신중을 기하는 게 분명했다. 그렇지 않고서야 주치의를 필사적으로 피하고 마담의 행적을 좇을 리가 없었다.

젬으로서는 깊이 생각해 봐야 할 문제였다. 왕자와 이중 계약을 했다고는 하나 본분은 왕자의 짝을 찾는 일이었다. 만약 왕자가 마담에게 진심이라면 젬은 그 사랑을 도와줘야 할 의무가 있었다. 그리고 그게 이치에 맞지 않는 사랑이라면, 다른 방법을 찾아야 했다.

안 그래도 인연의 실이 없는 왕자였다. 편법을 쓸 수 없다면, 정공법으로 나서야 했다.

당사자의 마음이 중요했다. 그러기 위해서는 카피레의 입으로 직접 들어야 했다.

카피레가 느리게 눈을 깜박이더니 "좋아" 하고 말했다.

"진짜요?"

"대신 맹세해. 일이 해결될 때까지 누구에게도 함부로 입 열지 않겠다고."

"저 입 무거워요."

"나와 관련된 일 모두 포함해서야. 유리는 물론, 아버지가 물어봐도 안 돼."

"뭐가 그리 거창해요. 금언 주문이라도 걸으시려고요?"

겉으론 넉살을 떨었으나 내심 웃음이 나왔다. 이런 연애담을 아버지에게 들키긴 당연히 싫겠지. 젬의 상담은 비밀 보장을 원칙으로 했다. 걱정할 필요도 없는 문제였다. 젬이 슬쩍 질문을 던졌다.

"그래서 어딜 가시는데요."

"데자르 백작 부인의 저택."

"마담은 아직 정신 병원에 있다고 하지 않았어요?"

"맞아. 그러니 몰래 가는 거야. 누구에게도 들켜선 안 되는 일이 있거든."

유리에게 걸리면 안 되는 개인 물품이라도 수거하러 가는 걸까? 젬은 눈에 물음표를 띄우고 왕자를 보았다. 카피레의 얼굴에 웃음기가 하나도 없었다. 젬은 찔끔한 마음을 숨기고 천연덕스레 물었다.

"또 하실 말씀은요? 마담에 관해 또 하실 말씀은 없으세요?"

"네가 무슨 생각을 하는지는 모르겠는데…… 뭔가 기분이 나빠."

"왜 또 시비세요."

"이번 일 잘 끝나면, 그때 말해 줄게. 지금은 시간이 없다."

"후후. 마음의 준비가 필요하다 그거죠. 이해합니다."

"너 그 표정 진짜 별로다……."

유리에게 반격이라도 준비하고 있는 걸까? 마담을 정신 병원에서 되찾기 위해?

젬의 망상이 하늘 높이 날개를 펼쳤다. 카피레가 설레설레 고개를 저으며 덧붙였다.

"어쨌든 시킨 일 실수 없이 끝내 놔. 만약 잘못되면 보너스 없을 줄 알아."

마법의 주문이 따로 없었다. 젬은 눈코 뜰 새 없이 지옥훈련에
매진했다. 그렇게 맞은 오늘이었다.

보르누 왕세자의 서른두 번째 생일날.

젬은 카피레 왕자가 되어 거대한 샹들리에 아래 서 있었다.

6.
무도회의 밤

눈이 부셔서 천장을 바라볼 수가 없었다. 반짝이는 샹들리에에 가려 천장화가 물감 얼룩처럼 보였다.

하긴. 이 소란한 공간에서 천장을 뜯어볼 만큼 여유 있는 인간은 없어 보였다. 이슬 맺힌 크리스털 잔을 만지작거리는 젬을 제외하곤 말이다.

국왕은 몇 마디 축사와 함께 잔을 권하곤 금방 자리를 떴다. 딴엔 응원하려는 듯 보르누에게 윙크를 날리기도 했다. 젬은 못 본 척 잔만 홀짝였다.

보르누는 시작부터 지금까지 화려한 차림의 영애들에게 둘러싸여 있었다. 하하, 미소 짓는 얼굴은 언뜻 보면 평소와 다름없었지만 젬은 그가 정신이 쏙 빠져 있는 것처럼 보였다.

춤추고, 인사하고 잔을 나누는 일이 반복되었다. 젬은 그 순환에서 벗어나 기둥과 한 몸이 되어 있었다.

손목시계를 들키지 않게 힐끔대며 크리스털 잔만 만지작거렸다. 도자기 같은 흰 피부도, 하나에 집 한 채 가격인 손목시계도 영 껄끄럽기만 했다.

아이라도 있었다면 시간 죽이기도 한결 수월했을 텐데. 왕자의 정복은 몸에 딱 맞는 제복이라 아이를 숨길 곳이 없었다. 지금쯤 방에서 간식에 코를 박고 있을 아이의 모습이 눈에 선했다.

카피레의 모습을 한 젬에게 말을 거는 이는 별로 없었다. 초반, 국왕이 등장하기 전 보르누와 함께 나이 지긋한 귀족 몇과 인사한 것을 제외하면 예법을 써먹을 일도 없었다.

그렇다고 무시를 당하느냐 하면 그것도 아니었다. 어디로 향하든, 무엇을 하든 반짝이는 시선이 껌딱지처럼 따라왔다. 한둘이 아니었다. 모기 떼에 둘러싸인 듯 귀찮고 간지러웠다. 약을 뿌릴 수도, 도망칠 수도 없으니 차라리 모기가 나은 형편이었다.

하기사. 시선이 갈 수밖에 없는 외모긴 했다. 젬 역시 아까 거울을 보곤 눈이 멀 뻔했다. 멍한 표정의 요정 왕자님과 눈이 마주친 것이다.

발간 볼을 문지르고 오른손, 왼발 다 움직여 본 뒤에야 그게 제 모습이라고 자각했다. 본래 얼굴로 하면 바보 같은 표정이건만, 왕자가 하니 귀엽고 깜찍하기만 했다.

'거울만 보고 살아도 행복하시겠어요……' 하고 젬이 중얼거리자 카피레가 '그러는 너는 거울 보는 재미를 모르겠구나' 했다. 빈정거리는 투도 아니었다.

불공평한 세상. 젬은 몰래 혀를 차며 크리스털 잔을 돌려 보았다. 길게 깎은 크리스털 표면에 왕자의 얼굴이 왜곡되어 보였다. 그러다 가끔 앞니 튀어나온 생쥐처럼 우스운 형상이 나타날 때가 있는데, 그럴 때면 저도 모르게 웃음이 터지는 것이었다.

잔을 갖고 놀던 젬이 멈칫하고 손을 내렸다. 인파에 섞여 이쪽을 바라보던 이와 얼결에 눈이 스쳤다. 킨이었다.

그는 왕자의 시선엔 아랑곳 않고 젬 주변을 찬찬히 살펴보는 듯했다. 머리를 깔끔하게 뒤로 넘긴 것은 물론, 몸에 딱 맞는 정장 차림이었다. 기름을 바른 탓인지 조명에 머리카락이 반짝반짝 빛났다. 덕택에 얼굴에서도 빛이 나는 듯했다.

'쟤가 저렇게 다리가 길었었나……'

젬은 미지근해진 펀치를 한 모금 넘겼다. 이렇게 보니 좀 잘생긴 것 같기도 했다. 주변에서 왕세자 구경하던 여자 둘이 뭐라 소곤거리더니, 키득거리며 킨에게 접근했다. 안면이 있는 눈치였다. 초조해 보이던 킨은 삽시간에 능구렁이 가면을 쓰고 영애들을 웃겨 주었다.

킨은 아무 일 없었다는 듯 여자 둘과 함께 인파 속으로 사라졌다. 젬은 잔을 빙글빙글 돌렸다. 표정 관리가 힘들었다.

'제길, 부럽다……!'

저렇게 훌쩍 떠날 수 있다면 얼마나 좋을까! 그러나 젬은 족쇄에 묶인 몸이었다. 젬은 시계를 다시 한 번 확인했다. 분침도, 초침도 오늘 따라 거북이가 따로 없었다.

'더도 말고 덜도 말고 딱 열 시 반.'

왕자와 코다가 신신당부한 바였다. 왜 하필 열 시 반이냐 물으니 그게 카피레의 습관이라 했다. 피부 미용과 건강을 위해 평소 열 시 취침, 여덟 시 반 기상 시간을 목숨처럼 지키는 왕자는, 무도회에 참석하는 날 만큼은 열 시 반에 무도회장을 나와 열한 시 반에 잠에 든다고 했다. 거참 바른 생활 어른이가 따로 없었다.

젬은 카피레의 조언을 떠올렸다.

> "아버지 순서만 잘 넘기면 그 뒤는 별거 없을 거야. 잠시 동물원 명물이 됐다고 생각하면 돼. 아니면 신전에 선 성인상이라든가. 이렇게 잘생긴 생물이 숨 쉬고, 걷고, 먹는 게 신기하지? 신기하지, 이 원숭이 놈들아! 라고 생각하면 좀 버틸 만할 거야."
>
> "평소 그런 생각을 하시는군요."
>
> "내가 뭐 틀린 말 했어?"

돌이켜 보면 몹시 유용한 조언이었다. 크리스털에 비친 왜곡된 얼굴만 해도 사람을 이렇게 웃게 만드는데, 이 얼굴을 오롯이 보는 저 인간들은 얼마나 복받은 거냔 생각이 들었다. 순간, 젬은 제가 한 생각에 놀라 잔을 떨어트릴 뻔했다.

나르시스트에도 정도가 있는 법이었다. 아무리 그래도 사람을 원숭이 취급하는 건 아니지. 정신 건강에 해로운 외모로다. 젬은 지나던 시종에게 빈 잔을 넘기고 새 잔을 받았다.

한 시간이 채 남지 않았다. 조금만 더 버텨 보자.

차가운 펀치가 입 안을 톡톡 쐈다. 달콤한 향기가 식도를 타고 넘어갔다. 슬슬 자리를 바꿀까 고민하던 때였다. 입구 쪽이 소란했다.

'이 시간에 들어오는 사람이 있나?'

젬이 잔을 홀짝이며 입구 쪽을 보았다. 하얗고 부스스한 머리카락을 가지런히 묶은 남자가 무도회장에 들어선 참이었다. 넓은 회장 안으로 날선 긴장이 달렸다. 닥터 유리였다.

* * *

우거진 나무 사이로 찌그러진 달이 나타났다 사라지길 반복했다. 창백하리만치 푸른빛이 숲에 내리고 있었다. 새와 벌레 우는 소리가 음산한 분위기를 더했다. 인기척이라곤 찾아볼 수 없었다.

카피레는 혹시 모를 일을 대비하기 위해 귀를 쫑긋 세우고 신중히 걸음을 옮겼다. 걸음걸음마다 밑이 푹푹 패였다. 이끼가 가득한 숲길. 데자르 백작 부인의 저택 부지였다.

데자르 백작 부인의 저택은 숲으로 둘러싸여 있었다. 왕국에서도 손꼽히는 땅 부자답게 그 규모가 보통이 아니었다. 갖은 멸종 위기종이 서식한다는 둥, 부지 내 아무도 모르게 묻힌 사람만 몇백이라는 둥의 헛소문이 농담으로 들리지 않을 만큼 밀림이었다. 말 그대로, 어디 한군데 사람을 죽여 묻어 놔도 찾을 방도는 없으리라.

카피레는 본능에 따라 발을 옮겼다. 발바닥을 부드럽게 자극하는 이끼와 썩은 나뭇잎의 감촉이 익숙하게 다가왔다. 축축하고 비릿한 숲의 냄새 역시 마찬가지였다.

본은 긴장했는지 걷는 내내 침묵을 지켰다. 수풀이 스치는 소리, 바닥에 떨어진 나뭇가지가 뚝하고 부러지는 소리가 벌레 떼들의 울음을 덮었다.

카피레는 이 숲을 알고 있었다. 데자르 백작 부인이 귀띔해 주기 전까진 무덤처럼 묻어 놨던 기억이었다.

카피레는 열 살을 넘기지 못하리란 소리를 듣고 자랐다. 뱃속에선 태어나기 어렵단 소리를, 태어난 직후엔 5년을 버티지 못할 거라고들 했다. 올해로 카피레는 스무 살을 맞았다. 모두가 입을 모아 닥터 유리의 덕이라고 했다.

왕비는 카피레를 낳고 얼마 지나지 않아 명을 달리했다. 왕은 슬픔에 빠져 아들을 외면했다. 나이 차 많이 나는 형님은 양자 출신으로 항상 주변 시선에 쫓기는 신세였다.

자연스레 비실비실 막내 왕자는 왕가 주치의 유리가 맡게 되었다.

왕이 기운을 차리기까지 꽤 오랜 시간을, 카피레는 유리와 함께 보냈다. 그 시절의 기억은 어렴풋하기만 했다.

유리에게 따로 무언가를 배운 기억은 없었다. 모든 지식은 자연스레 몸에 배어 있었다. 식사 예절은 물론, 말하고 쓰는 법, 책을 읽는 법까지. 유리는 카피레의 몸 상태 외에는 딱히 관심을 보이지 않았고, 카피레 역시 유리에게 그 이상을 기대하지 않았다.

세간이 예상하는 헌신적인 천재 의사와 몸 약한 왕자 간 따뜻한 유대는 둘 사이에 존재하지 않는 단어였다.

카피레가 정식으로 궁을 받아 성에 정착한 것은 여덟 살 생일을 맞을 즈음이었다. 죽지 않고 돌아온 왕자를 사람들은 반은 낯선 눈으로, 반은 기특한 눈으로 보았다.

카피레는 왕비의 어릴 적 모습과 꼭 닮은 외양이었다. 금을 녹인 듯한 금발, 크고 또렷한 녹빛 눈동자, 풋풋한 앵두를 닮은 입술. 성별을 가늠할 수 없는 외모에 모두가 푹 빠졌다. 하늘에서 천사가 뚝 떨어졌다고들 했다.

그중에서도 가장 변화가 심했던 인물이 왕이었다. 그간 아들을 외면하던 왕은 자기가 언제 그랬냐는 듯이 카피레에게 뭐든 해 주고 싶어 안달했다. 아름다운 별궁, 영리한 시종, 값비싼 의상과 장신구 등이 거기에 속했다. 여덟 살 먹은 사내아이가 기뻐할 만한 선물은 물론 아니었다.

카피레는 말 없는 아이였다. 입을 여는 상대라곤 왕과 형님을 제외하면 시종 하나밖에 없었다. 왕비를 쏙 빼닮아 천사 같은 외양에 비해 얼음처럼 차갑기만 한 왕자님에게 모두가 쩔쩔맸다.

카피레가 벙어리도, 바보도 아닌 것은 확실했다. 그냥 말하길 싫어하는 아이일 뿐이었다. 유리는 친구를 만들어 주자고 했고, 많은 아이들이 카피레의 곁을 스쳐 갔다.

본이 그 자리에 선택된 것은 집안이 좋아서도, 재주가 뛰어나서도 아니었다. 가장 솔직했기 때문이었다.

친구 후보로 선발된 아이들은 왕자궁에 며칠 묵으며 반응을 기다려야 했다. 카피레는 그들을 재주 부리는 원숭이 보듯 했다. '이렇게 시간을 죽이다 보면 십중팔구 유리가 알아서 결정하겠지'라고 생각했던 것 같다.

본은 첫날 단둘이 남게 되자마자 덜덜 떨며 말했다.

"와, 왕자님. 절 떨어트려 주세요."

구애하는 공작새 같은 놈들은 숱히 봤어도 자길 내쳐 달라는 놈은 또 처음이었다. 신종 술수인가? 카피레가 반응하지 않자 놈은 진땀을 뻘뻘 흘려가며 눈알을 또록또록 굴렸다. 머리나 옷가지는 깔끔해도 촌놈 티가 채 가시지 않은 놈이었다.

"저, 저는 왕자님과 친구가 되기 위해 온 게 아녜요."

"그럼?"

카피레가 친구 후보가 하는 말에 대답한 것이 처음이란 걸 이 촌놈은 모를 것이다. 본은 열 손가락을 바삐 굴려가며 말을 이었다.

"어떤 아저씨가 왕자님 친구가 되면 저를 양자로 삼고 집에 돈도 많이 주겠다고 했거든요. 그치만 저는 그분 양자가 되기 싫어요……."

"누가 널 여기 넣었는데?"

본은 잠시 망설이다 몸을 가까이 붙이고 속삭였다.

"키가 크고 안경 쓴 신사분이었어요. 다들 그분을 닥터 유리라고 불러요."

상황이 퍽 재밌게 돌아갔다. 유리는 왕의 신임을 한 몸에 받는 인재였다. 그가 양자를 원한다, 한마디만 해도 연줄을 위해 자식을 바칠 이들이 수두룩했다. 그런 사람이 굳이 이런 촌놈을 양자로 들였다? 카피레가 웃음 섞인 목소리로 말했다.

"그거 나한테 말해도 되는 거야?"

"예? 마, 말하면 안 되는 거였나요?"

본이 안절부절못하며 입술을 물어뜯었다. 특별히 영특한 아이로 보이진 않았다. 물정 모르는 촌것. 그 점이 마음에 들었다.

카피레는 본을 친구로 삼겠다 선언했다. 양자로 들어가든지 말든지 알 바 없고, 성에서 데리고 살겠노라 떼를 썼다. 본은 울기 직전인 얼굴로 무슨 이유로 자길 택했느냐 물었다. 카피레는 웃음으로 답했다.

"나한테 거짓말은 안 할 것 같아서."

순간의 변덕에 가까운 감정이었다. 그러나 거짓은 아니었다.

본은 왕자를 원망하는 대신 운명에 순응했다. 붉은 눈으로 얼굴을 마주할지언정 한 번도 서러운 티를 낸 적이 없었다.

앞서 걷던 본이 고개를 돌려 카피레를 확인하곤 고개를 끄덕였다. 거의 다 왔다는 뜻이었다. 썩은 나뭇잎과 진흙으로 바닥이 늪처럼 시커멨다. 습한 냄새에 코가 시려웠다.

저 멀리 반짝이는 불빛이 보였다. 검은 그림자처럼 우뚝 선 저택 창에 불이 드문드문 밝혀 있었다. 데자르 백작이 살아 있을 때만 해도 밤에도 낮처럼 휘황찬란하던 곳이었다. 데자르 부인이 구속된 뒤, 집사가 사람을 대거 정리했다고 들었다.

본이 자리에 멈췄다. 카피레가 그 옆에 섰다. 작은 공터에 다 쓰러져가는 오두막이 고목처럼 서 있었다.

* * *

살아생전 데자르 백작과 닥터 유리는 퍽 절친한 사이였다고 했다. 데자르 백작은 유리의 오랜 후원자이기도 했는데, 덕분에 산을 끼고 있는 이 거대한 저택 부지는 유리의 오랜 은신처나 마찬가지였다.

당시 데자르 부인은 남편이 죽은 뒤 반 유령 생활을 하고 있었다. 사교계에 일절 얼굴을 비추지 않고, 친구 한둘과 겨우 연락을 이어 가는 수준이었다. 카피레가 그런 일에 관심이 있을 리

만무했고, 그녀에게 연락이 왔을 때 본이 지나는 말로 해 준 설명이었다.

카피레는 뭔가 착오가 있는 게 아닌가 의심했다. 그도 그럴 것이 두 사람은 큰 자리에서 스치듯 얼굴 몇 번 본 것이 다였다. 그녀가 전한 내용 역시 수상하기 짝이 없었다.

'닥터 유리의 일로 전할 말이 있다'라니. 밑도 끝도 없이 간결한 문장이었다.

남편이 죽어서 머리까지 이상해진 모양이로군.

카피레는 종이를 찢어 쓰레기통에 버렸다. 데자르 부인은 포기하지 않았다. 부인에 대한 평가가 '섹시한 글래머 미인'에서 '머리가 이상한 데다 거머리 같은 여자'로 바뀌는 데는 그리 오랜 시간이 걸리지 않았다.

"유리 말이야. 요즘도 너한테 이상한 거 물어보고 그래?"

"이상한 게 한두 갠가요. 어떤 거 말씀이세요?"

"내가 몽정하냐, 마냐, 자위는 하냐, 안 하냐 뭐 그런 거. 변태 새끼."

"아, 확실히 요즘은 그런 거 안 물어보시네요. 뭐, 속이야 어쨌든 왕자님도 이제 성인이니까요. 왜 그러십니까?"

"이 여자가 자꾸 유리가 수상하대."

본이 고개를 끄덕이며 '양부가 정상이 아닌 건 확실하죠' 하고 답했다. 카피레가 종이 뭉치를 던졌다. 데자르 부인이 보낸 쪽지들이었다. 본은 하나하나 꼼꼼히 확인하고는 왕자에게 말했다.

"데자르 백작과 닥터 유리는 실제로 매우 절친한 사이였다고 하던데요. 저희가 모르는 뭔가를 알고 있을지도 모르죠. 부인의 말이 진짜라면 닥터의 약점을 잡을 좋은 기회고, 아니면 무시하면 되지 않겠어요?"

본이 종이를 흔들며 "닥터한테 엿 한 번 먹여 보는 게 소원이라고 하지 않으셨어요?" 하고 덧붙였다. 듣고 보니 진짜 그랬다.

카피레는 남들이 말하는 '닥터 유리 덕분'이라는 말이 마음에 안 들었다. 그가 뭘 어떻게 조치했건 결국 살아남은 것은 자신이었다. 자신을 낳은 것은 죽은 어머니였다.

사람의 마음을 읽을 수는 없어도 육감이라는 게 있는 법이었다. 유리는 카피레를 한 번도 특별 취급하지 않았다. 이성 잃은 왕의 아이를 충심으로 보살피다? 죽어 가는 왕자를 성심으로 되살려? 웃기지도 않는 농담이었다. 똥이나 싸라지.

그는 카피레의 부실한 몸뚱이를 수리가 필요한 기계 보듯했다. 그 덕에 목숨을 구한 것은 맞지만, 그 이상은 아니었다.

위안 아닌 위안이 있다면, 유리는 모든 사람을 그렇게 대한다는 점이었다. 남녀노소 가리지 않는 진정한 평등사상이라 할 수 있겠다.

"손해 볼 것도 없는데, 그냥 한 번 만나 보시죠."

"네가 했던 말 중에 가장 쓸모 있는 충고였어."

"왕자님은 기억력이 별로니까요. 제가 이해해 드려야죠."

그게 발단이었다. 가벼운 마음으로 결정한 만남이었다. 일이 이렇게 꼬일 줄 누가 알았겠는가.

만전을 기해야 한다는 데자르 부인의 주장에 따라 카피레는 촬영을 핑계로, 부인은 변장을 한 채 만나기로 했다.

장소는 카페 골목에 자리한 어느 카페였다. 아직도 기억이 생생했다. 소녀틱한 인테리어에 둘러싸여 있자니 사진도 퍽 그럴듯하게 나왔다. 본이 아주 즐거워하며 버튼이 부서져라 셔터를 눌러 댔다.

한참 촬영에 열중하던 중이었다. 검은 모자에 정장 바지를 입은 파리 눈알 선글라스가 소리 없이 맞은편에 앉았다. 카피레가 뭐라 입을 열기도 전, 그녀가 가늘게 떨리는 손으로 선글라스를 벗었다.

숱 많은 속눈썹이 날개처럼 팔랑거렸다. 핏줄이 갈라선 여인의 삼백안이 기이하리만치 번들거리고 있었다. 덫에 걸린 듯 시선을 피할 수 없었다. 초면임에도 무례하리만치 노골적인 시선이었다.

마담은 왕자의 정수리부터 손등에 난 솜털까지 샅샅이 훑어보았다. 날 때부터 뭇 타인의 시선에 단련되어 온 카피레도 눈썹을 찌푸릴 만큼 불편했다. 결국 참지 못하고 카피레가 한마디 뱉었다.

"마담? 제게 먼저 하실 말씀은 없습니까? 그쪽의 말도 안 되는……."

"왕자님."

"뭡니까?"

"왕자님의 나신을 확인해 볼 수 있겠습니까?"

이 미친 여자가 뭐라는 거야.

직접 말하진 않았으나 카피레의 속내가 표정에 숨김없이 드러났다. 카메라를 만지작대던 본이 작은 목소리로 말했다.

"부인, 이곳은 공공장숩니다."

"그런 문제가 아니거든, 이 멍청아!"

"가슴 아래에 푸른 점이 있지 않으신가요? 애기 손바닥만한……."

마담은 아랑곳 않고 제 할 말만 했다. 기름기가 번들번들한 눈빛에 기가 질릴 정도였다. 카피레가 화를 내기도 전에 본이 입을 떡 벌리고 대꾸했다.

"그걸 어찌 아셨습니까?"

"그렇다면 팔뚝에 점은요? 다섯 개 정도 되는, 이으면 국자 모양처럼 보이기도 하던데……."

"있었던 것 같기도……."

"넌 그냥 닥치고 있어! 아니, 그런 걸 왜 묻는 겁니까? 아니, 애초에 그런 걸 어떻게 알아낸 거죠?"

부드러운 조명 아래서도 부인의 얼굴이 밀가루처럼 하 다. 그녀가 떨리는 손으로 선글라스를 도로 꼈다.

"역시 제 생각이 맞았군요."

"대체 무슨 속셈으로 제게 접근하신 겁니까?"

"저희 집 지하실에 왕자님과 똑같이 생긴 인간이 있어요."

카피레가 "뭐?" 하고 눈썹을 찌푸렸다. 저도 모르게 고개를 돌려 본과 마주 보았다. 본 역시 어리둥절한 표정이었다.

마담이 본 앞에 놓여 있던 100% 자몽 주스를 제 것처럼 들이 켰다. 반 이상 남아 있던 주스가 부인의 목울대를 타고 꿀꺽꿀꺽 요란하게 넘어갔다.

거칠게 잔을 내려놓은 마담이 스으읍, 하고 술 마신 소리를 냈다. 그러곤 카피레 왕자의 눈을 뚫어질 듯 바라보며, 또박또박 읊었다.

"저희 집 지하 실험실에 왕자님과 똑같이 생긴 남자가 벌거벗은 채 갇혀 있어요."

*　　　*　　　*

자초지종은 이러했다. 부인은 남편의 숨이 끊기자마자 세상에 금이 가는 소리를 들었다고 했다.

"저런" 하고 예의상 애도를 표하는 카피레에게 마담은 비릿한 미소를 지어 보였다.

"그럴 필요 없어요. 비유적 표현이 아니라 있는 그대로를 말한 것뿐이니까."

"고막에 문제라도 생기신 겁니까?"

"달라요. 그때 문제가 생긴 게 아니라, 그때서야 문제를 알아차린 거죠. 결혼 전 반년, 결혼 후 8년. 내 9년이 통째로 신기루가 됐어요."

마담은 본래 데자르 백작과 결혼할 생각이 전혀 없었다고 했다. 그러나 어느 순간을 기점으로 불에 기름을 부은 듯 감정이 타올랐다고, 남편이 죽기 전까지 그에게 진심을 다했다고 고백했다.

그리고 남편이 숨을 거두자 눈에 낀 먼지가 죄 날아간 것처럼 시야가 깨끗해졌다고 했다. 그간 자신의 심장을 죄고 흔들던 감정이 진짜 제 것이 아니었음 역시 깨달았다고.

카피레가 본에게 귓속말했다.

"정신과 상담이 필요해 보이는데."

"저 들으라고 하시는 말씀이죠? 죄송하지만 전 근 10년 중 가장 이성적인 상태예요."

"이 얘기가 닥터 유리와 무슨 상관인지 모르겠군요."

마담이 유리컵에 묻은 루즈 자국을 손가락으로 문지르며 몸을 뒤로 기댔다.

"저는 약에 중독된 상태예요. 9년간 제 와인이며 차에 꾸준히 약을 타 온 어떤 놈팡이 때문이죠."

그 놈팡이가 누군지 어렵지 않게 짐작할 수 있었다. 데자르 백작이라. 카피레는 이미 고인이 된 배불뚝이 중년 귀족을 떠올렸다. 그렇게 용의주도한 이미지는 아니었는데. 카피레가 눈썹을 꿈틀하자 마담이 말을 이었다.

"그놈에게 약을 제공한 사람이 바로 닥터 유리입니다."

"……어떤 약을?"

부인의 입꼬리가 기이한 곡선을 그리며 올라갔다. 희고 고른 치아와 붉게 칠한 입술이 선명한 대비를 이루었다.

"사랑의 묘약."

카피레도 들어 본 적 있었다. 사랑의 묘약은 그 약효가 어느 정도건 생산과 유통이 철저히 제한된 금지 약물이었다. 분명 카피레가 태어나던 해 즈음에 왕이 금지령을 내렸다고 들었다.

아무리 날고 기는 천재 유리라고 해도 불법은 불법. 그러나 시기가 애매했다. 9년 전이라. 카피레가 관자놀이를 긁적였다. 본이 상체를 앞으로 기울였다.

"왕자님이랑 똑같이 생겼다는 남자 얘긴 뭐죠?"

"……놈은 닥터 유리에게 지원을 아끼지 않았어요. 그가 왕 밑으로 들어간 뒤에도 정기적으로 만남을 계속했죠. 저택 지하실에 닥터 유리의 실험실이 있을 정도니까 말 안 해도 아시겠죠. 그동안은 그쪽에 관심도 없었어요. 놈이 죽기 전까지는 말이에요."

마담은 남편이 죽은 뒤 매일 밤마다 환청이 들리고 헛것이 보였다. 머리가 맑아졌다 생각하면서도, 정신을 차려 보면 모르는 곳에 가 있거나 엉뚱한 일을 벌여 놓은 적이 한두 번이 아니라고도 했다.

"아마 놈이 그간 먹인 빌어먹을 약 때문이겠죠" 하고 마담이 짓씹듯 덧붙였다. 미친 의사 놈에게 약을 구걸할 수도 없는 노릇이었다.

마담은 그 대신, 세간에 불법으로 유통되는 사랑의 묘약이나 중화제를 몇 번이나 사 보았다고 했다. 믿을 만한 하녀를 불러 사랑의 묘약을 먹고, 중화제를 먹고, 토하고, 그런 일의 반복이었다고.

그렇게 어떻게든 버티던 어느 지옥 같은 날. 만월이 비추는 어느 밤. 마담은 홀린 듯 지하 실험실 문을 열었다고 했다.

천장에 미로처럼 깔린 파이프 관, 쉭쉭거리는 증기 소리. 시큼하고 톡 쏘는 약품 냄새와 등골을 오싹하게 하는 냉기가 부인을 덮쳤다. 정면에 보이는 크고 푸른 시험관에 한 남자가 둥둥 떠 있었다고 했다.

푸르스름한 액체에 이따금 공기 방울이 뽀그르르 소릴 내며 위로 솟았다. 마담은 차마 더 가까이 가지 못하고 눈만 크게 떴다. 살았는지 죽었는지 살짝 열린 눈꺼풀에 초점 없는 눈동자가 그린 것처럼 굳어 있었다. 그때까지만 해도 부인은 이게 꿈인지 생시인지 알 수 없었다고 했다. 워낙 환청과 헛것에 시달리던 즈음이라 마냥 멍했다는 것이다.

때마침 들려온 신호음이 아니었다면 어떻게 되었을지 본인도 모른다고 했다. 저택에 손님이 왔음을 알리는 소리였다. 부인은 소스라치게 놀라 실험실 밖으로 도망쳤다.

정신없이 뛰다 정신을 차렸을 때, 저택 내부가 아닌 엉뚱한 장소에 서 있었다. 어제 내린 비로 진흙탕이 된 숲길이었다. 멀리 자동차 헤드라이트가 저택을 향하고 있었다. 이 시간에 저택을 찾을 자는 단 한 사람밖에 없었다.

실험실 주인. 닥터 유리.

등이 식은땀으로 흠뻑 젖은 것은 물론, 숨이 가빠 목에서 쉭쉭 소리가 났다. 아까 본 남자의 얼굴이 망막에 박혀 떨어지지 않았다. 진흙투성이가 된 신발을 두 손에 들고, 마담은 도둑처럼 제 방으로 돌아갔다. 그렇게 뜬눈으로 밤을 지새다 새벽녘에 잠깐 눈을 붙였다.

깨어났을 때, 마담은 위화감의 정체를 깨달았다. 실험관 속 벌거벗은 남자. 그는 유라레 왕국의 막내 왕자 카피레와 쌍둥이처럼 닮아 있었던 것이다.

"푸른 반점도, 국자 모양 점도 모두 그 실험실에서 본 거예요."

"……이걸 왜 제게 알리고자 하셨습니까?"

"몰라서 묻는 거 아니죠? 지금?"

마담이 테이블 모서리를 꾹 쥐었다. 하얗게 질린 손톱이 눈에 들어왔다. 카피레는 못 본 척 시선을 돌렸다.

"놈이 엿 먹길 바라요. 지금처럼 추앙받으며 떵떵거리고 사는 게 아니라요. 놈에게 돌을 던지고 싶어요. 놈이 내게 한 짓을 그대로 돌려줄 수만 있다면."

마담은 미소를 잃지 않았다. 분명 아름다운 얼굴이었건만 찌그러진 점토처럼 어딘가 어긋난 인상을 주었다. 카피레는 다 식은 홍차를 한 입 삼켰다. 마담의 대답이 몹시 마음에 들었다.

"내 9년, 내 감정. 놈이 죽지 않았다면 난 죽을 때까지 몰랐을 거예요. 모두 내 것이 아니었는데. 그런데도 유리 그 의사 놈은 목을 뻣뻣이 들고 돌아다니죠. 세기의 천재. 유라레의 살아 있는 지성, 닥터 유리니까. 사랑의 묘약 따위, 놈의 명성을 생각하면 흐지부지 넘어갈 게 뻔해요. 중년 과부의 사연 따위 사람들이 뭐라 떠들어 댈지도 뻔하고. 하지만 이건 달라."

마담이 안으로 삼키는 웃음소리를 흘리며 고개를 기울였다.

"당신은 왕자니까."

카피레는 그 시선을 피하지 않고 마주 보았다.

"왕이 애지중지하는 막내 왕자와 똑같은 인간을 실험실에 가뒀다? 도플갱어? 클론? 그것이 뭐든, 놈의 목적이 뭐든 상관없어요. 인형을 만들었든, 숨겨진 쌍둥이를 가둬 놨든 관계없어."

"여기 얼음물 추가."

카피레가 태평한 목소리로 손을 흔들었다. 본이 카운터로 팅기듯 달려갔다. 마담이 고개고 살짝 숙인 채 눈만 희번득해서 왕자를 보았다.

"……아직도 내가 장난치는 것처럼 보여요?"

"개인 번호 남길 테니 연락해요. 또 다른 증거가 있다면 보내고."

"할 말은 그게 끝이에요?"

"나도 생각 좀 해 봅시다. 갑자기 이런 얘길 듣는 내 입장도 생각해 봐요."

본이 커다란 잔에 얼음 반, 물 반을 담아 왔다. 마담이 손을 뻗으려는 순간, 카피레가 잔을 낚아챘다. 물을 싹 비우는 것은 물론 얼음까지 와작와작 씹어 먹었다. 평소 치아 관리에 힘쓴 보람이 있었다.

부인의 손이 허공을 떠돌았다. 카피레가 조각 얼음만 조금 남은 잔을 부인에게 건넸다. 부인이 그것을 두 손으로 받아 쥐고는 헛웃음을 터트렸다.

"좀 진정하셨습니까?"

본의 질문이 누구를 향한 건진 알 수 없지만, 부인은 한결 차분해진 기색으로 자리를 떴다. 그것이 마담 데자르와 카피레의 첫 만남이라고 할 수 있었다.

카피레는 그날 처음으로 유리와의 상담 약속을 취소했다. 부인의 말을 듣고 보니 이상한 게 한둘이 아니었다.

닥터 유리는 의사보다 학자에 가까운 자였다. 그가 직접 맡은 환자는 공식적으로 왕과 죽은 왕비, 카피레가 전부였다. 거기다 카피레의 일거수일투족을 통제하고자 하는 욕구가 강했다. 지금이야 나아진 편이지만 카피레가 왕의 관심을 못 받던 시절엔 배변 시간마저 정해 줄 정도였다.

왕의 자식이니까. 몸이 유독 약하고 예민하니까. 부모 대신 길러 준 보호자니까란 이유로 의심한 적 없는 일들이었다.

"나와 얼굴이 똑같은 실험체라……."

"부인의 착각이 아닐까요? 도플갱어니, 쌍둥이니…… 하하, 환상 소설을 너무 많이 읽으셨나 봐요."

"착각일 수도 있겠지."

"닥터 유리가 워낙 왕자님을 아끼시니까, 음, 실물 크기 인형 같은 걸 수도 있지 않을까요?"

"그건 그거대로 끔찍해……."

"그건 그러네요……."

더는 가벼운 마음으로 생각할 수 없었다. 생각보다 일이 복잡하게 돌아갔다. 카피레는 스스로에게 물었다.

아직도 닥터 유리를 엿 먹이고 싶나?

엿 먹이고 싶었다.

닥터 유리가 싫나?

싫었다.

왜?

제길, 이유 꼽기도 귀찮다. 놈은 사람을 사람으로 안 보는 빌어먹을 놈이다. 그런 놈이 의사 딱지를 붙이고 있다니. 의료계의 수치다. 거기다 수상쩍은 약으로 사람 마음을 10년이나 가지고 놀았다지 않나.

아니, 실은 다 핑계였다. 놈이 무슨 공로를 세웠든 상관없다. 놈의 눈빛이 기분 나빴다. 놈의 태도 하나하나 거슬리지 않는 게 없었다. 사람을 실험 쥐 보듯 하는 무감정한 눈빛이 소름 끼치도록 징그러웠다.

카피레 곁에서 손짓 발짓 섞어 가며 이것저것 지껄이던 본이 포기한 듯 한숨을 푹 내쉬었다.

"어쨌든 전 왕자님 편 할게요."

"넌 내 기사니까 당연하지."

결과적으로, 마담은 약 의존증에서 벗어나지 못했다. 유리가 그간 마담 데자르에게 먹인 약이 뭔지는 몰라도 보통 독한 놈이 아닌 모양이었다.

마담이 그간 건넨 증거는 그닥 도움이 되지 못했다. 사진이랍시고 찍어온 건 초점이 다 무너져 무슨 미래파 추상화처럼 보였다.

인정하고 싶지 않았지만 그들에겐 공통점이 있었다. 유리를 싫어하는 동시에 그를 두려워 한단 사실이었다. 유리에게 들킬까 전전긍긍하는 한, 세 사람의 조사는 지지부진할 수밖에 없었다.

그러던 어느 날 부인이 사고를 쳤다. 무슨 바람이 들었는지 카피레에게 사랑의 묘약을 먹인 것이다. 평소 약물에 민감하게 반응하는 체질 탓에 카피레는 거의 죽다 살아났다. 길을 지나던 어느 약장수가 아니었다면 어찌 됐을지 알 수 없는 일이었다.

그래. 그게 바로 젬 마키나. 중매 선생이었다.

*   *   *

구치소에서 부인이 건넨 손수건에는 루즈로 쓴 쪽지가 숨어 있었다. 데자르 저택 부지 내 어떤 장소, 그리고 사람 이름.

발목에 모래주머니를 단 듯 걸음걸음이 무거웠다. 오두막으로 향하는 숲길이, 희미한 기억과 겹쳐 더욱 혼란했다. 카피레가 자리에 우뚝 섰다. 우거진 나뭇잎 베일 사이로 쓰러져 가는 오두막이 보였다.

본이 한발 앞서 문을 열었다. 기름칠을 안 한 지 오래된 듯 끼기긱 손톱 긁는 소리가 났다. 목덜미를 훑고 가는 소음에 카피레가 눈썹을 찌푸렸다.

문이 열리자마자 덥고 삭은 공기가 전신을 덮쳤다. 내장을 뒤집을 만치 역겨운 냄새가 코에 스몄다. 오두막 안쪽 그림자에 달빛이 먹혔다.

본이 코를 막으며 등에 불을 켰다. 따뜻한 색이 퍼지며 그림자가 열어졌다. 좁은 내부가 모습을 드러냈다.

가장 먼저 눈에 띈 것은 정면 벽에 십자 모양으로 박힌 시체였다.

"이건⋯⋯."

본이 마른손으로 얼굴을 한 번 쓸었다. 카피레는 저도 모르게 주변을 살펴보았다. 창문 하나 없는 오두막에 사람이 숨을 곳은 달리 보이지 않았다. 유일한 출구인 정문 근처엔 카피레와 본의 진흙 발자국만 남아 있었다.

본이 시체의 턱을 잡아 올렸다. 입 주변이 검게 썩어 있었다.

"죽은 지 그리 오래되지 않았군요. 저택 메이드 같은데, 못 자국을 제외하곤 달리 외상이 없어요. 먹여선 안 되는 걸 먹인 모양인데……."

본이 말을 하다 말고 카피레의 눈치를 살폈다.

"아무래도……."

말하지 않아도 알았다. 카피레가 마담이 건넨 쪽지를 다시 한 번 확인했다. 앤. 아마 이 소녀의 이름이리라.

카피레가 바지 주머니에 대충 구겨 넣었다. 자그마한 부엌과 벽에 나란히 걸린 사슴 박제들. 2, 3인용으로 제작된 네 다리 테이블이 오두막 살림의 전부였다. 카피레가 테이블 가까이 섰다. 커피 잔이 둘 놓여 있었다. 하나는 말끔히 비워진 상태에, 다른 하나는 커피 마른 자국이 나이테처럼 층층이 남아 있었다.

'그놈이라면 사람 한둘쯤 태연히 죽일 수 있을 거야.'

항상 그렇게 생각해 왔다. 그러나 직접 눈으로 보는 건 다른 문제였다. 분명 다른 문제인데도, 카피레는 놀라지 않았다. 충격도 아니었다.

카피레는 이 모든 것을 자연스럽게 받아들이는 자신에게 놀라고 있었다.

본이 시체에 박힌 못을 맨손으로 가볍게 뽑았다. 언제 봐도 가공할 괴력이었다. 창백한 소녀가 바닥에 바로 누웠다. 검게 변한 입을 제외하면 기이하리만치 평온한 모습이었다.

본이 시체의 옷가지를 샅샅이 뒤졌다. 차가운 점토를 두른 듯

묘한 감촉이 손에 닿았다. 속옷까지 확인해 봤으나 수확은 없었다.

의자에 늘어져 있던 카피레가 던지듯 물었다.

"몇 시지?"

"곧 10시 됩니다."

"넌 어떻게 생각해?"

"경고가 아니겠습니까? 더 캐지 말라는."

카피레가 코웃음치며 튕기듯 자리에서 일어섰다.

"잘나셨군. 진짜."

"이제 어쩌지요?"

"어쩌긴 뭘 어째."

카피레가 엉덩이를 툭툭 털었다. 본이 품에서 물티슈를 꺼내 던졌다. 카피레는 손을 닦는 대신 물티슈에 얼굴을 묻었다.

"졸려……."

본이 시체 얼굴에 손수건을 덮곤 자리에서 일어섰다.

"돌아가시죠."

"그거 없어? 약 같은 거."

"싫어하셨잖습니까."

"그거 말고. 약장수 꺼 말이야."

본이 가방을 뒤져 오렌지색 약병을 꺼냈다. 일전 사진 사건으로 젬이 한 박스 두둑이 챙겨 준 터였다.

"이게 꽤 괜찮단 말이지."

"신기할 정둡니다. 본래 닥터 유리가 만든 약이 아니면 호되게 앓으셨는데 말이에요."

"하는 짓이 미덥잖긴 해도 실력 하난 믿을 만하단 뜻 아니겠어?"

피로회복약을 한입에 들이켠 카피레가 입맛을 다셨다. 붉은 혀가 입술 사이로 보였다 사라졌다. 곧이어 그의 얼굴이 뭉개진 귤처럼 콱 찌그러졌다.

"역시 거지 같은 맛이야. 넌?"

본은 말없이 고개 저었다. 진짜 피곤할 때가 아니면 뚜껑조차 열기 싫은 맛이었다. 본이 왕자를 밖으로 이끌었다.

유난히 달이 크고 밝았다. 카피레가 오한이 드는지 어깨를 바르르 떨었다. 몇 걸음이나 옮겼을까. 카피레가 자리에 우뚝 섰다. 본 역시 온몸을 긴장시켰다. 끼이이ㅡ 하는 높은 소리가 고막을 찌르고 지나갔다. 본이 아차, 한 얼굴로 뒤를 돌아보았다.

"이 변태 새끼가 함정까지 파 놨어?!"

카피레가 주먹을 불끈 쥐고 발을 굴렀다. 오두막을 중심으로 은색 빛이 실처럼 퍼졌다. 이런 짓을 할 수 있는 사람은, 카피레가 아는 한, 유라레 왕국에 단 한 사람뿐이었다. 은색 실이 파문을 그리듯 퍼지더니 삽시간에 조여들었다. 두 사람의 그림자가 빛에 잡아먹히듯 사라졌다.

잠시 뒤, 오두막 주변에 그림자가 짙게 깔렸다. 움푹 팬 발자국만 남은 자리에 새 울음이 아련히 울려 퍼졌다.

＊　　　＊　　　＊

젬은 슬금슬금 자리를 옮겼다. 이 기둥에서 저 기둥으로. 나뭇가지를 잡고 이동하는 원숭이가 된 기분이었다. 본래 몸이었다면 모를까, 현재 그녀의 몸은 걸어 다니는 전광판이나 다름없었다. 어딜 가나 시선이 한 몸에 쏟아졌다.

부지런히 인사를 나누던 유리가 느긋한 걸음으로 젬 쪽을 향했다. 연신 곁눈질하던 젬이 그와 덜컥 눈이 마주쳤다. 유리의 처진 눈이 부드럽게 휘어졌다.

젬이 주변을 살폈다. 그녀가 서 있는 곳은 연회장 가장 안쪽, 발코니를 마주 보는 기둥이었다. 반쯤 걷힌 커튼은 발코니에 임자가 없음을 나타냈다. 젬은 앞뒤 생각 않고 유리문을 벌컥 열었다. 본능에 가까운 행동이었다.

서늘한 밤바람이 식은땀을 식혀 주었다. 한숨 돌린 것도 잠시, 젬은 곧 섣부른 판단을 후회하게 되었다.

닥터 유리가 커튼을 내리며 문손잡이를 돌리고 있었다. 젬은 잽싸게 뒤돌아 난간을 짚었다. 부디 당황한 게 아니라 꺼지란 배짱으로 보이길 바랄 뿐이었다. 유리가 자연스레 발코니 안쪽으로 발을 디뎠다.

"웬일이십니까. 본래 발코니는 별로 안 좋아하시더니……"

왕자가 뭐라고 했더라. 머릿속이 하얗게 변했다. 삼 일간 물과 비스킷 조각으로 연명했을 때와 증상이 비슷했다. 닥터 유리는 대답을 기다리지 않고 젬의 옆에 서서 크게 숨을 들이마셨다.

자꾸 시선이 옆으로 갔다. 젬은 최대한 차가운 표정을 유지하며 멀리 도시 야경을 감상하는 척했다.

"얼굴 더 보여 주고 오지그래. 소중한 추종자들이잖아."

"일개 학자에게 무슨 말씀을 하십니까? 남들이 들으면 오해하겠습니다."

"지금은 상담 시간도 아니고."

"하하. 꼬박꼬박 시간 지키는 사람처럼 말씀하십니다. 농담도 참."

젬은 말문이 막혀 입술만 물었다. 자세를 편히 바꾸자 유리가 따라서 고개를 돌렸다. 옅게 미소 띤 얼굴이 젬을 향하고 있었다.

커튼 너머로 사람 그림자가 아른거렸다. 오가는 술잔, 여인들의 화려한 머리 장식, 천장에서 빛을 흩뿌리는 조명까지 천 너머로도 생생히 전달되었다.

"그런데 제 아들은 어디 두고 오셨습니까?"

젬은 순간 머리가 하얗게 비었다. 순하고 말간 본의 얼굴이 뇌리를 스치고 지나갔다. 자타공인 왕자의 껌딱지. 하지만 본 경은 본래 이런 자리를 즐기지 않는다 들었는데?

"향수도 좀 바뀐 것 같고요."

아니다. 그럴 리 없었다. 젬은 오늘 비누, 샴푸를 비롯한 로션,

향수까지 몽땅 확인했다. 카피레가 항시 받는 에스테틱은 물론, 코디까지 한 치도 빠짐없이 따라했다. 젬이 눈썹을 찡그리자 유리가 눈을 찡긋하고 웃었다.

"장난이 지나쳤나요?"

"재미없거든?"

젬은 머리카락을 넘기는 척하며 식은땀을 닦았다. 십년감수 했네. 뭔가 눈치라도 챘나? 뭔 농담이 저리 음흉하담?

"세대 차이도 무시할 수 없는 법이니까요. 그건 그렇고……."

유리가 문 쪽을 곁눈질했다. 키 큰 그림자가 가까이 다가오고 있었다.

"……당신 누굽니까."

뒤통수를 얻어맞은 기분이었다. 젬이 유리를 보았다. 달칵, 소리가 났다. 유리는 아무 일도 없었다는 듯 미소로 침입자를 반겼다.

"한참 바쁘실텐데 이 구석까지 무슨 일이십니까?"

"우리 막내가 또 선생님을 괴롭히는 중이라길래 찾아왔지요."

보르누가 잔을 살짝 들어 보이며 젬에게 눈짓했다. 그의 상큼한 미소에도 가슴을 두드리는 방망이질은 멈출 줄 몰랐다.

내가 방금 무슨 소릴 들은 거지?

들켰다?

"카피레?"

젬이 고개를 번쩍 들었다. 보르누가 걱정스러운 낯으로 젬의 뺨에 손을 대었다. 방금 전까지 차가운 잔을 만진 탓인지 촉촉하고 시원한 감촉이 얼굴의 열을 식혀 주었다.

"또 기분이 안 좋아? 열이라도 나느냐?"

"조금 피곤하시답니다. 안 그래도 요즘 약을 자꾸 거르셔서요."

"이런, 요 녀석이 또 말썽을 피운단 말이지요? 녀석. 닥터께서 안 계셨다면 정말 어찌 되었을지……."

"마땅히 해야 할 일인 것을요."

시원했던 손이 미지근한 열을 품고 떨어졌다. 유리의 눈웃음이 젬을 훑고 지나갔다. 찬물에 맞은 듯 정신이 돌아왔다. 귀신에 홀린 기분이었다.

"나 괜찮거든? 완전 건강하거든?"

"그게 네 말버릇 인 거 알지? 이럴 때 보면 아버지랑 똑같다니까."

"폐하께선?"

"두통이 가라앉질 않는 모양입니다. 닥터께서 더 잘 아시겠지만요."

"불면증은 정신적인 요인이 크게 작용하지요. 큰 도움이 못 되어 송구할 뿐입니다."

"또 이러신다."

젬의 귀가 번쩍 뜨였다. 불면증, 그리고 닥터 유리. 어느 날의 회색 저택을 떠올리게 하는 조합이었다. 바닥에 진 그림자가 자신을 덮쳐 오는 듯했다. 젬의 머리와 가슴에 회오리가 휘몰아쳤다.

보르누가 동생을 불렀다. 젬이 간신히 대답했다.

"중매 선생님은 어디 게시니? 인사를 드려야 하는데 말이다."

"예, 아니, 응?"

"널 위해 들어오신 분 아니야. 네가 어떻게 굴고 있을지 뻔할 뻔 잔데 나라도 챙겨 드려야지."

"무, 무슨 소리야? 내가 얼마나 잘해 주는데? 그리고 걔가 뭐라고 여길 와?"

"말버릇 하곤. 내 그럴 줄 알았다. 그리고 여기 그분 보러 온 사람이 왜 없어? 아까 콘 부인이랑 단장이 너만 힐끔대는 거 못 봤어?"

"내가 잘생겨서 보는 줄 알았지……."

젬이 멍하니 중얼거렸다. "으이구, 저 예쁜 것만 알아 가지고" 하며 보르누가 장난스레 혀를 찼다. 크고 고운 손이 젬의 볼을 살짝 쥐었다 떨어졌다. 간지러운 감촉이 꼭 꿈처럼 멀었다. 유리가 안경을 고쳐 쓰며 말을 흘렸다.

"중매 선생이라면, 분명 폐하의 명으로 오신…… 저도 스치듯 뵌 적이 있지요."

"맞습니다. 저도 조언 좀 구하려 했는데 이 녀석이 훼방을 놓는군요. 닥터도 어떠십니까? 이번 기회에?"

"하하, 연구도 있고 자식도 있고. 제가 외로울 틈이 어뎠겠습니까? 뭐, 그래도 말씀을 듣고 보니……."

유리가 환한 미소로 젬을 보았다. 등골에 소름이 오소소 달렸다. 덫에 걸린 개구리가 된 심정으로 젬은 어깨를 바짝 굳혔다.

"한 번쯤 얘기 나눠 보는 것도 좋겠다 싶군요."

"50대 노총각도 장가보내는 분이랍니다, 그분이. 믿어 보세요."

보르누의 콧구멍에서 김이 뿜어져 나오는 듯했다. 주먹까지 불끈 쥐어 보였다. 중매 선생의 솜씨에 기대가 대단해 보였다. 젬은 울화통이 터졌다.

이쪽은 머리가 터질 지경인데, 너는 뭐가 그리 즐겁니. 네 중매를 내가 도와줄 것도 아닌데! 속 모르는 왕세자 때문에 이쪽만 환장할 지경이었다.

"악! 뭐하는 짓이야, 카피레!"

젬이 헉, 하고 숨을 들이켰다. 무의식이 젬의 마음을 대신하듯 보르누의 구두를 밟아 버린 것이다. 젬은 짐짓 태연한 척 팔짱을 꼈다.

"없는 사람 찾지 말고 형 자리로 돌아가. 나 또 눈치 없다고 욕먹게 만들고 싶어?"

"누가 널 욕한다고 그래?"

젬이 문 쪽을 턱짓했다. 떨어진 사탕에 몰린 개미 떼처럼 바글바글한 인파가 커튼 앞에 몰려 있었다. 하나같이 머리 장식이 화려했다. 맞선 파티의 주인공 보르누가 나올 생각을 안 하니 영애들이 애가 달은 것이다.

보르누가 떨떠름한 표정으로 구두코를 바닥에 두드렸다.

"형 간다. 힘들면 무리하지 말고 가서 쉬어."

"이런 짓 두 번 할 생각 말고 형수님이나 빨리 찾아."

"닥터는 같이 안 가십니까?"

"아가씨 군단이 무서워서 안 되겠습니다. 잠시 후로 하지요."

보르누가 유리문을 열었다. 커튼 사이로 색색의 드레스 자락이 물결쳤다. 이내 그림자들이 썰물처럼 물러갔다. 그 뒤로 잠시 동안 발코니엔 바람 소리만 감돌았다.

젬은 힐끗 시간을 확인하곤 난간에서 등을 뗐다.

'닥터 말씀대로 제가 좀 피곤해서 말입니다. 먼저 실례하겠습니다' 하고 준비한 대사를 읊으려는 찰나, 유리가 선수를 쳤다.

"중매 선생. 젬 마키나라고 했지요. 맞아요, 기억나요. 솜씨가 제법 출중하군요."

"무, 무슨 말씀이신지. 하하."

대사까지 꼬였다. 망했다, 제기랄! 속으론 이미 땅 치고 후회 중이었으나 젬의 무의식은 왕자 흉내를 멈추지 않았다. 저절로 어깨에 힘이 들어갔다.

그때였다. 주변에 기이한 이명이 달리며 공기가 바짝 조였다. 젬은 갑자기 멍해지는 정신에 당황해 눈을 빠르게 깜박였다.

"본래 마법약을 배웠다고 들었습니다. 마법약학과 연금술 전공이었던가요? 변신약이라. 거의 완벽하군요. 왕자의 피를 썼습니까?"

"……피는 쓰지 않았습니다."

"그럼 손톱?"

"……머리카락 조금이요."

"지속 시간이 길진 않겠군요. 무슨 레시피인지 알 것 같아요. 이런 우연이 있나."

유리가 부드럽게 미소 지었다. 젬은 마주 웃을 수 없었다. 유리가 묻는 말마다 답이 술술 나왔다. 이상하단 생각도 안 들었다. 한 가지 위화감만이 심장 근처를 맴돌았다.

젬이 알던 '닥터 유리'란 이름과 눈앞의 남자가 매치되지 않았다.

세기의 천재. 왕의 아이를 대신 기른 충신. 죽은 사람을 살리는 명의.

"……제가 왕자님이 아니란 건 어떻게 아신 거죠?"

"후후. 냄새요."

"완벽하게 준비했을 텐데."

"카피레 왕자는 특유의 체향이 있지요. 달콤하고 어딘가 새콤한. 향수로는 흉내 낼 수 없는 종류예요. 이 세상의 것이 아닌 냄새죠. 보통 사람은 눈치채지 못할지라도 당신이라면 알 텐데요?"

젬은 왕자와의 첫 만남을 떠올렸다. 아이와 닮은 체향에 저도 모르게 입맛을 다신 기억이 났다. 젬의 표정 변화를 핥듯이 주시하던 유리가 후후, 웃음을 흘렸다.

"제가 아는지 모르는지 닥터께서 어찌 아십니까?"

"모르셨습니까? 당신에게도 비슷한 냄새가 나요. 마법을 아는 사람만이 낼 수 있는 향기죠."

왁자지껄한 파티 소음이 유리벽을 넘어 고막을 쾅쾅 두드리는 듯했다.

아이, 사랑의 요정과 계약한 탓인가? 어디까지 아는 거지? 그럼 왕자의 냄새는 뭔가? 진짜 그가 요정 왕자라도 된다는 말인가?

젬이 떨리는 손으로 앞머리를 쓸어 올렸다. 보르누가 전한 온기는 바람에 날아간 지 오래였다. 얼음처럼 차갑게 굳은 손이 식은땀으로 축축이 젖어 있었다.

"아, 카피레 왕자는 다릅니다. 그와 우리는 종류가 다르지요."

"……무슨 말씀이신지 전혀 모르겠습니다. 냄새가 어쩌고, 이 세상 것이 아니라니 대체……."

"금서가 당신에게 말하지 않던가요?"

젬이 그게 무슨 소리냐는 듯 유리를 보았다. 유리가 처음으로 의아한 얼굴을 했다.

"금서를 손에 넣지 않았습니까? 헤이트란 이름의……."

"책이 어떻게 말을 합니까?"

"세상에, 거기부터 물어볼 줄은."

유리가 입을 가리고 웃다가 아, 하고 덧붙였다.

"금서가 있단 건 부정하지 않는군요."

유리가 쟁이 선 난간 가까이 붙었다. 쟁이 도망치듯 몸을 뒤로 뺐다. 유리의 웃음이 짙어졌다.

"왕자가 나에 대해 뭐라 그러던가요?"

"……절대 말 섞지 말라던데요."

"후후. 곤란한데요. 전 당신과 꼭 얘기하고 싶거든요. 미스 쟁."

쟁은 유리의 시선을 차마 마주 보지 못하고, 바람에 날리는 그의 흰 머리카락에 시선을 고정했다.

"제 무엇 때문에요? ……냄새?"

"이렇게 하면 어떨까요? 지금부터 질문과 답을 하나씩 교환하는 겁니다. 곤란할 경우 답하지 않아도 상관없어요. 대신 거짓은 금지하는 것으로."

"……제가 왜 그래야 하죠?"

"제게 묻고 싶은 게 많을 거라고 생각했는데요."

발코니 주변에 보이지 않는 막이 쳐진 듯 기이한 분위기가 감돌았다. 유리는 부드러운 태도를 유지하고 있었으나, 그 말에는 거부하기 어려운 무엇이 섞여 있었다.

잠시 그와 마주 보던 쟁은 침을 꿀꺽 삼켰다. 멍한 정신에도 쟁은 한 가닥 이성을 죽어라 붙잡고 있었다. 애초에 바위와 계란이 붙는 격이었다. 부러지기보다 휘어지길 택해야 할 때였다.

그래, 왕자의 일만 얘기하지 않으면 되는 일 아니겠는가.

젬이 망설이다 고개를 끄덕였다. 부러 아무렇지 않은 척 가슴도 폈다. 그 모습이 유리에겐 깃을 띄워 몸집을 부풀리는 참새처럼 보인다는 걸 젬으로선 알 길이 없었다.

유리가 먼저 하라는 듯 살짝 고개를 숙여 보였다. 젬의 머릿속이 빠르게 회전했다.

뭘 물어봐야 하지? 마담 D와 왕자 간 삼각관계 가설? 왕자가 왜 유리라면 치를 떨고 도망치는지? 그도 아니면 나이에 비해 왜 그렇게 젊어 보이는지?

젬은 결국 가장 궁금했던 질문부터 입에 담았다. 왕자가 한 말이 사실이라 가정한 뒤, 가장 납득할 수 없던 문제가 하나 있었다. 닥터 유리가 젬이 아는 유리라면 절대 하지 않을 일이었다.

"……데자르 백작 부인의 약에 이상한 약물을 넣은 이유가 뭐죠?"

유리가 눈을 깜박였다.

"이상한 약물? 아, 데자르 부인 말씀이신가요? 부인은 사랑의 묘약 중독 상태일 뿐입니다."

바로 나온 유리의 대답에 젬이 눈을 깜박이다 되물었다.

"……네?"

"데자르 백작의 부탁으로 쭉 먹여 왔거든요. 대상이 죽자 마법은 깨졌는데, 약물이 체내에 그대로 남아 부조화가 일어난 거예요."

"사랑의 묘약이요?"

유리의 말투가 너무 담담해서 오히려 실감이 안 났다. 젬이 아는 사랑의 묘약은 그런 게 아니었다. 심장이 빨리 뛰면서 상대가 조금 매력적으로 보이는 정도의, 길어 봤자 반나절 갈까 말까한 그런 약이었는데.

무엇보다 젬이 아는, 교과서에 등장하는 닥터 유리는 이런 사람이 아니었다. 부인이 복용하던 약물 또한 이렇게 가볍게 말할 종류가 아니었다.

"이제 제가 질문할 차례군요."

유리가 안경을 고쳐 썼다.

"금서와 어떤 계약을 했습니까?"

젬이 눈을 몇 번 깜박이다 되물었다.

"저는 금서와 계약한 적 없는데요."

애초에 책은 입이 없었다. 유리가 처음으로 눈썹을 찡그렸다.

"게임의 룰을 잊지 마세요. 진실만 말하는 겁니다. 대전제가 무너지면 어느 것도 제자리에 설 수 없어요."

"아무리 그러셔도……."

"분명 당신은 무언가와 계약을 했을 겁니다. 그렇지 않고서야……."

유리가 허공에 대고 코를 킁킁댔다. 아이나 왕자에게서 나는 향과는 다르다라고 했겠다. 젬은 제발 악취 같은 것만 아니기를 빌었다.

"……이런 냄새가 날 리 없거든요. 솔직히 말하세요."

"제가 계약한 건 요정인데요."

입이 제멋대로 움직였다. 덜컥 비밀을 뱉었음에도 이상하리만치 현실감이 없었다. 귀신에 홀린 기분이었다.

"호, 요정이라. 그게 자신을 그렇게 부르던가요?"

"아이는 사랑의 요정이에요."

턱을 문지르던 유리가 픕, 하고 웃음을 터트리더니 이내 배를 잡고 허리를 굽혔다. 젬은 찬물을 뒤집어쓴 듯 정신이 확 깼다. 삽시간에 기분이 바닥까지 추락했다.

"왜, 왜 그렇게 웃어요? 그리고 이건 뭐죠?"

"하하, 약속했잖아요. 진실만 말하기로. 간단한 마법 같은 거예요. 나쁜 기분은 아닐 텐데요."

유리가 눈꼬리에 맺힌 눈물을 닦아 내며 안경을 벗었다. 그의 말이 끝나자마자 젬의 기분이 다시 풍선처럼 두둥실 떠올랐다.

젬은 될 대로 돼라, 싶은 마음과 동시에 저 빙글거리는 안면에 젬 특제 피로회복제를 부어 버리고 싶어졌다. 왜 왕자가 닥터 유리라면 이를 가는지 지금이라면 알 것도 같았다.

"요정, 요정이라. 하긴, 아예 틀린 말은 아니군요."

"아이가 뭐요!"

"이름까지 지어 준 걸 보니 계약한 게 확실하군요. 녀석이 무슨 조건을 걸던가요?"

"이제 제 차례인 것 같은데요!"

젬은 제정신을 유지하기 위해 안간힘을 썼으나 자꾸 입 근육에 힘이 빠지고 몸이 나른했다. 유리가 옅게 웃으며 고개를 끄덕였다. 은실같이 얇은 머리카락이 바람에 흩날렸다.

젬이 후우, 심호흡한 뒤 말했다.

"두 가지 물으셨으니까 저도 두 개예요."

"좋으실 대로."

"금서를, 아이를 어떻게 아시는 거죠?"

"이 질문은, 저보다 그에게 묻는 게 나을 것 같군요."

"그런 대답이 어딨어요!"

유리는 아랑곳 않고 고개를 흔들었다. 똥고집이 아주 확고한 것이 왕자와 닮은 데가 있었다. 젬은 할 수 없이 숨만 몰아쉬었다.

"다른 걸 물어보세요."

"……마담 D가 아닌 다른 사람에게도 그런 종류의 약을 먹인 적이 있나요?"

"물론입니다."

"……지금도?"

"물론. 이제 제 차례군요."

유리의 산뜻한 미소에 젬은 돌 빵을 삼킨 듯 속이 갑갑해졌다. 왕자가 말했던가, 무슨 말을 해 봤자 안 믿을 거라고. 누가 믿겠는가 말이다. 유라레가 낳은 천재 학자 닥터 유리가…….

"자, 말해 주세요. 요정이 뭐라 하며 당신과 계약을 요구하던

가요."

젬은 저도 모르게 입을 열 뻔했으나 간신히 꾹 닫았다. 입술이 저절로 들썩거렸다. 머리가 뱅뱅 돌며, 뇌며 심장이 하늘로 두둥실 뜨는 와중에도 말해선 안 될 것 같은 예감이 들었다.

어둑한 기숙사 골방과 아이의 반짝이는 핑크색 빛 가루가 기막히리만치 부조화를 이루던 그날의 풍경이 눈앞을 스쳤다. 황금알을 낳는 암탉과 요정의 반쪽. 젬 생각에, 조금 부끄럽단 것만 빼면 딱히 숨길 이유가 없는 내용이었다.

"저, 저는⋯⋯."

젬이 시선을 바닥으로 돌렸다. 손목시계에 눈이 간 것은 우연이었다. 시침과 분침이 꿈의 각도를 이루기 직전이었다. 왕자와 약속한 시각이 코앞이었다.

기적처럼 유리문 너머 커튼이 갈라졌다.

머리카락을 뒤로 단정히 넘긴 남자였다. 남자와 정면으로 눈이 마주쳤다. 한눈에 알아보았다. 밋밋하고 평퍼짐한 시종복 대신 파티용 정장을 차려입은 무표정 인간 코다였다.

이마를 넘기니 단단히 불거진 미간 주름하며 매서운 눈매가 한층 돋보였다. 젬을 발견한 코다가 심술궂게 눈을 휘었다. 꿈틀거리는 눈썹이 칼보다 무서웠다.

커튼 안쪽으로 들어온 그가 자기 손목을 톡톡 두드리며 입꼬리를 꿈틀거렸다. 눈만 보면 젬을 죽이러 온 사람이 따로 없었다. 그럼에도 불구하고 젬은 만세 삼창을 외치고 싶었다.

'내가 저 인간을 이리 반길 날이 올 줄이야!'

지금 같아선 코다와 한 달간 댄스 연습을 하라고 해도 기꺼이 응할 자신이 있었다. 파들파들 올라가는 젬의 얼굴 근육에 코다의 표정이 이상하게 구겨졌다.

그제야 젬의 옆에 누가 있음을 알아차린 듯했다. 유리가 그를 보고 고개를 살짝 끄덕였다. 레몬을 생으로 씹은 듯 찌그러졌던 코다의 표정이 삽시간에 원상 복귀되었다.

젬이 속으로 채근했다.

'얼른 문 열고 들어와서 잔소리 좀 해요! 우리 왕자님 잘 시간이라고!'

젬이 마음으로 외치는 소리를 들은 것일까. 코다가 그린 듯한 미소로 꾸벅 인사하곤 커튼 뒤로 사라졌다. 젬의 얼굴에서 색이 싹 달아났다.

저 인간이 미쳤나! 아무리 내가 싫어도 그렇지, 여기서 뒤통수를 때려!

"아, 시간이 벌써 이렇게 됐군요. 우리 왕자님은 잠에 들 시간이죠."

유리가 여상한 목소리로 말했다. 거짓말처럼 숨이 탁 트였다. 발코니를 둘러싸고 있던 기이한 공기가 안개처럼 흩어졌다. 차가운 바람이 식은땀을 식히며 정신을 흔들었다. 젬이 겨우 입을 뗐다.

"예에. 왕자, 아니, 저는, 충분한 수면을 취하지 않으면 안 되니까요."

"왕자에겐 충분한 수면, 제한된 식사, 규칙적인 생활 패턴이
몹시 중요하죠. 지나친 스트레스도 좋지 않고요. 암요."

유리가 키득거리는 소릴 냈다. 그때였다. 다급한 손길이 커튼
을 열어젖혔다. 코다였다. 집 나갔던 정신이 이제야 돌아온 모양
이었다. 안 그래도 허여멀건한 코다의 안색이 밀랍처럼 질려 있
었다. 희미하게 낭패한 기색이 비쳤다. 그럼 그렇지, 이대로 갔
으면 너는 인간도 아니다.

유리가 그를 힐끔 보곤 몸을 바로 세웠다. 젬과 어깨를 스치
는 순간이었다.

"머리카락 대신 피를 쓰면 효과가 좋아요."

"……예?"

젬이 유리를 보았다. 지금껏 수그리고 있어 알지 못했건만, 카
피레는 유리와 엇비슷할 만큼 키가 컸다. 정면으로 본 유리의 눈
동자는 산 사람의 것이라기보다, 잘 만든 유리구슬처럼 차가웠
다. 금가루가 섞인 청회색 눈동자. 투명하리만치 깨끗하고, 아름
다운 색이었다.

"헤이트의 금서는 머리가 딱딱한 녀석이거든요. 편법을 쓰지
않으면 평생 한 장짜리 초급용 약만 만들다 죽을 겁니다."

달칵, 잠금쇠 풀리는 소리가 들렸다.

"머리카락, 손톱, 피는……."

"영혼의 조각이라고 하죠. 그중에서도 피는 특별하고. 당신이

금서와 어떤 계약을 맺었는진 모르겠지만, 나라면 요정이란 자를 너무 믿지 않겠어요."

코다가 문을 젖혔다. 둔탁한 구두 소리가 발코니를 밟았다. 유리가 반갑다는 듯 양팔을 펼쳤다.

"코다."

"다, 닥터. 말씀하시는데 죄송합니다. 왕자님께선……."

"그래요. 벌써 시간이 이렇게 됐네요. 곤란하게 해서 정말 미안해요, 코다."

"아니, 아닙니다. 닥터."

내 살아생전 저 인간이 말 더듬는 꼴을 볼 줄이야. 젬은 떫은 눈으로 코다를 보았다. 누가 보면 사제지간으로 알만큼 공손한 태도였다. 코다에게 뭐라 안부 인사를 건넨 유리가 젬을 뒤돌아보았다.

그의 희고 긴 검지가 얇은 입술에 닿았다 떨어졌다. 귓가에 환청이 들리는 듯했다. '내가 한 말 잊지 말라'는.

"그럼 좋은 밤을. 편히 쉬시지요, 왕자님."

가느다란 눈웃음을 잔상처럼 남긴 채, 유리가 커튼 너머로 사라졌다. 키 큰 그림자가 인파에 섞여 사라졌다.

"늦었습니다. 얼른 가시죠."

코다도 제 실수를 아는지 불편한 표정이었다. 젬은 속에 갖은 단어가 섞여 풍선처럼 부푸는 것을 느꼈다. 가슴이 터질 듯 갑갑했다.

"……닥터 유리와 어떻게 아는 사이십니까?"

"당신이 상관할 바 아닙니다."

젬이 코다를 보았다. 항상 올려다봐야 했던 남자를 위에서 내려다보니 기분이 색달랐다. 젬이 보던 것보다 어딘가 가늘고 위태로워 보이는 남자가 있었다. 코다가 잠시 젬을 보다 시선을 피했다.

"나는 왕자님의 시종입니다. 당신은 왕자님이 아니고요. 정해진 시간까지 당신을 방에 돌려놓는 게 내가 할 일입니다."

코다가 "가시죠" 하며 몸을 비켜섰다. 유리가 덜 닫고 간 유리문 새로 와자한 소음이 새었다. 물결처럼 춤추는 커튼 너머로 화려한 드레스 자락이 빙글빙글 스쳤다. 젬은 두말없이 코다를 지나쳐 무도회장으로 들어섰다.

다시금 사람들의 시선이 화살처럼 꽂혔다. 높게 달린 샹들리에가 사방 천지에 화려한 빛을 뿌렸다. 보석과 값비싼 천으로 몸을 감싼 사람들이 한결같이 감탄에 차 젬을 보았다.

유라레 왕성에서 가장 빛나는 보물은 다름 아닌 막내 왕자 카피레다. 사교계에선 유명한 말이었다. 그들은 값비싼 장신구를 감상하듯 젬의 껍질을 보고 있었다.

젬은 일직선으로 출구를 향했다. 팔짱을 낀 채 서로 기대있던 콘 백작 부인 커플이 젬을 보곤 서로를 마주 보았다. 지체한 즉시 말 걸러 올 기세였다. 젬은 길가의 잡초를 보듯 시선을 슥 옮겼다. 걸음을 멈출 생각은 없었다.

그 시선에 귀족들과 섞여 뭐라 얘기를 나누는 킨이 스쳤다. 화려한 사람들과 한데 섞여 자연스럽게 얘기 나누는 모습이 딴 사람처럼 낯설었다. 그의 곁에 유리가 있었다. 늙은 귀족과 마주서 있던 유리가 이쪽을 보고 잔을 들어 보였다.

못 본 척 걸음을 옮기는 와중에도 아까 들은 환청이 계속 귀를 간지럽혔다.

사람의 피, 영혼의 조각.

금서가 하라는 대로 하다간 평생 초급용만 만들다 죽어 버릴 거야.

* * *

카피레는 바닥이 윙윙 진동하는 소리에 의식이 깼다. 지진이라도 난 듯 요란한 소리였다. 손이 시렵고 머리가 띵했다. 옷 입은 채 물에 빠졌다 나온 듯 온몸이 무거웠다. 익숙한 상태였다. 제길, 또 열이 오르는 것이다.

눈치 보듯 어깨를 살살 흔드는 감각에 카피레는 짜증이 솟구쳤다. 십중팔구 본이리라 짐작했다.

안 그래도 머리 울려 죽겠는데, 이 새끼가 소꿉장난하나.

카피레가 어깨에 닿은 손을 세게 내쳤다. 앗, 하는 신음이 들렸다. 낯선 듯 귀에 익은 소리였다. 카피레가 실눈을 떴다.

시커먼 천장이 가장 먼저 눈에 들어왔다. 구렁이가 똬리를 튼 것처럼 검은 파이프가 이리저리 얽혀 있었다. 파이프는 벽을 타고 바닥까지 이어져 있었다. 진동과 소음의 원인이 이것이었다.

"아, 눈 떴다."

해맑은 음성이 짝짝짝 박수 치는 소릴 냈다. 카피레가 불에 댄 듯 옆을 보았다. 어둑한 조명에도 불구하고 눈에 확 들어오는 얼굴이 있었다. 놈이 훌쩍, 코 삼키는 소릴 냈다. 인중에 말간 물이 고여 빛을 반사했다.

카피레는 저도 모르게 입을 벌렸다. 열로 뜨끈하게 달아오른 입 안에 시큼한 한기가 끼쳤다.

"어디 아파? 갑자기 쿵! 하고 떨어졌다!"

"……너, 뭐야? 누구야?"

"응? 나는 난데?"

놈이 손등으로 콧물을 훔쳤다. 허연 자국이 인중을 넘어 볼까지 번졌다. 카피레는 놈의 멱살을 잡고 먼지를 탈탈 털고 싶은 마음이 굴뚝 같았으나, 몸이 따라 주질 않았다. 그가 간신히 노여움을 누르고 물었다.

"너, 이름이 뭐야?"

놈이 헤, 하고 입을 죽 벌렸다. 바보 같은 웃음이었다. 색이 진한 금발, 복숭아 속살 같은 피부결, 또렷한 눈썹과 유난히 보석처럼 반짝이는 눈동자. 매일 아침, 점심, 저녁 거울로 마주 보는 얼굴이 볼을 발그레하게 물들였다.

"나 왕자!"

"이름이 뭐냐고!"

"난 왕자다!"

"미친! 이름이 왕자라고?"

카피레는 심호흡을 반복했다. 귀신의 집 같은 오두막에서 나온 뒤, 정체불명의 빛에 휩싸인 데까진 기억이 났다. 카피레가 이마를 감싸 쥐자 모지리가 옆에 바짝 다가붙었다.

놈이 "왜 그래? 어디 아야 해?" 하며 힝힝 소릴 냈다. 코맹맹이 소리에 솜털이 솟구쳤다.

카피레는 성질대로 놈을 확 밀쳤다. "우왓!" 하며 모지리가 뒤로 굴렀다. 바닥에 머리를 콩 받고는 오뚝이처럼 제자리로 돌아왔다. 놈이 무릎을 안은 채 눈을 동그랗게 떴다. 카피레가 기막혀 쳐다보는데 모지리가 "헤헤" 하고 웃음을 터트렸다.

"재밌다! 또 하자! 해 줘!"

"어디서 이런 모자란 새끼가……."

저랑 똑같은 얼굴이, 신의 축복과도 같이 이 완벽한 이목구비가 어떻게 하면 이렇게까지 무너질 수 있단 말인가!

카피레가 겨우 바닥을 짚고 일어섰다. 어둠에 눈이 익자 너른 실내 풍경이 점차 드러났다. "해 줘! 해 줘어어어!" 하며 모지리가 바짓가랑이를 붙들었다. 카피레가 "아오! 놔!" 하며 냅다 놈을 발로 찼다.

모지리가 또 뒤로 발랑 넘어지더니 이내 배를 잡고 뒤집어졌다.

좋단다, 모자란 새끼. 뇌가 없는 걸까?

모지리가 또 붙잡기 전에, 카피레는 한 걸음 물러서며 물었다.

"나 말고 다른 놈은 어딨어?"

"응?"

"같이 떨어진 놈 없냐구!"

"몰라!"

제기랄. 카피레가 주머니를 뒤졌다. 휴대폰에 배터리가 간당간당했다. 몇 번의 신호음 끝에 귀에 익은 벨 소리가 소음에 섞였다. 카피레는 앞뒤 생각 않고 폰을 귀에 댄 채 이동했다. 모지리가 "같이 가!" 하며 따라붙었다.

발밑이 어두워 카피레가 파이프에 걸려 넘어질 뻔하자 모지리가 또 숨넘어가게 웃었다.

"빌어처먹을! 제기랄!"

"제기랄!"

"너 나중에 두고 봐!"

"두고 봐! 헤헤."

다행히 본은 멀리 떨어지지 않은 곳에 있었다. 벨 소리가 그리 요란한데도 눈썹 하나 꿈틀하지 않았다. 덜컥 겁이 난 카피레가 본의 목에 손을 대 봤다. 갓 잡아 올린 잉어처럼 펄떡펄떡 건강한 맥이 잡혔다.

"……그럼 그렇지."

긴장이 풀린 탓인지 다리에 힘이 쭉 빠졌다. 카피레는 그대로

맨바닥에 주저앉아 버렸다. 시린 기운이 엉덩이를 타고 올라왔다.

모지리가 카피레 곁에 엉덩이를 슬금슬금 붙였다. 징그러웠지만 피할 곳도, 힘도 없었다. 카피레의 침묵을 허락으로 알았는지 모지리가 입을 가리고 웃었다.

7살 어린애가 했다면 퍽 귀여웠을지도 모를 동작이었으나, 상대는 성인 남성이었다. 신이 빚은 예술품처럼 아름다운 얼굴이긴 했으나, 콧물 범벅이어서야 말짱 도루묵이었다. 게다가 매일 보는 제 얼굴이었다.

카피레는 메슥거리는 속을 부여잡고 천장을 향해 심호흡했다. 몸이 안 좋은 탓인지, 이놈 때문인지 본인도 헷갈렸다. 모지리가 본을 손가락질하며 말했다.

"친구? 친구야?"

"친구는 무슨. 내 꼬붕이야."

"꼬붕?"

"부하란 거다. 쫄따구."

모지리가 고개를 갸웃거리더니 다시 물었다.

"그럼 넌 꼬붕이야?"

"뭐라는 거야?"

"내가 먼저 여기 있었으니까, 넌 꼬붕!"

"똥 싸고 있네, 미친놈이……."

카피레가 모지리 얼굴을 손바닥으로 밀었다. 놈이 "읍푸푸!"

소릴 내며 사지를 바둥거렸다. 그 꼴을 재미나게 감상하던 것도 잠시, 뜨끈한 것이 손바닥을 간질였다.

"으악, 미친!"

카피레가 소스라치게 놀라 손을 뗐다. 손바닥에 축축하고 미지근한 것이 잔뜩 묻었다. 놈이 히히 웃으며 메롱 했다.

진짜 미쳤나 봐, 제기랄…… 카피레는 놈의 가슴팍에 껍질이 벗겨져라 손바닥을 문질러 닦았다. 모지리는 장난인 줄 아는지 깔깔 웃고 난리가 났다. 너무 웃은 탓인지 눈가가 젖어 있었다.

카피레는 몇 번째인지 모를 욕을 다시 한 번 주워 삼켰다. 얇은 천 너머로 콩콩 뛰는 놈의 심장 고동이 느껴졌다. 보드라운 피부 감촉도 생생했다. 울고, 웃고, 따뜻했다.

자신과 똑같이 생긴 '이것'은 살아 있었다.

"빌어먹을, 젠장, 미친 유리 새끼 대체 뭔 짓을 한 거야……."

"으하하하, 빌어먹을!"

뭔 소린 줄이나 알고 따라 하는 건지. 카피레는 저도 모르게 바람 빠진 웃음소릴 냈다. 어이가 없었다.

"웃었다!"

모지리가 "와아!" 하며 카피레를 감싸 안았다. 비리고 쓴 약품 냄새가 코에 확 끼쳤다. 징그럽고 불쌍해서 잠시 참아 주었다.

정확히 5초 뒤, 카피레는 모지리를 발로 차 떨어트렸다.

"떨어져!"

"으히히히히!"

　　　　*　　　*　　　*

　마담의 말을 처음 들었을 때만 해도 믿지 않았다. 상상도 안 갔다. 저와 똑같은 얼굴을 한 사람이 유리의 실험실에 갇혀 있다니. 그건 마치, 유리가 또 다른 자신을 만들어 낸 것처럼 들렸기 때문이었다.

　뭔가 다른 걸 거라고 생각했다. 유리가 환장하는 인공 장기나, 뭐 그런 걸 거라고. 껍질을 만들자니 그도 인간인데 아름다운 걸 쓰고 싶었겠지. 그가 아는 한 가장 아름다운 생명체는 자신일 테니까. 그런 맥락이라면 이해 못 할 것도 없었다.

　그러나 만에 하나, 혹시나, 그가 정말로 카피레와 똑 닮은 생명체를 만들어 냈다면?

　태어나기 전부터, 태어난 뒤에도 줄곧 카피레는 유리와 가장 가까운 아이였다. 그와 동시에 유리에게 가장 좋은 실험체였다. 유리의 수많은 임상 약 실험은 카피레를 대상으로 이루어졌다. 언제 죽어도 이상할 것 없는 약골 왕자에겐 못 쓸 약이 없었다.

　유리는 어쩌면 약을 넘어 다른 것에 도전하고 싶어졌는지도 모른다. 카피레가 아는 유리는 연구밖에 모르는 괴물이니까.

　카피레는 생각했다. 만약 유리가 정말 그런 짓을 벌였다면, 망설임 없이 그것을 죽여 버리겠다고.

　어차피 카피레 허락 없이 멋대로 만든 물건이었다. 천재 유리가 얼마나 위대한 연구를 하든, 그게 성공이든 실패든 상관없었다. 내 손으로 없애 주리라. 제 연구 성과가 산산이 부서진 꼴을 보면 제아무리 놈이라도 열 내지 않겠냐, 하는 치기 어린 마음도 있었다.

그때 카피레가 생각한 '그것'은 이런 게 아니었다. 이건 물건처럼 보이지 않았다. 이지 없는 기계 장치 따위도 아니었다. 카피레와 다른 점이라곤 햇빛 한 번 받은 적 없을 피부색 정도였다. 사람 좋게 헤헤 웃는 멍청한 속 알맹이 역시, 카피레와 다르다곤 하나 인간과 흡사했다. 아니, 인간이었다.

"너 여기 혼자 사냐?"

"나 친구 있다! 헤이트도 있다!"

'헤이트'가 누굴지 묻지 않아도 짐작이 갔다. 카피레는 바닥에 여기저기 널려 있는 솜 인형들을 보았다.

누렇고 때 묻은, 개나 갖고 놀 법한 컬러풀한 솜 인형이 파이프 사이에 끼어 있었다. 텃밭에 난 작물처럼 머리나 꽁지만 툭 튀어나온 것이 대부분이었다. 알록달록 무지개 빛깔이 시커먼 실험실 풍경과 기기한 부조화를 이루었다.

유리 헤이트잉겔, 닥터 유리.

카피레는 거기에 생각이 미치자 부리나케 시계부터 확인했다. 약장수가 방으로 돌아가고도 남을 시간이었다. 계획대로라면 지금쯤 저도 침대에 누워 있을 시간이건만. 혀 차던 카피레가 멈칫했다.

자신들이 데자르 저택의 오두막을 찾는 것도, 유리의 실험을 의심한다는 것도 이미 알고 있었다면.

유리는 무슨 생각으로 우릴 여기에 넣은 거지?

카피레가 슬쩍 옆을 보았다. 아직 웃음기가 가시지 않은 모지리가 "헤?" 하고 입을 벌렸다. 끔찍하게 멍청한 얼굴.

자신이 유리를 아는 만큼, 유리 역시 카피레를 잘 알았다. 이건 유리로부터 온 초대였다.

"궁금해하시던 거 여기 대령했습니다. 어떻습니까? 끝내주지요?" 하는 유리의 목소리가 귀에 쾅쾅 울리는 듯했다. 그럴듯했다.

그럼 이건 내 손으로 죽이라는 친절인가? 헛웃음만 터졌다.

"……너 나랑 갈래?"

충동적으로 나온 말이었다. 모지리가 고개를 모로 기울였다.

"우웅?"

"소름 끼치니까 귀여운 척하지 마."

"우우우우우웅?"

"이 새끼 너 일부러 그러는 거지!"

카피레가 양 팔뚝을 부지런히 문질렀다. 온몸에 닭살이 돋아 살 수가 없었다.

"너 여기서 뭐하고 살아? 놈이 따로 한 말은 없어?"

"평소엔 저어기 물 상자에서 산다! 맛없고 쓰다. 오늘은 밖에 오래 있어서 좋아!"

"놈이 너 여기 두면서 뭐라 하든?"

"헤이트? 착하게 기다리면, 내가 기다리는 사람이 올 거라고 했다!"

카피레의 눈썹이 작게 꿈틀거렸다.

"네가 기다리는 사람이 누군데."

"있다! 무지무지 예쁜 사람!"

"나네."

"너야?"

"나 말고 누가 있어?"

"아닌 것 같은데……."

눈깔도 뇌랑 같이 썩은 모양이었다. 모지릴 상대로 내가 뭔 말을 하는 거람.

제 성질 못이긴 카피레가 물먹은 걸레처럼 늘어진 본을 발로 찼다. 애꿎게 화풀이 대상이 된 본이었으나 카피레의 발만 아플 뿐이었다. 본은 손가락 하나 꿈틀하지 않았다. 카피레가 아픈 발을 괜히 꼼지락거리며 욕을 뱉었다.

"젠장! 이 새낀 안 일어나지, 출구는 안 보이지. 이거 어떻게 나가란 거야!"

맨손으로 나무도 부수는 본이라면 어떻게든 해 줄 거란 믿음이 있었는데, 저리 정신을 못 차려서야 만사 소용없었다. 모지리가 코를 훌쩍이며 물었다.

"나가고 싶어?"

"그걸 말이라고 하냐?"

"그 사람 여기선 안 일어나. 밖에 나가야 돼."

"……그걸 니가 어떻게 알아?"

"우우우우우우웅?"

"야!"

카피레가 발작처럼 양팔을 문질렀다. 수세미로 도마 씻듯 했다.

어둑하고 푸르스름한 조명에 사방에 깔린 파이프 관. 문이나 창문은 일절 보이지 않았다. 천장 높이 달린 환풍기에서 희미한 빛이 새었다. 환풍기 팬 돌아가는 소리가 털털털 요란한 것이 사람 약 올리듯했다.

카피레는 혹시나 하는 마음으로 모지리를 보았다.

"너 여기서 나가는 방법 알아?"

"안다!"

"뭔데!"

모지리가 손짓, 발짓을 섞어 '피유웅' 하면 '슈우우' 해서 '짠!'이 된다고 했다. 이게 말이야 방구야. 집어치우라 역정냈더니 콧물을 질질 흘리며 진짜라고 우겼다.

발로 차 주고 싶은 마음은 굴뚝같았으나 카피레는 이미 몸에 열이 잔뜩 오른 상태였다. 시야가 빙글빙글 돌고 몸을 일으키기도 힘들었다. 몸을 움직이지 못하니 별수 없이 방언처럼 욕만 중얼거렸다.

그 기세가 퍽 살벌했던지 모지리가 살금살금 눈치를 보았다. 카피레는 마네킹처럼 빳빳이 누운 본에게 바짝 붙었다. 놈의 손이 얼음장처럼 차가워 얼음 수건 대용으로 쓸 생각이었다.

"많이 아파?"

"쫑알대지 마. 닥쳐."

"아야 하면 안 돼. 호호 받아야 돼. 약도 먹고 주사도 맞고……."

"……유리 놈이 그랬냐?"

"헤이트는 내가 찾는 사람이 올 때까지 여기서 착한 아이처럼 기다리랬다!"

"그거 말곤?"

"……우웅, 몰라."

"구질구질한 새끼."

카피레가 본의 손을 잡아 눈을 덮었다. 가슴에 돌을 얹은 듯 숨을 쉬기가 어려웠다. 젠장, 여기서 끙끙 앓으면 어쩌잔 거야, 이 빌어먹을 몸뚱이!

모지리가 무릎걸음으로 다가와 카피레의 볼에 손을 대 보았다.

"꼬붕 죽어?"

"안 죽어, 새끼야."

"엉엉, 죽지 마!"

멍청한 꼴을 보자니 열이 더 끓는 듯했다. 말을 말자. 카피레는 아예 눈을 감아 버렸다.

"……내, 내가 도와준다!"

모지리가 입술을 꾹 깨물곤 손등으로 콧물을 훔쳤다. 얇고 하얀 콧자국이 얼굴에 덧칠을 그렸다. 카피레는 더 뭐라 할 힘도 없어 몸을 축 늘어트렸다.

이대로 누워 유리를 만나게 되는 걸까? 복제한 것처럼 똑같은 저 모지리를 그대로 두고, 기사를 베개 삼아 누운 자신을 보고 놈이 무슨 생각을 할까? 차려 준 밥상도 못 얻어먹는 어리석은 실험 쥐?

몸이 허공을 부유하는 듯했다. 눈앞이 하얗게 변했다. 열이 너무 올라서 오감이 미쳐 돌아가나? 카피레가 눈을 깜박였다. 아까까지 어두컴컴하던 풍경은 어딜 가고 사방이 하얗게 빛나고 있었다.

"친구한테 보내 준다!"

해맑은 목소리가 산울림처럼 사방을 왕왕 울렸다. 카피레는 무의식중에 본의 손을 꽉 움켜쥐었다. 빛 너머로 아까 봤던 '짠!' 포즈를 한 모지리가 보였다. 카피레가 남은 손을 뻗었다. 놈과 눈이 마주쳤다. 멍청한 얼굴로 헤헤 웃는 꼴이 웃기지도 않았다.

"같이 가, 새꺄!"

"꼬붕 바보? 난 기다린다!"

"이 머저리 새끼, 누가 바보야! 이리 안 와!"

눈 부신 빛이 둘 사이를 갈랐다. 카피레가 악, 소릴 내며 눈을 질끈 감았다. 이게 도통 어찌 된 영문인지 머리가 안 돌아갔다.

이 열기의 정체가 흰빛인지, 제 몸에서 나는 건지조차 구분할 수 없었다. 카피레는 눈 감은 그대로 정신을 잃었다.

＊　　＊　　＊

카피레가 다시 눈을 떴을 때, 가장 먼저 본 것은 약장수의 칙칙한 박쥐 코트였다. 안 그래도 검은 후드 때문에 음침해 보이는 녀석이 후드를 코까지 덮은 채 마스크까지 끼고 있었다. 잠결에도 오싹할 만큼 음산했다. 꼬라지가 왜 그러냐고 물어볼 새도 없었다.

젬이 '왕자니이이이이임!' 하며 울먹이다가 돌연 '얼마나 걱정한 줄 알아욧! 죽는 줄 알았다고욧!' 하며 소리를 빽 질렀다.

카피레는 본능적으로 자신의 특기, '아픈 척', '연약한 척', '예쁜 척'을 섞어 끙끙 소릴 냈다. 삽시간에 기가 죽은 젬이 옆에서 안절부절못했다. 카피레는 속으로 흥흥 웃었다.

'넌 나한테 안 돼, 짜샤.'

등이 푹신하고 사방이 환했다. 왕자성 개인실이 분명했다. 벽에 붙은 시침이 정오를 향해 달리고 있었다.

"무도휀 다 끝났어요."

젬이 훌쩍이는 소릴 내며 이불을 정리해 주었다.

"뭐?"

"삼 일간 정신 못 차리고 앓으셨단 소리예요. 진짜 죽는 줄 알았다고요. 본 경도 얼마나 난리를 치는지……."

"유리는?"

"오셨었죠. 왕자님 상태 보자마자 코다가 성난 말처럼 뛰어가 불러온 걸요. 손에 휴대폰 꼭 쥐고, 얼굴은 시뻘게져선. 진짜 바보 같았는데. 사진이나 찍어 둘걸."

젬의 중얼거림이 귀에 잘 들어오지 않았다. 코다는 이래서 문제였다. 한 번 정한 건 바꾸지 않는다.

코다는 카페레를 아끼는 만큼 유리를 절대적으로 신뢰하고 있었다. 처음부터 그랬다.

"본 경이 옆에서 한사코 주사는 안 된다고 어쩌고 해서, 약이랑 조치법만 주고 가셨어요."

"그리고?"

"……그리고, 본 경이 제게 몰래 부탁해서……."

젬이 뒷목을 주무르는 척하며 슬쩍 이쪽 눈치를 살폈다. 혼날까 봐 망설이는 기색이 역력히 드러났다.

감이 잡혔다. 유리의 약 대신 약장수의 것을 먹은 게 분명했다. 바닥까지 떨어졌던 심장이 제 위치를 찾았다. 젬의 목깃에 숨어 이쪽을 힐끔대는 요정이 보였다.

"진짜 걱정돼 죽는 줄 알았다고요! 갑자기 치료를 부탁해도! 코다가 알면 절 죽이러 올 게 뻔한데! 전 의사 면허도 없다고요! 성 한복판에서 기사님께 그런 말을 들어도 정말……!"

"고생했네."

툭 던진 말에 젬이 고장난 인형처럼 우뚝 멈췄다. 마스크에 가려져 있다 해도 무슨 표정일지 훤히 상상이 갔다. 입술을 오물오물하며 코를 찡긋거리고 있겠지.

화는 나는데, 서럽고, 좀 좋고, 뭐 그런 모양이었다. 하여튼 무슨 생각을 하는지 훤히 보이는 녀석. 그 점이 귀엽지만.

카피레가 선심 쓰듯 "고맙다고" 하고 다시 한 번 확인 사살을 해 주었다. 고마운 건지 시비거는 건지 알 수 없는 어투였으나 젬은 찰떡같이 알아먹은 듯 고개를 끄덕거렸다.

젬이 훌쩍이며 코를 훔쳤다. 그 모습이 어둑한 방에 갇힌 모지리를 연상시켰다.

그곳은 틀림없는 유리의 실험실이었다. 유리가 모지리를 보여 준 이유도 대충 짐작이 갔다.

하지만 마지막에 본 그 빛은 뭐지? 대체 무슨 수로 자신과 본은 여기까지 돌아온 걸까?

젬이 테이블에서 약상자 뚜껑을 열어 이것저것 늘어놓았다.

"왕세자께서도 몇 번이나 오셨어요. 밤새 얼굴마담 하랴, 왕자님 걱정하랴, 며칠 새 얼굴이 반쪽이 되셨다니까요. 후보는 결국 못 정하셨대요. 덕분에 그쪽 아가씨들 분위기는 초상집이에요."

"……내가 어떻게 돌아온 거야?"

"왕자님도 기억 못 하세요? 저도 직접 본 건 아닌데, 왕자궁 후원에 쓰러져 계셨대요. 본 경도 기억이 안 난다고 인상 쓰던데. 정말 코다 아니었으면 큰일 날 뻔했어요."

"코다?"

젬이 어깨를 으쓱하며 검은 약병과 오렌지색 약병을 들어 머그잔에 반씩 부었다. 역한 냄새가 퍼졌다. 희미하게 솟는 연기가 꼭 해골처럼 보였다.

카피레는 무의식적으로 코호흡을 멈췄다. 뻐끔뻐끔 붕어 숨을 쉬는 카피레에게 젬이 머그잔을 건넸다. 젬이 평소와 달리 검은 가죽 장갑을 끼고 있었다.

"왕자님을 가장 먼저 발견한 게 코다거든요. 나중에 보면 꼭 인사하세요. 정말 걱정 많이 했으니까."

7.
피

젬은 소리 나지 않게 문을 닫았다. 앞으로 열 시간은 깨지 않을 것이었다. 왕자에겐 휴식이 필요했다. 식은땀에 젖어 장갑이 잘 벗겨지지 않았다. 겨우 떨친 가죽 장갑 아래로, 이끼 낀 것처럼 시퍼런 피부가 드러났다.

젬은 붕대 감긴 손가락을 접었다 폈다 했다. 진통제를 마셨음에도 아직 상처 부위가 징징 울리는 듯했다. 아이가 못마땅한 얼굴로 눈을 흘겼다.

흥. 난 몰라요.

"나 아직 아무 말도 안 했거든?"

젬이 슬그머니 손을 주머니에 넣었다. 누구를 탓할 일이 아니었다. 그 밤, 모든 일이 정신없이 돌아갔다. 왕자는 고열로 정신 못 차리지, 본은 한사코 닥터 유리가 주는 약을 먹일 수 없다고 고집이지.

닥터 유리 대신 본이 매달린 곳이 바로 젬이었다. 젬은 마법약 제조자일 뿐, 의사가 아니라고 아무리 설명해도 소용없었다. 젬은 눈 딱 감고 왕자에게 자기가 갖고 있던 해열제를 먹였다.

결과는 최악이었다. 왕자의 열이 40도 가까이 올랐다. 몸에서 용암이 절절 끓듯 했다. 본은 한 마리 미친 소가 되어 입에서 불을 뿜었다.

"대체 무슨 약을 먹인 겁니까!"

"해열제예요! 평범한! 저도 아플 때마다 먹는 건데!"

본이 애꿎은 벽을 연타하며 성을 냈다.

"아무 약이나 처먹일 거면! 왜 당신에게 부탁하겠어!"

"평소엔 괜찮았잖아요!"

"당신이 만든 약만 괜찮은 거야!"

당연히 빈말, 입에 발린 칭찬이라고만 생각했던 젬은 기가 막혀 잠시 입만 뻐금거렸다. 쿵쿵 벽 치는 소리가 심장을 때리는 듯했다.

젬은 저도 모르게 오렌지가 그려진 해열제 약병을 바닥에 던져 버렸다. 보드라운 융단이 깔려 있어 병이 깨지진 않았으나, 뚜껑이 날아가 남은 약이 바닥에 스몄다.

본이 주먹질을 멈추고 젬을 보았다. 울 것처럼 달아오른 얼굴이 왕자처럼 시뻘겋게 물들어 있었다. 금 간 벽에서 돌가루가 우수수 떨어졌다.

옆에서 왕자가 끙끙 앓는 소릴 냈다. 그의 가냘픈 숨소리에 젬은 머리가 지끈지끈했다.

젬이 머리맡에 놓인 약상자를 열었다. 손이 바람 맞은 마른 가지처럼 덜덜 떨렸다.

"살리고 싶으면, 어서 닥터 유리가 만든 약을 먹여요."

"……안 돼. 빨리 가서 약 만들어요. 갑시다."

"사람 목숨이 먼저지, 지금 다른 거 따질 때예요?"

억센 힘이 젬의 멱살을 잡아챘다. 젬의 다리가 허공에서 버둥거렸다. 딴사람처럼 사나운 얼굴을 한 본이 젬과 코가 닿을 듯 얼굴을 가까이 댔다.

"이 인간 목숨줄은 당신보다 내가 잘 알아. 시키는 대로 해요."

"와, 왕자님 상태 지금 많이 안 좋아요. 한시가 급하다고요!"

"그러니까 부탁하는 거잖아! 제기랄!"

가까이서 보니 이미 두 눈에 눈물이 그렁그렁했다. 젬은 급한 상황에 쓸려 잠시 잊었던 유리와의 대화를 떠올렸다.

그래. 닥터 유리는 교과서에 나오는 성인이 아니었다. 여기까지 오면 젬도 바보가 아닌 이상 알 수 있었다. 왕자는, 본은 유리를 의사로서 신뢰하지 못했다. 그리고 그것은 젬이 본래 짐작했던 치정 사건 따위와는 다른, 보다 어두운 사정이 있는 것이 분명했다.

거기다 아까 유리와 나눈 대화가 진짜라면, 젬 역시 유리의 약을 먹이라 더 고집부릴 수 없었다.

본이 내팽개치듯 젬을 놓았다. 젬은 간신히 테이블을 짚어 넘어지는 꼴은 면했다. 본이 한 손으로 눈을 덮었다. 그의 어깨가 경련하듯 크게 들썩였다.

젬은 손을 더듬어 배 쪽에 숨겨 둔 금서를 확인했다. 뒤이어 이마에 냉각 시트를 붙인 채 축 늘어진 왕자를 보았다. 앓는 와중에도 빌어먹게 예쁜 얼굴. 싸가지는 좀 없어도 보너스를 잊지 않는, 미워할 수 없는 물주.

젬이 본은 소매를 잡아당겼다.

"실험실로 데려다줘요."

＊　　＊　　＊

한시가 급했다. 본은 실험실 문 앞에서 문지기를 자처했다. 그 사실 하나만으로 작고 안락한 개인 실험실이 철창 두른 독방처럼 느껴졌다.

급하게 끌려오느라 아이도 곁에 없는 상황이었다. 젬은 고개를 흔들었다. 안 그래도 유리 때문에 머리가 복잡했다. 하나만 생각하기에도 벅찼다.

빌어먹을 금서, 빌어먹을 금제, 빌어먹을 계약. 젬은 중얼거리며 금서를 펼쳤다.

몇 장 넘기다 다시 닫고, 펼치길 반복했다. 매번 다른 레시피가 떴지만, 무엇을 선택해야 할지 갈피를 잡을 수 없었다.

정신을 차리게 하는 약. 아무리 고열로 펄펄 끓어도 눈이 또랑또랑해짐. 피 말려 죽이고 싶은 상대에게 쓸 것.

몸을 차갑게 하는 약. 체온이 기하급수적으로 내려감. 사막, 또는 용암 끓는 불산 여행용. 이외의 장소에서 쓸 경우 저체온증으로 죽을 수 있음.

……따위의 목적을 알 수 없는 약만 주구장창 떴다.

아이와 함께 있을 때는 한 번도 없던 일이었다. 유리의 말이 다시금 귀에 메아리쳤다. 젬은 고개를 흔들었다.

아이를 데리러 가기엔 시간이 없었다. 젬은 몇 번 심호흡한 뒤, 머리를 비우고 다시 한 번 책장을 넘겼다. 기적처럼, 젬이 생각했던 약이 떴다.

젬의 십팔번, 피로회복제였다. 젬이 평소 만들던 것과 조금 다른 레시피.

복용자의 몸을 가장 좋은 상태로 되돌려 주는 약. 일회성. 즉효성. 초급용.

젬의 머릿속이 맑게 개었다. 폭풍우가 지나간 하늘처럼 잡생각이 깨끗이 가셨다. 귀에 기이한 이명까지 들리는 듯했다.

젬은 이상하리만치 침착하게 약을 만들었다. 계량도 하는 족족 한 번에 성공하며 신들린 듯 움직였다. 약이 펄펄 끓을 즈음, 재료 칼을 손가락에 가까이 댄 것 역시, 무의식적으로 이어진 행동이었다.

"피를 쓰면 효과가 좋아요."

유리의 속삭임이 귀를 간질였다. 금서의 말만 믿다간 평생 제자리걸음일 거라 지껄였던가. 꼭 이 책을 알고 있는 사람처럼.

'그 말을 믿어?' 하는 자신과 '위급 상황이잖아, 밑져야 본전이잖아' 하는 자신이 팽팽히 맞섰다. 무게 추는 금방 기울었다.

젬이 칼을 쥔 손에 힘을 주었다.

새끼손가락이 깊게 베였다. 검붉은 핏방울이 용기 속으로 뚝뚝 떨어졌다. 순간 매캐한 연기가 피어오르며 시큼하고 비린 냄새가 실험실에 가득 퍼졌다. 오렌지 빛을 띠던 약 색이 삽시간에 피처럼 붉은색으로 변했다.

젬은 무의식중에 레시피가 적혀 있던 페이지를 보았다. 지금까지 젬이 약을 완성할 때마다 금서 레시피는 바람에 쓸린 모래 가루처럼 알알이 흩어지곤 했다.

그러나 오늘은 달랐다. 글자가 제자리에 그대로 남아 있었다. 어둑한 조명 탓인지 글자색이 어둡게 변한 것 같기도 했다.

젬은 더 확인하는 대신 책을 덮었다. 이명이 고막을 쾅쾅 두드렸다. 젬은 자신 안에 있던 뭔가가, 설명할 수 없는 무언가가 변했음을 느꼈다.

잘 만든 모래 조각이 파도에 휩쓸려 조금씩 떨어져 나가는 것처럼, 젬에게 붙어 있던 뭔가가 허공으로 흩어지는 듯했다. 허탈한 감정이 전신을 감쌌다.

'저질렀다'는 불안감과 함께 기묘한 해방감이 뒤이어 달렸다. 젬은 생각하는 것을 멈췄다. 손가락을 대충 붕대로 감고, 약을 병에 옮겨 담았다. 지체할 시간이 없었다.

*   *   *

왕자의 열은 싱거울 정도로 금방 가라앉았다. 본이 눈물을 글썽이며 젬에게 고개 숙였다. 성을 내 죄송하다고 울먹이며 연신 고개를 꾸벅거리는데, 젬은 민망해 죽을 지경이었다.

유리를 배웅하고 뒤늦게 도착한 코다가 의아한 듯 눈을 깜박였으나, 사정을 설명해 줄 생각은 없었다.

코다는 왕자의 열을 확인한 뒤, '역시 닥터 유리는 대단하다!' 어쩌고 하며 왕자를 극진히 간호했다. 이마를 쓰다듬고, 물수건으로 목덜미를 닦아 주고, 아주 어미 새가 따로 없었다. 왕자가 뭐 먹을 기운이라도 있었다면 빵도 직접 씹어 입에 넘겨줄 태세였다.

젬은 그 모습을 뒤로 하고 방으로 돌아왔다. 어둠이 깔린 객실에 한기가 감돌고 있었다. 창문이 반쯤 열려 커튼이 귀신 옷자락처럼 나부꼈다. 젬이 식은땀으로 흠뻑 젖은 옷을 대충 벗어 던졌다.

아직도 긴장이 덜 풀렸는지 손이 덜덜 떨렸다. 그래. 피 한 번 썼다고 큰일이야 나겠는가. 다 기분 탓이다. 생각해 보면 처음도 아니었다. 1년 전, 금서를 처음 만난 날에도 피를 내지 않았는가 말이다. 그 결과 돈도 벌고 아이도 만났지 않은가.

아이, 그리고 금서.

젬은 어두운 밤 바퀴벌레 소리처럼 귀를 간질이는 유리의 속삭임을 잊으려 애썼다. 이것저것 생각할 상태가 아니었다. 젬이 막 침대에 다이빙하려던 찰나였다. 탁, 소릴 내며 침대 옆, 키 작은 전등이 불을 밝혔다.

젬, 뭐하고 왔어요?

갑작스러운 불빛에 젬이 눈을 찡그리며 손을 휘저었다.

"아이, 불 좀 꺼 봐."

손가락은 또 왜 그래요?

아이의 목소리가 조금 떨리는 것도 같았다. 젬이 "아이?" 하고 작게 불러 보았다. 대답 대신, 온 방에 불이 환하게 켜졌다. 젬이 윽, 하고 눈을 비비는 찰나, 달콤한 향기가 코앞까지 날아왔다.

갑자기 상처 부위가 불붙은 듯 뜨거워지며 욱신거렸다. 젬의 손을 빤히 바라보던 아이가 젬과 눈을 마주쳤다. 항상 투명한 호수처럼 반짝이던 눈빛이, 녹조 낀 어항처럼 탁해 보였다.

피를 썼어요? 어디다?

"가, 갑자기 왜 그래?"

약 만드는데 쓴 거예요, 지금?

착각이 아니었다. 아이의 목소리는 명백히 떨리고 있었다. 어
떻게 알았지?

젬이 뒷걸음질 치고 싶은 본능을 억누르고 목에 빳빳이 힘을
주었다. 바지 속에 쑤셔 넣은 금서의 감촉이 불쾌하게 다가왔다.

"갑자기 뭐야, 나 피곤해."

대답해요.

"그게 너랑 무슨 상관인데?"

**무슨 상관이냐고요? 지금껏 그렇게 공부했으면서 몰라요? 피
는…….**

"영혼의 조각이라고? 그게 뭐!"

금술이잖아요!

"새삼스럽게 왜 그래? 네 몸도 내 피로 나온 거잖아!"

시간이 멈춘 듯, 아이의 날갯짓이 정지했다. 도자기 인형처럼
차게 굳은 아이의 표정에 젬이 정신을 차렸다. 저도 모르게 사과
부터 튀어나왔다.

"미, 미안."

뭐가 미안한데요?

새삼스러운 얘기였다. 꼭 유리에게 홀린 듯 기억이 멍하긴 했

으나 거기엔 분명 자신의 의지가 섞여 있었다.

젬은 원하는 것을 위해서라면 머리카락이든 피든 기꺼이 바칠 용의가 있었다. 아이와 계약한 것 역시 그런 무의식의 발로였을지 몰랐다. 그러나 아이를 보니 차마 그런 말이 나오지 않았다.

"내가 일부러 그런 게 아니고……."

그럼 누가 억지로 피를 짜 넣던가요?

"아니, 그건 아니고……."

왜 제대로 말을 못 해!

아이가 소리를 빽 지름과 동시에 정전처럼 방에 불이 몽땅 나갔다. 쇳가루가 자석 근처로 모이듯이 작은 몸체 주변에 핑크색 빛 가루가 응집했다. 온몸을 부들부들 떠는 아이의 모습이 심상치 않았다.

내가 지뢰를 밟았구나!

젬은 피곤이 싹 달아났다. 번쩍번쩍한 아이의 후광에 달빛도 힘을 잃었다. 요정의 힘이 오락가락한다더니, 평소보다 박력이 남달랐다. 젬은 본능적으로 어깨를 움츠린 채 오들오들 떨고 있었다.

왜 썼어.

"바, 반말…… 친근하고 좋다. 그치?"

아이는 대답 대신 부릅뜬 눈으로 젬을 노려보았다. 젬이 서러운 목소리를 냈다. 일이 그렇게 돌아간 걸 나더러 어쩌란 말인가!

"왕자가 사경을 헤맸다구! 응급 상황이었다니까! 나라고 다른 수가 있었으면 이렇게까지 안 했어!"

그러니까! 지금까지 얌전하다가 왜 갑자기 피를 넣어야겠단 생각을 했냐구! 레시피는 됐다 어디다 써!

"닥터 유리가 그러면 효과 좋을 거라고 했단 말이야!"

뭐!

아이의 요정 가루가 한층 더 빛을 발했다. 온몸을 파르르 경련하던 아이가 호랑이 포효하듯 노성을 터트렸다.

지금 그걸 말이라고 해!

"으아아악!"

폭포수를 맨몸으로 맞는 듯한 충격이 전신을 때렸다. 젬은 반사적으로 두 팔을 휘저었으나 속수무책으로 발랑 뒤집어졌다. 무형의 힘이 태풍처럼 방을 휩쓸고 지나갔다.

쿠르릉 쿠르릉 하는 천둥소리가 사방을 울렸다. 바람이 어찌나 센지 젬의 눈물 젖은 뺨이 꼭 우박을 맞은 듯 시리고 아팠다. 이렇게 허망하게 죽긴 싫었다.

젬이 바람에 맞서 허어어엉, 짐승 같은 울음소릴 냈다.

잠깐 정신을 잃은 모양이었다. 바람이 실어 온 벌레 합창 소리가 온몸을 근지럽게 했다. 밤공기가 시려 맨살에 솜털이 일어났다. 젬이 끄응, 소릴 내며 몸을 꿈틀거렸다.

맨살?

젬은 딱풀로 붙인 듯 딱딱하게 굳은 눈꺼풀을 겨우겨우 들어 올렸다. 입이 절로 떡 벌어졌다.

푸른 새벽 달빛 아래 키 작은 산이 우거졌다. 멀리 띄엄띄엄 노랗고 빨간 조명들이 도시 야경을 밝히고 있었다. 유라레 본성은 물론, 아름답기로 소문난 왕비궁의 둥근 지붕이 달빛을 받아 상아색으로 빛났다. 꿈에서도 볼까 싶은 아름다운 풍경이었다.

문제는 그게 아니었다. 커튼도 창문도 온데간데없었다. 휑한 산바람이 젬의 알몸을 훑고 지나갔다. 마구 헝클어진 더벅머리가 간신히 중요 부위를 가리고 있었다.

젬은 침을 꿀꺽 삼키고 제 사지가 멀쩡히 붙어 있는지부터 살폈다. 천만다행으로 열 손가락, 열 발가락 모두 무사했다. 그러나 젬은 기뻐할 수 없었다.

"이게 뭐야……."

젬이 떨리는 손을 앞으로 뒤로 여러 번 뒤집어 보았다. 달빛에 비친 제 피부가 갓 짠 녹즙마냥 시퍼렜다. 몹시 싱싱해 보이는 풀색이었다.

젬이 벌떡 일어나 앞뒤를 돌아보았다. 팔다리는 물론, 배며, 허벅지, 발바닥까지!

"아이이이!"

젬이 비통한 울음을 터트렸다. 헤드가 날아간 침대 위에서 멍하니 젬을 보던 아이가 움찔 어깨를 떨었다.

며, 며칠 지나면 원래대로 돌아올 거예요. 아마.

"이게 대체 무슨 짓이야!"

그러게 누가 사고 치랬어요!

"이 꼴을 보고도 그런 말이 나와!"

젬의 노성이 쩌렁쩌렁 메아리쳤다. 왕자궁 한쪽 벽을 반파해 버린 일대 사건이었다. 가장 먼저 뛰어온 본이 젬과 아이를 보곤 뒤집어졌다.

한발 늦게 달려온 코다는 휑한 배경 아래 이불을 뒤집어쓴 젬을 보고 삿대질을 하며 눈에서 레이저를 뿜었다. 그의 주먹에 실핏줄이 나무뿌리처럼 도드라졌다. 젬을 아주 죽여 버리겠다고 결심한 얼굴이었다. 본이 아니었다면 꼼짝없이 끌려가 고문당할 뻔했다.

젬과 아이는 급한 대로 본의 방에 머물기로 했다. 때아닌 소동에 왕자궁 전체에 비상이 걸렸다. 노숙을 면한 것만 해도 감지덕지한 처지였다.

시간 바쳐, 피 바쳐 왕자를 구한 젬은 그렇게 왕자궁 폭파범이 되었다.

*　　*　　*

아이가 일이 뭔가 이상하게 돌아간다고 깨달은 건 얼마 되지 않았다. 애초에 누더기 같은 기억이었다. 망상 같은 기억이 문득 끼쳤다가 신기루처럼 날아가는 일이 비일비재했다.

밀물과 썰물처럼 반복되는 기억의 조수 속에서 아이는 몇 가지를 확신하게 되었다.

아이는 플라스크 안에서 처음 눈 뜬 순간을 어제 일처럼 생생히 기억했다. 캄캄한 실험실, 매캐한 연기 사이로 시궁쥐처럼 몸을 웅크린 한 인영이 있었다.

연기가 걷히고 그것이 비틀비틀 일어나 아이를 보았을 때, 아이는 본능적으로 깨달았다. 계약해야 한다. 어떻게든 인간계에 발을 디디고 있어야 한다. 반쪽을 찾아야 한다.

"당신이 이 몸을 빚었나요?"

그리고 눈치챘다. 자신이 그녀에게 이끌려 나온 이유를.

깊은 밤, 넓고 높은 건물 어디에도 이보다 외로운 냄새를 풍기는 인간은 없었다.

역사상 불로불사의 약이나 시간을 되돌리는 약 따위를 주문하는 인간은 수도 없이 많았다. 그에 대한 대가는 사람마다 달랐다.

어떤 인간은 사람 목숨 백을 앗아야 했고, 어떤 인간은 사지를 바치기도 했다. 어떤 인간은 제 생명을 바쳐야 하는 반면, 어떤 인간은 간단한 주술만으로 원하는 바를 손에 넣었다.

운명의 실, 세상의 균형을 아이는 이해할 수 없었다. 아이는 자신의 존재가 거대한 시계 속 작디작은 톱니바퀴 하나에 불과하단 걸 알 수 있었다.

황금알을 낳는 암탉. 무에서 유를 창조하는 약. 간 큰 소원이었다. 계약자가 계약의 대가로 무엇을 지불하게 될지는 오로지 운명의 여신만 알 수 있는 법.

아이는 젬과 계약하길 주저하지 않았다.

최악이라 봐야 죽기밖에 더하겠냐 마음이었다. 여자가 소원을 추구하는 동안, 반쪽을 찾으면 될 일이라고. 두 눈을 반짝이며 진짜 요정 같다고 속삭이던 멍청한 얼굴에 아이는 그린 듯한 미소를 지어 보였더랬다.

그랬던 아이가 이런 마음을 가지게 될 줄 누가 알았을까.

단편적인 기억에 하나둘 씨줄 날줄이 기워진 건 이름을 받은 직후였다. 그 뒤 1년, 반쪽은 찾을 길이 없었고 젬은 아이에게 동생처럼, 언니처럼 치근댔다. 가족 하나 남지 않은 젬은 아이에게 온갖 잡담을 늘어놓곤 했다.

아이가 물끄러미 젬의 뒤통수를 보았다. 푹 숙인 목덜미가 물풀처럼 진한 녹빛을 띠었다.

금서는 일회성 레시피만 간간히 사용하면 계약자의 몸에 큰 부담을 주지 않지만, 피나 영혼을 거는 중급, 고급으로 갈수록 계약자를 속박하기 마련이었다. 그것은 목숨값과 비슷했다.

아이는 젬에게 금서를 수련하게 하는 대신, 다른 공부에 매진시켰다. 젬에겐 열심히 공부하면 언젠가 저절로 금서가 알려 줄 것이라 격려하며 뒤로는 레시피 이외의 금술에 눈 돌리지 못하도록 철저히 막았다.

왜?

딱 잘라 대답할 순 없어도, 그것이 인간이 말하는 애정과 가까운 감정이라는 것 정도는 아이도 알고 있었다.

아무렴, 아무리 반쪽짜리라도 사랑의 요정인 것이다.

놈이랑 무슨 말을 했는지 하나도 남김없이 털어놔 봐요.

속옷을 비롯한 옷가지가 이리저리 널린 본의 방. 새벽 달빛이 비스듬히 실내에 내렸다. 한차례 흥분이 가시고, 차분한 공기가 둘을 감쌌다.

젬이 손거울을 내려놓았다. 울기 직전처럼 일그러진 젬의 얼굴이 여름날 잔디처럼 시퍼렜다. 아이는 안쓰러운 마음 반, 우스운 마음 반으로 표정 관리에 힘썼다.

물이 그렁그렁 맺힌 눈동자가 아이를 정면으로 응시했다. 아이는 흔들리지 않았다. 젬이 훌쩍임을 섞어 가며 떠듬떠듬 설명을 시작했다.

*　　　*　　　*

설명이 끝나자, 아이가 손바닥으로 바닥을 두드렸다. 찰싹 소리도 안 나는 그 움직임에도 젬은 바닥이 무너질 것처럼 움찔거렸다.

누가 누굴 믿지 마! 어디에 피를 넣어!

"그럴듯했단 말이야!"

뭘 잘했다고 큰소리예욧!

아이의 목소리가 높아지자 젬은 개미처럼 작아졌다. 제발 화 내지 마, 하며 비굴하게 몸을 움츠렸다.

아이의 분노 폭탄 한 번에 몸이 개구리화 하기 일보 직전이었 다. 두 번 맞으면 되돌릴 수 없을 것 같았다. 아이가 후우, 후우 숨을 몰아쉬었다.

피. 그래, 그건 이미 저지른 거니까 어쩔 수 없다 쳐요.

젬이 고개를 끄덕였다. 아이는 그마저도 마음에 안 드는 듯 이 를 득득 갈았다.

놈이 뭐라고 했다고요? 냄새? 계약 조건?

젬이 고개도 까딱 못하고 아이를 조심스레 보았다. 아이가 쓰 으으읍, 후우우우 하고 태풍 같은 심호흡을 반복했다. 크게 오 르내리던 어깨가 어느 순간 잠잠하게 가라앉았다. 아이가 조용 히 눈을 떴다.

아까 날 부를 때 피를 썼다고 했죠.

"으응."

피는 금서를 깨우는 조건이에요. 첫 번째 피는 신고식이라고 볼 수 있죠. 이후 모든 레시피는 단 한 번씩만 제공돼요. 보통은 이것만으로 도 충분하죠. 젬처럼 터무니없는 소원으로 계약한 사람이 아니라면 말 이에요.

젬이 조심스레 물었다.

"네가 정말 금서야?"

아이가 고개를 끄덕였다. 젬은 입술을 뻐금거리다 그냥 다물어 버렸다. 생각해 보면 이상했다. 우연히 요정계에서 몸을 받았다는 사랑의 요정이 금서에 이상하리만치 해박했다. 책 한 장 넘기기 전에 금제를 줄줄 외웠다. 아무리 처음 보는 금서라 해도 뭔가 이상하단 걸 눈치챘어야 했다.

아이가 한 꺼풀 기죽은 목소리로 해명했다.

속이려고 한 건 아녜요.

"그럼 네 반쪽 얘긴……."

그것도 거짓말 아니에요.

아이가 팔짱을 풀고 젬을 보았다. 시퍼런 녹즙 인간이 되어 눈에 흰자만 땡그러니 도드라진 젬이 입술을 깨물고 있었다. 그 우스운 꼴에 아이는 더 화도 나지 않았다.

인간계에 속하지 않은 것들은 특유의 냄새를 풍긴다고 한다. 이 세계에 존재하는 꽃, 과일, 악취 어느 것을 배합해도 그와 똑같은 냄새는 만들어 낼 수 없다고.

마법 전성시대부터 내려온 헤이트의 금서에도 그 특유의 향기가 묻어 있다는 것이다.

그리고 아이는 자신이 금서에 깃든 요정으로서 오랜 시간을 책과 함께해 온 존재일 거라고 했다. 그리곤 "아마도요" 하고 덧붙였다. 추측형이었다.

둘이서 하나인 사랑의 요정. 아이는 자신의 기억이 완전치 않다고 했다. 금서의 요정이란 것도, 사랑의 요정이란 것도 전부 자연스레 떠오른 것이라고 했다.

아이는 말했다. 금서의 제약은 인간이 타고난 운명의 실과 인간 욕망 사이의 균형을 맞추기 위한 대가일 거라고.

긴가민가했는데 이번 일로 확실해졌어요.

아이가 무겁게 입을 열었다.

유리 헤이트잉겔은 이 금서를 거쳐 간 자가 틀림없어요.

말도 안 돼. 젬이 엉거주춤 품에서 금서를 꺼냈다. 너덜너덜한 가죽 표지에 제목이 있던 자리엔 잿가루만 남아 있는 낡은 책. 젬이 그것을 허공에 가볍게 탈탈 털어 보았다.

"나, 이거 그냥 도서관에서 가져온 건데……."

아마 유리가 버린 거겠죠.

"네 말대로라면 엄청난 보물이잖아."

제가 말했죠. 금서의 계약은 운명의 실과 욕망 사이 균형을 맞춰야 한다고. 전설에나 나오는 약을 만들려면 엄청난 대가가 필요해요. 만약 유리가 그 이상의 것을 바랐다면, 금서로선 그에게 더 해 줄 것이 없었겠죠.

젬은 입을 뻐금거리다 급히 물었다.

"그치만 너, 유리도 못 알아봤잖아."

말했죠. 원래 사랑의 요정은 둘이서 하나라고요. 지금의 난 완벽한 금서도, 온전한 사랑의 요정도 아니에요. 기억도 힘도 대충 기워 놓은 누더기나 다름없어요. 솔직히, 처음 젬과 만났을 무렵엔 내가 금서인

줄도 몰랐어요. 일부러 속이려고 한 게 아니라구요.

아이는 물이 스미듯 기억이 서서히 돌아왔다고 했다. 하지만 그마저도 얼기설기 중구난방이라 제 기억이 참인지 망상인지 확신할 수 없었다는 거였다.

금서의 냄새. 그걸 알아봤단 얘긴 유리 역시 금서를 거쳤단 증거에요.

"그, 그럼……."

머릿속에 광풍이 몰아쳤다. 금서, 유리, 왕자, 마담 D. 각각의 얼굴이 칙칙한 색으로 거미줄처럼 엉겨 붙었다. 아이가 잠시 침묵하다 말했다.

젬. 내 반쪽이 어디 있는지 알 것 같아요.

그날의 기억이 신기루처럼 젬의 망막에 겹쳤다. 묵은 때 낀 조각 커튼 너머로 멀리 해가 비쳐 오던 때였다. 커피 찌든 내가 감도는 손바닥만 한 기숙사 골방, 아이는 진지한 얼굴로 반쪽을 찾고 싶다 했었다.

뒤통수에 전기가 통한 듯 깨달음이 왔다. 유리가 금서의 이전 주인이었다면, 아이의 반신은?

아이가 말없이 젬을 보았다. 아까까지 젬을 겁주던 노기는 사라지고 없었다. 강아지처럼 둥글고 말간 눈동자에 얇은 막이 서려 있었다. 젬은 저도 모르게 씩 웃으며 가슴을 두드렸다.

"걱정하지 마, 아이! 이 젬 마키나, 돈은 없어도 의리는 있다!"

젬의 녹빛 얼굴이 홍분으로 색이 짙어졌다. 시커먼 낯빛과 대조되게 씩 드러난 희디흰 건치에 아이는 웃음을 터트리고 말았다. 제 꼴이 어떤지도 모르고 히히 따라 웃으며 뒤통수를 긁는 젬의 꼴이 우습고 귀여웠다. 미워할 수 없었다.

문밖에서 들어갈 타이밍을 가늠하던 본이 작게 새어 나온 웃음소리에 안심하고 문을 열었다가 환히 웃는 젬을 정면으로 보고 폭소하며 뒤집어졌다.

뒤늦게 제 추태를 알아챈 젬은 이불 속에서 한동안 모습을 드러내지 않았다.

*　　　*　　　*

"……유리, 유리!"

"예, 폐하. 유리 여기 있습니다."

유리가 여상한 표정으로 손에 알약을 수북이 털었다. 왕이 무릎걸음으로 유리의 허벅지에 달라붙었다. 말 잘 듣는 개를 칭찬하듯, 유리가 무릎을 살짝 굽혀 왕의 입가에 약을 대 주었다. 게걸스레 손바닥을 핥는 왕의 뒤통수를, 희고 마른 손가락이 부드럽게 어루만졌다.

가늘고 힘없는 머리카락이 손가락 사이로 부드럽게 흩어졌다. 노인 특유의 보드랍고 탄력 없는 피부 감촉이 손바닥을 간질였다. 겉보기엔 멀쩡해 보여도 속은 이미 곪을 대로 곪은 상대였다.

20년. 늙은 개. 오래도 기다려 주었다. 유리는 옅게 미소 지었다.

왕의 호흡이 점차 안정을 찾았다. 헐떡이던 어깨가 파르르 떨리더니, 왕이 바닥을 짚고 일어나 옷매무시를 정리했다. 입 주변에 아직 침이 번들번들했다.

유리는 지적해 주는 대신, 손수건으로 제 손바닥을 닦았다. 그의 시선이 벽에 걸린 왕비의 초상화를 스치고 지나갔다. 그 벽 너머에 무엇이 있는지, 유리는 알고 있었다.

"좀 진정되셨습니까?"

"……항상 고맙네."

"별말씀을. 모두 제 의무인 것을요."

왕이 소매로 입을 대충 닦았다. 거친 손길에 수염이 볼품없이 헝클어졌다. 어둑한 조명에도 손등에 진 검버섯이 눈에 선명히 박혔다. 왕이 한숨 섞인 목소리로 말했다.

"그 애가 정신을 못 차린다고 들었네."

"예에. 이렇게 호되게 앓는 게 얼마만인지……."

"어떻던가? 상태는?"

단순히 건강을 묻는 게 아니었다. 유리가 곤란한 미소를 띠자 왕의 얼굴이 바닥에 떨어진 과일처럼 일그러졌다.

"……난 이제 지쳤네, 유리. 자네만 믿고 버텨 온 세월이야."

"폐하."

"그게 벌써 몇 년인 줄 아는가?"

올해로 딱 20년. 답을 묻는 게 아님을 유리가 모를 리 없었다. 유리는 답 대신 공손히 고개를 숙였다.

말 잘 듣는 개에겐 적당한 칭찬과 먹이를 주어야 했다. 유리를 물심양면으로 뒷받침해 온 이 늙은 개에겐 그럴 권리가 있었다. 그것이 모두 개의 욕심에서 비롯된 것이라고 해도.

"······정말 다른 방법은 없는가?"

유리가 왕의 눈을 말없이 바라보았다. 누렇게 백태 낀 눈알. 안개가 낀 듯 흐린 표정. 자신을 보고 있는 게 맞기는 한지 의심스러울 정도로 불안한 눈동자.

오래전, 사랑에 목을 매던 젊은 왕이 있었다. 그는 나라 안에 소문난 미녀를 목숨까지 바칠 정도로 사랑했다고 한다. 구구절절한 사연이 있었던 것도 같은데, 유리는 죄다 잊어버렸다.

그는 다만 돈 많고 권력 있는 후원자가 필요했다. 젊은 왕은 그의 조건에 딱 맞는 상대였다. 유리가 "어쩔 수 없지요" 하곤 싱긋 웃어 보였다.

"방법을 찾아보겠습니다."

애초에 왕을 위해서라기보다 개인적인 욕심으로 미루고 미룬 일이었다. 오래 공들인 사안이라 버리는 게 아깝기도 했다. 어쨌거나 유리가 밤낮을 세워 가며 몰두한 연구, 그 찬란한 성과인 것이다.

그러나 사람은 맺고 끊을 때를 알아야 하는 법. 무엇보다 금서를 가진 자가 성에 들어온 사실이 마음에 걸렸다.

"그럼, 자네가 말했던 그 일은?"

"후후. 조급해하지 마십시오. 약은 여기 두고 가겠습니다. 오늘은 더 이상 드셔선 안 됩니다."

말해 봤자 소용없을 것을 알면서도, 유리는 짐짓 엄한 표정을 지어 보였다.

'막내 왕자 카피레의 후사가 필요하다'는 유리의 부탁에 왕은 흔쾌히 응했다. 끔에 왕자를 아낀답시고 장안에 유명한 중매쟁이까지 초대했다고 했다.

젬 마키나는 애초에 유리가 권해서 들어온 중매쟁이었다. 왕자의 짝짓기 결과를 보고 싶은 마음이 가장 컸다. 그러나 정신과 육체적 결합이 없어도 약간의 도구와 재료만 있다면 결과물은 어떻게든 만들 수 있는 법.

중매 선생은 예상치 못한 조커였다. 금서의 계약자라니. 유리의 방해물이 될지, 조력자가 될지 가늠하기 어려웠다.

왕이 약병을 쥐곤 무겁게 고개를 끄덕였다. 늙은 개를 뒤로 하고 유리가 등을 돌렸다. 등 너머로 왕의 흐느낌이 흐르는 듯했다. 벽 너머 왕비라도 보고 있는 거겠지.

유리가 문고리를 잡자마자, 기다렸다는 듯이 밖에서 문이 열렸다. 딱딱한 표정을 한 시종장이 유리의 정면에 섰다. 언제나처럼 목을 빳빳이 세운, 주름 가득한 얼굴이었다. 그는 고개만 한 번 까딱하곤 유리를 아슬아슬하게 스쳤다. "폐하!" 하며 날듯이 안으로 뛰어들어 갔다.

엉겁결에 몇 발자국 헛디딘 유리의 뒤로, 문이 쿵 소릴 내며 닫혔다. 명백한 축객령이었다. 동상처럼 서 있던 문지기가 대신 머쓱한 표정을 지어 보였다. 유리는 아무렇지 않은 듯 미소를 돌려주었다.

같은 핏줄이라 해도 코다와 비교하면 대접이 하늘과 땅 차이였다. 뭐, 어느 쪽이든 귀엽긴 했다. 둘 다 제 주인을 지키려는 충견이 아닌가.

"닥터……."

복도에서 대기하고 있던 연구원이 소리 없이 다가왔다. 유리와 맞먹을 정도로 키가 큰 녀석이었다.

이십 대. 싱싱하고 튼튼한 사내 몸뚱이에서 약간의 땀 냄새와 향수 냄새가 풍겼다. 그 아래 숨겨진 시큼한 약품 냄새를, 유리는 어렵지 않게 찾아낼 수 있었다.

처음이라 좀 불안했는데, 시킨 일은 제대로 하고 온 모양이었다. 키 큰 창에서 달빛이 내리고 있었다. 녀석의 관자놀이에 땀이 축축이 배여 있었다. 유리가 그의 어깨를 가볍게 두드렸다.

"그래, 어려운 건 없었나요, 랑퀴니에 군?"

"무, 물론입니다."

"믿음직하기도 해라. 자네가 있어 얼마나 든든한지 몰라요."

유리는 그와 어깨를 가볍게 스치는 거리를 유지하며 천천히 복도를 걸었다. 달빛 내리는 복도에 한기가 돌았다. 녀석이 "과찬이십니다" 하며 땀을 훔쳤다. 긴장한 모양이군. 유리는 안경을 고쳐 쓰는 척하며 눈을 가늘게 떴다.

딱 부러지는 어투와 달리, 어린 것은 혼란해 하고 있었다. 출세욕, 명예욕, 일말의 의심이 자기 합리화의 굴레에 갇혀 있었다.

중매쟁이와 친분이 있단 소리에 가까이 둔 게 시작이었으나, 나쁘지 않은 선택이었다. 어린 것은 머리도 나쁘지 않았고, 몸도 다른 제자들에 비하면 몹시 양호했다.

유리는 어린 것의 의문을 풀어 줄 생각은 없었다. 그의 손에 들린 얇은 보고서를 자연스레 빼어 들고는 이만 들어가 쉬라고 전했다.

"댁까지 모셔다드리겠습니다."

"실험실에 갈 예정이라서요."

랑퀴니에가 아, 하고 걸음을 멈추었다.

"저는……."

"후후, 그럴 리가. 군을 못 믿어서가 아니에요. 연구 때문에 그렇답니다."

랑퀴니에는 깔끔히 물러났다. 잘만 키우면 좋은 사냥개가 될 자질이 충분했다. 유리는 보고서를 대충 넘겨 확인하곤, 그 길로 차에 올랐다.

왕자를 초대하느라 청소도 할 겸 잠시 왕에게 맡겨 둔 것이, 본의 아니게 왕비 장기 대여가 되어 버렸다.

이상하기도 하지. 실험실 밑바닥엔 왕비와 똑같이 생긴 더미

(dummy)가 수도 없이 많았다. 그러나 왕이 집착하는 건, 모자란 것이 관심을 보이는 것은 오직 왕비의 본체밖에 없었다. 이미 영혼도 떠나간 빈집에서 대체 무엇을 보는 것인지, 유리로선 알 수 없었다.

유리가 품에서 손바닥만 한 솜 인형을 꺼냈다. 코다가 모자란 것에게 전해 달라고 부탁한 선물이었다. 언제 봐도 참으로 귀여운 물건이었다. 금방 때 타고 해질 솜뭉치라 해도.

유리는 차창에 스치는 야경에 인형을 비춰 보았다. 인형의 땡그랗고 검은 눈동자에 붉고 노란빛이 잠시 머물렀다 사라졌다.

*　　*　　*

최근 사무처에 이상한 소문이 돌고 있었다. 마과부 실험에 사용된 수많은 실험체의 원혼이 괴물이 되어 밤마다 건물을 돌아다닌다는 것이다. 혹자는 드디어 마과부가 돌연변이 키메라를 만드는데 성공했다고 떠들어댔다.

목격담은 남녀노소를 가리지 않고 다양했는데, 공통점은 깊은 밤, 검은 천을 뒤집어쓴 초록 괴물이란 점이었다.

젬은 이불을 물어뜯고, 또 물어뜯었다. 눈물, 콧물로 온 얼굴이 얼룩졌다. 아이는 뭐라 말 붙이는 대신 조심스레 과자 봉지를 밀었다. 본이 사다 준, 특제 웰빙 과자였다. 고소한 검은 깨가 콕콕 박힌 데다 식감이 바삭바삭해 아이가 가장 좋아하는 과자였다.

젬은 그것을 원망스러운 눈으로 노려보다가 힘주어 이불을 물어뜯었다. 원한 서린 건치에, 연약한 천이 찌직 소릴 내며 찢어졌다. 아이가 움찔해서 어깨를 움츠렸다.

미안해요, 젬……

"으아아아아아앙!"

젬은 십 년 쓴 걸레처럼 찢어진 이불에 얼굴을 푹 파묻었다. 사지를 바둥거리며 울부짖었다. 소금 맞은 지렁이가 발광하듯 격렬한 움직임이었다. 멀리서 보면 정신 나간 개구리의 몸부림처럼도 보였다.

달밤의 왕자궁 반파 사건 이후 일주일째, 젬의 녹즙 피부는 아직도 제 모습을 찾지 못하고 있었다.

애초에 함부로 피를 사용한 게 잘못이에요. 함부로 마법약 레시피에 피를 섞어 영혼이 손상된 데다, 엎친 데 덮친 격으로, 음…….

"너 때문이라고 왜 말을 못 해!"

애초에 젬이 피를 쓰지 않았다면 일어나지 않을 일이었거든요!

"그럼 나 평생 이러고 살아야 하는 거냐구!"

젬이 고치처럼 온몸에 이불을 돌돌 말고 침대 위를 굴렀다. 먼지떨이처럼 갈가리 찢긴 천 틈새로 시퍼런 녹즙 피부가 드러났다. 아이라도 속이 편한 건 아니었다. 그러나 뾰족한 수가 보이지 않았다. 안 그래도 불안하던 아이의 힘과, 젬의 손상된 영혼이 부딪쳐 일어난 사고였다.

삼사 일이면 돌아오지 않겠냐는 안일한 마음이었건만, 벌써 일주일째 젬은 녹즙 인간에서 벗어나지 못하고 있었다. 아이 역시 힘이 들쭉날쭉한 상태라 방법이 없었다.

정중한 노크 소리가 문을 두드렸다. 멋쩍은 표정을 한 방주인이 문고리를 잡고 서 있었다. 젬이 슬금슬금 고치 밖으로 눈을 드러냈다.

"……음, 젬? 왕자님께서, 보너스는 못 주시겠다고……."

젬이 뿌득뿌득 이 가는 소리를 냈다.

"……주겠다고 했잖아요."

"얼굴 보고 줄 테니 직접 오라 하십니다."

"더럽다! 더러워서 안 받는다고 해!"

젬이 이불을 뒤집어쓴 채 침대 위에 우뚝 서서 소리쳤다. 찔끔한 본이 얼른 문을 닫고 줄행랑쳤다. 개구리 색 피부와 성난 표정. 씩씩대는 젬의 몰골이 동화책에 나오는 마녀가 따로 없었다.

그 무시무시한 형상에 아이는 저도 모르게 침을 꿀꺽 삼켰다. 한참 숨을 몰아쉬던 젬이 침대 바닥으로 점프하듯 내려섰다.

젬은 잠옷 같은 원피스에 검은 박쥐 코트를 대충 걸치곤 후드를 푹 눌러썼다. 눈 깜짝할 새 척척 이루어진 움직임에 아이가 얼떨떨한 목소리로 물었다.

어, 어디 가려고요?

"실험실!"

젬이 너덜너덜한 금서를 속바지와 배 사이에 대충 끼겨 넣으며 콧김을 뿜었다.

*　　*　　*

그 전쟁 같은 밤, 피를 섞어 만든 약은 동난 지 오래였다. 다른 사연이야 어쨌든 왕자는 아무 일 없던 것처럼 멀쩡해졌다. 유리의 의심을 사선 안 된다며 침대 생활을 하고 있긴 했지만 누가 봐도 꾀병이었다.

왕자가 보너스를 가지고 뻗대는 건 다른 이유가 아니었다. 젬 때문이었다. 자꾸 만남을 피하는 약장수에게 약이 오른 모양이었다. 그렇다고 금화 주머니를 인질로 삼다니……

젬, 누가 와요.

젬이 헉, 하고 몸을 벽에 붙였다. 아이 말대로 멀리 등불이 가까워지고 있었다. 데스크 직원도 집에 갈 늦은 시간이었다. 이런 시간에도 야근이라니. 젬은 잠시 제 처지를 잊고 혀를 찼다.

점차 가까워 오는 발소리에 젬이 숨을 죽였다. 그림자와 하나가 된 심정으로 정신을 통일했다. 안 그래도 마과부를 중심으로 괴소문이 늘고 있는 상황이었다. 여기다 개구리 키메라 목격담을 하나 더 늘리고 싶지 않았다.

천만다행히도, 등불을 든 마과부 사람은 젬을 알아차리지 못하고 지나쳤다. 젬을 따라 숨을 참던 아이가 한시름 놓은 얼굴을 했다. 젬은 놈이 얼른 제 방으로 들어가길 기다리며 바닥에 흔들리는 등불 그림자를 보았다.

그러다 "응?" 하고 복도 저편을 보았다. 복도 끝자락에 불이 멈춰 있었다. 희미하고 넓게 퍼지는 빛에 따라 좁은 벽에 거대한 그림자가 미동 없이 서 있었다. 젬은 눈살을 찌푸렸다.

'기분 탓인가, 저거 내 실험실 앞 같은데.'

제 눈에도 그렇게 보여요.

젬은 눈을 가늘게 떴다. 모자를 푹 눌러쓴 데다 구부정한 새우등. 그럼에도 체격이 좋고 키가 큰 남자. 설마 킨?

동상처럼 서 있던 킨이 문을 살짝 두드렸다. 답이 돌아올 리 만무했다. 잠시 기다리던 킨이 문고리를 살짝 돌려 보더니 크게 한숨 쉬었다.

스토커처럼 왜 저런대요.

"뭔 일 있나?"

젬이 벽에 딱 달라붙어 그의 동태를 살필 때였다. 펑퍼짐한 코트의 움직임이 등불에 큰 그림자를 그렸다. 킨이 퍼뜩 고개를 돌렸다.

"누구냐!"

등불이 높이 들리며 빛이 강해졌다. 젬은 순간 눈이 부셔 아무것도 볼 수가 없었다. 젬이 얼굴을 한껏 찡그리며 두 팔을 허공에 휘저었다.

"키, 킨!"

저도 모르게 째지고 쉰 소리가 터졌다. 킨이 "으아아악!" 소릴 내며 엉덩방아를 찧었다. 등이 깡, 깡 소릴 내며 바닥을 굴렀다.

"허, 허억! 개구리!"

"킨! 나야! 나라니까!"

"오지 마!"

섬광탄을 직격으로 맞은 듯 시력이 돌아오지 않았다. 젬이 무릎걸음으로 복도 바닥을 이리저리 짚어 가며 빠르게 기어갔다. 킨은 "허억, 허어어어억!" 하며 복도 맞은편 벽에 등을 바짝 붙였다. 땀 때문에 손바닥이 미끄러운지 연신 바닥을 헛짚었다.

차닥차닥 바닥 두드리는 소리와 함께 눈 깜짝할 새 개구리 인간이 지척까지 기어 왔다. 그 지네발 같은 움직임에 바닥에 떨어졌던 등이 다시 한 번 탁한 소릴 내며 구석으로 뒹굴었다.

최대 출력으로 높인 마법등이 개구리 인간의 얼굴을 사선으로 비추었다. 창백한 빛에 드러난 시퍼런 피부, 가늘게 찡그린 눈, 고통스러운 듯, 혹은 무언갈 호소하듯 벌어진 입. 일그러진 팔자 주름에 역광이 비추어 얼굴에 그림자가 깊이 패었다.

킨은 히이익, 하며 눈을 까뒤집고 기절했다. 마과부 내에서 희생된 수많은 실험체들이 개구리 괴물이 되어 천벌을 내리는구나!

*　　*　　*

잠시 뒤, 젬의 개인 실험실에서 눈뜬 킨은 눈물, 콧물 범벅에

침까지 흘리기 직전이었다. 간신히 "원혼은 물럿거라!" 하며 호통치는 척했으나 성큼성큼 다가오는 개구리 인간의 그림자에 오들오들 떨었다.

킨은 개구리 인간의 정체가 젬임을 알고는 볼품없이 바닥에 주저앉아 버렸다. 아이는 젬의 눈치를 보느라 대놓고 배를 잡진 못했으나 실험대 밑에 숨어 끅끅, 숨넘어가는 소릴 냈다.

언젠가 만들어 두었던 진정제를 먹은 뒤에야 킨과 젬은 제대로 된 의사소통을 할 수 있었다.

"대, 대체 그 꼴이 뭐야, 젬⋯⋯."

"말하자면 기니까 묻지 말아 줘⋯⋯."

젬은 눈에서 피눈물이 흐르는 듯했다. 태어나 여러 망신을 당해 봤으나 이런 경우는 또 처음이었다. 킨이 오묘한 표정으로 젬을 보았다. 간헐적으로 푸드득 어깨를 떠는 것을 보아 심장이 아직도 벌렁거리는 모양이었다. 젬이 짐짓 눈에 힘을 주었다.

"⋯⋯어디가서 말하면 죽여 버릴 거야."

"야, 그 얼굴로 말하면 진짜 같으니까 하지 마."

"난 진심이야!"

"알았어. 쌤쌤으로 쳐. 흑역사 교환. 너도 내 얘기 어디 가서 하진 않을 거 아냐."

젬은 킨의 묵직한 바지 얼룩을 떠올리곤, 비장한 표정으로 고개를 끄덕였다.

"소문나면 너 나 책임져야 될 줄 알아라."

"워어. 무서워라."

킨이 한결 긴장이 가신 듯 웃어 보였다. 젬은 따라 웃으려다 도저히 웃음이 나오지 않아 포기했다. 대신 대충대충 실험 기구를 늘어놓았다.

"그건 그렇고 이 늦은 시간이 여기까진 무슨 일이야?"

"실험이지 뭐야. 그러는 이 밤에 내 실험실엔 무슨 볼일이야?"

킨이 잠시 침묵을 지켰다. 익숙한 손놀림으로 계량 기구며 솥단지를 꺼내는 젬을 보다가 어깨를 으쓱했다.

"얼굴 보고 싶어서 그랬다. 왜. 무도회 끝나고 소식도 없고."

"폰은 뒀다 뭐하니."

"……늦었잖아."

킨이 머쓱하게 웃어 보였다. 뒷머리를 벅벅 긁는 얼굴이 평소보다 피곤에 절어 있었다. 젬은 할 수 없이 찬장을 뒤져 젬 특제 비타민 물약을 한 병 하사했다.

"감사히 받거라."

"은혜를 받잡습니다."

킨의 굽실거리는 연기가 몹시 실감났다. 얘기하고 싶지 않은 일인가 보지. 젬은 캐묻는 대신 친구에게 찌든 모포 한 장을 내주었다. 젬의 상체를 폭 감싸는 크기의 담요는 킨의 한쪽 어깨를 간신히 덮을 정도밖에 안 됐다.

킨은 냅킨을 깔 듯 그것을 무릎 위에 폈다. 대체 담요로 무엇을 닦았는지 검게 탄 얼룩이 남아 있었는데, 희미하게 시큼한 약품 냄새가 올라왔다.

뜻하지 않은 손님에 애초 계획은 무산된 셈이었다. 젬은 꿩 대신 닭으로, 피로회복제와 밤샘약 제작에 들어갔다. 요 며칠 피부색을 원래대로 되돌리기 위해 갖은 애를 써 봤으나 금서는 묵묵부답으로 일관한 터였다. 오늘도 마찬가지였으리라. 젬은 깔끔히 포기했다.

젬이 분주히 움직이는 모습을 보던 킨이 불쑥 질문을 던졌다.

"왕자님 건강은 좀 어때?"

"많이 나아졌지, 뭐."

"너무 걱정할 필요 없어. 잊을 만하면 한 번씩 앓으시더라. 일년에 한두 번은 꼭 그래."

킨이 하품하며 덧붙였다.

"왕비님 뱃속에 있을 때부터 그랬다나 봐."

젬이 물을 받다가 킨을 힐끔 보았다.

"왕비님?"

"응. 본래 낳을 수 있는 아이가 아니었다더라구."

듣고 보니 젬도 어렴풋이 들어 본 이야기였다. 명의 유리에 얽힌 일화 중 하나였다.

"……왕비님도 몸이 약하셨대? 유전병인가?"

"그건 아니고, 임신 후 몸이 급격히 쇠약해지셨대."

"그럼 왕세자님 땐 어땠던 거야?"

젬이 앞치마에 손을 대충 닦았다. 킨이 가물가물 감기던 눈을 살짝 떴다.

"너 몰랐어? 보르누 왕세자님은 양자잖아. 본래 폐하의 조카인데 아들로 삼으셨지."

"뭐?"

젬이 유리병을 든 채 입을 쩍 벌렸다.

"처음 듣는 소린데!"

"방송에 나간 적은 없지만, 사교계 인사들은 다 알아. 뭐가 문제겠어. 친부모는 모두 사망한 데다 후계자 자리도 공고한데."

젬은 멍한 채 병에서 물을 조금 따라 내렸다. 킨의 말마따나 보르누는 유라레 자타가 공인하는 현왕의 재목이었다.

젬은 보르누와 카피레의 나이 차이를 떠올렸다. 사람 좋게 웃는 보르누 왕자의 유년 시절이 생각만큼 꽃밭은 아니었으리란 생각이 들었다.

"뭐 만드는 거야?"

"피로회복약. 이거 인기 좋아. 내 돈줄이지."

"음, 냄새가 좀……."

"왕자님은 걸레 빤 물이라고 하더라."

젬이 무심결에 웃으며 말린 꽃잎을 계량했다.

"쫑알대면서도 주면 주는 대로 잘 먹어."

"……젬, 너 궁에 왜 들어온 거야?"

"어?"

실수로 꽃잎이 정량보다 많이 들어가 버렸다. 젬은 그것을 건

져 내는 대신 킨을 보았다. 눈을 꿈벅이는 킨의 모습이 겨울잠을 준비하는 곰처럼 보였다. 젬이 검지와 엄지를 모아 동그라미를 만들어 보였다.

"뭐 때문이긴. 이거지."

"전부터 생각했는데, 돈에 왜 그렇게 목숨 걸어? 원랜 안 그랬잖아."

"얘가 언젯적 얘길 하는 거야."

니 애비 탓이다, 요놈아! 젬은 호통치고 싶었으나 꾹 참았다. 킨이 무슨 죄가 있겠는가. 젬은 그저 아무렇지 않게 국자를 저었다.

킨이 심통 난 어린애처럼 볼을 부풀렸다. 왕자가 했다면 화보감이었겠으나, 안타깝게도 킨은 체격 좋은 보통 남자였다. 젬은 시선을 슬쩍 돌렸다.

"……왕자한테 너무 정 주지 마."

"갑자기 왜 그래?"

"젬, 만약에 말이야……."

젬이 국자를 젓다 말고 "응?" 하며 킨을 보았다. 청개구리 같은 피부 탓에 머리색이 평소보다 더 짙어 보였다. 거기에 언제나와 같은 박쥐 코트가 음산함을 더했다. 동화책에서 등장하는 못된 마녀가 따로 없었다.

그런데도 짙은 피부 탓에 유난히 희게 도드라진 눈동자가 땡그라니 귀여워서, 킨은 저도 모르게 웃음을 터트리고 말았다. 젬이 사나운 미소를 지었다.

"너 지금 나 비웃는 거지."

"아냐, 아냐!"

"아니긴 뭐가 아냐!"

젬이 위협적으로 국자를 휘둘렀다. 킨이 배를 잡으며 몸을 뒤로 뺐다. 피곤하긴 한지 움직임에 성의가 없었다. "아까 울린 게 미안해서 봐주는 거야 임마" 하며 젬이 국자로 솥단지를 땅땅 두드렸다.

"그 얼굴을 보고 어떻게 정이 안 갈 수 있겠냐. 맞다, 나 왕자 사진집까지 예약했다?"

"뭐? 거, 거짓말⋯⋯."

"진짜야. 본 경이 특별히 예약 명단에 올려 줬다구!"

흐흥, 콧바람을 뿜으며 허리에 손을 올리는 젬을 보고 킨은 눈을 크게 떴다.

"아니, 왜 여자들은 다 그렇게 생긴 놈을 좋아하는 거야? 해골처럼 마른 데다 제비처럼 생겼는데!"

"남녀노소 불구하고 인기 많을 외모 아닌가? 국보급인데? 얼굴만 봐도 기분이 좋아지잖아."

"난 안 좋아!"

젬이 후후, 입을 가리고 웃었다. '짜식, 왕자님이 너보다 인기 많다고 질투하는구나. 어찌 백로와 까마귀를 비교하느뇨' 하는 속내가 뻔히 드러나는 눈빛이었다.

킨으로선 분통 터질 일이었다. 그러나 덕분에, 아까보다 한결

속이 가벼워진 것도 사실이었다. 젬의 우스꽝스러운 모습에 울고불고하느라 아드레날린이 폭주한 탓일까.

킨이 무릎을 안고 한숨을 푹 쉬었다. 턱에 검게 탄 담요 털이 닿아 따끔따끔했다. 막막한 밤, 킨의 뇌리에 가장 먼저 스친 곳이 이곳이었다. 젬이 아무것도 모른 채 흐흐 웃는 꼴을 보니 저도 모르게 몸에 힘이 빠졌다. 속 편한 얼굴을 보니 답답함이 한결 가셨다.

"넌 요즘 뭐 필요한 약 없어? 밤샘약이라든가, 흐흐, 정력제라든가……."

젬이 룰루랄라 콧노래를 흥얼거리며 단지에 나머지 재료를 투하했다. 레시피를 보지 않고 몸에 밴 약을 만드는 일은 언제나 즐거웠다.

"숙변제거제도 말만 해."

장난스레 덧붙인 말에 대꾸가 돌아오지 않았다. 젬이 슬쩍 고개 들어 킨을 보았다. 커다란 덩치가 무릎을 꼭 끌어안은 채 벽에 기대어 졸고 있었다.

젬은 어쩔 수 없다는 듯 후드 코트를 벗어 킨의 어깨에 둘러주었다. 체격 차 때문에 간신히 등을 두른 수준이었으나 없는 것보다는 나으리라.

친구 좋다는 게 뭐겠는가. 젬은 통 크게 오늘 만들 피로회복제 열 병을 킨에게 선물하기로 했다.

8.
[막간극] 시종 코다에 대하여

더 이상 숨기는 것은 불가능했다. 결국 몰래 본의 방에 쳐들어 온 카피레는 젬의 꼴을 보곤 숨이 넘어가도록 웃었다. 두 주먹으로 바닥을 두드리며 뒹굴었다.

왕자만 아니었어도 축구공으로 만들어 주었을 텐데. 젬은 이만 득득 갈았다.

"뭘 잘못 먹으면 이렇게 되는 거야?"

"요정의 분노요."

이를 물고 답하느라 으르렁거리는 목소리가 나왔다. 왕자의 잔에 차를 따르던 코다가 젬을 연신 곁눈질했다. 코트 밖으로 살짝 드러난 젬의 손목을 훔쳐보느라 홍차가 평소보다 진하게 우러나왔다.

오랫만에 들어온 왕자의 개인실이었다. 그새 사진 몇 개가 교환된 데다 커튼도 하늘하늘한 아이보리색 천으로 바뀌었다.

턱을 괸 채 젬을 구경하던 카피레가 '너무 웃어서 볼이 아프다'며 손거울을 확인했다. 젬은 주먹에서 힘을 빼려 안간힘을 썼다.

"사방팔방에 병이 깊다고 소문났는데 이러고 있어도 돼요?"

"내 방에서도 병자인 척해야 돼? 차라리 죽으라고 해라."

카피레가 콧방귀를 뀌었다. 말은 저렇게 해도 앓다 일어난 게 분명한 안색이었다. 지켜 주고 싶은 병약미가 온몸에 철철 흘러넘쳤다. 코다가 젬의 곁으로 다가왔다.

코다가 무표정한 얼굴로 젬의 찻잔에 사약처럼 진한 홍차를 졸졸 따랐다. 찻잎 찌꺼기까지 닭똥처럼 뚝뚝 떨어졌다. 젬은 표정 관리에 힘쓰는 한편, 새삼 코다의 얼굴을 힐끔거렸다. 분명 얄미운 인간이었으나, 쓰러진 왕자를 업고 정신 나간 사람처럼 도움을 외치던 꼴을 생각하면 미워할 수 없었다.

삐삐삐, 하는 전자음이 공기를 가른 것은 그때였다. 카피레의 표정이 어색하게 굳었다. 코다가 자연스레 폰을 확인하더니 싱긋 웃었다.

"약 드실 시간입니다, 왕자님."

카피레의 낯이 새하얗게 표백되었다. 젬은 괜히 벽에 걸린 액자를 하나하나 둘러보며 딴청을 피웠다. 카피레가 땀을 뻘뻘 흘리며 약을 받고는, 억지 생떼를 써 코다를 내쫓았다.

말이 하도 빠르고 복잡해서 알아먹을 수 없었으나 어려운 주문임이 분명했다. 코다는 눈썹 한 번 꿈틀하지 않고 문밖으로 퇴장했다. 문이 닫히자마자 카피레가 의자에 늘어졌다.

"이번 일로 과보호가 더 심해졌어."

"닥터 유리가 준 약인가 보죠?"

카피레가 끙, 하며 머리를 감싸 쥐었다. 젬이 입을 오물거리다 목소리를 낮추어 물었다.

"성분 분석해 드려요?"

"그보다 부탁할 게 있어."

카피레가 알약을 주머니에 대충 쑤셔 넣었다.

"처음 만난 날, 네가 내게 먹인 약 있잖아."

"감정약이요. 그게 왜요?"

생각해 보면 모든 재앙의 씨앗이 된 레시피였다. 젬이 아찔했던 그 날을 떠올린 듯 저도 모르게 어깨를 부르르 떨었다.

"그거 또 만들 수 없어?"

"으음, 어쩌다 만든 거라 똑같은 약은 불가능해요."

"그럼 안나 부인에게 썼던 자백제는?"

"진실약이거든요? 그것도요……."

금서의 시시콜콜한 제약까지 왕자에게 알려 줄 생각은 없었다.

젬의 시큰둥한 대꾸에 카피레가 "그럼 비슷한 거라도 좀 만들어 봐!" 하며 상체를 들이댔다. 반쯤 남은 홍차 잔에 파도가 일었다.

"누구 속을 읽으시려구요? 유리?"

그 인간 감정 따위 시커멓고 음침한 독 안개로밖에 안 보일 것 같은데. 젬의 중얼거림에 카피레가 고개를 저었다.

"코다에게 먹이려고."

초록 붕어가 된 젬에게 카피레는 대강의 일을 설명해 주었다. 그러니까 닥터 유리가 왕자를 대상으로 못된 실험을 하고 있는데, 코다가 그의 끄나풀은 아닌지 의심스럽단 거였다.

"못된 실험이요? 막 생체 실험 같은 거?"

"비슷해."

그걸 의심해 약이나 상담을 거부해 온 모양이었다. 왕자를 상대로 못된 실험이라니, 간도 컸다.

젬은 자세히 물어보고 싶었으나 카피레의 똥 씹은 표정을 보니 차마 말이 나오지 않았다. 일전에 킨에게 빌려 읽었던 유리의 저서 제목이 머릿속을 맴돌았다. 인공 생명체와 인공 장기에 대한 내용이었던가.

설마. 젬은 제 생각에 실소하며 고개를 흔들었다.

유리가 수상쩍다는 말도, 코다가 유리를 잘 따른다는 것도 사실이었다. 그러나 젬은 선뜻 대답할 수 없었다.

"왕자님, 그렇지만 코다는……."

젬이 뭐라 말을 못이었다. 호감 가는 상대는 아닐지라도 코다가 진심으로 왕자를 위한단 것쯤은 알 수 있었다. 카피레가 등받이 깊숙이 몸을 묻으며 팔짱을 꼈다.

"나도 알아. 놈은 내가 이 궁의 주인이 되던 그날부터 지금까지 내 곁을 지켰어. 고지식하고, 요령 없고, 낯가림이 심하지."

젬 식으로 말하자면 고집불통, 떽떽이에 사람 차별이 몸에 밴 싸가지 바가지였다.

카피레가 깊이 한숨 쉰 뒤, 말을 이었다.

"대신 한번 마음 준 사람에겐 한없이 물러. 첩자 같은 짓을 할 녀석이 아니야."

"그런데 왜요?"

카피레가 벽에 걸린 장식 거울을 힐끔 보았다. 눈을 가늘게 뜬 카피레가 천하절색, 살아 있는 미의 화신인 제 미모를 다시금 확인했다. 평소라면 거울을 보는 것만으로 심신이 가벼워지고 잡생각이 날아가며 등에 날개가 돋친 듯 흥이 나야 정상이었다.

흥은커녕 늪에 빠진 듯 기분이 한없이 침몰했다. 저와 똑같은 이목구비에 콧물을 질질 흘리던 모지리가 거울에 자꾸 겹쳤다. 카피레의 으뜸가는 즐거움인 거울 감상이 엉망진창이 되어 버렸다.

찝찝해서 살 수가 없었다. 자신을 그렇게 보내고 놈이 유리에게 무슨 취급을 받고 있을지 생각하면 피가 거꾸로 돌고 솜털이 바짝 섰다.

그날, 모지리가 카피레를 날리며 한 말은 '친구에게 보내 준다'였다. 카피레가 발견된 곳은 왕자궁 구석. 왕자와 본을 발견한 사람은 코다가 유일했다.

모지리가 말한 친구가 실험관 파이프 사이에 작물처럼 솟아 있던 알록달록 인형이 아닐 수도 있겠단 생각이 들었다. 게다가 코다는 중증의 닥터 유리 신봉자였다.

"……나라고 녀석을 의심하고 싶은 건 아냐. 그치만 확실히 해야 할 것 아냐."

왕자의 표정이 썩 좋지 않았다. 왕자와 코다는 젬과 비교할 수 없을 만큼 오랜 시간을 함께한 사이였다. 젬은 마뜩찮은 표정으로 고개를 끄덕였다.

그러면서도 밀린 보너스 내놓으라며 금화 주머니 두 개를 악착같이 뜯어냈다. 내내 어두웠던 젬의 표정이, 그래도 주머니를 만지는 동안에는 조금 밝아졌다. 연못에 낀 이끼 같던 얼굴색이 봄날 파릇파릇한 새싹 색이 된 정도였지만.

한심한 약장수.

카피레는 중얼거리며 잠시 그 얼굴을 감상했다. 저 멍청한 꼴을 보고 있자면 세상 모든 시름이 잠시 잊혀지는 듯했다. 금화 몇 개로 이 정도 위안이 된다면 남는 장사였다.

파릇한 피부색도, 처음엔 조금 우스꽝스러웠으나 눈이 적응하자 그런대로 볼 만했다. 계속 보니 좀 귀여운 듯도 했다. 유난히 흰 치아와 흰자가 돋보이긴 하지만.

"그런데 너 그거 언제 돌아와?"

카피레가 무심히 던진 한마디에 젬이 자리를 박차고 일어났다. 의자가 뒤로 발라당 뒤집혔다. 어찌나 박력 넘치는지 카피레가 등을 의자에 바짝 붙일 정도였다. 금화 주머니를 움켜쥔 젬의 손등에 울룩불룩 검은 핏줄이 도드라졌다.

"……나중에 연락드리지요."

싸늘한 대답을 남기고, 젬이 등을 돌렸다. 개구리 피부에 시꺼먼 박쥐 코트. 그 와중에도 부끄러운 건 아는지 후드를 꼭꼭 눌러쓰고 나갔다. 문고리 잠기는 소리가 귀에 박혔다.

잠시 벙 쪘던 카피레가 테이블을 쾅 내리쳤다. 금화 주머니를 두 개나 바쳤건만 약장수의 바보 같은 얼굴을 5분도 감상 못 하다니!

뒤늦게 도착한 본은 왕자의 분노에 고개를 절레절레 흔들었다.

"젬이 그 일로 얼마나 예민한데요. 하여튼 왕자님은 섬세함이 부족하다니까요."

"넌 좀 닥쳐."

예민할 것도 참 많다. 카피레는 혀만 츳츳 찼다. 세상에 넘쳐나는 원숭이 떼에 비하면 개성 넘치고 귀엽더만 뭘.

소리 내 말해 봤자 본이 뭐라 잔소리만 날릴 게 뻔했기에, 카피레는 괜히 바닥만 찼다.

*　　　*　　　*

왕자가 비록 은혜를 모를지언정 보너스는 넉넉히 챙겨 준 덕분에, 젬은 아이와 함께 머리를 맞대고 고민에 들어갔다. 코다가 말끔히 리모델링한 객실을 젬에게 소개하러 오기 전까진 그랬다.

코다가 점검 나온 사감처럼 방을 한번 훑었다. 지나치게 자유분방한 본과 젬의 살림살이에 코다의 미간이 내 천 자를 그렸다.

"제 방처럼 편해 보이시는군요."

"이거 제가 어지른 거 아녜요. 본 경이 그랬어요."

코다는 경멸의 눈빛을 숨기지 않았다. 진실을 말했다가 방주인을 모함하는 배신자가 된 젬은 앓으니 죽지란 심정으로 가슴만 쳤다.

젬과 본의 방은 방 하나와 복도 하나를 사이에 두고 있었다. 엎어져서 코 닿을 곳이었으나 그간 코다가 젬을 잠재적 테러범으로 보고 출입을 금지한데다, 젬 역시 개구리 피부 탓에 바깥을 꺼린 탓에 방이 어떻게 되었는지 하나도 모르는 상태였다.

코다가 말끔해진 문을 열었다. 젬이 입을 벌렸다.

반파된 김에 객실 둘을 터서 널찍하게 만들었다고 했다. 큼직하게 뚫린 창문으로 눈부신 햇살이 쏟아졌다. 얇고 하늘거리는 레이스 커튼은 왕자 개인실에 있던 것과 같은 재질로 보였다. 한결 넓어진 공간에 길쭉한 책상과 작은 실험대가 추가되었다.

"왕자님께서 특별히 신경 쓰라 당부하셔서요. 감사한 마음 잊지 마십시오."

띠꺼움을 숨기지 않는 어투였다. 젬은 방을 구경하느라 한 귀로 듣고 한 귀로 흘렸다. 코다가 미간을 꾹꾹 누르며 덧붙였다.

"그리고, 만약 전과 같은 일이 또 발생했을 시엔……."

찔끔한 젬이 전과 똑같이 생긴 침대 헤드를 살피는 척 좌우를 기웃거렸다. 그 틈을 노려 아이가 창가에 걸린 전용 양말 침대로 쏙 숨어 버렸다.

"……모든 비용을 당신에게 직접 청구할 테니까요. 이번 수리에 얼마가 들었는지 궁금하지 않으십니까?"

"다시는 이런 일 없을 겁니다……."

젬은 자세를 바로 하고 허리를 숙였다. 더는 왕자의 배은망덕함에 관해 말하지 않기로 했다. 성을 부쉈는데 새 방을 주다니. 통 크고 멋진 녀석이 아닌가!

젬은 최대한 반성하는 자세로 서서 코다가 밖으로 나가길 기다렸다. 아무리 기다려도 코다는 제자리에 마네킹처럼 서 있을 뿐이었다.

뭐지? 매도 먼저 맞는 게 낫다고, 잔소리가 남았다면 뜸 들이지 말고 곧장 공격했으면 하는 바람이었다. 젬이 장갑 낀 손을 꼼지락대며 "저기……" 하는 동시에, 코다가 "중매 선생, 님" 하고 운을 뗐다. 젬이 자세를 바로 했다.

"제가 아까 레임 경을 만났습니다."

"제가 아는 분인가요?"

귀에 설은 이름에 젬이 눈을 동그랗게 떴다. 코다가 무표정한 얼굴로 대답했다.

"콘 백작 부인의 피앙세십니다."

아, 그분. 젬이 고개를 끄덕였다. 60살이 다 된 나이에도 건장한 체격을 자랑하는 노기사로, 젊은 시절 한 미모 하셨을 인상 좋은 인물이었다. 콘 백작 부인의 첫사랑이자 마지막 사랑이 될 남자였다.

"당신 소식을 무척 궁금해하시더군요. 피앙세께서 애타게 보고 싶어 하신다고."

"혹시 안 좋은 일이라도……?"

"아뇨, 답례를 하고 싶으시다 합니다."

젬은 순간 덜컥했던 가슴을 쓸어내렸다. 안 좋은 소식이 아니라 천만다행이었다. 왕실 공용 폰에 개인 번호를 만든 뒤론, 이전 손님들과 교류가 일절 끊긴 상태였다. 애프터서비스도 벌이가 짭짤했건만.

어쨌거나 답례라면 감사히 받아야 하는 법. 젬은 코다의 말을 머리에 단단히 새겼다. 코다가 무감한 목소리로 덧붙였다.

"당분간 뵙기 힘들 거라 전하니 무척 안타까워하시더군요."

코다의 시선의 젬의 후드 꼭지부터 발끝까지 죽 훑었다. 하기사, 개구리 인간 꼴로 나섰다가 돈 대신 칼이라도 맞으면 큰일이었다. 젬은 조용히 수긍했다.

"……퍽 행복해 보이시더군요."

"운명의 상대와 만났으니까요. 콘 부인도 단장님을 무척 깊이 생각하시고요. 행복한 커플이지요."

"……운명의 상대란 게 진짜 있는 겁니까?"

코다의 질문에 젬이 그와 시선을 마주쳤다. 비웃는 어투가 아니었다. 곧은 눈빛에 대고 젬은 얼떨떨하게 대답했다.

"물론이에요."

"운명이 정해 준 상대라면, 상대가 무엇을 하든 다 용서하고 사랑하는 겁니까? 어떤 사람이더라도?"

"저는 인연의 실을 훔쳐볼 뿐, 그 외의 것은 몰라요. 다만 어떤 관계든 서로의 노력이 필요하지 않겠어요?"

"운명의 상대에게도 그런 게 필요한 겁니까?"

"중요한 상대니까 더 필요하지 않겠어요?"

이 인간 혹시 운명의 상대를 요술 지팡이 한 번 휘두르면 나타나는 맞춤형 인형으로 착각하고 있는 건 아니겠지?

젬은 곰곰이 생각하다 코다에게 한 발 가까이 다가가 목소리를 낮추었다.

"혹시 레임 경께서 큰 잘못이라도?"

"전혀 아닙니다."

"그럼 누가 운명의 상대랍시고 스토킹이라도 해요?"

"가까이 붙지 마세요. 불쾌합니다."

코다가 두 걸음 물러났다. 바퀴벌레라도 만진 듯한 움직임에 젬은 머쓱하게 몸을 뺐다.

"……당신은 왕자님께 운명의 상대를 찾아 주러 오셨습니다."

젬이 예에, 하고 답하며 코다의 눈치를 살폈다. 언제나처럼 딱딱한 표정에 발음이 명확하고 귀에 내리꽂히는 음성이었다.

"궁내 불법 상행위와 의료 월권행위. 제가 당신을 봐 드리는 건 어디까지나 왕자님을 위해서입니다."

약 몰래 파는 거 알고 있었구나! 젬은 한없이 어깨가 쪼그라들었다. 더 듣지 않아도 알 수 있었다. 네 할 일이나 잘하라, 이거였다.

코다가 젬의 어깨를 아슬아슬하게 스치고 지나갔다.

문을 나서기 직전, 코다가 덧붙였다.

"왕자님은 몹시 예민한 체질이십니다. 되는대로 만든 싸구려 약 따위 함부로 먹였다가 문제라도 생길 시엔, 제가 가만있지 않겠습니다."

"마, 만약에 닥터 유리가 왕자님께 해가 되는 짓을 하면요?"

코다가 문고리를 쥔 채 젬을 뒤돌아보았다. 가면처럼 딱딱한 얼굴에 한 줄기 비웃음이 스쳤다.

"그럴 일은 절대 없을 겁니다."

*　　　*　　　*

코다는 그 길로 왕자궁을 벗어났다. 약장수의 질문이 산울림처럼 귀에 메아리쳤다.

"만약에 닥터 유리가 왕자님께 해가 되는 짓을 하면요?"

"그럴 일은 절대 없을 겁니다."

절대?

왕자궁과 사무처를 잇는 지름길. 우거진 수풀 사이로 희고 각진 건물이 보였다. 군데군데 활짝 열린 창문이 꼭 쥐구멍처럼 보였다.

코다는 잠시 자리에 멈춰 멍하니 한 곳을 바라보았다. 건물 2층, 닥터 유리의 사무실이었다.

코다는 본래 어미 없이 컸다. 어린 시절엔 자신이 후사를 잇기 위해 들인 양자인 줄 알았다. 이목구비가 똑같지 않았다면 평생 그렇게 알았을지도 몰랐다.

부자지간이라기보다 사제에 가까운 관계였다. 아버지는 왕가를 모시는 일에 자부심이 대단했다. 코다는 시종장의 말마따나 자신이 왕가를 위해 태어났다고 믿었다.

천지 분간 못 하던 어린 시절, 코다는 양부에게 왕세자님이 자신의 주인이냐고 물었다. 아비는 네 주인이 따로 있다고 말했다. 왕의 피를 이은, 제 진짜 주인이 나타날 거라고.

어디까지나 말뿐이었다. 같이 들어온 놈들은 하나둘 제자리를 찾아가는데 코다는 이곳저곳을 옮겨 다녀야 했다. 아비가 지겹게 입에 달고 사는 '왕가의 핏줄'에 대한 막연한 동경도 어느새 희미해져 갔다.

그러던 어느 날이었다. 코다는 관리가 덜된 왕성 구석 화원에서 요정 왕자를 만났다.

시종 숙소와 사무처를 잇는 작은 후원이었다. 코다는 저도 모르게 죽어 천국에 온 줄 알았다. 금을 녹인 것 같은 머리색의 천사가 꽃밭에 앉아 나비와 새에 둘러싸여 있었다.

코다는 홀린 듯 관목을 헤치고 천사에게 다가갔다. 발밑의 나뭇가지가 부서졌다. 코다의 인기척에 천사 곁에 몰려 있던 나비와 새가 하늘 높이 흩어졌다. 꽃잎이 분수처럼 폭발하듯 했다. 아름다운 광경이었다. 그와 동시에 호수 같은 눈동자가 코다를 정면으로 마주 보았다.

그가 잊혀진 왕자, 자신의 주인이 될 왕가의 핏줄임을 안 것은 좀 더 시간이 흐른 뒤였다.

"늦으셨군요."

"선생님."

온화한 목소리가 코다를 반겼다. 코다가 생각을 털 듯 고개를 흔들었다.

밖에서 볼 땐 따뜻하기만 했던 햇볕이 무채색 사무실에서 보니 차가운 조명처럼 보였다. 정면을 마주 보고 선 기다란 책상이 보였다.

앉아 있던 흰 머리카락의 남자가 몸을 일으켰다. 유리였다. 그가 언제나처럼 온화한 미소로 두 팔을 벌렸다. 코다가 제자리에서 머뭇거리자 유리가 성큼성큼 다가와 코다의 어깨를 두드려 주었다.

톡 쏘는 약품 냄새가 코를 찔렀다. 익숙한 냄새였다.

"표정이 안 좋아요. 무슨 일이라도 있나요?"

"선생님, 왕자님께선⋯⋯."

아이처럼 허물어진 코다의 표정에 유리의 웃음이 짙어졌다.

"멀쩡하십니다. 걱정 마세요. 곧 모든 게 원래대로 돌아갈 겁니다."

원래대로. 원래 그랬어야 할 방향 대로.

코다는 저도 모르게 숨을 크게 들이마셨다. 유리의 품에 숨어 있는, 익숙한 체향을 찾기 위해서였다.

＊　　＊　　＊

"코다 님이요? 시종의 표본이란 느낌. 뭐, 시종장님 아들이니까."

"그랬어요?"

"딱 봐도 닮지 않았어요? 미간 주름하며 아래로 굳은 입술 모양하며."

"웃는 얼굴을 보면 세상 멸망한단 소문도 있어요."

"그런데 중매 선생님, 요즘 왜 그렇게 꽁꽁 싸매고 다니셔요?"

"안 더우셔요?"

젬이 어색한 웃음을 흘리며 과자를 씹었다. 카피레 입맛에 맞춘 웰빙 간식과는 비교도 안 될 정도로 달고 짠맛이 혀를 즐겁게 했다.

안 그래도 요즘 사는 낙이 없는 젬이었다. 이런 걸로라도 심신을 달래야 했다.

한동안 두문불출한 젬 탓에 애가 달은 건 왕자뿐만이 아니었다. 젬의 피로회복약과 뚫어 뻥 숙변제거제, 부작용 없는 밤샘약에 길들여진 왕자궁 시종, 시녀들 또한 발을 동동 굴렀던 것이다.

젬은 코다에게 들켰다며 한사코 도망치려 했으나, 그들은 그정도면 앞으로도 봐주겠다는 뜻이니 신경 쓰지 말고 약을 내놓으라 큰소리를 쳤다.

젬의 거친 반항에도 불구하고 그들은 젬을 휴게실로 강제 연행했다. 과자는 일종의 뇌물이었다. 당근과 채찍을 골고루 쓸 줄 아는 손님들이었다. 젬은 속수무책으로 무너졌다.

젬은 시녀 전용 휴게실에 갇혀 예상치 못한 수다 시간을 보내고 있었다. 혹여 피부색이 들킬까 조마조마한 와중에도 과자가 참 맛났다.

마스크 밑으로 야금야금 먹는 꼴이 어찌나 수상쩍어 보이는지 젬은 미처 알아차리지 못했다. 귓가에 요정의 한숨이 들린 것도 같았다.

"약속한 거예요. 들키면 내 잘못 아니니까. 나 다 남 탓할 거니까요."

"거참, 사람 말 못 믿으시네."

"코다 님이 그렇게 무서워요?"

젬은 까르르 웃는 시녀들이 무서워 보일 지경이었다. 그들이 말하는 코다와 젬이 아는 사람이 동명이인인가 싶을 정도였다.

"좀 무표정하긴 하지만, 그게 멋있지 않아요?"

"앞날 창창하겠다, 능력 있겠다. 인물도 그 정도면 준수하고."

"중매 선생님. 진짜로 사랑의 묘약 안 파실 거예요? 상담도 안 하고?"

"안 한다니까요! 그나저나 거짓말이죠? 그 인간이 무슨, 말도 안 돼."

시녀들이 서로를 바라보곤 다시 까르르 옥구슬 굴러가는 소리 내며 웃었다. 역시 농담이었구나.

젬이 내심 안도하며 손바닥에 묻은 과자 가루를 털었다. 몇 개 빼돌린 과자를 손수건에 싸 품에 숨겼다. 아이의 태풍 같은 한숨 소리가 과자를 갈망하는 것이라 생각한 탓이었다.

"어, 중매 선생님, 여기 뭐 묻으셨어요. 만세해 보세요."

"만세?"

젬이 의심 없이 한쪽 팔을 번쩍 들어 올렸다. 순간 주변에 정적이 가라앉았다. 1초가 한 시간처럼 느껴졌다. 젬이 천천히 손을 내려 피부를 가려 보려 했으나, 이미 늦은 일이었다. 한결같이 경악한 표정의 시녀들이 뻐금뻐금 뭐라 말을 잇지 못했다.

젬 마키나는 우주 제일 멍청이, 우주 제일 한심이…… 중얼거리는 아이의 노래가 귓가에 메아리쳤다.

젬은 피부 미백에 좋다는 화장수와 입욕제를 한 아름 안고 방으로 돌아왔다. 약값 대신 받은 거라 기분이 미묘했다. 한낮의 사건을 전해 들은 본이 하하, 웃으며 대꾸했다.

"아마 그거 진심이었을걸요?"

"뭐가요?"

"코다 말이에요. 인기 좋아요."

"말도 안 돼."

젬은 경악을 숨기지 않았다. 본이 어깨를 으쓱했다. 아이보리색 커튼이 짙은 석양색으로 물들었다. 새 방을 구경하러 온 본이 침대에 걸터앉아 아이를 구경하고 있었다. 아이는 젬이 남겨 온 과자를 다 먹은 뒤, 본이 가져온 웰빙 간식을 공격하는 중이었다.

"무뚝뚝하긴 해도 매너가 좋다나 뭐라나. 바람도 안 피울 것 같다고."

"바람이 문제가 아니라 아예 사랑을 모를 것 같은 이미진데요."

"설마요. 코다도 인간인데. 왕자님 싸고도는 거 봐요. 처자식은 어떻겠어요."

처자식보다 왕자를 아끼지 않을까? 젬은 속내를 꺼내는 대신, 아이의 앞에 수북이 쌓인 과자 가루를 털어 내고 손수건을 깔아 주었다. 아이가 한 번 입을 벌릴 때마다 부스러기가 우박처럼 우수수 떨어졌다.

"코다는 대체 왜 그렇게 닥터 유리를 믿는 거예요? 본이랑 왕자님은 아니잖아요."

"제가 듣기론 왕자님과 만나기 전부터 닥터 유리라면 사족을 못 썼대요. 제가 성에 오기 전 일이라 자세히는 모르지만……."

코다가 닥터 유리를 따라다니기 시작한 뒤, 몇몇 사람들은 시종장에게 물었다고 한다. "시종이 아니라 학자로 키우는 건 어떻겠냐"는 거였다. 본인이 강하게 거부해 실현되는 일은 없었으나, 본 역시 유리 옆에 있는 코다를 자주 봤다고 했다.

"그럼 왕자님과도 엄청 오래 알았겠네요."

"저보다 오래된 건 확실합니다. 그런데 왕자님께선 예전 일은 잘 기억을 못 하셔서요. 왕자궁에서 처음 만났다고 생각하시더군요. 닥터 얘길 들으면 그것도 아닌데 말이에요."

"어떤데요?"

왕자가 궁을 받고 성에 정착한 것이 8살 때 일이라고 했었다. 그보다 더 전이라면 대체 몇 년 전 이야기지?

"유리가 바쁠 때는 코다와 왕자님, 둘이 곧잘 놀았다고 하더라고요. 저기 사무처랑 시종 별관 근처에 작은 후원 있잖아요. 꽃이 많은. 그때는 거기가 버려진 곳에 가까워서 몰래 놀기 좋았다나 봐요."

"지름길 있는 그쪽 말씀하시나 봐요."

"맞아요. 그런데 왕자님은 전혀 기억을 못 하시더라구요. 저야 얘기만 들은 입장이고, 코다도 굳이 알리고 싶지 않아 보이고. 왕자님도 어릴 때 애길 질색하니까 전할 일은 없지만요."

코다의 유별난 왕자 사랑 역사가 생각보다 길었다. 젬이 뒷머리를 긁적이며 물었다.

"왜 하필 어릴 때 기억이 그러시대요?"

"왕자님께서 8살 이전까지 닥터와 함께 지냈단 건 아시죠? 그분이 아이를 돌봐 봐야 뭘 얼마나 하셨겠어요. 안 봐도 삼천 리죠."

닥터 유리의 양자가 하는 말이라 더 신뢰가 갔다. 본이 어깨를 으쓱했다.

"그분과의 추억은 저도 별로 떠올리고 싶지 않거든요."

"들으면 들을수록 코다를 알 수가 없네요. 꼬맹이가 좋아할 만한 요소라곤 눈곱만큼도 없는데 어떻게 그렇게 어린 시절부터……."

"그러게 말이에요. 그런데 그렇게 따지면 왕자님도 성격은……."

"왕자님은 그래도 얼굴이 있잖아요."

"하긴 그래요."

둘은 미백 화장수를 나란히 바른 채 시간 가는 줄 모르고 수다를 떨었다. 밤이 깊은 줄도 몰랐다. 새가 밤 울음을 시작할 즈음에야 본이 나갈 채비를 했다.

젬은 본에게 "혹시 가능하다면, 코다의 머리카락을 몇 올만 부탁한다"며 입욕제를 나눠 주었다. 본은 비장한 표정으로 고개를 끄덕였다.

＊　　　＊　　　＊

낮에는 방에서 두문불출, 밤에 잠깐 마과부 실험실에 다녀오는 생활이 며칠간 반복되었다. 다행히 젬의 변신은 왕자궁 내에만 퍼진 듯, 마과부에서 개구리 괴인의 일을 항의하러 오는 일은 없었다.

낮과 밤이 바뀐지라 킨과도 연락이 어려웠다. 그 밤 이후로 얼굴 한 번 보지 못했다. 젬은 밀린 과외비로 챙겨 준 피로회복약 열 병이 가끔 생각났다.

젬. 딴생각 금지라고 했죠.

"나 완전 집중하고 있었는데?"

젬이 부러 눈에 힘을 주며 국자를 저었다. 며칠 전 본이 건넨 코다의 머리카락과 아이의 도움으로 완성한 특제 레시피였다.

그 이름하야 '비몽사몽 취중진담'.

젬이 코다의 머리카락을 투하한 순간, 실험실 내부를 가득 메우던 느글느글한 냄새가 씻은 듯이 사라졌다. 걸쭉하게 끓던 보라색 액체가 증류수처럼 투명한 액체로 바뀌었다.

펼쳐진 금서에 깨알같이 가득 차 있던 글자가 물에 씻긴 담뱃재처럼 흩어졌다. 젬과 아이가 눈을 마주 보고 고개를 끄덕였다. 이것이야말로 왕자와 코다를 위한 맞춤형 마법약이라고 할 수 있었다.

*　　　*　　　*

"그러니까 이걸 먹으면 술에 취한 것처럼 의식이 사라지고."

"예, 예."

젬이 추임새를 넣었다.

"눈앞에 있는 사람에게 평소 생각하던 말이나 행동을 하게 되고."

"그렇죠."

"깨어나면, 자기가 무슨 일을 했는지 까맣게 잊어버린다고?"

젬이 고개를 크게 끄덕이곤 덧붙였다.

"숙취도 없을 겁니다."

"젬. 정말 왕실 정보부에 취직할 생각 없어요?"

"두 번은 못 만든다니까요."

젬이 투명한 유리병을 테이블 위로 쓱 밀었다.

"무색무취. 몰래 먹이고, 속내도 알고, 뒤끝도 안 남아요. 딱이죠?"

"그런데 약 이름이 원래 이래?"

"제가 지은 거예요. 자고로 약 이름은 알아먹기 쉬운 게 제일이거든요."

젬이 코를 높이 세웠다. 본이 턱을 문지르며 감탄했다.

"숙변제거제도 그렇고, 밤샘약도 그렇고. 젬의 네이밍 센스는 대쪽 같은 구석이 있죠."

"칭찬 고마워요."

"방금 그거 칭찬이었어?"

왕자가 유리병을 돌려보며 눈썹을 찌푸렸다.

"사람 많은 곳에서 먹이면 골치 아프니까 알아서 잘해 보세요."

"왜 남의 일처럼 말해?"

"전 그 자리에 없을 테니까요."

카피레가 왜냐고 묻자, 젬이 또박또박 답했다.

"코다에게 뺨 맞거나 머리채 잡아 뜯기기 싫거든요."

"에이, 설마 코다가요……."

"아니면 코를 잡고 흔들든지, 이마에 딱밤을 날리든지……."

"야, 딴 건 몰라도 걔 그런 놈 아니다."

카피레가 코웃음쳤다. '우리 집 개는 안 물어요' 하는 개 주인처럼 보였다. 젬이 콧방귀를 뀌며 팔짱을 꼈다.

"그런 놈 맞거든요?"

"내 금화를 걸고 말하는데, 절대 그럴 리 없어."

"흥! 전 제 특제 숙변제거제를 걸겠어요."

"야. 숙변제거제가 뭐냐? 나한테 필요도 없는 거……."

카피레의 표정이 띠꺼워지자 젬은 저도 모르게 약이 올라 딜에 나섰다.

"그럼 피로회복약이랑 밤샘약이랑 수분 촉촉 미용약이랑……!"

"미용약은 처음 들어 보는데?"

"최근 개발한 약이에요."

개구리에서 인간으로 돌아가기 위한 발버둥의 증거였다. 카피레가 입꼬리를 비뚤게 올렸다.

"좋아. 그럼 놈이 험한 짓을 할 경우 금화 주머니는 네 것, 안 하면 방금 말한 약 전부 다 내꺼."

"거저먹는 장사네요! 나중에 후회 마세요!"

"너야말로."

잠시 뒤, 젬은 자신이 왜 그랬을까 머리를 쥐어뜯었다. 코다의 인간성에 대한 확신과 금화 주머니에 대한 욕심이 섞여 일어난 참사였다. 아무리 그래도 머리채 잡히는 건 싫은데…… 그래도 잠깐 잡히는 걸로 돈주머니를 준다면 괜찮은 것 같기도 했다.

아이가 옆에서 가발을 쓰거나 투구를 쓰면 어떻겠냐고 제안했다. 본은 '코다가 그럴 리 없다'고 단언하면서도 원한다면 얇은 가죽 갑옷을 빌려주겠다고 했다.

참 많은 위로가 되었다.

* * *

코다는 카피레의 첫째가는 시종이었으나 주인 곁에 하루 종일 붙어 있는 타입은 아니었다. 본성과 사무처, 왕자궁을 오가느라 바빴다.

카피레의 생떼에 따라 성 밖으로의 외근이 가끔 추가되기도 했다. 자타공인 껌딱지 본이 기사보다 잡일꾼에 가까워 보이는 이유였다.

평소 코다의 외근을 반갑게 여기던 카피레와 젬이었으나, 막상 약을 먹이려 하니 이게 큰 걸림돌이었다. 가위바위보에서 진 죄로 젬은 유인책을 맡았다. 금화 주머니를 인질로 잡힌 젬은 울며 겨자 먹기로 코다에게 접근했다.

"왕자님께서 고민……?"

"예에. 본 경을 불러 놓고 한참을 뜸 들이셨다고요. 막 술을 먹여 가면서……."

"왕자님께선 술을 드시면 안 됩니다!"

"보, 본 경만 드셨다니까 걱정 마세요!"

인적이 드문 왕자궁 2층 복도였다. 붉은 카페트가 길게 깔린 데다 일정 간격으로 마법석이 장식처럼 박힌 화려한 공간이었다. 처음 왕자궁에 도착한 날엔 한없이 높고 넓어 보이던 공간이었는데, 언제 이렇게 익숙해졌을까.

직사각형 모양의 창 너머로 푸른 산자락과 높은 하늘, 멀리 빌딩 숲이 어우러졌다. 풍경화가 따로 필요 없을 만치 절경이었다. 당연한 듯 스치는 풍경이 새삼스레 다가왔다. 그날처럼 복도에 둘만 마주 섰기 때문일까.

코다가 입술을 잘게 물었다. 아몬드형 눈매가 살짝 가늘어졌다. 젬은 새삼 놀랐다. 딱딱하게 군은 것처럼만 보이던 코다의 얼굴에서 옅게나마 감정을 읽을 수 있었던 것이다.

"무슨 일이라십니까?"

"끝까지 말 안 하셨대요. 한숨만 푹푹 쉬시고. 술만 주야장천 먹였다고요. 본 경이 얼마나 힘들어하던지……."

코다는 본이 고생을 하든 말든 왕자의 일에 관심이 쏠린 모양이었다. 젬은 몰래 코다를 곁눈질하곤 말을 이었다.

"뭔가 심각한 고민이 있는 게 분명하다더라고요. 아무에게나 쉽게 말할 수 없는……."

"본 경에게도 말 못 할 일이라니……."

"본 경이 꼭 좀 전해 달라하셨어요. 왕자님 고민을 털어놓을 만한 사람은 코다밖에 없다고요."

코다의 눈동자가 살짝 흔들렸다.

"지금 당장 가 보겠습니다!"

"자, 잠깐만요!"

젬이 코다의 앞을 가로막았다. 젬을 밀쳐 버리고 싶은 심정을 꾹 참듯 코다가 흉악한 얼굴을 했다. 젬은 무서운 와중에도, 금화 주머니가 벌써 제 것이 된 양 심장이 떨렸다.

"여간해선 입을 열지 않으실 것 같다니까 늦은 시간, 왕자님이 좋아하는 먹을거리나 뭐 그런 걸 갖고 가는 게 어떨까요? 얼마나 걸릴지도 모르잖아요."

"……왕자님이 좋아할 만한 것이라."

코다는 초조한 심정을 숨기지 못하고 손톱을 깨물었다. 젬은 푹푹 찔리는 양심을 모른 척, 한껏 자애로운 미소를 지어 보였다. 개구리 피부에 어색한 표정이 합쳐져 한없이 부담스러운 모양새가 되었다.

약효는 3시간 남짓. 중간에 다른 사람이 들어오거나 누가 부르면 큰일이었다. 야심한 시각, 은밀한 장소가 필요했다. 평소 사람을 꺼리고 히스테릭한 왕자의 성정이 큰 도움이 되었다. 그의 개인실이야말로 이번 계획의 배경으로 안성맞춤이었다.

급히 덧붙인 말이 퍽 그럴 듯했는지 코다는 한결 차분한 얼굴이 되었다. 그가 슬쩍 젬을 보더니 시선을 피했다. 젬은 새삼 코다와의 거리가 지나치게 친근했음을 깨닫고 두 발자국 뒤로 물러섰다. 코다가 작게 헛기침한 뒤 물었다.

"……당신께는 별말 없으셨습니까?"

"예?"

젬이 눈을 빠르게 깜박였다.

"제, 제게요? 하하. 뭘 얼마나 봤다고 제게 상담을 하시겠어요! 그럴 리가요!"

"왕자님은 아무나 가까이 두는 분이 아닙니다. 사람은 물론, 동물, 가구 하나까지 자신과 관련된 모든 것에 신경을 곤두세우는 분이지요. 하물며 먹을 것은……."

코다의 눈매가 살짝 가늘어졌다. 의, 의심하는 건가? 젬이 침을 꿀꺽 삼키며 저도 모르게 품에서 약병 하나를 꺼냈다.

"이, 이거 몸에 좋은 피로회복젠데 한 병 드릴까요?"

"……."

코다의 표정이 살짝 굳었다. 이게 아닌가 봐. 젬이 되는 대로 말을 주워섬겼다.

"하하. 아니면 숙변제거제?"

"……."

"아, 정력제도 있어요!"

젬이 말을 끝나기도 전에, 코다의 표정이 한 달 굶은 맹수처럼 삽시간에 사나워졌다. 젬은 반사적으로 약병을 숨겼다. 코다의 입에서 붉은 연기가 뿜어져 나오는 듯했다.

"방금 뭐라고 하셨습니까?"

도깨비 가면이 한 발짝 다가오며 으르렁댔다.

"정력제?! 감히 왕자궁에서 그딴 걸 팔고 다닌 겁니까, 지금까지!"

젬은 "엄마야!" 하며 뒤도 안보고 줄행랑쳤다. 뒤에서 감히 우리 왕자님 앞마당에서 어쩌고저쩌고하는 노성이 들렸다. 억울하고 억울했다. 아니, 왕자가 무슨 품속 갓난쟁이인 줄 아는가.

정력제가 뭐 어때서! 아무에게나 팔지 않는 젬 특제 비약이건만! 제 복을 제가 찬 줄 알아라. 나중에 땅을 치고 후회할 날이 올 것이다!

젬이 헐떡이며 방문을 잠갔다. "어휴. 정력제에 원수라도 졌나?" 하고 아이가 중얼거렸다. 젬은 말없이 동의했다. 이제 남은 일은 밤을 기다리는 것뿐이었다.

＊　　＊　　＊

깊은 밤, 왕자의 개인실에 작은 술상이 차려졌다. 코다는 왕자가 내민 술잔을 의심 없이 들이켰다.

잠시 뒤, 본과 젬이 모습을 드러냈다. 카피레가 찜찜한 표정으로 코다를 보고 있었다.

둘이 다 먹을 수 없을 만치 테이블을 가득 채운 안주상엔, 몸에 좋다는 과일과 채소, 약간의 보양식이 섞여 있었다. 별로 맛깔스러운 상차림은 아니었다.

의자 위에 늘어진 코다의 눈 위로 본이 손바닥을 휘휘 저어 보았다. 완전히 맛이 갔는지 속눈썹 하나 꿈틀하지 않았다.

"이거 약효 돌 때까지 기다려야 하는 거야?"

"즉효성일 텐데 이상하네요……."

"근데 이거 누가 다 먹냐? 얜 무슨 생각으로 뭘 이리 바리바리 챙겨 온 거래?"

젬이 뜨끔해선 "그, 글쎄요……" 하고 얼버무리며 코다의 상태를 살피는 척했다.

"나 때처럼 불량한 약 먹인 거면 곤란해."

"불량 아니거든요!"

젬!

아이의 부름에 젬이 반사적으로 바닥에 몸을 굴려 테이블 밑으로 숨었다. 현명한 선택이었다. 코다가 귀신처럼 눈을 번쩍 뜬 것이었다.

물먹은 걸레처럼 늘어져 있던 코다가 상체를 벌떡 세웠다. 재빨리 의자 뒤로 숨은 본 경 덕에 그의 시야에 든 건 맞은편에 앉은 카피레 왕자가 유일했다.

코다의 입술이 소리 없이 달싹였다. 놀라서 굳어 있던 카피레가 "뭐?" 하며 얼굴을 찡그렸다. 코다가 스르르 자리에서 일어섰다.

테이블 밑에 숨어 있던 젬과 코다의 의자 뒤에서 숨죽이는 본의 시선이 마주쳤다. 코다는 망설임 없이 왕자에게로 걸음을 옮겼다. 젬이 흠칫 놀라 본에게 눈짓했다.

'조심해야 하는 거 아녜요?'

젬의 입 모양과 다급한 손동작에도 본은 그다지 다급해 보이지 않았다. 그러나 한쪽 무릎을 세우고 바로 튀어 나갈 수 있도록 바닥을 짚은 자세였다.

"어이, 코다? 코오다아? 나 누군지 알아보겠어? 야."

답은 돌아오지 않았다. 젬이 두 손으로 입을 막았다. 왕자의 의자 앞까지 걸어간 코다가 순간 동작을 멈췄다. 곧이어 헉, 하는 숨소리가 들렸다.

젬이 화들짝 놀라 눈을 질끈 감았다가 조심스레 떴다. 본이 몸에 긴장을 풀며 자세를 바로 하는 것이 보였다.

젬이 다시 왕자에게 시선을 돌렸다. 테이블 높이 탓에 상체가 가려졌으나, 한 가지는 확실했다. 코다가 카피레를 덮은 자세였다.

"야?" 하고 왕자가 부르는 소리가 들렸다. 젬이 몸을 움츠리며 귀를 기울였다. 코다가 뭐라 중얼거리고 있었다.

실바람에 커튼 흔들리는 소리가 들릴 만큼 사위가 고요해졌다. 잠시 굳었던 왕자가 느린 박자로 코다의 등을 두드렸다.

카피레, 카피레. 처음 들어 보는 목소리가 낮게 깔렸다. 금방 녹아 없어질 눈송이처럼, 작고 여린 목소리였다. 막 태어난 염소의 울음처럼 잔떨림이 남아 있었다. 귀를 의심할 수밖에 없는 목소리였다.

테이블 아래로, 왕자의 다리 사이에 무너지듯 기댄 코다가 보였다. 무릎을 꿇은 탓에 칙칙한 포대 자루 같은 시종복이 바닥에 퍼져 있었다.

그가 카피레의 배에 뺨을 비볐다. 카피레, 카피레. 끊임없이 되뇌는 그 음성엔 뭐라 표현하기 어려운 감정이 가득했다.

"……내가 괜한 걱정을 한 모양이군."

카피레가 답지 않게 다정한 음성을 냈다.

"카피레……."

"울 정도로 내가 좋아? 후후, 하긴. 매일 봐도 질리지 않는 미모, 감탄하지 않을 수 없는 매력쟁이가 바로 이 몸이시지."

"우리 카피레…… 그렇게 자기 자랑만 하고, 지 좋을 대로만 살고 ……."

순간 정적이 내려앉았다. 젬 역시 쪼그려 앉은 채 정지했다.

"자기 잘난 줄만 알고, 거울 감상만 좋아하고, 편식도 심하고, 운동도 귀찮아 하고, 닥터 유리 말씀도 잘 안 듣고……."

"야, 코다……?"

"흑흑, 우리 카피레 행복해져야 하는데, 이래선 장가도 못 가…… 결혼 못 해…… 운명의 상대도 못 만나구……."

"야!"

카피레가 코다의 어깨를 잡고 몸을 뗐다. 코다의 구슬픈 흐느낌이 한층 강도를 더했다.

"카피레는 자기밖에 모르는 철부지니까, 만에 하나 운명의 상대를 만난다고 해도 여자가 도망가 버리고 말 거야. 흐흐흑, 우리 카피레 어쩜 좋아……."

젬은 입 밖으로 새는 웃음을 참으려 안간힘을 썼다. 얼굴에 뜨겁게 열이 올랐다. 빈 의자 뒤편에서 소리 없이 카페트를 쥐어뜯는 본이 보였다. 코다가 숫제 통곡하듯 천장을 향해 "허어어어!" 하고 울부짖었다.

"카피레! 미안하다! 허어어어어어!"

"이 새끼가 보자 보자 하니까 진짜!"

카피레가 코다를 짤짤 흔들었다. 코다의 시종복이 먼지떨이처럼 힘없이 흔들리며 바닥을 닦았다.

"카피레에에에! 내가 미안해애애애!"

"미안하긴 뭐가 미안해! 니가 내 엄마냐!"

결국, 제 성질 못 이긴 카피레가 코다를 밀쳤다. 뒤집어진 벌레처럼 사지를 바동거리던 코다가 이내 힘없이 늘어졌다. 훌쩍이는 소리가 점차 잦아듦에 따라 숨죽인 웃음소리가 빈자리를 메웠다.

본이 앉아 있던 부근의 카페트가 죄 뜯겨 나가 원형 탈모 같은 모양새가 되었다. 젬은 고치처럼 몸을 웅크리고 꺽꺽 숨넘어가는 소리만 냈다. 바닥에 침을 조금 흘린 것도 같았다.

그 참상을 눈치챈 카피레가 "이 자식들이!" 하며 발을 쿵쿵 굴렀다.

"이 자식들! 이 배은망덕한 자식들! 막말로 내가 뭐 틀린 말 했냐! 나같이 잘생긴 인간문화재와 같이 있으면 하늘의 은총이라 여기지 못할망정 뭐?! 이 눈이 발바닥에 달린 원숭이들 같으니!"

젬이 참지 못하고 바닥을 주먹으로 두드렸다. 너무 웃어서 창자가 끊어질 것 같았다. 숨쉬기가 괴로울 정도였다. 젬이 헉헉, 숨을 고르며 가까스로 몸을 뒤집었다.

막 몸을 일으키려 할 때였다. 젬은 집요한 시선을 느끼고 고개를 돌렸다. 바닥에 나동그라진 채 이쪽을 빤히 보는 코다와 눈이 마주쳤다.

눈 하나 깜박 않는 그 시선에 순간 등줄기로 소름이 질주했다. 정수리 털까지 직립했다.

젬이 몸을 일으키려던 자세 그대로 엉거주춤 굳었다. 코다는 젬에게 시선을 떼지 않은 채 천천히 상체를 세웠다. 씩씩대던 카피레가 "응?" 하고 발길질을 멈췄다.

젬은 코다의 시선을 피해 반대편으로 엉덩이를 밀었다. 침이 꼴깍 넘어갔다. 머리채 잡힐 각오를 분명히 했다고 생각했건만 막상 상황이 닥치니 눈앞이 하얗게 변했다. 아이가 젬의 목에 바짝 달라붙은 것이 느껴졌다.

코다가 테이블을 천천히 돌아 젬이 가려던 쪽을 막아섰다. 젬은 꼼짝도 못 하고 손에 힘만 주었다. 잠시 서 있던 코다가 그 자리에서 짐승처럼 네 발로 바닥을 짚었다.

그리고, 테이블 밑으로 고개를 들이밀었다.

앉은 자리에서 숨죽이던 젬과 코다의 눈이 마주쳤다.

코앞에서 마주 본 젬이 힉, 소릴 내며 반대쪽으로 엉덩이를 밀었다. 코다가 무릎걸음으로 테이블 주위를 빙빙 따라 기었다. 젬의 얼굴에 시선을 못 박은 듯 눈 한 번 깜박이지 않았다.

엄마야…….

아이가 중얼거리며 젬의 목에 바짝 붙었다. 젬은 뭐라 답도 못 하고 바닥만 쥐어뜯었다. 비명도 안 나오리만치 소름 끼쳤다.

"이 새끼 이거 왜 이래?"

카피레가 코다를 발로 찼다. 두세 번 발길질을 버티며 젬만 보던 코다가 다섯 발째서야 몸을 뒤집었다.

그 틈을 타 젬이 구르듯 테이블 밖으로 기어 나왔다. 목깃이며 등줄기가 축축이 젖어 있었다.

뒤늦게 튀어나온 본이 코다를 제압했다. 넋 나간 고개를 바닥으로 향하게 한 뒤 두 손을 뒤로 묶었다.

"야, 너 또 불량한 약 준 거 아냐? 얘 이거 맛이 갔는데?"

"그럴 리가 없는데……."

"아까 헛소리하는 거 못 들었어?"

아무렴. 카피레에게 쏟은 발언으로 미루어 코다가 먹은 약은 '비몽사몽 취중진담'이 분명했다. 꺼림칙한 건 그쪽이 아니었다. 젬에 대한 반응이었다.

"아직 시간이 꽤 남았는데. 어떻게 할까요?"

본이 벽시계를 확인하곤 물었다. 흠, 소릴 내며 턱을 만지던 카피레가 코다 앞에 쪼그리고 앉아 손을 휘휘 저었다. 본이 머리를 누르던 손을 떼자, 코다가 번쩍 고개를 들었다.

카피레를 보곤 한두 번 눈을 깜박이더니 곧장 울먹이는 소릴 냈다.

"우리 카피레…… 행복해져야 하는데……."

"아, 됐고."

카피레의 손짓에 본이 다시 코다의 뒤통수를 눌렀다. 카피레가 젬의 옷자락을 잡아당겼다. 얼결에 끌려간 젬이 코다의 앞에 서자, 본이 다시 손에 힘을 풀었다.

잠시 침묵만이 오갔다. 카피레를 볼 때는 어린아이처럼 풀어지던 얼굴 근육이, 젬을 보는 순간 도자기처럼 무감해졌다. 그저 시선만이 뜨겁고 집요했다.

젬이 힐끔힐끔 곁눈질할 때마다 꿀을 발견한 개미처럼 달라 붙었다.

진짜 왜 저런데요······.

"내가 아냐······."

젬은 울적한 와중에도 그의 시선이 생각만큼 무섭진 않단 걸 깨달았다.

테이블 아래에선 공포 영화에 나오는 살인마처럼 무시무시했 건만, 밝은 곳에서 보니 그냥, 그냥 그랬다. 비웃음이나 악의를 담은 시선이 아니었다. 말로 표현할 수 없는 감정이 그득 담겨 있었다.

카피레의 눈썹이 사납게 꿈틀거렸다.

"이 새끼 이거 변태도 아니고. 야, 다시 눌러 봐."

본이 두말없이 코다의 얼굴을 바닥에 박았다. 호흡이나 제대 로 할 수 있을까 싶을 만치 가차 없는 손속이었으나 젬은 침묵을 지켰다.

다시 카피레의 명령으로 본과 코다가 마주 보았다. 잠시 고장 난 기계처럼 버벅대던 코다가 갑자기 코를 훌쩍이기 시작했다.

"카피레 돌보느라 고생이 많아요······ 고마워요오오······" 하 며 서럽게 입술을 떨었다. 젬이 망설임 없이 코다의 뒤통수를 눌 렀다. 손바닥에 뜨끈한 두피 감촉이 느껴졌다. 그냥 콱 바닥에 문질러 걸레질을 하고 싶어졌다.

"약이 이상한 게 아닌 것 같은데요."

"너 진짜 얘한테 뭔 짓한 거 있어?"

"그런 거 없거든요? 아오!"

젬이 손바닥에 힘을 주었다. 코다가 읍읍, 하는 소리를 낸 것
도 같았다.

"어쨌든 코다가 왕자님을 생각하는 건 진짜네요."

본이 젬 대신 코다를 누르며 말했다.

"뭐 잘된 일처럼 말하고 있어? 아까 이 새끼 내 욕하는 거 못
들었어?"

젬은 속으로 중얼거렸다. 욕은 무슨, 참말만 뱉더구만.

카피레가 투덜대며 다시 코다 앞에 섰다. 숨을 못 쉰 탓인지
얼굴이 벌게진 코다가 겨우 고개를 들었다. 카피레가 그의 양 뺨
을 쥐고 얼굴을 가까이 댔다.

"코다. 너 나한테 숨기는 거 있어, 없어?"

"카피레, 카피레……."

"솔직히 말하면, 이해해 줄 수도 있어."

"카피레. 네가 행복해졌으면 좋겠어……."

코다의 눈에서 굵은 물줄기가 주르륵 흘렀다. 새똥처럼 뚝뚝
떨어졌다. "아, 진짜!" 하며 카피레가 뒷머리를 긁었다. 본이 눈
치 좋게 코다의 머리를 눌렀다.

"어떻게 하실 겁니까?"

"흥, 어쩌긴 뭘 어째."

퉁명스러운 어투긴 해도 카피레도 한결 마음 놓은 기색이었다. 쳄이 시간을 확인했다. 남은 시간 동안엔 눈을 가리고 의자에 묶어 두면 될 것 같았다. 본이 살짝 미소하며 말했다.

"그나저나 코다가 이렇게 눈물이 많은 사람인 줄은 몰랐네요."

"네가 몰라서 그래. 앤 어릴 때부터 그랬어. 그런 주제에 어찌나 사람을 챙기려 드는지."

카피레가 "끙" 소릴 내며 몸을 일으켰다.

"저도 엄마 없이 자란 주제에 나만 보면 불쌍해서 어쩔 줄 몰랐지. 새끼 고양이 돌보듯 애지중지하는 게 얼마나 같잖던지 말도 못 해."

"왕자님 성격에 용케 가만두셨네요."

"비단결처럼 곱고 아름다운 내 마음씨가 어쨌다고?"

쳄은 얌전히 입을 다물었다. 뾰로통한 왕자의 표정을 보니 뒤늦게 그의 심정이 이해가 갔다.

아마 온기가 그리웠던 게 아닐까. 낳자마자 버려진 것이나 다름없는 어린 시절, 왕자는 제 나이 또래가 주는 꾸밈없는 애정이 기꺼웠는지도 모른다.

"또 이상한 얼굴⋯⋯."

"제가 뭘요!"

"어쨌든 내기는 내가 이긴 거 맞지?"

"네?"

젬이 기가 막혀 되물었다. 카피레가 서랍에서 검은 실크 리본을 꺼내며 싱긋 웃었다.

"코다가 네 머리채를 잡아 뜯거나, 꿀밤을 날리거나, 코를 뽑진 않았잖아?"

"아, 그러고 보니!"

젬은 본을 사납게 노려보았다. 그러고 보니는 무슨 얼어 죽을 그러고 보니야!

젬은 두 손, 두 발, 머리까지 흔들어 가며 반론했다. 코다가 제게만 이상 반응을 보였으니 자기가 이겼다는 젬과, 험한 짓은 없었다는 카피레의 주장이 팽팽히 맞선 가운데, 본이 중재에 나섰다.

코다가 비록 손은 올리지 않았으나, 고양이가 쥐를 몰 듯 테이블 밑에 갇힌 젬을 졸졸 따라붙어 괴롭혔으므로 심신에 크나큰 상처를 주었음을 인정한 내용이었다. 여기서 왕자의 반론이 있었으나 기각되었다.

둘의 공방은 그렇게 무승부로 끝이 났다.

검은 실크 리본으로 눈을 가린 채 의자에 묶여 있던 코다가 끄응, 신음했다. 세 사람은 시계를 확인하곤 깜짝 놀라 주변을 정리했다. 젬은 본과 함께 그의 쪽방으로 숨었고, 카피레가 우왕좌왕하다 코다의 결박을 풀어 주었다.

그는 비봉사몽 정신 못 차리는 코다를 실감 나게 윽박질렀다. 혼자 흥에 겨워 취하니 좋았냐며 억지를 썼다. 술 한 잔에 기억이 뚝 끊긴 코다는 몹시 당황하여 그 말을 그대로 믿는 눈치였다.

코다는 결국 풀이 잔뜩 죽어 방 밖으로 쫓겨났다. 조심스레 고개 내민 본과 젬, 두 사람과 카피레의 시선이 마주쳤다.

"이걸로 된 거예요?"

젬이 물었다. 카피레가 테이블에 놓여 있던 물 잔을 들어 한입에 비웠다. 시원하게 오르내리는 목울대에 아직 흥분이 남아 있었다. 턱을 타고 물줄기가 조금 흘렀다. 그가 소매로 대충 입을 닦으며 말했다.

"이렇게 된 이상 믿고 가는 수밖에 없지."

"제가 말씀드렸잖습니까. 코다가 아무리 닥터 유리를 따른다고 해도 왕자님을 배신할 사람은 아니라고."

본은 꼭 자기가 칭찬받은 것처럼 어깨를 펴고 말했다. 카피레가 탁 소리 나게 물 잔을 내려놓았다.

"약장수."

"네?"

"보너스 주머니 열 개."

젬의 두 눈이 번쩍 뜨였다. 주머니 열 개면 금화가 몇 갠지 빠른 계산에 들어갔다.

"네게 부탁하고 싶은 일이 있어."

"말씀만 하세요."

카피레의 표정이 전에 없이 무거웠다. 여름날 만개한 꽃처럼 활짝 폈던 젬의 미소가 살짝 굳었다. 본 경이 문과 창문을 점검했다. 젬의 목깃에 숨었던 아이가 고개를 빼꼼 내밀었다.

카피레가 습관처럼 입술을 한 번 핥았다. 장미 꽃잎 같은 입술에 이슬이 스친 듯 생기가 돌았다. 울림이 깊은 목소리가 이야기를 시작했다.

9.
미끼

젬이 금서를 열었다 닫기를 반복했다. 누더기 같은 종이가 물 먹은 것처럼 무거운 소리를 냈다. 왕자의 이야기를 들은 이후, 일에 영 속도가 안 붙었다. 머릿속이 24시간 태풍에 시달렸다.

허무맹랑한 이야기였으나 마냥 근거 없는 말도 아니었다. 유리의 업적, 유리의 연구 논문들, 그가 젬에게 보여 준 태도 모두가 왕자의 말에 신빙성을 더했다.

무엇보다 꿈.

젬의 손이 중간에 또 멈추었다. 왕자궁에 온 뒤, 이따금 악몽처럼 젬을 덮치던 꿈이 있었다. 푸르스름한 실험관 내부에 시체처럼 창백한 왕자가 갇혀 있는 꿈이었다.

젬은 왕자의 말을 듣는 내내 기시감을 감출 수 없었다. 왕자가 묘사한 실험실 풍경이 제 꿈과 몹시 흡사했다.

거기다 왕자가 말한 인물은 누군가를 기다린다고 했다. 젬의 꿈속에 나온 왕자 역시 그랬다. 계속, 계속, 오랫동안 기다렸다고 애타게 속삭였다.

대체 이게 무슨 조화란 말인가.

우연의 일치일까? 아니면 예지몽? 그것도 아니라면 대체……?

젬, 집중.

아이의 한마디에 젬이 끙, 소릴 내며 다시 책을 펼쳤다. 레시피에 피를 섞은 이후, 금서에 몇 가지 변화가 있었다. 가끔 나타나는 중, 고급 레시피가 그 첫째였다. 듣도 보도 못한 재료를 요구하는가 하면, 한 달 내내 푹 끓여야 하는 종류도 있었다.

"한 달 내내 불 때우면 솥에 구멍 뚫리겠다. 그치?" 하고 젬이 농담처럼 중얼거리자 "내 허락 없이 만들기만 해 봐요, 이번엔 진짜 머리도 개구리로 만들어 줄 테니까" 하는 싸늘한 대답이 돌아왔다. 척 봐도 진심이라, 젬은 더 이상 말 붙이지 않았다.

일찍이 아이는 젬에게 신신당부한 터였다. 자신의 허락 없이 중, 고급 약을 만들 생각은 말라고.

"그, 그럼 내 황금알을 낳는 암탉은……?"

젬이 애가 닳아서 물었더랬다. 그럼 자신은 무엇 때문에 밤새워 공부에 매진했단 말인가. 공부 때문에 흘린 코피만 해도 2.5리터 주스 한 통은 될 터였다.

이 얘길 듣고도 그런 말이 나와요?!

"이 거짓말쟁이! 애초에 희망이나 주지 말지! 줬다 뺏는 게 어딨어!"

이 우주 제일 철부지 같으니!

아이가 잠자리 날개를 파르르 떨었다. 우수수 떨어지는 빛 가루에, 젬은 저도 모르게 어깨를 바짝 움츠렸다. 반사 작용이었다. 그 꼴을 보니 끓던 화도 가라앉는 아이였다. 아이가 작게 한숨 쉬었다.

들어 봐요. 우린 '황금알을 낳는 암탉'을, 즉 무에서 유를 만들어 내는 약을 놓고 계약했어요. 여기까지는 여타 계약과 다를 바 없어요. 하지만 젬이 내게 소원을 물었죠. 거기다 나는 반쪽을 찾는다고 답했고요. 그게 변수예요.

젬이 듣고 있다는 듯 고개를 작게 끄덕였다. 아이는 한껏 진지한 표정을 연기했다.

"그, 그 말은?"

지금껏 일방적이었던 금서 계약과 달리 이건 상부상조란 거예요. 내가 반쪽을 찾으면 그에 걸맞은 대가가 젬에게 돌아갈 거란 뜻이죠.

젬의 눈동자가 한순간 별을 흩뿌린 듯 반짝이다가, 곧 원래대로 돌아왔다.

"또 거짓말하는 건 아니겠지……?"

제가 언제 거짓말을 했다고 그래요?

"거짓말은 아니더라도 항상 미묘하게 빼먹고 말하잖아!"

진짜 개구리로 살아 볼래요?

아이가 허리에 손을 올린 채 눈을 부라렸다. 젬이 조건 반사처럼 고개를 흔들었다. "노, 농담이지이" 하며 어색한 웃음까지 곁들였다. 아이는 들으란 듯이 부러 콧방귀를 홍홍 뀌었다.

아이 딴엔 젬을 위한 일이었다. 모다 거짓말도 아니었다. 원래대로라면 그런 거창한 약을 꿈꾸는 이는 단계별로 레시피를 밟아 가며 영혼을 깎아 본인 안에 내재한 마법의 힘을 키우게 마련이었다.

인간이 타고난 자질에 따라 결과를 얻는 시간 또한 천차만별. 그러나 어느 쪽이든 영혼을 깎는다는 건 변함없는 사실이었다.

아이는 욕심을 부리고 있었다. 반쪽도 찾고, 젬과 더 오랜 시간을 보내고 싶었다.

아예 불가능한 꿈도 아니었다. 반쪽과 하나가 되어 완벽한 요정, 온전한 금서가 된다면 젬에게 다른 도움을 줄 수도 있을 터였다.

매일 황금알은 못 낳아 주더라도 그 비슷한 어떤 것은 가능하지 않을까.

아이는 젬의 시퍼런 손을 보았다. 아무리 불안정한 상태에서 요정의 분노를 받았다고 해도 이렇게까지 원상 복귀가 안 된다는 것은 뭔가 다른 이유가 있는 것처럼 보였다. 젬을 볼 때마다 금 간 유리잔에 물 따르는 것을 보듯 가슴이 조마조마했다.

무리하게 비약을 만드는 대신, 젬이 천수를 누리는 것을 지켜줄 수 있지 않을까. 아니면 정말 제 말대로, 변형된 계약이 젬에게 상을 내려 줄 수도 있지 않을까.

아이는 고개를 흔들었다. 이기적이고 제멋대로인 것은 알고 있었다. 상관없었다. 아이는 젬과 더 오래 있고 싶었다.

젬이 책장을 덮었다가 다시 폈다. 손놀림에 힘이 하나도 없었다.

젬. 적당한 레시피가 안 뜨는 건 젬이 집중을 못 해서예요.

젬은 무거운 한숨과 함께 실험대에 상체를 무너뜨렸다. 집중 못 하는 이유는 하나뿐이었다. 왕자가 말한 계획 때문이었다.

"······일이 계획대로 풀릴까?"

정 안 되면 젬 정도는 내가 어떻게든 구해 줄 수 있어요.

"어떻게?"

아이가 어깨를 으쓱했다.

요정 빛 가루로 거기 있는 모든 사람 눈을 멀게 만들어 버리든가, 몽땅 개구리로 만들어 버리든가.

"사랑의 요정이 아니라 전투의 요정······."

아니면 어디 먼 곳으로 날려 줄 수도 있겠죠.

"힘이 불안정하다고 하지 않았어?"

불안정하죠. 사람 머리와 몸통이 각각 다른 곳에 도착할 가능성도 있어요.

아이가 얼굴에서 웃음을 싹 지우고 답했다.

젬이 집중하지 않는다면 지금이라도 그렇게 만들어 줄 수 있을 것 같은데요.

젬은 말 대신 재빠른 행동으로 답했다. 뚫어져라 금서를 노려보는 눈빛에 절박함이 가득했다.

때마침 울린 휴대폰 소리에 흐름이 끊겼다. 젬이 슬그머니 화면을 확인하곤 고개를 갸웃했다. 처음 보는 번호였다. 잘못 걸린 전화인가 하여 실험대 위에 올려 둔 채 다시 책장을 넘겼다.

잠시 뒤, 벨이 끊기자마자 다시 이어졌다. 젬이 어쩔 수 없이 전화를 받았다. 심드렁히 "여보세요" 하던 젬이 어느 순간 "예?!" 하며 허리를 곧추세웠다. 불안한 시선이 깜깜한 창과 시계를 오갔다.

깊은 시간, 젬을 불러낸 사람은 다름 아닌 시종장이었다.

*   *   *

시종장 할아버지는 첫인상과 변함없는 얼굴로 젬을 맞았다. 그는 기분 나쁘지 않을 정도로 젬을 슥 훑고는 "아들에게 얘기 많이 들었습니다" 하고 덧붙였다.

젬은 잘 보이긴 텄다는 생각으로 어색한 미소만 지었다. 동행 하나 없이 사무처 앞까지 몸소 마중 나온 노인이었다. 그가 자그마한 마법등을 들어 보였다.

"가시지요."

사무처와 본성은 그리 멀지도 가깝지도 않은 거리였다. 잘 정돈된 돌길, 머리 위로 적당히 우거진 나뭇잎 틈틈이 벌레 소리가 들렸다. 젬은 연신 손바닥을 코트에 문지르며 시종장의 뒤를 따라 걸었다.

혹여 왕자의 무모한 계획이 벌써 탄로 난 게 아닌가, 식은땀이 자꾸 솟았다. 젬이 두어 번 넘어질 뻔한 뒤, 앞서가던 시종장이 던지듯 물었다.

"지팡이가 필요하십니까?"

"아닙니다!"

"처음 뵈었을 때보다 복장이 더 특이해지셨습니다."

"예에. 제가 요즘 피부병에 걸려가지고요. 하하……."

"저런. 병원에는 가 보셨습니까?"

시종장 할아버지의 어투가 너무 여상해서 젬은 점차 긴장이 풀렸다. 존재 자체로 남에게 압박을 주는 코다와는 정반대였다.

허허, 웃던 시종장이 자연스레 물었다.

"……카피레 왕자님께선 좀 어떠신지요."

"많이 괜찮아지셨습니다."

"중매 선생께서 오신 지 벌써 시간이 꽤 되었지요. 그간 연락이 어려워 소식이 퍽 궁금했습니다. 저도, 폐하께서도요."

예감이 좋지 않았다. 젬의 걸음이 조금 느려졌다. 그 움직임을 눈치챘는지 시종장의 걸음도 그에 박자를 맞췄다.

"그래. 왕자님의 운명의 상대는 어떤 분이시더이까?"

"그것이……."

"중매 선생님."

시종장이 자리에 우뚝 서서 젬을 돌아보았다. 그 움직임에 마법등이 흔들리며 부드러운 빛을 뿌렸다. 시종장의 주름진 얼굴에 그림자가 이리저리 겹쳤다.

"폐하께서 물어보시면 어찌 답하실 겁니까?"

"시종장님……?"

젬은 갈피를 잡을 수 없었다. 시종장은 꼭 다 알고 있는 사람처럼 말하고 있었다. 꼭, 왕자에게 그런 건 있을 수 없다는 것처럼…….

불안한 숨소리가 고막을 때렸다. 젬은 그것이 자신의 것인지, 아이의 것인지 분간할 수 없었다. 오래된 나무뿌리처럼 경직되었던 시종장의 얼굴이 약간 부드러워졌다.

"거짓말을 못 하는 분이로군요. 이거 곤란하게 됐습니다."

"무, 무슨 말씀을 하시는지 모르겠어요."

"폐하께서 물어보시면, 그냥 모르겠다고 답하시는 게 좋을 겁니다. 지금처럼. 어떤 질문이든지요. 듣자 하니 왕자님을 여러모로 돕고 계신 모양인데……."

시종장이 살짝 고개를 저었다. 저도 모르게 한 행동으로 보였다. 젬은 어깨를 움츠리며 주변을 한 번 돌아보았다.

넓지도 좁지도 않은 샛길. 양옆에 우거진 수풀 사이로 둥근 본성 지붕이 보였다 젬은 귀신에 홀린 기분이 되었다. 낮에는 천상의 것처럼 아름다워 보이던 우윳빛 본성이 밤에 보니 귀신 소굴처럼 느껴졌다.

젬의 표정을 본 시종장이 쓴웃음을 지었다.

"순진한 젊은이는 싫어하지 않아요. 어쩔 수 없군요."

"시종장님?"

"중매 선생님."

시종장이 이쪽으로 오라는 듯 손짓했다. 젬이 몇 걸음 다가서자 시종장이 젬의 귓가에 얼굴을 가까이 댔다. 진한 향수 냄새가 코를 톡 찔렀다.

"……어서 이곳을 떠나는 게 좋을 겁니다."

뭐라고?

젬이 물어보려는 찰나, 삐삐삐, 하는 호출음이 들렸다. 시종장이 휴대폰을 꺼내 확인하곤 "서둘러야겠습니다" 했다.

아무 일도 없었던 것처럼 돌길을 앞서가는 등이 노인답지 않게 꼿꼿하고 곧았다.

아이가 불안한 목소리로 젬을 불렀다. 젬은 잠깐 뒤를 돌아보았다. 마과부 건물이 먼 듯 가까운 듯 흐릿했다. 마치 짙은 안개라도 낀 것처럼.

젬은 결국 앞에서 흔들리는 마법등을 쫓아 발걸음을 서둘렀다.

*   *   *

무슨 정신으로 본성에 들어왔는지, 젬은 기억이 모두 표백되었다. 눈앞이 시꺼먼 안개에 잡아먹히는 것처럼 느껴졌다.

문이 양쪽으로 열리고 높고 넓은 알현실 내부가 드러났다. 화려한 융단이 바닥을, 웅장한 천장화가 위를 장식했다. 시원하게 뚫려 있던 창은 모두 두꺼운 커튼에 가려 있었다. 무겁게 떨어지는 천 사이로 껌껌한 유리창이 비쳤다.

멀리 몇 계단 높은 자리 옥좌에 단출한 차림의 왕이 앉아 있었다. 관자놀이를 꾹꾹 누르는 왕의 곁에 키가 크고 마른 흰머리 남자가 서 있었다.

"아, 오셨습니까."

밝은 표정으로 젬을 맞이한 사람은, 다름 아닌 닥터 유리였다.

시간은 다를지라도 그날과 같은 장소건만, 같은 자리에 선 젬의 심정은 그날과 사뭇 달랐다. 높이 펼쳐진 천장화도, 크고 화려한 장식물도 눈에 들어오지 않았다. 햇빛 대신 부드러운 마법등이 실내를 낮처럼 밝히고 있었다.

거대한 기둥 사이, 고개 숙인 시종들이 서넛 보였다. 기사는 없었다. 옥좌에 앉은 왕은 그날보다 조금 지쳐 보였고, 시종장 대신 그의 옆을 지키고 있는 닥터 유리는, 무도회의 밤처럼 여유로운 미소를 짓고 있었다.

시종장이 천천히 그들 곁으로 걸어갔다. 젬은 제 목덜미에서 날 선 기운을 느꼈다. 아이의 날갯짓에 머리카락이 흔들렸다.

그것을 살필 겨를도 없이 왕이 젬을 불렀다. 젬의 온몸이 뻣뻣하게 굳었다.

* * *

왕의 질문은 예상에서 크게 벗어나지 않았다. 왕자의 건강, 곁에서 보기에 어떤지, 그래서 운명의 상대는 찾았는지.

젬은 멍한 상태로 하나하나 답했으나, 마지막 질문엔 시간이 걸릴 수밖에 없었다. 잠시 침묵을 즐기던 유리가 정적을 깼다.

"이거 안타깝게 됐군요. 상심하지 마십시오, 폐하. 왕자님께서 어떻게 태어나신 분입니까. 이렇게 제 몫을 할 나이까지 자란 것만 해도 얼마나 기특한지."

"……유리."

어린아이가 형에게 칭얼대듯 연약한 목소리였다. 젬은 제 귀를 의심하며 주변을 곁눈질했으나 누구 하나 신경 쓰는 사람이 없었다. 잘못 들었나? 그때 아이가 나직이 속삭였다.

젬, 정신 똑바로 차려요. 저 인간 보통 인간이 아냐.

'나도 알아. 저 인간 변태 사이코야.'

마법사의 냄새가 나요. 그리고……

아이가 말을 마치기 전, 유리가 젬 쪽으로 시선을 옮겼다. 얼결에 눈이 마주친 젬이 저도 모르게 후드가 제대로 쓰였는지 확인했다. 왕이 헛기침으로 젬을 불렀다.

"내 진심으로 그 아이에게 좋은 선물을 해 주고 싶었건만……."

왕의 한숨에 젬은 한없이 쪼그라들었다.

"어쩔 수 없군. 중매 선생, 일전에 했던 계약은 무효로 돌리겠네."

"……예?"

"걱정 말게. 약속했던 대가는 제대로 지불하겠네. 지금까지 애쓰느라 수고 많았어."

젬은 무슨 소린지 바로 이해하지 못하고 눈만 꿈벅였다. 왕의 목소리가 몹시도 연극적이었다. 착잡함을 흉내 내려는 것처럼 들렸다. '아들의 불행을 슬퍼하는 아버지 역할'을 해야 한다는 강박까지 느껴졌다. 왕을 잘 모르는 젬에게도 느껴질 만치 작위적이었다.

젬이 천천히 시선을 옮겨 유리를 보았다. 은실처럼 반짝이는 흰머리, 주름 하나 없이 팽팽한 얼굴에 여유로운 미소가 걸려 있었다.

"계약 증명서와 대가는 시종장에게 받아 가면 된다네."

시종장 할아버지는 알현실에 들어온 이후부터 줄곧 돌처럼 딱딱한 표정을 고수하고 있었다. 길에서 봤던 희미한 미소가 헛것처럼 느껴졌다.

그가 손짓하자 기둥 뒤에서 한 시종이 웨건을 끌고 들어왔다. 소리 없이 미끄러지는 은색 트레이 위에 묵직한 주머니가 보였다. 딱 보기에도 무척이나 크고, 무거워 보이는 물건이었다.

왕이 눈 사이를 꾹꾹 누르며 말했다.

"그래, 유리 자네 따로 할 말이 있다고 하지 않았나?"

유리가 후후 웃으며 안경을 고쳐 썼다. 그 움직임에 따라 유리
알이 빛을 반사했다.

젬은 한 편의 연극을 감상하듯 기계적으로 눈만 감았다 떴다.
대사가 주어지지 않은 무대 위 정물이 된 기분이었다.

유리가 계단을 내려왔다. 화려한 카페트가 소음을 모조리 먹
어 치운 통에 허공을 걷듯 가벼워 보였다. 젬은 점점 가까이 오
는 유리를 그저 바라볼 수밖에 없었다.

"듣자 하니 마과부 쪽에 제법 관심을 보이셨다고요."

"……예?"

유리가 코앞까지 다가왔다. 젬은 뒷걸음질 치고 싶었으나 덫
에 걸린 것처럼 꼼짝할 수 없었다. 아이가 파르르 떠는 기색이
느껴졌다.

"세라피스 학원에서 복수 전공이라니. 쉽지 않은 일이지요. 성
적도 나쁘지 않고, 실력은 제가 직접 확인했고. 뭐 하나 부족한
게 없더군요. 미스 젬."

"과, 과찬이십니다."

"어떤가요, 제 제자로 들어오는 건?"

*　　　*　　　*

"……예?"

부러 유리의 가슴팍과 배만 보던 젬이, 고개를 번쩍 들어 그의 눈을 보았다. 카피레 왕자로 변신했을 때와 사뭇 기분이 달랐다. 아래에서 올려다본 그의 눈동자는 그때와 조금 다른 분위기를 띠었다.

기이한 일이었다. 달빛 아래서 보던 것보다, 밝은 조명 아래서 본 눈이 더 어두워 보이다니.

젬은 그의 눈동자에 안개처럼 흩뿌린 금색을 멍하니 응시했다. 속삭이듯 나지막한 목소리가 귓전을 맴도는 듯했다.

"당신이 원하던 것 아닌가요? 남부끄럽지 않은 명함. 안정적이고 수입도 나쁘지 않은 평생직장?"

진짜 유리가 말하는 것인지, 아니면 환청인지조차 구분할 수 없었다.

그랬다. 젬의 목표였다. 빚을 다 갚고, 먹고살 걱정하지 않고 살 수 있는 안정적인 생활. 왕실 공무원은 젬이 꿈꿀 수 있는 최고의 선택이었다.

젬의 시선이 저도 모르게 유리 어깨너머 트레이로 향했다. 계약서와 금화 주머니. 왕자가 평소 던지던 물건보다 세 배는 크고 무거워 보이는 주머니였다. 모아 둔 것과 합하면 빚 청산은 문제도 아니었다.

무언가가 목깃을 힘껏 잡아당겼다. 젬은 얼음을 씹은 것처럼 정신이 확 돌아왔다. 목깃을 쥔 아이의 손이 덜덜 떨리고 있었다.

마주 보는 유리의 표정에 살짝 금이 갔다. 그가 깊게 숨을 들이마셨다.

"금서……."

"새, 생각할 시간을 주십시오!"

젬이 큰 소리로 외쳤다. 뒤에서 터진 헛기침 소리에 유리가 옆으로 비켜섰다. 젬이 옥좌를 향해 허리 굽혔다.

"이대로 물러서기엔 중매 선생의 자존심이 허락지 않습니다! 조금만 더 시간을 주십시오!"

왕이 불편한 표정으로 유리를 보았다. 젬은 허리 숙인 자세에서 입술을 잘근잘근 씹었다. 심장이 갈비뼈를 부수고 튀어나올 정도로 빠르게 뛰었다.

바로 그때, 아이가 떨리는 목소리로 속삭였다.

내 반쪽. 닥터 유리에게서 내 반쪽의 냄새가 난다고.

"자네가 붙어 있으면 없던 운명의 상대가 하늘에서 떨어지기라도 하는가?"

"해, 해 보지 않으면 모르는 일이 아닙니까?"

"지금까진 안 했단 소린가?"

"폐하."

유리가 부드럽게 돌아섰다. 왕의 말을 자르는 무엄한 행동에도 누구 하나 지적하는 사람이 없었다. 젬은 날 선 침묵이 소름으로 다가왔다.

"허락하신다면, 이 젊은 친구와 잠시 이야기를 나누고 싶군요."

유리의 한마디에 알현실 공기가 어처구니없을 만큼 부드럽게 변했다. 왕이 허허, 웃으며 "그럼 뒤는 맡김세" 하곤 시종장의 부축을 지팡이 삼아 문밖을 나섰다. 몇 없던 시종들이 그 뒤를 따랐다.

옥좌 근처에 홀로 선 트레이 위엔 물건이 그대로 놓여 있었다. 계약서 몇 장과 묵직한 주머니가.

유리가 조용히 젬의 후드에 손을 뻗었다. 손끝이 닿기도 전에 검은 후드가 뒤로 넘어갔다. 눈 옆에서 따끔한 빛의 폭발이 일었다. 아이였다. 젬이 눈을 질끈 감았다.

유리의 소리 죽인 웃음소리에 젬이 겨우 눈을 떴다.

"이건 또 예상치 못한 모습이네요. 그래⋯⋯."

유리가 젬과 아이를 번갈아 보며 입을 가렸다. 뭐가 그리 재밌는지 그는 웃음을 참을 생각도 없어 보였다.

"사랑의 요정이라. 그 이름에 걸맞은 외양이 아닙니까. 당신이 직접 빚은 그릇인가요, 미스 젬?"

아이가 젬 앞을 가로막았다. 유리가 안경을 벗으며 말했다.

"경계심이 이렇게 강했던가요, 리스페?"

누굴 부르는 거야? 내 이름은 모이라이야!

"이런, 목소리를 들을 수 없군요. 역시 같은 뿌리라고 해도 다른 개체란 건가⋯⋯."

유리가 아이에게 손가락을 뻗을 찰나였다. 젬이 아이 곁에 바짝 붙었다.

"아, 아이를 건드리지 마세요!"

"이런, 악당이 된 기분이군요."

리스페라니. 생전 처음 듣는 이름이었다. 아이 반쪽을 부르는 것일까.

유리가 애써 웃음을 참는 기색으로 젬을 위아래로 훑어보았다. 그리고 천천히 젬의 뺨에 손을 올렸다. 차가운 뱀 가죽 같은 감촉에 젬이 한 걸음 물러서며 물 맞은 개처럼 몸을 부르르 털었다.

"보아하니 제 말을 잘 따라 준 모양이에요. 피부약은 좀 필요해 보이지만. 부작용인가요?"

"놀리지 마세요!"

"칭찬입니다. 딴 건 몰라도 제 제자로 살려면 유머 감각을 좀 키워야겠군요."

마과부라니. 닥터 유리의 제자라니. 젬이 입술을 깨물었다.

아이가 젬의 어깨에 올라 날개를 떨었다. 핑크색 빛 가루가 이렇게 든든할 수가 없었다.

"당신에게도 나쁜 제안은 아닐 텐데요."

"제, 제가 뭘 믿고 거길 가요?"

젬이 털 세운 고양이처럼 몸을 경직시켰다. 유리의 표정이 꼭 벌레 잡은 아이처럼 흥미로워 보여서 더 소름이 끼쳤다.

그는 아이의 굽이치는 금발과 순하고 귀여운 이목구비를 찬찬히 뜯어 보았다. 아이는 그 시선을 피하기는커녕 유리를 잡아먹을 듯 노려보았다.

내 반쪽을 어디다 숨겼냐고 물어봐요.

"보아하니 반쪽을 찾고 있는 모양이군요. 이렇게 다시 보게될 줄은 정말 몰랐는데…… 리스페는 몸 건강히 잘 있답니다. 당신도 전보다 퍽 좋아 보이는 걸요?"

요정을 반으로 찢어 놓고 뭘 잘했다고 실실대는 거야!

"아이쿠, 사나워라. 앙칼진 매력이 있군요. 후후, 정말 리스페완 딴판이야."

귀에 들리는 대화가 어쩌나 자연스러운지, 젬은 둘 사이 말이 통하지 않는다는 걸 믿을 수 없었다.

"그릇을 보니 확실하군요, 미스 젬. 당신은 재능이 있어요."

"아, 아이의 반쪽을 돌려주세요!"

"그건 곤란하군요. 리스페 군은 이쪽에서도 중요한 역할이라……."

유리가 미안하다는 듯 젬에게 한쪽 눈을 찡긋했다. 젬은 기가 막히고 코가 막혔으나 상대가 너무 당당한지라 말도 안 나왔다.

"몸 상태가 별로 좋지 않은 것 같은데. 금서는 많이 공부했습니까?"

젬은 대답하지 않았다. 아이의 날갯짓이 거칠어졌다.

"곧 더워질 텐데 그 장갑이며 마스크며, 계속하고 다닐 생각은 아니겠지요?"

'네놈이 나를 꼬시지만 않았어도 내 이 모양 이 꼴은 안 됐다!'

"제가 원래대로 돌려드릴 수도 있습니다."

"뭐?" 젬이 저도 모르게 반문했다. 유리가 "그래요!" 하며 두 손을 짝 소리 나게 맞부딪쳤다. 경쾌한 울림이 높은 천장을 타고 알현실을 왕왕 울렸다.

"이렇게 하면 되겠네요. 제자로 들어오면 몸도 원 상태로 돌려드리겠습니다. 꿩 먹고 알 먹고 서로 이득 아닙니까."

"……대체 제게 원하는 게 뭐죠?"

"당신은 금서를 갖고 있죠."

유리가 후후, 하고 웃음소리를 냈다.

"저와 금서는 이미 한 번 계약을 끝낸 터라. 재계약이 안 되거든요. 매정하기도 하지."

설마 재계약 안 해 준다고 요정을 반 토막 낸 건 아니겠지. 젬이 슬쩍 옆을 보았다.

사랑의 요정이 귀신 잡는 도깨비 얼굴로 파들파들 떨고 있었다. 주위에 빛나는 요정 가루가 끓는 용암처럼 보일 만큼 무시무시했다.

"다른 계약자를 찾을 정도로 힘이 남아 있을 줄은 몰랐어요. 지금 생각하면 천만다행이지 뭡니까. 그 덕에 이렇게 당신을 만났으니 말입니다."

유리는 진심으로 기뻐 보였다. 아이의 분노는 눈에 보이지도 않는 모양이었다.

"지금까지 금서와 함께인 걸 보면 보통 소원은 아닐 겁니다. 그렇죠?"

젬, 물러서요.

아이 주변에 빛이 넘실거렸다. 빛 가루가 태풍 맞은 바다처럼 거센 파도를 만들었다. 아이의 금발이 활짝 핀 꽃처럼 사방에 펼쳐졌다. 자칫하다간 전신 개구리가 될 판이었다.

핑크색 빛 가루가 한 점으로 응집했다. 눈이 부실만치 찬란한 광경이었다. 얼굴이 탈 것처럼 뜨거운 기운이 느껴졌다. 화살, 혹은 창처럼 보이는 그것이 유리의 이마를 향했다. 유리가 입술을 길게 찢었다.

"후후, 기세등등하군요. 제힘도 제어 못 하는 반쪽짜리 주제에."

유리가 손가락을 부딪쳐 딱, 소리를 냈다. 아이의 날갯짓이 허공에 정지했다.

하나로 모였던 빛줄기가 불꽃놀이처럼 사방으로 퍼졌다. 주변에 일렁이던 핑크색 파도 역시 모래알처럼 흩어졌다. 바닥으로 추락하는 아이를, 젬이 겨우 받아 냈다.

"아이!"

"걱정 마세요. 잠시 기절했을 뿐입니다."

유리가 노래하듯 읊조리며 천천히 다가왔다. 한쪽 무릎을 꿇은 채 아이를 감싼 젬의 위로, 파충류 같은 시선이 내리꽂혔다.

"자, 대답은 어느 쪽이죠? 제 제자가 되시겠습니까?"

"거, 거절하면 어쩔 건데요……."

"거절할 이유가 있나요?"

유리가 고개를 살짝 기울였다.

"전 당신이 마음에 들어요. 재능 있고, 자신에게 솔직하죠. 사람을 아낄 줄도 알고요. 그렇다고 욕심이 없는 것도 아니야."

나를 언제 봤다고 아는 척이냐.

젬은 숨죽인 채 듣기만 했다. 무의식중에 왕자의 자신만만한 얼굴이 망막을 스치고 지나갔다. 유리에게 제대로 엿을 먹이고 말겠다고 거듭 다짐하던 얼굴이었다.

"당신이 내게 온다면, 꽤 재밌는 결과가 나올 거예요. 당신의 금서는 내게 퍽 도움이 될 테고, 난 당신에게 부와 명예를 줄 수 있겠죠."

젬이 몸을 웅크려 아이를 숨기려 했다. 코트 안쪽에서 약병이 부딪치는 소리가 났다.

"거절한다면……."

유리가 혼잣말처럼 중얼거렸다. 그가 젬의 흔들리는 눈동자를 눈 한 번 깜박 않고 주시하며 말을 이었다.

"우리 관계가 그리 즐겁게 돌아가진 못할 거예요."

그가 손바닥을 펼쳤다. 하얀 거미 같은 손이 젬의 얼굴에 점차 가까워졌다. 그의 손 주위로 아지랑이 같은 기류가 물결치고 있었다.

차가운 손가락이 먼저 젬의 이마에 닿았다. 시커먼 그림자가 젬의 눈을 덮을 찰나였다.

"닥터!"

커다란 소리와 함께 알현실 문이 열렸다. 폭포수를 정면으로 맞은 양 정신이 확 깨었다. 유리가 천천히 몸을 바로 세웠다.

헐떡이는 숨소리가 가까워졌다. 젬이 겨우 고개 돌려 뒤를 보았다. 킨이었다.

이마에 맺힌 땀방울이 턱까지 구르는 것이 보였다. 킨이 그것을 대충 닦아 내며 숨을 골랐다.

유리가 무표정한 얼굴로 손수건을 꺼내 손을 닦았다.

"별일이군요. 누가 보면 달리기 연습하는 줄 알겠어요. 급한 용무가요, 랑쿼니에 군?"

"계, 계속 전화했는데 받질 않으셔서. 시종장께서 부르십니다. 폐하 용태가 이상하다고요."

"저런."

유리의 얼굴에 그린 듯한 미소가 돌아왔다. 그가 한 걸음 물러섬과 동시에 막이 깨지듯 서늘한 공기가 젬을 덮쳤다. 젬은 긴장이 풀려 온몸이 바닥에 푹 가라앉는 듯했다.

"어렵게 마련한 자리가 아쉽게 됐군요."

젬은 아이를 안주머니에 조심스레 숨기며 엉덩이로 뒷걸음질 쳤다.

"아까 한 말은 잊어 주세요, 젬. 전 언제든 당신과 좋은 관계를 맺고 싶거든요."

"……예에에."

"그리고 저건 일단 챙겨 두세요. 나중에 내놓으란 소린 안 할 테니까. 후후."

유리가 돈주머니를 향해 눈짓했다. "조만간 또 뵙지요" 하고 인사한 유리가 킨에게 당부했다. 젬을 숙소까지 잘 데려다주란 것이었다.

유리가 나가고도 한참이 지나서야 젬은 몸을 일으킬 수 있었다. 킨이 부축해 주려는 것을 여러 번 거절했다. 젬은 그 와중에도 악착같이 금화 주머니를 챙기는 것을 잊지 않았다.

묵직한 무게감에 어깨가 빠질 것 같았으나 이를 악물고 버텼다. 킨이 들어 주겠다는 것도 마다했다.

젬은 자신의 불안한 걸음걸이를 조마조마한 눈으로 보는 킨을 애써 모른 척했다. 잠시간 둘 사이에 침묵만 흘렀다.

본성에서 왕자궁으로 향하는 밤길이었다. 인적이라곤 없었다. 벌레 소리가 멀어졌다 가까워지길 반복했다. 띄엄띄엄 선 가로등이 어둠을 밝히고 있었다.

"……닥터 유리가 생각보다 한가한가 봐. 말단 연구원이랑 야밤에 통화까지 하고."

"……승진했거든. 얼마 안 됐어."

"와, 축하해."

젬이 옹알이하듯 중얼거렸다. 누가 들어도 축하가 아니라 빈

말이었다. 킨이 몇 발 걷다 물었다.

"⋯⋯고향에 내려갈 거지?"

"뭐?"

"돈주머니랑 그거. 그러려고 받은 거 아니었어?"

젬이 카피레 왕자의 중매쟁이로 성에 온 것은 누구나 아는 사실이었다. 젬은 대답 대신 돈주머니를 고쳐 안았다. 품에서 금속끼리 긁히는 소리가 났다.

젬은 킨과 앞서거니 뒤서거니 하며 걸었다. 길쭉한 그림자가 옆으로 늘어졌다, 하나로 합쳐졌다 하며 부지런히 따라왔다. 킨이 입술을 잘근거리다 말을 붙였다.

"⋯⋯젬. 닥터 유리는 무서운 사람이야."

"오, 너도 알고 있었구나. 다행이야. 모르는 사람이 참 많더라고."

"나 농담하는 거 아니야. 젬."

아까 그 꼴을 보고도 내 말이 농담으로 들리니.

젬은 쏴 주고 싶었으나 꾹 참았다. 제때 등장한 킨이 아니었으면 무슨 일을 당했을지 몰랐다. 킨이 목소리를 한 톤 낮추었다.

"닥터는 특히 왕족과 관련된 일엔 더 무서워, 젬. 난 네가⋯⋯."

젬의 걸음이 살짝 느려졌다. 가로등 빛에 비친 킨의 얼굴이 긴장으로 잔뜩 굳어 있었다.

그림자 탓일까. 꼭 처음 보는 사람처럼 낯설게 느껴졌다. 그의 목소리가 전에 없이 무겁고 탁했다. 꼭 먼지 낀 파이프에서 나는 소리처럼 아득했다.

"킨, 난……."

기까지 온 이상 발을 빼는 건 말도 안 됐다. 왕자뿐 아니라 아이까지 걸린 일이었다.

젬이 다시 한 번 주머니를 고쳐 안았다. 동전까지 짤짤 부딪치는 소리가 났다. 킨의 눈 밑이 한순간 경련했다.

"……어차피 돈 때문이랬잖아. 네가 왕자 돕는 거. 그 정도면 이제 충분한 거 아냐?"

"뭐?"

"그걸로 모자라면 내가 더 줄게. 그럼 된 거 아, 냐!"

젬이 굽 있는 부츠로 킨의 발을 짓이겼다. 본능에 가까운 움직임이었다. 킨이 한쪽 발을 잡고 깽깽이걸음으로 제자리를 뛰었다. 가로등 불빛에 시뻘겋게 달아오른 목이 보였다.

젬은 돈주머니를 놈 머리에 내려치고 싶었으나 혹여 금화가 흩어질까 두려워 손을 올릴 수 없었다. 야밤에 금화가 수풀 깊숙이 들어가기라도 하면 찾을 길이 요원했다.

젬은 이 와중에 이런 생각을 하는 자신에게 어이가 없었다.

"누굴 돈벌레로 알아? 넌 나한테 돈 얘기하지 마!"

"갑자기 왜 그래! 돈돈돈 한 건 너잖아!"

"그게 누구 때문인데! 누구 때문인데!"

폴짝폴짝 옆으로 뛰는 킨을 따라 젬이 두더쥐 잡기 하듯 발을 쾅쾅 찧었다. 뼈가 찌르르할 만큼 힘을 준 한 방, 한 방이었다.

킨이 어찌나 잘 도망가는지 명중보다 맨바닥에 발 찬 횟수가 압도적으로 많았다.

이러다 내 발이 불구가 되겠구나, 싶었던 젬이 겨우 발을 내렸다. 흥분 탓인지 잠깐 사이에 숨이 가빴다. 지금까지 잘 참았는데, 왜 하필 이럴 때, 이렇게……

킨이 멀찍이 떨어진 곳에서 한 발로 선 채 소리쳤다.

"그래서 그게 나 때문이란 거야, 지금?!"

젬은 순간 말문이 막혔다. 킨의 탓이 아니었다. 돈을 빌려준 건 킨의 아버지다. 그리고 돈을 빌린 건 젬의 부모였다.

그럼 젬은?

그게 어떻게 빌린 돈인지도 모르고 공부한 죄로 몇 년째 수전노 노랭이 약장수 짓을 하는 젬은?

젬은 저도 모르게 소리를 빽 지르고 말았다.

"니 아빠한테 물어봐!"

킨이 어정쩡하게 발을 내리며 "뭐?"라고 했다. 젬은 얼얼한 다리를 절뚝이며 뒤돌아 걸었다. 돈주머니를 신줏단지처럼 꼭 안은 채 잘 닦인 길을 부지런히 걸었다.

뒤따라오는 기척은 없었다. 천만다행이었다. 괜한 화풀이를 했다는 생각에 눈물이 차올랐기 때문이었다.

푸들푸들 떨리는 입술 새로 서러운 훌쩍임이 새었다. 어깨가 뻐근하고 팔이 덜덜 떨렸다.

품에 꼭 안은 주머니를 풀어 사방팔방에 돈을 던져 버리고 싶은 충동이 속에서 몸부림쳤다. 젬은 그렇게 하는 대신 돈주머니를 다시금 고쳐 안았다.

이것만 있으면 오랜 빚쟁이 생활도 끝이었다. 독촉장에 피 말리지 않아도 됐다. 싸구려 곡물 가루와 물로 끼니를 때우던 과거와도 영영 이별이었다.

젬은 아이가 얼른 일어나길 바랐다. 아이의 쫑알대는 목소리를 들으면 눈물이 날아갈 것 같은 착각이 들었기 때문이었다.

*　　　*　　　*

젬은 그날 밤 그리운 꿈을 꾸었다. 젬에게 빨간 겨울 꽃을 꺾어다 주며 쑥스럽게 웃던 소꿉친구가 나왔다. 엄마, 아빠가 그 장면을 보고 젬을 놀렸다. 젬은 화난 척 꽃을 마구 흔들었다. 탐스럽던 꽃망울이 단두대에서 목이 잘리듯 바닥에 툭 떨어졌다.

서럽게 우는 젬의 손을 잡고, 킨은 새 꽃을 따러 가자고 했다. 그래서 꽃을 땄던가, 말았던가.

중간에 끊겨 버린 꿈에 젬은 잠시 멍하니 창밖을 보았다. 특별히 어둡지도, 밝지도 않은. 언제나와 같은 하늘이 그곳에 있었다.

10.
사기극

왕자가 새벽같이 객실을 습격했다. 젬이 본성에 불려갔다 돌아온 것을 뒤늦게 안 모양이었다. 한 마리 미친 공작새가 날아온 양 온갖 요란을 다 떨었다.

뒤따라온 본이 조용히 문을 잠갔다. 젬은 들키지 않게 눈곱을 떼느라 정신없었다.

"하필이면 야간 촬영 시간을 노리다니!"

"그래서 젬은 뭐라고 했어요?"

"뭐라고 하긴 뭐라고 해요. 시간을 달라고 했죠. 어차피 왕자님 계획 대로만 된다면 금방 끝날 테니까."

"흥, 잘만 되면 내가 저것보다 큰 거를……."

왕자가 실험대 위에 떡하니 놓여 있는 초대형 돈주머니를 노려보다 흘깃 젬을 보았다.

젬은 저도 모르게 찔끔하여 시선을 피했다. 카피레의 눈썹이 밟힌 지렁이처럼 꿈틀했다.

"너 왜 그래?"

"뭐, 뭐가요?"

"반응이 평소와 다르잖아. 내가 저거보다 큰 걸 주겠다니까?"

"내가 돈만 보면 헥헥대는 갠 줄 알아요?!"

젬이 발끈해서 외쳤다. 답 대신 어색한 눈길만 돌아왔다. 왕자와 본이 서로를 보더니 다시 젬을 보았다. 긍정도 부정도 아닌 어정쩡한 시선에 젬의 이마에 핏대가 솟았다.

그냥 확 때려치워 버릴까, 잠깐 생각하던 때였다. 카피레가 젬의 턱을 살짝 들어 올렸다. 아름다운 얼굴이 순식간에 가까워졌다.

해골을 뚫고 솟아오르려던 신경질이 물맞은 불똥처럼 푸시시 식었다.

얼굴만 봐도 배가 부르다는 이런 느낌이리라. 아침부터 젬의 두 눈에 하늘의 은총이 흩뿌리는 듯했다. 갑자기 주변 공기가 맑아지고 심신이 정화되는 듯한 착각에 휩싸였다.

젬이 가까스로 입을 열었다. "왜, 왜요" 하는 목소리엔 애초 계획했던 앙칼짐 대신 몽롱함만 담겼다. 분명 분한데도 화가 안 났다. 진정 세상 혼자 사는 얼굴이었다.

카피레가 젬의 녹즙 얼굴을 요리조리 돌려보다가 눈을 가늘게 떴다.

"너 울었어?"

젬의 어깨가 파드득 튀었다. "우우, 울긴 누가 왜 울어요?" 하며 카피레의 손을 잡아 내렸다. 그러나 누차 얘기했듯 젬은 거짓말에 소질이 없었다.

본이 안절부절못하며 카피레를 보았다. 저 몸만 큰 왕자가 생각 없이 젬을 놀리기라도 할까 걱정한 탓이었다. 그러나 돌아온 반응은 예상과 달랐다.

카피레는 젬의 손이 닿았던 손목을 잠시 쥐어 보더니 꽃잎 같은 입술을 오물거릴 뿐, 뭐라 말을 꺼내지 못했다.

이게 무슨 일이람? 본이 헛기침하려다 말고 침만 꼴깍 넘겼다. 어색한 공기에 온몸이 베베 꼬이는 듯했다.

젬은 젬대로 왜 아무도 말을 안 하지, 하며 카피레의 시선을 모른 척하기 바빴다.

"아, 아이는 어디 있죠? 외출한 김에 아이가 좋아하는 과자를 사 왔는데!"

본이 하하핫, 웃으며 주머니를 뒤졌다. 뽀시락대는 소리 끝에 앙증맞은 과자 주머니가 나타났다. 그리고 눈 깜짝할 새 사라졌다.

본이 "어어?" 하며 제 손을 쥐었다 폈다. 침대 한구석에서 바삭바삭 과자 부서지는 소리가 났다. 세 사람의 시선이 한곳에 쏠렸다. 베개 옆에 무릎을 안고 앉은 아이가 보였다.

제 몸통만 한 과자를 원수 보듯 노려보며 전투적으로 씹어 먹고 있었다. 그 얼굴을 보고 있자니 바삭바삭 소리가 점차 빠르고 과격하게 변하는 듯한 착각이 들었다. 과자가 아니라 사람을 씹어 먹는 얼굴이었다.

젬이 얼른 시선을 돌리며 말했다.

"못 본 척해요. 지금은 건들면 안 돼."

"그, 그런 것 같군요."

이제껏 아이의 귀여운 모습만 봐 왔던 본은 내심 충격이 이만저만이 아니었다.

"그래서, 촬영은 이제 모두 끝난 거예요?"

"예. 이제 진짜 얼마 안 남았습니다."

본이 달력을 보여 주었다. 디데이는 카피레 왕자의 한정판 사진집 출간 기념 및 팬미팅 날이었다.

가을에 발간될 예정이었던 것을 무리하게 앞당긴 탓에 할 일이 태산이었다. 오랜만에 열리는 공식 행사에 카피레 왕자의 많은 팬들이 몸 달아 하고 있다는 소식이었다.

카피레 왕자 팬 1호 격이라 할 수 있는 왕세자가 물심양면으로 서포트 한다는 시종 시녀 통신도 있었다.

"이번엔 외국 사절도 참석한대."

"예? 하하, 또 오버하신다."

"진짜야. 우연히 내 사진집을 보고 그 동네 왕족이 반했다나 봐. 직접 온다는 걸 극구 만류하는 대신 사절을 보낸 거래. 사진집이랑 사인 얻어 오라고."

"하하. 에이⋯⋯."

젬이 팔꿈치로 본을 살짝 쳤다. 얼른 사실 대로 고하란 뜻이
었다. 본이 무겁게 고개를 끄덕였다.

"덕분에 일이 더 화려해질 예정입니다. 아무리 쟁쟁하고 왕자
님께 호의적인 분들이라지만, 어디까지나 유라레 사람. 닥터 유
리라면 거의 신처럼 받드는 사람들 아닙니까. 외국 사절이 있다
면 못 본 척 발뺌은 못 하겠지요."

"어쩜 좋아, 진짠가 봐⋯⋯."

젬이 마른손으로 얼굴을 쓸었다. 아이가 과자 갉는 소리가 드
릴로 고막을 뚫는 듯했다.

카피레 왕자의 계획은 이러했다. 곧 있으면 발간될 카피레 왕
자 사진집 한정판 출간을 기념해 멋진 자리를 만들자는 것이었
다. 닥터 유리의 가면을 벗길 무대 삼아서.

왕자의 팬층은 넓고 두껍기로 유명했다. 그중에서도 돈과 명
예, 인맥을 가진 사람만이 가질 수 있는 게 바로 한정판 사진집
이었다.

한정판 사진집은 헉 소리 나는 가격을 자랑했는데, 주 고객은
고위 귀족, 또는 그들의 자식이었다.

그의 신간이 나올 때면 사교계는 사진집에 대한 이야기로 한
참 달아오르곤 했다. 말인즉슨 유행에 뒤처지지 않으려면, 카피
레 왕자의 사진집이 필수란 뜻이기도 했다.

취미 삼아 꾸준히 사진집을 내온 카피레였으나 팬 사인회는 1년에 한두 번 열릴까 말까 한 수준이었다. 정기 애독자 모임에 가끔 얼굴이나 비치면 다행이었다. 부실한 몸뚱이와 별난 성격이 합쳐져 팬들은 모두 그러려니 넘겼다.

기껏 얼굴을 비친다 해도 왕세자를 비롯한 나이 지긋한 팬들은 얼른 들어가 쉬라며 고급 과자를 안기기 일쑤였으니 말 다 했다.

그런 카피레가 직접 특별한 자리를 만들겠다 선언한 것이었다. 사교계에 한바탕 큰 파도가 덮친 것은 당연한 순서였다. 누가 사인본을 받을 것인가와 더불어 자리싸움도 치열했다.

돈 많고 권력까지 갖춘 열혈팬들이 카피레 왕자 측근 매수에 열을 올린다는 소문이 이미 파다했다. 소문이 참말이었는지, 본경은 최근 휴대폰 개인 번호까지 바꿔 버렸다.

"리스트에 있는 분들께 모두 초대장을 돌렸습니다."

"좋아. 형님이 따로 물어본 건 없어?"

"웬일로 이렇게 적극적이시냐고요. 혹 연예계 진출을 노리느냐 여쭤 보셨습니다."

"내가 미쳤냐."

"만약 그럴 생각이라면 꿈도 꾸지 말라 신신당부하셨습니다. 몸도 약한 녀석이 무리하지 말라고요. 정 원한다면 전국 서점에 사진집을 깔아 줄 수는 있다고 하셨습니다."

"필요 없어……."

카피레가 코웃음치며 본의 수첩을 대충 넘겼다. 빽빽이 적힌 이름들, 간단한 인적 사항들이 빠르게 스쳐 갔다.

"형님은 무대에서 가장 가까운 자리로 배치해."

"먼저 말씀드리지 않아도 괜찮을까요?"

"계획을 아는 사람은 적을수록 좋아. 또 형님이 날 못 알아볼 리도 없고."

카피레는 실험관 남자와 자신이 찍어 낸 듯 똑같이 생기긴 했으나 내용물이 천지 차이라고 했다. 딱 봐서 인중에 물이 고여 있고, 입 근육이 헤벌레, 하면 놈, 얼굴이 깨끗하고 눈이 빠릿빠릿하면 자신이라고 했다.

겨우 그거 가지고 어떻게 알아보느냐, 또 다른 점은 없느냐 묻자 카피레가 고개를 젓다가 "아, 그럼 목소리가 맹하면 놈, 또박또박 영민해 보이는 쪽이 나야"라고 했다. 젬의 미간에 주름이 깊어졌다.

왕자 말대로 알아보기 쉽다면야 걱정할 필요는 없겠지만……

젬의 꿈속에 나왔던 왕자는 콧물도 없고, 바보처럼 웃는 인상도 아니었다.

물속에 갇혀 있어서 그랬던 걸 수도, 혹은 그냥 개꿈일 수도 있겠지만. 젬이 끙끙 뒷목을 긁었다.

"약은 어떻게 돼 가고 있어?"

젬이 아이 쪽을 힐끔 보고는 고개를 끄덕였다.

"적당한 걸 찾는 대로 말씀드릴게요."

왕자가 요구한 약은 잠시간 죽은 듯 신진대사가 극단적으로 느려지는 약이었다. 누가 봐도 죽은 것처럼 보여야 했다. 유리마저 속일 수 있어야 한다는 주문이었다.

카피레 왕자가 꼭 필요한 시간, 아슬아슬한 때, 카피레가 유리의 실수로 목숨을 잃어야 했다. 왕은 물론 왕세자, 고관대작과 외교 대사까지 모인 자리.

유리가 나라 안팎에서 유명한 천재에서 왕자를 실수로 죽인 돌팔이로 전락할 위기 상황을 만들어야 했다.

카피레는 유리가 쥔 패를 알고 있었다. 분명한 패를 쥔 자가 조용히 돌을 맞기만 할 리가 없었다.

유리가 모지리를 대역으로 세워 무대 위로 올리기만 한다면, 그렇게만 해 준다면.

"거기서 내가 짠, 하고 나타나는 거지. 나를 증명해 줄 충직한 부하들과 함께!"

카피레가 천장을 향해 두 주먹을 불끈 쥐었다. 졸지에 충직한 부하가 된 젬이 눈을 이리저리 굴렸다. 본은 두 눈을 반짝이며 박수 치기 일보 직전이었다. 하여간 주종이 똑같았다.

젬은 왠지 모를 불안을 삭이려 애썼다. 마냥 헛것으로 치부할 계획은 아니었다.

코다가 닥터 유리를 교란시키고, 바람 잡는 중책을 맡았고, 젬은 금서로 카피레가 요구하는 것과 흡사한 레시피를 찾기로 했다. 본은 기념회 주최자로서 무대 위에서 현란한 말솜씨를 선보일 예정이었다.

"부디 그때까지 다시 불려 가는 일은 없었으면 좋겠네요."

"넌 딴생각 말고 야에만 집중해. 말했지? 저기보다 큰 걸 주겠다고."

"……나중에 딴말 말기예요."

준다는데 거절할 이유는 없지. 젬은 슬금슬금 아이의 눈치를 보았다. 과자는 동난 지 오래, 사랑의 요정은 이불 속에 들어가 고치 흉내를 내고 있었다. 본이 맹한 소리로 물었다.

"그런데 코다가 연기에 소질이 있던가요?"

"더럽게 없어! 걔 나랑 특훈 들어가야 돼. 이 몸에게 공짜 연기 지도를 받다니. 복 받은 녀석 같으니."

"코다는 엄한 교육 방식을 선호한다던데요, 왕자님? 쉴 새 없이 몰아붙여서 아주 그냥 생각할 틈도 없게 만드는 게 자기한테 딱 맞다고 했어요!"

때를 놓칠세라 젬이 다다다 뱉었다. 왕자가 "그래? 녀석이 그런 타입이었어?" 하며 턱을 만졌다.

남성 예법 교실의 복수다, 이 가면 귀신아. 젬은 속으로 히히 웃었다.

*　　*　　*

사실 젬과 아이는 왕자가 말한 약과 흡사한 것을 이미 찾아낸 상태였다. 다른 대안은 없는지 고민하던 중, 닥터 유리가 잔잔한 웅덩이에 바위를 던진 꼴이었다.

젬은 침을 꿀꺽 삼키곤 금서를 조심스레 펼쳤다. 책 곰팡내가 확 퍼지면서 가운데 장이 열렸다. 잉크가 살아 있는 것처럼 그림과 글자로 변했다.

젬의 마음을 읽은 것처럼 그날 본 레시피가 나타났다. 일찍이 아이와 함께 고민했던 바로 그 레시피였다.

죽음의 키스. 고급편. 일시적으로 복용자를 가사 상태에 들어가게 한다. 10미리당 1시간. 용법, 용량에 요주의. 복용자를 조심히 다룰 것.

부작용란에 빼곡한 병명이 이어졌다. 끔찍하리만치 길고 긴 제작 시간, 어마 무시한 재료들의 향연이 그 뒤를 따랐다.

어제까지만 해도 불쾌한 기색을 숨기지 않던 아이가 오늘은 왠지 조용했다. 닥터 유리와 만남 이후 줄곧 이런 상태였다. 젬이 흠흠, 헛기침했다.

"약 이름부터 새로 지어야지. 내가 생각해 봤는데, '죽었다 살아나는 약'은 어때? '저승 구경 약'도 괜찮을 것 같고."

한참 너스레를 떤 끝에야 반응이 돌아왔다. 아이가 복잡한 눈으로 젬을 보았다.

재료 제대로 읽어 봤어요?

"응. 이 레시피를 처음 만든 인간은 돈이 썩어 나는 부자였던 게 틀림없어."

피 들어가요.

"응."

아이가 입술을 깨물었다. 생각하면 할수록 분했다. 닥터 유리에게 개미처럼 밟힌 제 꼴에 다시금 열이 올랐다. 자신의 반쪽은 유리가 데리고 있는 게 분명했다. 알면 뭐하나. 반으로 찢긴 자신은 이렇게나 무력했다.

머리로는 알고 있었다. 젬이 이 약을 만드는 게 최선이었다. 그러나 마음 한구석에 창이 박힌 듯 갑갑했다.

힘의 불안정, 젬의 돌아오지 않는 이변, 영혼의 불균형.

모든 것이 금서와 관련이 있는 게 분명하건만, 그게 무엇인지 명확하게 떠오르지 않았다. 안개 낀 호수 위에서 같은 자리를 뱅뱅 맴돌 듯 모든 것이 불분명했다. 자신이 완전한 하나였다면, 이런 일은 없었을 텐데.

바닥만 보던 아이의 얼굴에 부드럽고 따뜻한 것이 닿았다. 시금치에 물든 것 같은 피부색. 젬의 손이었다.

"아이, 뭐 어때서 그래. 눈앞에 가장 좋은 방법이 있는데 왜 모른 척 돌아가야 해?"

우주 제일 한심이가. 가볍게 말하지 마요.

"걱정하지 마. 네가 전에 말했잖아. 우린 상부상조라구. 네가 반쪽을 찾으면 그에 상응하는 대가가 있을 거라며. 설마 죽기야 하겠어?"

아이는 기가 막혔다. 설마 죽기야 하겠냐며 첫 만남에 계약을 결정한 자신이 할 말은 아니지만. 어디까지나 가정이었다. 그렇게 되면 좋겠다에 가까운, 아이의 바람일 뿐이었다.

금서의 요정, 운명과 욕망 사이 균형이니 뭐니 잘난 척 얘기했지만 아이 역시 거대한 운명 속 작디작은 톱니바퀴일 뿐이었다.

이 작은 행동 하나가 어떻게 돌아올지 무엇하나 확신할 수 없는 것이다. 그러나 아이는 젬에게 그렇게 말할 수 없었다.

제 말만 덜컥 믿고 금서와 계약한 우주 제일 팔랑귀, 정체불명 요정에게 평생 친구처럼 치대는 우주 제일 명청이. 이러니저러니 해도 가까운 사람 일이라면 안 도와주곤 못 배기는 우주 제일 호구. 반쪽짜리 모이라이의 계약자.

"나 이거 만든다? 만들 거니까?"

"······마음대로 해요."

아이는 못 이기는 척 뱉고는 구석에 숨었다. 얼굴을 보여 주기 싫었다. 부디 이 일로 모든 것이 끝맺기를 바랐다. 반쪽을 되찾고 온전한 자신이 되기를.

한 가지는 확실했다. 앞으로 젬에게 무슨 일이 생긴다면, 아이는 있는 힘껏 젬을 도우리란 사실이었다.

그게 어떤 일이든. 무엇을 희생하더라도.

　　　　*　　　　*　　　　*

　　행사가 일주일 앞으로 다가왔다. 2주 내내 약불에서 끓고 있는 마법약 역시 막바지 단계에 들어갔다.

　　걸쭉한 늪 모래 같은 액체에서 걸레 삭은 냄새가 풍겼다. 국자로 한 번씩 저을 때마다 하수구를 청소하는 기분이 들곤 했다. 그럴 때면 젬은 이 약을 먹어야 하는 왕자에게 아주 조금 미안해지곤 했다.

　　하드커버 양장본 풀컬러 사진집 역시, 왕자의 개인 창고에 차곡차곡 쌓였다. 공장에서 막 도착한 터라 책이 따끈따끈했다. 표지에 무지개 빛깔 반짝이며 그라데이션이며 뭐가 잔뜩 들어갔다고 하는데 젬은 뭐가 뭔지 분간할 수 없었다.

　　카피레는 몇몇 귀빈을 위해 열 권 정도에 사인을 마치고는 덤으로 하나를 더 집었다.

　　"더 하시려고요? 만날 귀찮아 하시던 분이 웬일이래. 여기 열 권 더 드릴게요."

　　"치워!"

　　카피레가 빛의 속도로 멋들어진 사인을 끝냈다. 탁, 소리 나게 책을 덮고는, 젬에게 건넸다. 젬이 "저요?" 하고 자기를 손가락질했다.

　　"너도 주문했잖아."

　　"아……."

"잘됐네요, 젬! 그거 암시장에서 프리미엄이 열 배는 붙어요!"

"야, 너 팔기만 해 봐."

카피레가 본의 뒤통수에 주먹을 날렸다가 제 손을 쥐고 발을 동동 굴렀다. 본이 뒷머릴 훑으며 파리가 앉았다 갔나 허공을 둘러보았다.

젬이 조심스레 책장을 펼쳐 보았다. 장식적인 필체로 그린 사인 밑에 젬 마키나에게, 하는 추가 문구가 적혀 있었다.

젬은 새삼스러운 눈으로 카피레를 보았다. 워낙 약장수, 약장수를 입에 달고 다니는 인간이라 젬의 이름을 모르는 줄 알았는데.

다시 한 번 주먹을 날릴 것인가, 포기할 것인가 고민하는 카피레가 보였다. 젬은 사진집 표지를 찬찬히 살펴보았다. 아무리 봐도 실물이 천 배는 잘생겼다.

규칙적인 노크 소리가 문을 두드렸다. 젬이 흠칫 놀라 후드를 뒤집어쓰고 책을 옆구리에 끼웠다. 문을 열고 들어온 이는 예상대로 코다였다.

핼쑥한 얼굴이 콩트를 찍고 있는 주종을 지나 움츠린 젬을 보았다. 눈 밑에 독가스가 낀 듯 시꺼멓고 입술도 바짝 말라 있었다.

왕자가 생각보다 더 무서운 연기 선생님이었던 모양이었다. 아니면 코다가 생각보다 더 재능 없는 학생이었든지 말이다.

젬은 하나도 안 미안하다고 생각하면서도 그의 초췌한 안색에 속이 불편해졌다. 젬이 한 손을 번쩍 들고 "앗, 벌써 시간이 이렇게! 두 시간 반에 한 번씩 저어 줘야 하는데! 저는 여기서 이만!" 하곤 서둘러 빠져나온 이유였다.

닫히는 문틈으로 "연기 지도가 필요한 건 제가 아니라 저쪽 아닙니까?" 하는 볼멘소리가 들렸다.

역시 하나도 불쌍하지 않았다. 일 년 내내 연기 지도만 받고 살면 좋으련만!

＊　　　＊　　　＊

개인 실험실 문 앞에 키 큰 남자가 기대어 있었다. 흰 마과부 가운, 주변인보다 유난히 좋은 덩치. 킨이었다.

달밤 깽깽이 사건 며칠 뒤, 킨은 성난 불곰이 되어 개구리 괴인을 찾아온 바 있었다. 젬은 내심 각오하고 있었으나 불곰의 상태가 생각보다 사나워 약간 졸았더랬다.

젬은 일이야 어쨌든 갑자기 발길질을 한 것에 대해선 사과해야 한다고 머릿속으로 되뇌었으나, 불곰의 첫마디에 저도 모르게 발끈해 버리고 말았다.

"아버지 일, 그 빚, 왜 진작 말하지 않아?"

"……내가 그걸 왜 너한테 말해야 하는데?"

"그걸 지금 말이라고 해?"

불곰의 으르렁거림에 실험실 창문까지 부르르 떠는 듯했다.

젬은 주먹에 힘을 꾹 주었다.

"말하면 뭐가 달라지기라도 해?"

"너……."

"이미 끝난 일이야. 너랑 이 얘기하고 싶지 않아."

"끝나긴 뭐가 끝나? 됐고, 나머지는 내가 알아서 할 테니까 너, 더 이상 아버지한테 돈 보낼 필요 없어."

"이미 끝난 일이라고 했지."

젬이 실험대 모서리를 꾹 쥐었다. 혹시 이런 일이 생길까 서둘러 돈주머니를 처분한 게 천만다행이었다.

"나 빚 다 갚았어. 이자 한 푼 남김없이. 거래 끝냈다구."

"뭐? 너, 그게 얼만데……."

"할 말 끝났으면 나가 줄래."

"아직 안 끝났거든!"

"그럼 내가 나갈게."

뒤돌아 나가려는 젬의 손목을 킨이 잡아챘다. 어찌나 힘이 센지 몸이 저절로 딸려 갔다. 킨이 힘 조절한 것을 아는데도 순간 덜컥 겁먹을 정도였다.

젬이 얼굴을 찡그리자 킨이 "미, 미안!" 하며 손을 놓았다. 저도 놀랐는지 얼굴에서 홍분이 조금 가셨다.

젬이 손목을 문지르며 킨을 보았다. 녹즙 피부도, 거기에 검게 새겨진 손자국도 모두 마음에 안 들었다. 감정을 싣지 않으려 했건만 자꾸 비뚠 말이 튀어나왔다.

"……나도 자존심이란 게 있거든?"

"그, 그렇게 아팠어? 미안해……."

"나도 자존심이란 게 있다고!"

젬이 소리를 빽 지르며 바닥을 찼다. 딱딱한 바닥에 채어 발만 아팠다. 눈물이 핑 돌만큼 뼈가 지릿지릿했다. 그 기세에 불곰이 놀라 한 걸음 물러섰다.

"딴 사람은 몰라도 넌 내 앞에서 돈 얘기하지 말라고!"

"아, 알았어. 내가 잘못했어. 그러니까 젬, 내 얘기 좀……."

"나가!"

"젬, 진짜 미안하다니까? 젬!"

젬이 뿔난 황소처럼 킨에게 달려들었다. 딴딴한 가슴팍에 두 손을 대고 힘주어 밀었다.

끙끙대는 젬을 보고 킨이 뒷걸음질 쳐 주며 연신 빌었다. 자존심 건드릴 생각은 전혀 없었다고. 미안하다고. 그냥 돕고 싶었다고. 차마 어깨에 손도 못 올리면서.

젬은 가까스로 킨을 복도까지 밀어낸 뒤 쾅 소리 나게 문을 닫았다. 킨이 밖에서 버려진 강아지처럼 낑낑거렸다. "젬, 젬 이……" 하는 소리가 어찌나 처량한지 말도 못했다.

젬은 모른 척 문을 잠가 버렸다. 킨이 또 빚 얘길 꺼낸다면 자신이 어떻게 반응할지 가늠할 수 없었기 때문이었다.

머리가 식은 후에야 이성이 돌아왔다. 킨 딴엔 자신을 돕고자 한 게 분명했다. 오랜만에 만난 동향 친구가 제 아비한테 어마어마한 빚을 진 상태라니, 저도 놀랐겠지.

젬은 그제야 알았다. 킨에게 사실을 알리기 싫었던 이유는 다른 게 아니었다. 가장 큰 이유는 그냥…… 이런 게 쪽팔려서였다. 다년간 빚쟁이 생활로 다져진 철판 낯짝도, 소꿉친구 앞에선 무용지물이었던 모양이었다.

쓸데없는 자존심이란 걸 누구보다 잘 알고 있는데도.

그게 며칠 전 얘기였다. 젬이 소리 없이 한숨 쉬곤 다시 허리를 쭉 폈다. 두 시간 반에 한 번씩 약을 저어 줘야 한다는 건 사실이었다.

젬은 아무렇지 않은 척 실험실 앞에 섰다. 킨이 자세를 바로 했다. 불곰 한 마리가 구부정한 자세로 젬을 물끄러미 내려다보았다.

며칠간 계속된 냉전 아닌 냉전 끝에 둘 사이는 한없이 어색한 상태였다. 서로 어떻게 사과는 나눴으나 대화가 이어지지 않았다.

젬은 아무 일도 없었던 것처럼 돌아가고 싶었지만, 생각만큼 말이 잘 나오지 않았다. 같이 겨울 꽃을 따던 시절로 돌아갈 날이 영영 요원해 보였다.

"……꼭 들어 줬으면 하는 말이 있어."

젬이 문을 반쯤 연 채로 킨을 보았다. 우중충한 얼굴빛 하며 쪼그라든 어깨가 여간 안쓰러운 게 아니었다. 희디흰 마과부 가운마저 잿빛으로 보일 만큼 음침했다.

친절하게, 상냥하게. 젬은 속으로 되뇌었으나, 현실은 안쪽에서 문을 열어 준 것이 다였다.

킨은 그것만으로도 감지덕지인 양 한결 밝은 얼굴로 실험실에 발을 디뎠다. 실험실 내부에 가득 찬 천 년 묵은 찌든 내에 금세 얼굴이 쪼그라들었지만.

"대체 이게 무슨 끔찍한……."

"……원래 이 정돈 아니었는데 어째 갈수록 심하네."

젬이 무안해서 창을 활짝 열었다. 구역질을 간신히 참는 킨의 얼굴을 보니 결전의 날이 한없이 걱정되었다.

왕자가 아무리 지금까지 걸레 맛 물약을 선뜻 들이켰다 해도 이 천 년 묵은 하수구 같은 마법약을 무사히 넘길 수 있을 것인가. 코가 꽤 익었다고 자부하는 젬조차도 가끔 눈앞이 깜깜한데 말이다.

몰아치는 악취에 킨의 안색이 눈에 띄게 창백해졌다. 보다 못한 젬이 "……마스크 쓸래?" 하며 자기 마스크를 벗었다. 후각을 고문하는 하수구 습격에 얼른 숨을 참은 건 물론이었다.

킨이 떨리는 손으로 마스크를 받았다. 힘에 겨운지 눈에 눈물까지 그렁그렁했다. 얼른 쓰지 못하고 젬과 마스크를 번갈아 보더니 조심스레 입에 가져다 댔다.

젬! 그, 그걸 왜 벗어 줘요!

'사람은 살리고 봐야 할 것 아냐.'

덩치 차이만큼이나 얼굴 면적에도 차이가 컸던 모양이었다.

젬 얼굴 반을 넉넉히 가리던 마스크가, 킨이 착용하자 턱선을 가리지 못하고 애처로울 만치 늘어났다.

저건 다시 못 쓰겠군. 젬이 속으로 잠깐 후회했다.

"……할 말이 뭔데?"

젬이 고무장갑을 끼고 기다란 국자를 집었다. 검고 깊은 솥을 휘휘 젓기 시작하자 하수구 똥내가 한층 진해졌다. 식은땀이 절로 나올 정도로 강력한 악취였다. 젬은 이마에 핏대를 세워 가며 팔에 힘을 주었다.

여기에 들어간 재료 값만 해도 웬만한 회사원 일 년 치 봉급에 가까웠다. 아까워서라도 포기할 수 없었다!

킨을 옆에 두고 하는 생각이 또 돈타령이라니. 젬이 헛웃음 짓는 걸 아는지 모르는지, 킨이 움찔거리며 게걸음으로 젬 곁에 붙었다. 악취의 근원지를 두려워하는 기색이었다. 얇은 천 너머로 웅얼대는 소리가 들렸다.

젬이 슬쩍 옆을 보았다. 마스크 가운데 부분이 불룩 솟았다 움푹 패기를 반복하고 있었다. 뭐라 말을 하려는 것은 분명한데…… 젬이 눈을 가늘게 떴다.

상태가 심상찮았다. 한껏 찡그려진 미간이며 반쯤 돌아가기 시작한 눈동자로 보아 기절하기 일보 직전처럼 보였다. 젬이 국자를 크게 한번 젓곤 뒤돌아 킨 눈앞에 손바닥을 흔들었다.

"너 괜찮아? 토할래?"

"우부부브브브브."

"마스크 떼 줄까?"

킨이 격렬히 도리질 쳤다. 동공에 힘이 풀린 것이 이미 제정신이 아닐 가능성이 높았다.

젬이 한발 가까이 다가섰다. 저 덩치가 잘못 넘어졌다가 이디 부딪치기라도 하면 큰일이었다. 손짓 한 번에 모든 실험 기구가 유릿가루로 화할 가능성이 컸다. 어쩔 수 없이 실험대에라도 기대어 줄 생각이었다.

킨은 젬이 이끄는 대로 뒷걸음질 쳐 실험대에 엉덩이를 기댔다. 이것으로 쓸데없는 기물 파손은 피한 셈이었다.

젬이 소맷단을 길게 빼 킨 이마에 맺힌 식은땀을 닦아 주었다. 피부가 까칠한 것이 며칠 밤샌 사람이 따로 없었다.

기분 탓일까? 킨의 숨이 점차 가빠지는 듯했다. 마스크가 입 모양대로 부풀었다 꺼지기를 반복했다. 물 밖에 나온 붕어 아가미처럼 바쁘게 움직였다.

아무래도 마스크가 코와 입에 딱 붙어서 숨쉬기가 힘든 모양이었다. 그렇다고 마스크를 떼자니 이 하수구 똥내에 직격탄을 맞을 텐데, 이를 어쩌면 좋단 말인가. 진퇴양난의 기로였다.

젬이 각오를 다졌다. 좀 무리해서라도 실험실 밖으로 내보내는 길밖에 없어 보였다.

젬이 킨의 뺨을 두드리며 여기서 나가자고 말하려던 때였다. 꿈속을 방황하듯 몽롱한 시선이 젬에게 가까워졌다.

"어?" 하는 순간, 뺨에 뭐가 닿았다 떨어졌다.

축축하고 뜨끈뜨끈한 마스크 감촉이 피부에 한참 남아 있었다. 킨이 또 뭐라 옹알옹알거렸다. 젬은 머릿속에 물음표만 띄운 채 잠시 굳어 있었다.

제에에에에엠!

아이의 목소리에 젬이 겨우 정신을 차렸다. 잠깐 사이에 킨은 이미 넋을 놓은 상태였다. 살짝 벌어진 눈꺼풀 사이로 흰자가 돌아갔다. 심신이 피로한 상태에서 지독한 악취가 독처럼 작용한 모양이었다.

젬은 킨을 복도까지 질질 끌어낸 뒤 사람을 불렀다. 멸치 연구원들에게 업혀 가는 킨의 등짝이 먼지로 거뭇거뭇했다.

그걸 본 젬은 왕성에 온 뒤 실험실 바닥 청소를 한 번도 안 했다는 사실을 깨달았다.

"……조금 미안한걸."

뺨이나 얼른 닦아욧!

연구원이 "환자에게 이게 뭡니까!" 하며 벗겨 던진 탓에 마스크가 바닥에 구겨져 있었다. 축축하고 누런 것이 꼭 코 푼 휴지처럼 보였다. 젬이 실험실에서 집게를 가져와 그것을 치웠다.

"별로 비싼 게 아니라 다행이야."

할 말이 그것밖에 없어요?

"아, 꼭 해야 한다는 말이 뭐였을까?"

아이는 잠시 침묵하더니 "그러게요……" 하고 한숨 쉬었다. 살짝 열린 문틈으로 백 년 묵은 하수구 똥내가 마과부를 습격하고 있음을, 코가 마비된 젬과 아이는 눈치채지 못했다.

이 소동으로 옆 실험실 이용자 중 기절자가 속출했다. 건물 밖으로 도망가는 사람도 심심찮게 목격되었다. 복도에 출입 금지 푯말이 붙은 것도 잠시, 이튿날이 되자 악취가 한결 가라앉았다. 푯말도 금방 철거되었다.

젬의 실험실에서 고약한 냄새가 나는 건 언제나와 같은 일이었기에, 이번 소동 역시 크게 번지지 않고 넘어갔다. 문책을 각오했던 젬으로선 감사한 일이었다.

*   *   *

젬은 완전히 졸아붙은 검붉은색 액체를 잠시 들여다보았다. 다행히 솥단지에 구멍이 나는 일은 없었다. 아이와 젬의 시선이 마주쳤다. 아이는 아무 말이 없었다.

젬이 한 손에 재료 칼을 들고 솥단지 위에 다른 손을 펼쳤다. 망설임은 없었다.

톡, 톡, 피 떨어지는 소리와 동시에 치이익, 하고 가는 연기가 피어올랐다. 시큼하고 비린 냄새에 생리적으로 입에 침이 돌았다.

불 꺼진 솥단지에서 액체가 보글보글 끓어올랐다. 눈부신 황금빛이 솥단지를 가득 채우더니 이내 거짓말처럼 증발했다. 젬이 습관처럼 손바닥을 쥐었다 펴는 사이, 상처가 마법처럼 달라

붙었다. 가늘게 남았던 붉은 실선도 이내 말끔히 사라졌다.

젬이 솥단지에 코를 가까이 대고 킁킁거렸다. 생각보다 끔찍한 냄새는 아니었다. 젬이 아이를 보고 씩 웃었다. 아이가 마지못해 웃어 보였다.

결전의 날이 코앞이었다.

〈다음 권에서 계속〉